PEOPLE POLICE

人民警察

程琳 著

第三部

人民文学出版社

图书在版编目(CIP)数据

人民警察.3/程琳著. —北京:人民文学出版社,2014
ISBN 978-7-02-009228-4

Ⅰ.①人… Ⅱ.①程… Ⅲ.①长篇小说—中国—当代 Ⅳ.①I247.5

中国版本图书馆 CIP 数据核字(2014)第 199453 号

责任编辑　周昌义　徐子茼
责任印制　苏文强

出版发行　人民文学出版社
社　　址　北京市朝内大街 166 号
邮政编码　100705
网　　址　http://www.rw-cn.com

印　　刷　三河市鑫金马印装有限公司
经　　销　全国新华书店等

字　　数　288 千字
开　　本　880 毫米×1230 毫米　1/32
印　　张　12.375　插页 1
版　　次　2015 年 1 月北京第 1 版
印　　次　2015 年 1 月第 1 次印刷

书　　号　978-7-02-009228-4
定　　价　32.00 元

第一章

1

为迎“奥运”,市里将在工人体育场搞一台《走进林河》大型歌舞晚会,拟邀请一大批各式各样的明星前来。晚会主要由刘庆平出钱。

陈文给刘庆平打电话问他:“你能把李冰冰请来吗?”

刘庆平说:“能啊。只要我一个电话,不光李冰冰能来,范冰冰也能来。”

陈文说:“怪不得菲律宾昨晚刮台风,原来是你给吹的。”

刘庆平说:“你看你不信。陈哥,我知道你喜欢李冰冰。今天你不给我打电话,我还要给你打呢。我不骗你,今晚,李冰冰还有范冰冰真的能来,你帮我接一下,行吗?”

陈文说:“行啊。但刘庆平,我可告诉你,她们俩要是不来,我直接把你塞进后备厢里。”

陈文知道刘庆平这么忽悠,无非是想用用自己的机场关系。他一点没往心里去。所以,当范冰冰和李冰冰晚上真的走下飞机时,陈文完全傻眼了。

陈文还是第一次如此近距离地见到电影明星。突然间近在咫尺，陈文一下子什么都不会了。刘庆平把他介绍完，陈文都没敢贸然去握手。还是两个明星主动和陈文握了手。特别是那个李冰冰握手时，还抠了一下陈文的手心。陈文差点没晕过去。

陈文与机场关系好，接客人时，他的车可以直接停在飞机的玄梯下。这可不是一般人能做到的。上车前，范冰冰小声问刘庆平："这个陈哥是干什么的？"

刘庆平指着轿车尾灯下面的一个小标志："这个奥迪是4.2。整个林河，只有陈哥这一辆。你说陈哥是干什么的！"

4.2 指的是轿车排量，是一汽奥迪刚推出新款 A6L 时的顶配车型。

范冰冰异样地看着陈文。李冰冰似乎很懂行："这个车都快赶上 A8 贵了。"

刘庆平说："这和贵贱没关系，主要是你陈哥级别不够，他坐 A8 就超标了。"

李冰冰不明白刘庆平这是在拐着弯抬高陈文。她没往下接茬。范冰冰显然明白，她来到陈文的跟前，无比惊讶地说："在北京正部级才坐2.4，陈哥，你这都坐4.2了，那你得是什么级啊？"

范冰冰的眼神里充满了崇拜，似乎陈文才是真正的明星。看着范冰冰贱兮兮的样子，陈文一下子恍然大悟：操，这个范冰冰是假的！

2

范冰冰是假的，李冰冰当然也是假的。陈文把两个假冰冰送到宾馆后，对刘庆平有点气愤："老六啊老六，这几年，为什么我不叫你老六，而叫你刘庆平知道吗？我认为老六是你的过去式。你过去就是一个流氓，而现在你刘庆平已经不是了，但是……”

刘庆平说：“陈哥，你先别但是，你告诉我，你干吗发这么大的火呀？我不就事先没告诉那两个冰冰是假的吗？你至于……”

陈文说：“你告不告诉我无所谓，刘庆平，你这次玩得可太大了。《走进林河》这台晚会，市里非常重视，将来是要在省台播出的。不说别的，晚会这天全市得来上万人，你说你整来的这两个冰冰，连我一眼都看出是假的，要是在台上，她俩当场被看穿了……”

陈文没说完，刘庆平哈哈笑了起来。

陈文说：“笑个屁，你严肃点儿！”

刘庆平说：“陈哥啊陈哥，你完全误会了，晚会来的明星都是真的。这两个假的跟晚会没关系，她们来只是玩玩，明天一早就坐飞机回去了。”

陈文不信：“她们来是为了玩玩？”

刘庆平说：“当然了。你没看她们俩连行李都没带嘛！”

陈文说：“那她们来玩什么呀？”

刘庆平没直接回答而是说：“陈哥，刚才你都说了，你不再叫我老六而是叫我刘庆平，说真的，这个事儿，我挺感动……”

陈文说：“你别感动了，你赶紧说……”

刘庆平说：“我就想报答报答你。我知道你喜欢冰冰，可陈哥，那个真的冰冰，我实在请不来。实话说吧，就算我花天价把真的冰冰请来了，人家也最多陪你吃个饭照个相而已，你要是想干别的……”

陈文说：“你那意思，这个假冰冰，就可以……干别的？”

刘庆平说：“当然了。”

回来的路上，通过聊天，陈文已经知道，这两个假冰冰虽然不是什么大明星，但也都是艺术学校毕业的。刘庆平说：“穿绿衣服的那个从小搞舞蹈，在全国拿过三等奖。另一个音乐学院毕业的，唱歌老好听了。”

陈文说：“那你请她们来花了多少钱？”

刘庆平说：“钱你就不用操心了。李久全已经买单了。今晚，你的任务就是吃好玩好！”

3

李久全白天在药厂西装革履很像公司的董事长。晚上进了包房，就不太像了。六十来岁，穿了件花衬衣和一条红裤子。他见到陈文毫无避讳地说：“知道你喜欢的是李冰冰，我可高兴了。我和你不一样，我喜欢范冰冰。老弟，这说明什么？这说明咱俩不犯财，如果你我合伙做买卖，保证能挣大钱。”

吃饭的地点是在总统套房的客厅里。两个冰冰洗完澡，穿着睡衣。这种吃法，陈文很不适应。两个假冰冰也就二十多岁，如果陈文早要孩子，他的孩子也得这么大了。看着两个假冰冰略带稚气的脸，陈文十分别扭。

这之前，刘庆平已经把陈文吹到了天上，说陈文是中央首长的私生子。饭刚开始吃，两个冰冰争着和陈文套近乎。两个冰冰是有分工的，一个归陈文，一个归李久全。归陈文的不愿意了，她对李久全喊：“李总啊，你管管她呀，她也太不像话了。吃着碗里的，还看着盆里的。”

李久全倒不在意。女孩喜欢年轻的很正常。

这十年，陈文保养得相当好，四十多了，看起来，也就三十多。两个女孩都想跟陈文，李久全能理解。但理解归理解，既然来了也不能光坐着瞅。已经喝得满脸通红的李久全把归自己的女孩拉到身边。他伸出肥硕的大手，抚摸着白嫩嫩的小手，认真地忽悠道："我知道你喜欢年轻的，但我跟你说，我一点都不老。我现在还能做五十个俯卧撑呢。"

女孩说："我不信。"

李久全说："你不信，我就做给你看。"

李久全起身趴在地上真的要做。

刘庆平把他拉了起来："行了行了，你留着一会儿进屋做吧！你现在给冰冰讲讲你们企业是如何做大做强的吧！"

李久全来了精神，滔滔不绝地讲了起来。他先讲了企业的发展，又讲了企业的未来，最后，讲了企业的文化：

"我们企业虽然是个药厂，但也必须与文化接轨。没有文化的企业注定是没有生命力的。一个没有生命力的企业注定是要被历史淘汰！所以，我们公司要加大文化投入，我初步打算，明年公司投资拍摄一部电影和两部电视剧！"

李久全说得有点大，女孩不信。李久全打电话，让司机把相关的策划意见书拿到总统套房来。女孩拿起来，正要详细看时，李久全说："咱们到里屋去看吧！"

李久全大大方方地领着假冰冰走进里面的卧室之后，李久全的司机拎着个包也跟了进去。由于进去了三个人，陈文没太多想，但是，剩下的这个女孩却睁大了眼睛，问刘庆平："干吗呀这是？怎么司机还进去了？"

刘庆平憋不住着笑，小声地说："这个老流氓高血压，他现在应该吃降压药了，但他就是不吃，司机怕他出事，进去给他量量血压！"

陈文听明白了，但女孩还是没明白："那他有高血压怎么还不吃降压药？"

刘庆平说："降压药既降血压也降性欲，吃了药，他就没想法了。那他不白花钱了。"

女孩笑道："真是个老流氓！"

此时此刻，仿佛一部黄色电影就要在眼前上演，陈文的脸色有点难看。

刘庆平见状，急忙转移了话题，他对这个女孩说："你不是会唱歌吗？你赶紧给陈哥唱一个啊！"

女孩马上坐在了陈文的跟前，妩媚地说："陈哥，你喜欢什么歌？"

女孩的目光很那样，陈文能感到自己的血压也应该很高了。

为了拉陈文下水，刘庆平没少下功夫。今天，见到陈文能跟着一起吃饭，还以为差不多了呢。他对陈文小声地说："陈哥，你要是不想听她唱，那就你和她进屋吧！"

陈文说："进屋干什么？"

刘庆平说："捅咕呀！"

陈文没想到刘庆平说得这么直接。搁过去，他一定会张口骂人了，但现在的陈文只是平静地说："老六啊，我有点事儿，先走了。"

刘庆平见陈文不高兴，有点紧张，问："陈哥，你……要去哪儿呀？"

陈文说："我去派出所。"

4

新世纪来临后，随着"有困难，找警察"传遍祖国大江南北，公安系统最基层的派出所，成了最热闹的地方，有时甚至成了娱乐场所。经常是白天演电影,晚上演电视剧。

陈文到派出所时,正赶上人民群众表演骂人民警察。在派出所的走廊里,陈文就听到了宋男被一个男人不停地骂着。

宋男说:“吴师傅,吴师傅,你别骂人,有话好好说。”

男人说:“操你妈,这个事儿,你到底能不能给我解决?”

宋男说:“你老婆今晚不跟你睡觉,我没法解决。你不是说,人家不是来事儿了吗?”

男人说:“上个月,她来事儿了,她怎么能和我睡呢!她今天就是故意气我,宋所长,你现在去把她给我抓来……”

宋男说:“吴师傅,你太难为我了。要不这样吧,明天上午,我去给你调解调解……”

男人说:“操你妈,你一下子就给我支到明天了,那我今晚怎么办?宋男,你这个所长还想不想当了……”

陈文实在听不下去了,他戴上墨镜,一脚把门踹开。

陈文进屋后,从兜里掏出一把匕首,甩向桌子。匕首当的一声稳稳地扎进了桌面上。那个“吴师傅”惊恐地看着陈文。

陈文醉醺醺地冲着他喊道:“宋所长,他就是陈福利对不对?”

宋男急忙挡住了陈文:“不是不是不是,你认错了,他是吴跃进……”

陈文说:“他绝对不是吴跃进!我看他就是陈福利!”

陈文把匕首从桌子上拔出,向男子走去:“陈福利,明年的今天,就是你的忌日……”

陈文没说完,这个叫吴跃进的男人像老鼠一样嗖地跑了出去。

宋男追出去,在门外喊着:“吴师傅,明天上午,我就到你家去调解!”

宋男回来对陈文哀求道:“大哥,你怎么又装杀人犯呢?你真以为我们这里是在演电视剧？下次来，你可别再吓唬人了，上次你就差点给演露馅了。这要是让人知道你是警察……”

陈文说：“宋男呐，你怎么越来越像个娘们了。刚才这个姓吴的明显是在扰乱办公秩序，你拘留他啊！”

宋男说：“拘留倒行，问题是拘留完咋办呐？他出来一告我，我这两年多就白干了。”

公安局各单位都在搞“三无”评比，既无违纪无通报也无上访。

无违纪无通报，警察不难做到。但这个无上访太难了。有理没理只要有上访的，局里对派出所就可以“一票否决”。个别人民群众知道了这个小秘密后，经常以此来威胁人民警察。人民警察被人民群众治得是服服帖帖。

陈文说：“你也不能怕上访，就让人这么骂你啊！”

宋男指着墙上的“三无”揭示板，“我这个所三无都已经八百三十一天了，我再坚持坚持就整三年了。”

陈文坐在沙发里不再说话。宋男看出陈文心情不好，就又为那个男人辩解起来：“这个吴跃进吧在厂里不好好干，给开除了，他找派出所给他解决，他那个厂子是私企，我们根本解决不了。这不，吴跃进来气，就找茬来闹我。大哥，咱们得理解他，你说，他现在没工作了，晚上媳妇又不和他睡觉，他能好受吗，他来闹闹我……”

陈文说：“他要是天天闹你，你这工作还能干吗？”

宋男说：“他不闹，别人也得闹，没事，我已经习惯了。”

宋男始终笑呵呵的，确实丝毫看不出刚刚被人破口大骂。

宋男说：“大哥，这么晚了，你来干什么？”

陈文最初是想让宋男把总统套房端了。可到了派出所之后，冷静下来。刘庆平、李久全一个是政协委员，一个是人大代表，抓他们麻烦不说，他们俩和那两个冰冰相互熟悉，定卖淫嫖娼很难。

陈文对宋男说："我到你这儿是想看看有没有什么好玩的。"

宋男来了精神："有啊！大哥，你来得太巧了，刚才有个报警的，一男一女嫖娼时闹纠纷了。"

陈文不信："嫖娼闹纠纷都来找警察？"

宋男说："大哥，我还能骗你吗？"

过了十来分钟，走廊里传来了凌乱的脚步声。

一个民警在外面喊："宋所，我把他们带回来了。"

陈文起身要出去，宋男马上嘱咐他："你过去看看就完了，你可千万别再吓唬人了！"

宋男和陈文来到了另外一个办公室。因卖淫嫖娼闹纠纷的两个人，岁数都不小了。男的六十来岁，女的五十来岁。男的说："这个女的开始要一百，可干完了，她就要二百！警察，你得管管她，她太没职业道德了……"

男的没说完，女的就喊了起来："谁没职业道德！我要你二百我还觉得少呢，你看看，哪有你这样的！"女的指着自己的衣服，"警察同志，你们看看他给我吐的！"女的衣服上有不少污浊物。

男的不太讲理："那没办法，我喝多了。"

女的大声喊着："喝多了，你也不能这样啊。我可真服你了！你干这种事儿还能吐！我见过晕车晕船晕飞机的，可我还没见过像你这样晕逼的。"

5

陈文回到所长办公室，坐在沙发里乐个不停。宋男没怎么乐。

天天待在派出所，比这可乐的事儿多了。

民警进来请示宋男如何处理。宋男说："批评批评就放了吧。"

民警说："不拘留了？这可是嫖娼啊！"

宋男说："男的那么大岁数了，把他拘留了，咱们搞不好会有麻烦。"

半年前，治安科依法拘留了一个嫖娼的老头，结果老头在拘留所里跌倒，把股骨头摔坏了。为了给老头治病，治安科前前后后花了四万多。

宋男把局里的这个通报说完，民警马上说："宋所，明白了。就按你的指示，批评教育！"

宋男开玩笑说："一会儿呢，你教育完，你要开车把他们俩再送回原来的地方，你要对他们说，老人家请继续吧。"

宋男和民警嘻嘻哈哈地笑着。他这是故意逗陈文开心。这十年，陈文没怎么上班，每次到单位，看到公安工作已经发生翻天覆地的变化，陈文总免不了长吁短叹。

但聊了一会儿，宋男隐约感到陈文今天不开心好像另有原因。

宋男说："大哥，一会儿我让郭鸣武替我一会儿，咱们到我家去喝点儿红酒吧！"

陈文说："算了。别没事儿找事儿了。"

宋男说："那要不，我和你去看电影？"

陈文忍不住笑了起来："你这么个娘们，我要是和你去看电影，我又得出大名了。"

见陈文笑了，宋男就试探地问："和嫂子生气了？"

陈文说："你别胡思乱想，我什么事儿都没有。我来你这儿就是想看看热闹！"他学着刚才那个卖淫女的口气，"见过晕车晕船晕飞机的，还没见过你这样晕逼的。”

6

余小蕾的太奶是个老毛子，她的爷爷是个混血。但她的父亲就不大能看出来。等到余小蕾，几乎没有任何迹象。但让人想不到的是，余小蕾的女儿混血特征很明显。皮肤白得像牛奶，头发卷曲，眼睛细看有点浅蓝色。

陈文每天最得意的时候，就是开车拉着陈茜行驶在人来人往的大街上。有时，天气很凉了，陈文也故意开着车窗。每当有人看着车里女儿所流露出惊讶的表情时，窃喜便油然而生。

但这天早晨，由于无法和女儿解释李冰冰，陈文便躲在被窝里假寐，他希望余小蕾去送孩子。可临上学前，陈茜两次来敲陈文卧室的门。敲门是那种轻轻的，似乎很怕惊醒陈文似的。

最后时刻，陈文装不住了。路上，陈文没怎么吱声，假装想着什么。往常见到陈文这个样子，陈茜真就不打扰陈文。但今天早晨，陈茜却没憋住。

陈茜说：“爸爸，昨天下午，我们全班同学经过讨论，认为我长得还是像范冰冰，你看看，能不能就不邀请李冰冰了，还继续邀请范冰冰来行不行？”

陈文心里一阵狂喜，但他却故意狠狠地白了陈茜一眼。

陈茜说：“怎么了？”

陈文叹了一口气：“你们可真是孩子啊！”

陈文把车停在了路边，从兜里拿出了一大堆厚厚的材料，放在了陈茜的腿上：“你看看吧，这是《走进林河》所有邀请函的意向书。”

陈茜打开后，简单地翻了翻就合上了。这个年龄，她看也看不明白。

陈茜把材料递给陈文，胆怯地问："爸爸，到底怎么了？"

陈文随便翻开让陈茜看了一眼，便说："这是什么？定金！范冰冰都准备收定金了。她当时答应说，到了林河，要给你们全班同学每人一张她亲自签名的照片！"

陈茜捂住了嘴。

陈文说："可惜啊，由于你们非要请李冰冰，范冰冰决定不来了。"

陈茜十分难过："那……再把李冰冰请来也行啊！"

陈文又重重地叹了一口气："知道范冰冰不来了，人家李冰冰也不来了！"

陈茜满脸悔恨："爸爸，都怨我朝三暮四。"

陈文拿出手机给宋男打了个电话："老六掉链子了。范冰冰急眼不来了。哎，你再想想办法吧！"

类似的电话，宋男经常接到，他随口说道："大哥，我试了，不行。"

陈文不高兴了："怎么不行啊？"

见陈文要急眼，陈茜急忙拉着陈文的衣服，小声地说："爸爸，算了算了。你送我去学校吧，一会儿，我该迟到了。"

陈文开车往学校走时，用眼角的余光一直偷偷地观察。陈茜不像以前那么好糊弄了。陈文现在每次得把她当作大人才行。

到了学校，陈茜下车时，才对陈文说："爸爸，你知道为什么李冰冰不来吗？她和范冰冰总是互相比，范冰冰不来了，李冰冰当然也不来了。哎呀，这一点儿，我们确实是给忽略了。"

7

陈文开车往家走的时候,宋男把电话又打了回来:“我说的还行吧!”

陈文说:“行。”

宋男说:“我没给你说露馅吧!”

陈文说:“没有。”

平时,类似这种情况,宋男从不回话。陈文估计宋男是有什么事儿。

陈文说:“你有什么事儿,快说。我在开车呢!”

宋男说:“那你到我这儿来一趟吧!”

陈文把车开到了派出所,宋男在门口等着。他上了陈文的车。

白天的派出所比晚上更热闹,在里面想安静说几句话都困难。

陈文把车停在了西侧的墙角,他下了车,从后备厢里,拿出了两条软包中华递给了宋男。宋男欢喜地看了看,就又推了回来:“你一会儿给曹局吧!”

陈文一愣:“曹凯找我了?”

宋男点了点头。局里其他人都没有陈文的手机号,找陈文得通过宋男。

陈文说:“知道什么事儿吗?”

宋男说:“好像是让你上班!”

陈文叹了一口气:“我说最近我眼睛怎么老跳呢。”

宋男说:“那你就上呗。”

陈文说:“派出所都这个样了,我怎么上啊?”

宋男说:“也不可能让你上派出所啊!”

陈文满脸沮丧:"不好说啊,局里现在要求充实基层。"

宋男说:"再充实基层也轮不到你! 大哥,我认为,局里对你是要有重用! 大下个月,全市有个竞聘,公安局有个副局长的位置,我看就是给你预备的!"

陈文说:"别胡扯了。"

宋男说:"我胡扯什么呀! 你现在是副处又是博士。局里现在对法制办格外重视,这次法制办主任搞不好要给挂个副局长!"

陈文一愣:"真的?"

宋男说:"当然是真的了。"

8

十年前,刘艳丽被执行死刑后,陈文处在了人生最低点儿! 由于牵扯的案子全省闻名,省城公安局不要他了,局里也建议陈文暂时回家躲躲。有段时间,陈文天天待在家里,都有了轻生的念头。为了排除烦恼,他便去读书学习。

陈文是大专学历,他早就想深造。这十年,由于有了充足的时间,陈文顺利拿到硕士、博士学位。当然,成人拿这些文凭有时不用完全凭借水平。适当花些钱,也是可以的。最初,陈文不想花钱,可那该死的英语,陈文实在不愿意把精力都浪费在这上面。

大概拿这些文凭,有点不那么理直气壮,陈文给自己锁定了一个新目标:法律职业资格证。

这个证,当警察用不上。但由于难考,陈文想挑战一下。

新世纪开始后,国家把律师、检察官、法官等执业资格统一变成法律资格,全国统考。其过关难度,比会计师、职业医师都要大。许多人连续多年都没有考过。

陈文第一次差了二十一分，第二次差了十六分，第三次，陈文拼了，一下子超了十二分。当年整个林河地区公、检、法、司去了好几百人，过关的寥寥无几。

拿到这个《法律职业资格证》，意味着陈文都可以去当律师了。

宋男提到的法制办主任，就相当于公安局的律师。这个职位对陈文来说，的确非常适合。

9

曹凯的头发全白了，五十多看着像六十多。陈文把四条软包中华放在了桌子上，曹凯也没露出笑模样。他指着陈文的鬓角说："混蛋玩意儿，十年前，我记得你这儿已经白了，现在竟然还黑了。怪不得连黄区长都说，曹局啊，感觉你是陈文的爹呀！"

搁过去，曹凯这么说一句，陈文能顶回去十句。但现在陈文半句都没有，他笑呵呵地转移了话题："曹局，找我干吗还通过宋男呐，你直接给我打电话呀！"

曹凯说："快行了。他妈的一打就是'没有这个电话号码'！"

陈文说："你打的是不是过去的号啊，我现在换号了。"

曹凯说："你总换号干什么？我看你，现在就一特务。你再换号，我给你监控起来。"

陈文说："别别别，曹局，你是我大哥……"

曹凯说："我是你爹！"

陈文说："行，那爹，你今天找我什么事儿啊？"

曹凯笑了，他反问陈文："我找你什么事儿，宋男没给你透露透露？"

陈文点了点头，说：“曹局呀，谢谢了！”

曹凯说：“十吗谢我呀？”

接下来的这些话，陈文有点不太好说。曹凯虽然是副局长，但由于局长李云飞兼任着市政法委书记，所以，局里的很多事儿，曹凯都能定。陈文认为，那个副局长的位置，应该是曹凯为自己特意安排的。

陈文说：“曹局呀，你放心，我保证干好，不给你丢脸。”

曹凯说：“什么意思？”

陈文假装谦虚地说：“老大哥，其实，我当法制办主任就行，我不用挂副局长。”

曹凯愣愣地看了陈文好一会儿，才说：“你的意思是，局里这个副局长的位置是给你预备的？”

陈文没直接回答而是说：“上次我不是和你说了嘛，我手里这个司法资格证，不是一般人能考下来的，连法院的丁院长都说，陈文呐，你在公安局干可真白瞎了。所以，曹局，我当副局长兼任法制办主任……”

曹凯忽然地将嘴里的茶水吐了陈文一脸：“啊，呸！”

陈文被吐了个措手不及。

曹凯无比愤怒地说：“我见过不要脸的，但我真没见过像你这样不要脸的！陈文呐，你也不想想，你十年没上班了，局里怎么可能……还什么这个副局长的位置是给你预备的？你也太把自己当回事儿了。”

陈文无地自容，他急忙说：“曹局，曹局，我是开玩笑，什么主任、局长，我只是想上班，你看看，我毕竟已经是博士了……”

曹凯说：“快别提你这个博士了。公安局别人十年不上班也照样。陈文，你信不信，换成宋男，不用十年，五年他都能考上博士后!”

陈文真想说我不信。可此时此刻,他已经恨不得地板有条缝钻进去。

陈文赶紧转移话题:“曹局,那你今天找我到底什么事儿啊?”

曹凯也感到纳闷:“宋男没跟你说吗?”

陈文满脸委屈:“宋男说,你给我预备个副局长的位置,让我来竞聘……”

曹凯哭笑不得:“宋男真不愧是你徒弟啊,把你这个师傅都给骗了。我找你是因为有人把你告了!”

10

宋男的办公室白天比晚上还热闹。有哭的有闹的有抽烟的有喝酒的。陈文进屋时,没有像昨天晚上那样一脚把门踹开,而是轻轻地推门而入。

屋子里的人民群众都没把陈文当回事儿,继续和宋男哭着喊着骂着。宋男满脸堆笑,无论别人怎么哭怎么喊怎么骂,他都始终彬彬有礼。

但陈文进屋之后,宋男很快变了样。陈文抓着宋男的头撞在了墙角的洗脸架上。盆翻了,里面的水弄得满地都是。宋男坐在地上,陈文捡起洗脸盆,摔在了宋男的头上。

陈文过去经常打人,这种打法看着挺狠,其实一点都不重。

但再不重也是在派出所里打警察啊!这个年代,尽管人民群众也开始打警察了,但敢这么打,也不常见。人民群众估计要发生血案,吓得纷纷离去。

屋子里空空荡荡之后,看着宋男坐在地上的那个熊样,陈文的心又软了下来。他把宋男扶起，把洗脸盆捡起要准备收拾时，宋男说：“大哥，大哥，我来，我来。”

陈文有点不好意思，故意说些没用的：“你看，我要是不吓唬他们，他们还得在这儿赖着。”

宋男也顺着陈文往下说：“可不是咋的，他们把你当流氓了。大哥，你说，现在这是什么世道啊，警察怕人民，人民怕流氓，流氓呢……他妈的谁也不怕了！”

陈文无奈地笑道：“宋男呐，曹凯说，我是你师傅，得了，今后呢，你是我师傅！”

宋男直到这时才问：“大哥，到底怎么了？你干吗发这么大火呀？”

陈文把来龙去脉简单地说了说。宋男忍不住笑道：“大哥呀，副局长这种事儿，你怎么能直接说呢？真要是定的话，曹凯也做不了主啊……”

陈文苦笑说：“老弟啊，这么多年不上班，我有点不会了。我……他妈的也太拿自己不当外人了。”

宋男说：“你也别往心里去，曹局和你也真不是外人。”

陈文这才想起批评宋男：“你个王八蛋玩意儿，那你和我是外人吗？有人上访告我，你直接和我说不就完了，你干吗拐着弯，让我去找曹凯呀？”

宋男说：“你也不上班，我寻思让曹局给你背一背就完了。”

陈文说：“他能给我背吗？你看把他累得都快成我爹了。宋男呐，行了行了，你快告诉我，到底是谁告我？”

宋男说：“是叶纯燕！”

11

很多年前,城镇户口对农民有着极大的诱惑力。为了“农转非”,很多农民想尽各种手段,甚至花钱来贿赂警察。那个年代,警察办这样的户口要冒着丢掉饭碗的风险,但在朋友关系、上级条子、领导电话的威逼利诱下,还是开了不少口子。这样的违规,正常查很难查出来,除非办户口的人自己把这个谜底揭开。

这样的事儿真的发生了。

当农村的土地突然值钱后,那些放弃土地的农民后悔万分。为了重新当上农民,他们开始向警察反戈一击,纷纷到上级部门上访,说当年自己的“农转非”户口是警察违规办理的。

叶纯燕过去是个农民,十多年前,来到城里当了小姐,给李久全生了个儿子之后,她就“农转非”变成了城里人。

一周前,她到市公安局上访,说她的户口是警察违规给办的,要求撤消。并且指认说,当年是陈文帮着走的后门。

叶纯燕的户口所在地是宋男的派出所。宋男开始不想给陈文添麻烦,想自己出面摆平,但叶纯燕的要求太高,宋男只好让陈文亲自出马了。

陈文勃然大怒:“这个骚货是在瞪眼说瞎话!”

陈文清楚地记得,十年前,李久全确实找过自己,但当时陈文藏了个心眼,他让李久全以购买商品房的方式,为叶纯燕办理了城镇户口!

陈文说:“宋男,你去调查调查就清楚了!”

宋男说:“我不用调查就清楚,叶纯燕的户口当时连增容费都没交,她变成了城里人,明明确确就是买了城里的商品房!”

陈文说:“既然这样,那不就和我没关系了?”

宋男说:“怎么能没关系呢,叶纯燕告你,你就有责任呐!”

陈文说:“和我没关系,怎么我还有责任呐?我不管,她愿意告我,就告我吧。我又不是没被告过。”

宋男苦口婆心给陈文解释说:“过去有了矛盾要解决,现在有了矛盾要化解。大哥,虽然你没责任,但有人告你,你就得自己想办法来化解好。要不然,那我们所就要被一票否决!”

陈文的头被宋男都给说大了。说良心话,他迟迟不上班,很重要的原因就是怕被人给上访。国务院《信访条例》颁布以来,人民群众信访的热情持续提高。但“信访不信访,信上访”的现象,也变得更加严重。

过去,陈文搞了那么多的案子,得罪了那么多的人,那些恨他的人,肯定会以上访的方式来折磨他。但他万万没想到的是,自己没有任何过错,叶纯燕也来告他!

陈文说:“我这可真叫躺着也挨枪啊!”

12

十年前的叶纯燕是小姐,却也看不出来。修长的身材,白皙的肌肤。里面缝着处女膜,外面穿着职业装。现在的叶纯燕一点过去的影子都没了。皮包骨,一双空洞的眼睛里没有丝毫光泽。

见到这副德行,陈文心里的火气消了不少。在派出所的调解室,陈文客客气气地对叶纯燕解释着:“小叶啊,你的户口吧,就算当年是我故意给你整的,我也没办法整成。你看,这是你们村子里大队会计盖的章!”

陈文把各种证据向叶纯燕一一展示。

当年“农转非”手续相当烦琐。除了大队，镇政府、土地管理所，都要进行审核。为了变成真正的城里人，本人要在这些部门全都申明是自愿放弃了土地！

陈文说：“你看，这是你亲自签的字！如果是我违规给你办的，那你当时完全可以拒绝签字啊！”

面对着铁的证据，叶纯燕却直勾勾地看着陈文。

陈文多少有些不满：“叶纯燕呐叶纯燕，你无缘无故来告我，我真是不理解！你们村子土地的拆迁早就结束了，就算现在你再变回农民，你也得不到任何好处了……”

叶纯燕哭了：“陈大哥，你不要生气，我实在是一点办法都没有了。我告你的目的，只是想让你帮帮我。”

13

叶纯燕生儿子之前是给李久全当助理。李久全现在的助理，容貌、皮肤也不在当年叶纯燕之下。这个助理见到陈文笑眯眯解释说：“陈哥，你稍微等一会儿，李总不知道你来，他正往回赶呢。”

助理像是很怕怠慢了陈文，除了倒水、拿烟，还把巧克力拿出来放在陈文的面前。陈文有点好奇，问：“哎，你怎么知道我喜欢这个？”

助理说：“你什么我都知道。”

看助理贱兮兮的样子，陈文没往下接茬。他拿起巧克力香甜地吃了起来。由于总给陈茜买，陈文不知不觉地也喜欢上了这口。

李久全急匆匆赶回来时，陈文已经吃得满嘴都是。

李久全说：“哎呀妈呀，你比你姑娘吃得还邪乎。”

十年来，李久全的东北话已经说得很地道了。他对陈文说：

"你看我的助理怎么样？我现在不吃窝边草了，老弟，你要是喜欢的话，你可以把她领走干别的！"

陈文吃着巧克力始终没说话。

李久全有点毛了，主动提起了昨天晚上："刘庆平说你呀也欢喜捅咕，我一听他这么说，乐坏了。我心想，你真这样的话，咱们就是一伙的了……"

陈文说："叶纯燕把我给告了！"

李久全吓了一跳："她……把你给告了？"

陈文说："一点没错。"

14

十年前，叶纯燕当小姐时，也挣了不少钱，但都是辛苦钱，叶纯燕花得很仔细。可是，当她给李久全生了儿子后，完全放开了，各种金卡、白金卡有一堆。花钱像流水一样的日子来临后，叶纯燕很快找不到北。她没见过这么多钱，更没花过这么多钱！

戴着三十万的表，开着二百万的车，叶纯燕以为自己永远是富婆了。她觉得只要有儿子，李久全就会永远对她这样。叶纯燕没什么文化，她连毛主席说的戒骄戒躁都不知道。她忘记了自己是小姐出身，对李久全都耍起了态度。

李久全让叶纯燕给自己生儿子，除了想要个好品种外，也是因为叶纯燕的体贴、温柔。李久全让叶纯燕随便花钱，不是为了把她当祖宗供起来，而是让她更好地伺候自己。见到叶纯燕把自己当作了公主，李久全对叶纯燕的兴趣很快没了。

失去了李久全的关心，叶纯燕后来竟然吸上了毒品。

15

李久全说:“已经戒三回了,可每次复吸都比以前更严重。老弟,我不是心疼钱的人,不看她的面子,还得看孩子的面子。可我现在真的不能再给她钱了,给她钱她也得去买毒品。”

陈文说:“我告诉宋男了,她再买的话,就把她抓起来。”

李久全说:“你怎么抓她呀?你能让宋男天天跟着她吗?她在南方都已经被抓好几回了。老弟,她现在已经不可救药了,你想啊,为了让我给她钱去吸毒,她竟然能想到去告你!这和疯子有什么两样。叶纯燕告你纯粹是诬告,你别理她不就完了。”

陈文说:“我不理她,她就得不断地上访。我就得不断地去说明情况。如果万一哪天去北京上访了,那我恐怕就说不清楚了。”

李久全说:“说不清楚就说不清楚呗!反正你没责任。”

陈文说:“那个户口是派出所给办的,有了上访,派出所就得被一票否决。你说,也不能因为我,让派出所替我背黑锅啊。大哥,你看……”

李久全说:“我没法看,老弟,你不能这么来解决问题啊!”

陈文说:“现在不是解决问题。”

李久全说:“什么意思?”

陈文就照宋男的话说,什么过去有问题可以解决,现在有了问题只能化解。不然的话,矛盾就得激化……说得唾沫四溅,没说一会儿,就把李久全说迷糊了。

李久全投降了,“好了好了,老弟,别说了,为了你这个……什么化解吧,这次我就看你面子了!”

16

化解时,是刘庆平拎着钱来的。

陈文说:“李久全怎么没来?”

刘庆平说:“李久全看到叶纯燕血压就高。现在,他宁可到伊拉克去挖地雷,他也不愿意见这个骚货。”

陈文说:“别骚货骚货的,一会儿,见到叶纯燕别说没用的。”

刘庆平说:“好好好,我一定不说没用的。”

想要拉陈文下水没下成,刘庆平对陈文有点怵。他主动为自己打着圆场:“陈哥,昨天你不是走了吗?李久全捅咕时血压没高,一听说你回派出所了,血压喀嚓干到178.65。”

陈文笑了:“你家血压还带小数点!”

见陈文露出了笑模样,刘庆平放松了下来。昨天陈文走了,真正害怕的是他。流氓对警察的恐惧有时能跟着一辈子。

今天的主题是化解,陈文不想让刘庆平过于紧张,他主动从桌子上拿起香烟递给了刘庆平,刘庆平高兴地接过来。见陈文来了情绪,他又开始挑逗了:“陈哥,李久全刚才还问我呢。他说,昨晚你怎么走了呢?那个冰冰虽然是假的,但看着不也不错嘛!”

刘庆平拎着钱帮自己来化解,陈文多少得给刘庆平点儿面子。他笑呵呵地说:“我能不走吗?你说让我进屋,可就剩一个冰冰了。你怎么办?我得想着你呀。”

刘庆平说:“陈哥,你想多了,我那是为了让你先捅咕,你捅咕完,我再……”

陈文说:“那成什么了?”

刘庆平说:“我愿意这样,骗你我死爹死妈。陈哥,你不知道,你捅咕完，我再捅咕，那多滑溜呀！”

17

十年前，刘庆平接手何涛的妓院不仅没挣着什么钱，还差点成了何涛的替罪羊。他被放出来之后，对自己进行了反思。

为什么我总跟在何涛的后面？为什么我没有何涛那样高瞻远瞩的目光？

我没文化啊！

刘庆平跑到北京去花钱，要直接攻读MBA。有个朋友见他小学都没毕业，就劝他说：“工商管理硕士没什么用。”刘庆平说：“我不要工商管理硕士，我要的是MBA。”朋友怕刺激他，没说是一回事儿，建议他到著名学府开设的总裁班去学。

刘庆平由此如鱼得水。连着读了好几个总裁班。通过学习，刘庆平开阔了眼界，增长了学识。尤其是，他结识了很多有钱有志之士。

有了关系有了本领之后，刘庆平再回到林河的确不一样了。先是整风投后来又整基金，三整两整，终于把自己整成了有钱人。

现在的刘庆平不仅冬天也像过去的何涛那样穿西服扎领带，更重要的是，他说话已经不太像开妓院的了。只要正经场合，刘庆平说理说情非常高雅。这次，李久全委托他来办理化解之事，也正是看重了这一点。

在派出所的调解室，刘庆平对叶纯燕语重心长地说：“叶女士，在正式把钱交给你之前，作为过去的朋友，我想和你说几句题外话。最开始，你是在我的大众浴室从事那种职业，你应该记得，对待别人，我至少都是一个月结一次钱，但对你，我都是一天一结。

那时,我的脾气不好,张嘴骂人,抬手打人,但叶女士,我记得我从来没有打过你,为什么?因为我觉得你是一朵出淤泥而不染的莲花。”

刘庆平夸夸其谈,陈文和宋男都有些不耐烦。但由于叶纯燕在认真听,他们也不好硬催促刘庆平。

刘庆平说:“叶纯燕,现在你可不是什么莲花了。你好好想想吧,为什么连你的亲生儿子都不想见你了。你堕落了,你没心没肺。为了逼迫李久全给你拿钱,你竟然来诬告陈哥?陈哥招你惹你了?陈哥过去那么帮你,人家没有功劳还有苦劳吧!”

叶纯燕被说得跪在了陈文面前,眼泪噼里啪啦往下掉,她说:“对不起,陈哥,我……实在没办法。”

又是眼泪又是下跪,陈文烦死了。他向刘庆平摆了摆手。

刘庆平把叶纯燕扶起,不再说没用的。宋男代表派出所和叶纯燕签了一份协议书,内容无非是叶纯燕承认她告派出所告陈文是无理取闹,她保证今后不再上访等等。

叶纯燕拿到钱之后,协议都没怎么认真看,就爽快地签了字。她拎着一兜子钱向外走的时候,宋男特地派了个民警去送她。

叶纯燕离开之后,刘庆平拿起那份协议书,问陈文:“这个玩意儿有用吗?过些日子,叶纯燕没钱了,再来闹你怎么办?”

陈文说:“不能了。这个协议是具备法律效力的!”

刘庆平信以为真了:“是嘛!”

自从陈文通过了司法资格考试,他在林河法律界名气大增。连汤夫都时不时向陈文来请教。但陈文还是过去那种打法,碰到明白人就说明白话,碰到像刘庆平这样的法盲,该糊弄也一点不客气。

即便如此,刘庆平仍然对公安局的这种做法,表示疑虑:“陈哥呀，你们不能为了怕被上访，就这么没有原则啊！”

陈文说：“刘总，你误会了，我们不是怕被上访，我们这是在为人民服务。”

刘庆平说：“叶纯燕还能算人民吗？我看她连刁民都不算。要我说，她就是一人渣！陈哥，你们现在也太好说话了，真是有困难，就找警察呀！等明天我有困难了，我也来找……”

刘庆平没说完，旁边的宋男就毫不客气地顶了过去：“你来找，可就不好使了！”

刘庆平说：“为什么？”

宋男说：“因为你是老六，你是有钱人，你已经不算人民了！你说叶纯燕是人渣，他妈的，你才是人渣呢！”

18

还有一个多小时放学，陈文就开车来到了学校。过去开广本时，他来得再早，也不把车停在门口。这是林河最好的小学，接孩子的什么高级车都有。

现在他开的奥迪 A6 虽然比不上宝马 7 系和奔驰 S 级，但由于是顶配，丝毫不掉价。开奔驰、宝马基本能看出有多少钱，坐奥迪很难猜出是多大官。

有了陈茜以后，陈文才知道自己的虚荣心这么强烈。

陈茜是班长，每天放学基本都是在最后，但今天，却是第一个跑了出来。当她像蝴蝶一样飞过来时，陈文觉得人生可美好了。

陈茜上了车就说：“早晨，光顾和你说李冰冰范冰冰了，我忘了问你，我唱的歌你让王奶奶听了吗？”

王奶奶退休前在北京的一个大学里教声乐。陈文虽然和她认识，却没打算让她听陈茜唱的歌。他皱起眉头，说："王奶奶听了。"

陈茜看着陈文的脸色，有点紧张："她听完，都说什么了？"

陈文叹了一口气："她说，你唱的还行吧……"

陈茜满脸痛苦："那她说没说，我有唱歌的天赋？"

陈文依然不动声色："她没有直接说。她就说你……好像五音不太全，另外呢，唱歌有时还跑调……"

陈茜不高兴了："胡说，我才不跑调呢！她是故意这么说我，她这是在嫉妒我！"

陈文白了陈茜一眼，说："干吗呀！人家王奶奶是大学里的教授，她嫉妒你？茜茜，我要批评你了，我发现你现在特虚荣！"

这两年，陈文说陈茜，陈茜很少反驳，但今天陈茜却一点没客气："你说谁虚荣？我不虚荣，你才虚荣好不好！"

陈文说："我怎么虚荣了？"

陈茜说："过去你口口声声说，你喜欢开破广本，才不是呢。你喜欢的是奥迪，我让我姥爷给你买了之后，我妈说你当天一夜都没睡！"

陈文急眼了，他把车停在路边，伸出手抓住了陈茜。

陈茜立刻求饶："我错了我错了……你不虚荣，是我虚荣好不好？"

陈茜小时候被惯得不像样，比男孩子还淘。快上小学的时候，万般无奈的陈文开始了"武力"征服。

陈茜被陈文控制在车座上以后，陈文还没动手，陈茜就笑个不停。陈茜和余小蕾一样，最怕的就是痒痒。陈茜被陈文咯吱得眼泪都出来了，陈文才放手。

陈茜瞪着陈文说："你凭什么收拾我？我没犯任何错误。"

陈文说："女儿说爸爸有虚荣心，这难道还不是错误？"

陈茜说："你本来就有虚荣心嘛！"

陈文说："我是爸爸，我有虚荣心是正常的，作为女儿，你当面指出来就是对爸爸没礼貌！"

陈茜翻了翻白眼没词了。但看得出她一点都不服气。

陈文心虚，便做了个比喻："上个礼拜，你姥爷来我们家，他那么大岁数了还穿了件花衬衣！可我当面说他了吗？如果我说你姥爷是老黄瓜刷绿漆……"

陈茜扑哧笑了："爸爸，什么叫老黄瓜刷绿漆？"

陈文耐心地解释完，陈茜好像还没有完全服气。陈文就假装想起什么了："哎，你带牙刷了吗？"

陈茜这才欢天喜地说："带了带了，早晨我就放进书包里了。"

这两年，陈茜已经被禁止再吃巧克力。怕余小蕾发现，每次偷着吃完得马上把牙刷干净。

陈文把陈茜领到了市里一个很高档的地方。林河这十年已经是跨越式发展，多高档的地方都有。

坐在舒服的沙发里，陈文要了两份最好的巧克力。

吃上了美味的巧克力，陈茜就把挨收拾的委屈全都忘了。她笑眯眯对陈文说："爸爸，我能提个问题吗？"

陈文说："什么问题？"

陈茜说："你给我再找个小妈妈，行吗？"

陈文来了兴趣，假装疑惑地问："再找小妈妈，什么意思？"

陈茜说："蒙蒙就有个小妈妈，那个小妈妈总领她去玩，蒙蒙要什么，那个小妈妈就给她买什么。爸爸，你也给找我一个行不行？"

陈文说："不好找啊！"

陈茜说:“好找,你让张老师给我当小妈妈就行!”

19

“滑溜”在林河这里一般指的是湿润光滑。但余小蕾说的不是这个意思。她把裸露的长腿在陈文身上蹭来蹭去叫滑溜。差不多每天晚上余小蕾都到陈文的屋里来滑溜。

过去陈文和余小蕾住在一个屋,陈茜大了以后,提出严重抗议:“凭什么你们俩住在一个屋?”

为了显示公平公正,陈文把余小蕾撵了出去。

余小蕾开始不接受:“谁家夫妻不睡一个屋?”

陈文说:“自己家过日子和别人家比什么?”

为了陈茜,陈文一点面子不给。余小蕾只能接受。

接受是接受,每天睡前到陈文的被窝里滑溜是必不可少。由于白天陈茜希望张老师给她当小妈妈,晚上被余小蕾滑溜时,陈文免不了蠢蠢欲动。

余小蕾说:“你今天怎么回事儿,有想法了?”

陈文说:“没有啊!”

余小蕾说:“怎么没有,你看看,你都兴奋了。”

陈文说:“兴奋了,也不能捅咕,今天才礼拜一!”

两个人是每周一歌。

余小蕾说:“加一次怕什么?”

陈文说:“我都四十多了。”

余小蕾挑逗陈文:“有那么大吗?陈茜和张雨说你才三十一。”

陈文笑了。

余小蕾说："一提张雨，你就乐。"

陈文说："你看看，你又来了。我和张雨是清白的，我们没有那种关系！"

余小蕾摸着陈文很变态地说："亲爱的，你们有那种关系，我也不在乎！"

20

化解了叶纯燕上访之后，陈文打电话告诉了曹凯。但曹凯还要当面再仔细听听。陈文不太愿意到局里，这么长时间不上班，碰到同事和领导说什么都别扭。

陈文对曹凯说："中午，我请你喝酒吧！"

曹凯说："那感情好了，问题是喝完了怎么办呐？"

几年前，公安部颁布了"五条禁令"。从此，人民警察等于是在钢丝上跳舞。凡涉及枪、酒、车违规，只要稍微严重一点点，也得被调离甚至是开除公安队伍。

曹凯说："阎勇的事儿，听说了吗？"

陈文说："听说了。"

刑警支队长阎勇酒后回单位值班，被省里督察抓住当场免职。

曹凯说："当时是准备调离的，堂堂的支队长啊！如果不是李书记做工作，嗨！"

陈文说："你别嗨了，中午到我家吧，咱们不喝酒，我给你包饺子。"

曹凯说："改日吧，你现在还是到我这儿来一趟吧。"

曹凯如此坚持，陈文多少感到有些不妙。果然，曹凯见面就说："你现在要上班是吗？"

这之前，陈文确有上班的打算，但叶纯燕告他，让他有点怕。躺着都中枪。上班了，那些咬牙切齿恨他的不得把他告死才怪！

陈文说："曹局，要不再等等吧？"

曹凯说："不能等了，你上班这个事儿，昨天下午党委会已经……"

陈文说："我这个破事儿，还能上党委会？别忽悠我了。"

曹凯说："我忽悠你干鸡巴毛！"

昨天党委会上，由于陈文当天化解了叶纯燕的上访，曹凯特地提了一下。他的本意是想说，陈文没上班也在为单位做贡献，但他这一提不要紧，公安局局长兼政法委书记李云飞把话接了过去，他问："陈文这些年为什么不上班？"

曹凯简单说了说十年前那些众所周知的原因。李云飞说："那些原因陈文一年两年哪怕五年不上班，我是可以理解的。但十年不上班，我不仅不理解，我也无法接受！"

会上当场决定，陈文或者立刻上班，或者立刻辞职！

陈文听曹凯说完，有点傻眼。上班他不怕，他怕的是这个李云飞干吗对自己有这么大的火！

陈文说："李书记平时爱发火吗？"

曹凯说："很少发。这次大家都没明白他为啥对你有这么大想法。"

陈文皱起了眉头："不应该啊，我和他一点接触都没有啊！"

曹凯说："李书记不是和郑建国很熟吗？"

陈文没有接茬。李云飞三年前从省厅到林河担任公安局局长时，才三十七岁。这么年轻就是副厅级，林河政界为之哗然。都以为来了个公子哥！但三年过去了，李云飞成了传奇。上上下下全都佩服。来时，仅仅兼任副市长，现在已经是市委常委、政法委书记了。

李云飞刚来不久，郑建国给陈文打电话，让他去拜访一下。但陈文哪好意思！他比李云飞大那么多，人家都副厅了，他才副处。而副处还是跟着乘车拣了个便宜。

陈文心想，难道是因为我没去看李云飞，他对我有了想法？

“十六大”以后的公安局局长本身就是市里领导，陈文不知不觉得罪了这么大的干部，不免有些紧张。

陈文埋怨曹凯说：“党委会上，你干吗要表扬我呀？”

曹凯说：“你不是打算要竞聘副局长吗？”

陈文说：“我压根儿就没那意思！”

曹凯说：“你没这个意思，我也得在会上给你吹吹风啊！”

陈文说：“那你也不能把我吹到菲律宾去呀！”

曹凯说：“你也别想太多了。”

陈文说：“我一点都没想多。局里现在不光我一个人不上班，为了杀鸡给猴看，这个李云飞是要拿我开刀啊！”

曹凯说：“不能，要开刀早开刀了。陈文，我估计，这次李书记对你有想法，可能是被李桂珍给闹的。”

陈文说：“李桂珍是谁？”

曹凯说：“李桂珍是谁你都不知道，李桂珍是马刚的母亲呐。”

第二章

1

二十多年前，马刚被警察堵在屋子里，还掏出枪反抗，被当时年轻的陈文一枪击毙。

马刚是机械厂子弟，他在这片为非作歹，无恶不作。被击毙后，整个厂区燃放鞭炮来庆祝。那时的人民群众不太理智，因为恨马刚连马刚的父母也一块恨上了。他们无情地指责马刚的父母，似乎马刚那么操蛋完全是父母给遗传的。

也正是在这样的背景下，马刚的父母在厂区里抬不起头，平时不大出门，马刚的尸体火化时，他们都没去。当时，马刚的骨灰盒被暂时寄存在殡仪馆。派出所的李文明把相应的寄存手续，交给了马刚的父母。

据马刚的母亲李桂珍说，当年她拿着手续到过殡仪馆去找过，但没找着。转眼这么多年过去了，大前年，李桂珍才来到公安局，要求返还儿子的骨灰。

陈文说："那就赶紧找找吧！"

曹凯说："能找的地方全找了。这么长时间了！李文明死了，当时火葬场的场长也死了。现在，火葬场都换俩地方了！"

陈文说:“那怎么办?”

曹凯说:“没办法,只能告诉李桂珍找不到了。这下李桂珍有把柄了,把公安局从上到下骂个遍,然后就开始上访。现在,她都成上访专家了。别的地方不去,专门去北京!为了化解她,公安局前前后后已经花了六七万了。”

曹凯详细地诉说着李桂珍这些年如何上访,如何把公安局闹得找不着北。但陈文不是很愿意听。他忍不住问:“曹局,李桂珍闹公安局,李书记干吗对我有想法啊?”

曹凯白了陈文一眼,说:“这本来不就是因为你吗?”

陈文说:“这和我有什么关系?”

曹凯说:“马刚是不是你给打死的?”

陈文说:“我那是正当防卫呀!”

曹凯说:“你不上班,有些事儿,你不清楚。”

曹凯耐着性子和陈文解释,他找出了一份材料递给了陈文。

这些年出现了不少类似李桂珍这样的上访。公安局信访办根本化解不了。像这样的重点上访案子,必须要专人甚至是专案组来负责。现在公安局各部门为人民服务都忙得要死,都不可能有额外的精力应付上访。于是,林河公安局出台了《执法责任终身制》。说白了,就是由谁惹事由谁平!

陈文说:“马刚的骨灰找不着,也不能算在我头上。应该找李文明啊!”

曹凯说:“李文明不是死了吗?再说,这个执法责任终身制指的是源头,马刚如果不被你打死,也就没有骨灰这一说了。”

陈文说:“这……也太不讲理了!”

曹凯说:“你当警察你还想讲理?现在只有老百姓才有讲理的地方!”

陈文说:“既然这样,那怎么没早找我呢?李桂珍不是上访很长时间了吗?”

曹凯指着自己的鼻子说:“是你爹我主动为你揽下的。”

这种事儿就算当时把陈文找来,陈文照样解决不了。

曹凯拿出了一叠责任书,从中找出一张,递给了陈文。陈文看完负责李桂珍的这张外,其他责任书,也都看了。

陈文说:“你要负责这么多啊?”

曹凯说:“每个局长都不少,李书记最多。凡是最后我们这些副局长也无法化解的,他都得接过去。李书记为什么来气,你知道吗?李桂珍这个上访现在也得由他负责了!”

李桂珍的诉求现在越来越高,光给她拿钱已经不行了。前两天,她找到曹凯说:“我要到北京去看奥运会,我要和美国的总统坐在一起看。”

陈文说:“她精神有问题吧?”

曹凯说:“一点问题都没有。她这是故意吓唬我。她明知连北京都不会让她去,她这么说,就是让我更重视她。我一听她说完她要去北京,我就一口一个妈叫着,我说,妈,你看你儿子的面子,这次你就不去行不行?可能,我这妈叫的也太多了,这次,怎么叫就是不好使。她和我说,曹局长,你是副局长,你得让你们局长管我叫妈,那才行。”

2

李云飞在市委政法委和公安局各有一个办公室。由于工作繁忙,他不是每天都能到公安局办公。

李云飞在公安局的办公室是在四楼,陈文和曹凯来时,秘书室里已经有不少人等着见李云飞。分局长、支队长有六七个。陈文和他们都认识,只好和他们挨个打招呼。

曹凯看到陈文不太愿意吱声,就说:“咱俩到走廊里等着吧。”

两个人来到了走廊里,陈文问曹凯:“你见李书记也得排队?”

曹凯点了点头:“刚开始有一次,我进屋没敲门,他都把我说了。”

陈文手心里出汗了。想当年,自己都有局长罗浩然办公室的钥匙。

陈文说:“现在的局长和过去不一样了。”

曹凯说:“你别紧张,他严是严,他也真办事儿,无论公事儿私事儿,只要求到他,他能办的全都给办。”

陈文说:“问题是,我也没什么事儿要求他呀,我求的只是……他别给我穿小鞋!”

曹凯说:“他不能。”

陈文有点闹心,不想再说这个话题,就说:“曹局,你也笨。李桂珍要马刚的骨灰,公安局不是有那些无名尸体吗?”

曹凯说:“那可不行。”

陈文说:“有什么不行的?骨灰做不了DNA,是不是马刚的骨灰,用高科技都不会知道。”

曹凯紧张了:“高科技不知道,我们的心知道啊!老弟,一会儿,见到李书记,你可别乱说呀!这是公然欺骗人民群众,这是绝对不允许的。”

陈文说:“我这是和你开玩笑。”

曹凯说:“你和我开玩笑行,和李书记可千万不能开玩笑。”

陈文说:“总书记都能开玩笑,李书记怎么就不能呢?”

正说着,李云飞走了出来。陈文还是头一次见到传说中的李云飞，高大、魁梧，白白净净，冷眼看像个大学里的老师。他笑容可掬地送赵克敬向电梯走去。

赵克敬见到陈文主动过来握手，说：“呦，老弟，好几年没见了，你怎么比以前还年轻？”

赵克敬七年前，被报社开除后在北京混了几年，现在可不得了，市委书记看到他都得先向他伸手。陈文这几年在饭店里见到过赵克敬几次，看他牛逼烘烘的，很反感。当面碰到了，也假装不认识。可现在李云飞在跟前，陈文只好不情愿地客套几句。

赵克敬显然不知道，陈文和李云飞这是头次见面，对李云飞张牙舞爪地说：“我这老弟，我认识他二十多年了，绝对人才。李书记，你可得好好重用啊！”

李云飞没太接茬，只是礼貌地继续送着赵克敬。陈文看出李云飞对赵克敬的客套好像不是那么由衷，有点后悔，刚才不理赵克敬好了。李云飞别再认为他和赵克敬是一路货色。

果然，李云飞送完赵克敬回来，表情立刻严肃起来。

李云飞看了看陈文，面无表情地说：“陈文是吧？”

陈文有点紧张：“李书记。”

李云飞说：“曹局都和你说了吧？”

陈文点着头：“说了。”

李云飞说：“一会儿见李桂珍，你把警服穿上。”

陈文说：“是。”

从见到李云飞出来，曹凯就站在墙角没多说一句话。李云飞把目光转向他时，他才说：“都安排好了，李书记，已经派车去接李桂珍了。”

李云飞说：“李桂珍来了以后，你们这次就叫我李局长吧，我感觉，她好像弄不清书记和局长到底哪个大。”

曹凯说:“好。”

李云飞看了看门口那些等着向他汇报的,对秘书说:“李桂珍一到,其他人一律顺时向后延。”

3

陈文、曹凯和局信访办主任站在办公楼前,迎接李桂珍。李桂珍下车后见到陈文愣了一下。

陈文说:“阿姨,你好。你还记得我吧?”

李桂珍说:“记得。哎,以前怎么没看见过你呢?”

陈文说:“我在北京学习来着,才毕业。”

李桂珍说:“我说呢!”

陈文对李桂珍现在的变化有些意外。李桂珍比自己的母亲王美兰得大好几岁。王美兰整天迷迷糊糊,说话都不利索。可这个都快八十的李桂珍却思维敏捷,口齿清楚。在陈文的印象当中,李桂珍非常沉默寡言。看起来,几年的上访已经让一个老太婆焕发了青春。

李云飞是在公安局的小会议室见的李桂珍。这已经是第二次了。据曹凯说,第一次,李云飞就把老太太哄得差不多了。这次,看李云飞和李桂珍见面时的状态,陈文能感觉出两个人已经很亲近了。

李云飞坐在李桂珍的旁边,毫不客气:“你能不能别闹了? 上次,咱们不是都说好了吗?”

李桂珍说:“我没闹啊。我真的没闹。我就是想去北京看看奥运会。”

李云飞说:“你想和美国总统坐在一起看,是不是?”

李桂珍有点不太好意思了:“我就是那么说着玩。”

李云飞说:“这可不能说着玩呀! 老太婆,你不知道,这个美国总统很喜欢中国女人，他别再看上你……”

李桂珍乐了，打了李云飞一下：“你这孩子，怎么和我还闹呢？”

李云飞和李桂珍说说笑笑的时候，不时有人进来汇报。李云飞很不耐烦把汇报的人都给撵了出去。最后，把秘书叫进来，批评道：“是你告诉他们我在这儿的？”

秘书说：“他们都着急……”

李云飞说：“急什么急？你给我站在门口，任何人都不准进来。”

秘书出去后，李桂珍有点不好意思了：“孩子，我耽误你工作了吧？”

李云飞说：“没有没有没有。哪有那么多工作啊！老太婆，你中午想吃什么？”

李桂珍说：“我什么都不想吃，我来就是想看看你！”

李云飞说：“你来看看我就对了。你不来看我，我就要去看你了。老太婆，你上次找我反映的事儿，我已经全都查完了，今天，向你全面汇报一下。”

信访办主任首先坐在李桂珍的跟前，认真地讲了寻找骨灰的整个经过。找了多少次火葬场，每次找的谁，如何通过谁找到了二十多年前的谁，最后因为这个谁还是没有说清骨灰到底放在什么地方。

在这个过程当中，信访办主任丝毫没有提李桂珍的过错，弄得李桂珍自己都有点不好意思了：“二十年前，也怨我，我去没找到，应该来问问你们好了。”

李云飞说：“这不能怨你，还是我们工作没有做细致。”

信访办主任讲完，曹凯又开始讲，他讲了如何找的当时管片民警李文明,不幸的是李文明不在了,很多情况就无法继续查清。虽然这样,这次呢,在李局长亲自督办下,又是如何从另外的渠道、另外的线索入手进行查找。但是,到目前为止,还是没有找到。

曹凯说的这些情况,李桂珍过去都听过,但这次她依然认真地听。听到动情处,她还哽咽起来:“孩子,我知道,这确实不好找,我也知道这给你们添麻烦了。但没办法啊,等你们老了,你们就会知道想孩子的那种痛苦啊!”

在李桂珍哽咽的同时,李云飞的眼圈也湿润了。曹凯、信访办主任也都显得无比难受。但陈文没有。他始终不卑不亢。

信访办主任、曹凯讲完,陈文开始讲。什么第一次把马刚堵在走廊里,马刚跑掉了。第二次把马刚堵在仓房里,马刚又跑掉了。第三次把马刚堵在小棚子里,马刚还想跑。陈文说:“我们进去了三个警察,有三支枪对准马刚,可马刚还是掏出了枪。阿姨,我真是没办法才开枪把马刚打死。”

陈文讲的时候,李桂珍听得好像更认真。听完,她没了泪水,态度还有了转变。她对陈文说:“马刚那时作成了那样,就算当时他不被你打死,后来严打了,他也得被枪毙。”

看到人民群众理解了人民警察,李云飞最后不失时机对李桂珍说:“老太婆啊,到北京看奥运,我看你就别去了。我给你买个四十英寸的大电视,你在家看直播老舒服的了。另外,你在家看还有什么好处你知道吗:你可以天天在家包饺子,奥运会一共十五天,每天我给你二百块钱,怎么样?绝对够你买肉买菜包饺子了!”

4

陈文开着车亲自送李桂珍回家,一路上,他没怎么吱声。曹凯在车里和李桂珍一口一个妈叫:“妈呀,本来,我们李局长还要中午请你吃饭,但他太忙了,你要多多包涵。”

李桂珍笑了笑,也没怎么答理曹凯。她倒和陈文不时找话说:“好些年都没看到你爸你妈了,前年,我才听说他们老两口都搬到滨江花园去住了。全厂都说是你给买的房子,孩子,你可真有孝心啊!”

虽然在小会议室,陈文还和李桂珍侃侃而谈,但现在他没了这个耐心。无论李桂珍说什么,他都不冷不热地应付着。

回来的路上,陈文对曹凯表达着不满:“一个四十英寸的彩电便宜的也得五千,加上半个月天天吃饺子的那三千,一万来块啊。我们一个干警一个月工资还不到三千……”

曹凯说:“这都已经少给了,我原打算拿出两万呢。”

陈文说:“这笔钱公安局怎么出啊? 财政给吗?”

曹凯说:“给个奶奶逼吧! 全都自己想办法。”

陈文说:“怎么想啊?”

曹凯说:“化缘,再不就坑蒙拐骗!”

陈文说:“那出了事儿怎么办?”

曹凯说:“现在不是还没出事儿嘛!”

按照“执法责任终身制”,李桂珍这个上访应该由陈文负责。

陈文说:“大哥,这些钱就由我出吧!”

曹凯说:“钱好办,问题是,李桂珍怎么办?”

陈文说:“这不都解决了?”

曹凯说:“解决了也得派人对李桂珍死看死守。她万一还要去北京……”

陈文说:“你是让我天天去看着李桂珍?”

曹凯点了点头。

陈文说:“我不去,让派出所去呗!”

曹凯说:“派出所能去的话,今天还用把你找来吗?”

陈文说:“就别让我去了,我出钱还不行吗?”

曹凯说:“你以为钱能解决一切吗?陈文呐,你已经知道李书记的态度了,你今后不上班恐怕是不行了。”

陈文倒不是怕上班,而是怕上班去干这样的工作,闹死心了。

两个人回到局里去见李云飞。来到了秘书室,屋子里的人比刚才还多。

秘书对曹凯说:“你们不用排队,下一个你们就可以进去。”

陈文不想进去,对曹凯说:“我在走廊里等你,需要我的话,你再出来喊我。”

曹凯说:“跟我一块进去没事儿,我看他今天挺高兴。”

曹凯和陈文一块进去之后,才知道李云飞一点都不高兴。

李云飞对曹凯说:“对李桂珍,我一句妈都没叫,老太太不是也理解我们了?为什么你一口一个妈叫着,她却总和你过不去呢?今天,我算是看出来了,你叫妈的时候,太不诚恳了,你是在应付。曹局,李桂珍之所以总来闹访缠访,还不是我们过去在工作中出现了纰漏吗?我们不能总挑人民群众的毛病。我们要化解矛盾,解决问题,首先必须要有个真诚的态度。你连叫妈都叫得那么假,李桂珍能看不出来吗?”

当着自己的面,这么不客气批评曹凯,陈文都受不了。

陈文说:“李书记,既然我们早就对李桂珍进行了三级答复,按照《信访条例》,我们可以对李桂珍不再接待……”

李云飞说:“按照《治安管理处罚法》,现在可以对李桂珍进行治安处罚!”李云飞的口气咄咄逼人,“陈文,我知道,你现在是法律专家了,但你给我解释一下,什么叫执法为民?”

陈文不吱声了。

李云飞说:“跟人民群众还讲法律?按照《公务员法》,你十年不上班,知道应该怎么处理你吗?按照《人民警察法》、按照《林河公安局十禁止》,你领着一个小美女,天天出入林河各大高级会所,知道应该给予你怎样的处分吗?”

陈文满脸通红。

李云飞点燃了一支烟,继续批评曹凯:“曹局,我刚才的话呢,可能有点重,希望你能理解。为什么我把全局信访这一块拿出来,硬塞给你,是因为我相信你有这个能力。让你端正态度,让你对上访者真心实意,我是对你好。既然你把人民群众都已经叫爹叫妈了,那你干吗不真诚点儿呢?别说爹妈无理取闹,就算爹妈生活作风有问题,你说,我们当孩子的还能去指责父母吗?”

曹凯被说得是频频点头。

李云飞说:“在这一点上,我们都要向第一派出所的所长宋男学习!他怎么说?‘为什么我把人民群众要当亲爹当妈,很简单,我是想把工作干好。因为只有这样,我心里才能不上火,不然的话,我天天被人民这么骂,我早就被骂死了。我只有在心里真正把骂我的人当作亲爹亲妈,我就不上火了。这样呢,我才能天天吃得饱,睡得香,我才能把派出所的全面工作抓好抓实!’”

5

两个人走出李云飞的办公室,在走廊里陈文就开始骂宋男:“这个小王八蛋,好听的都让他说了,他这是跟谁学的呢?”

曹凯说:“那份事迹材料我看到了,宋男说是跟你学的!说你在九大队时,就这么教育他们。”

陈文说："这……个小兔崽子，今晚，我就去揍他。"

曹凯说："揍他以后再说吧，今晚，你还是先和李书记好好谈谈吧！"

李云飞让陈文晚上在他工作结束之后找他。陈文对曹凯说："我今晚不来了。他愿意处罚就处罚，他愿意处分就处分，我认了。"

曹凯说："你干吗呀，你可别跟他犯倔。这小子谁都不惯着。"

陈文说："我也没让他惯着我呀，大不了，这个工作我不要了。"

曹凯叹了一口气："别说大话了，你能舍得吗？"

陈文不吱声了。警察这个工作对像陈文这样的老警察有着一股特殊的情结，没人搞得懂，为什么他们对这个满腹牢骚的职业如此眷恋。

曹凯说："于德才那老东西，没事儿就来磨叽我。"

于德才十年前被调离公安队伍后，一直希望能回来再当警察。

陈文说："他还给我拿钱，让我去求郑建国呢。根本不可能。"

曹凯说："所以，陈文，你将来别再像于德才似的后悔，今晚，你一定对李书记客气点儿。你别怕他批评，他这个人吧，不记仇，批评完就拉倒了。"

陈文说："曹局，他刚才那样批评你，你连屁都不敢放。我算看出来了，你现在是被他给彻底制服了！"

曹凯不承认："你不能这样讲，我对他吧，主要还是佩服！"

6

陈茜上车前，一脸的坏笑。搁平时，陈文得马上问她。但今天陈文什么都没问。他一直在皱着眉头。

陈茜问他了："爸爸，你怎么了？"

陈文说："没怎么的！"

陈茜说："那你这个样子，好像我欠你钱似的。哎，爸爸，我想问你个问题……"

陈茜还没说问题就先抿着嘴笑了起来。

陈文说："看你傻呵呵的，笑什么呀？什么问题，你问吧！"

陈茜问："为什么说小姨子是姐夫的一半屁股？"

陈文忍住笑，这个问题，他也不知道。他试着回答道："就是说，小姨子和姐夫的关系可以挺不错吧！"

陈茜说："挺不错，我理解，我问的是，一半屁股该如何解释？"

陈文摇了摇头说："我不知道，我没有小姨子……"

陈茜说："你怎么没有？张老师不是管你叫姐夫吗？她就是你的小姨子！"

陈文说："她不能算。"

陈茜说："可以算，我问她了，她说，她愿意给你当小姨子。"

陈文说："她愿意当不行啊，这个事儿你妈得同意。"

陈茜说："让她偷着给你当呗！蒙蒙说了，小姨子是可以给姐夫当小三的。"

陈文说："你明白小三是什么意思吗？"

陈茜白了陈文一眼："地球人都知道，小三就是小妈！爸爸，让张老师偷着给我当小妈，你有意见吗？"

陈文说："我没意见，但张老师愿意吗？"

陈茜说："我估计她能愿意。她对你可关心了。她问我，哎，你爸你妈为什么不在一个房间里住啊？还有，每次你去接我的时候，她都先照照镜子，有时还往身上喷香水！"

陈文说:“不会吧,我可从来没闻到过。”

陈茜说:“她那个香水是淡淡的味道,有点像柠檬的那种。”

陈文开着车和陈茜瞎聊着。快到家的时候,陈茜才说:“爸爸,今天,我又带牙刷了!”

陈文说:“带也不能去吃巧克力了。”

陈茜说:“为什么?”

陈文说:“咱们得马上回家,我要上网查查,一半屁股到底是什么意思!”

7

陈文把车停在公安局附近的树荫下,时刻等待着李云飞的招见。坐在车里,陈文思前想后。现在上班,他觉得自己恐怕难以胜任。天天去哄李桂珍,这种活儿想想头就大。另外,把李桂珍哄好了,无数个李桂珍得在不远处等着他。

即便陈文十年不上班,社会上仍然谣传他杀人不眨眼。连被法院枪毙的,被熏死在车库里的,都硬说是被他给害的。他现在真要上班了,那些所谓被他害死的家属肯定不会放过他。他们一定会排着队寻找各种理由来不停地上访。

如果全都照着李桂珍这么伺候,陈文心想,自己用不了两年就得死在公安局。

行了,各位亲爹亲妈,你大爷我跟你们拜拜了。班肯定不能上了,但陈文还不打算像于德才那样调出公安局。我毕竟为党为人民流过血流过汗,最后混到连警察都不是了,我陈文决不答应。

8

晚上快十点了,李云飞的秘书才给陈文打来电话。

陈文走进李云飞的办公室时,李云飞正在吃饺子。他没有表情地问陈文:“吃了吗?”

陈文说:“吃了。”

李云飞说:“你吃的什么呀?”

陈文说:“和你一样,也是饺子。”

李云飞说:“你不太够意思啊,你吃饺子也不想着我,我吃饺子可想着你了!”

李云飞指着旁边的一袋:“这是给你买的。”

见李云飞这个态度,陈文心里多少宽松了些。他坐在李云飞的面前,大大方方地吃了起来。

李云飞说:“我一猜你就没吃。是不是早就开始在外面等我来的?”

陈文说:“李书记,你工作这么晚,够辛苦的。”

李云飞说:“今天还算早呢! 不是怕你着急,半夜都轮不上你!”

陈文吃饺子时,用眼角的余光看着李云飞。李云飞饿坏了,狼吞虎咽。吃完打着饱嗝,就开始批评陈文:“知道我为什么对你有这么大想法吗? 你也太能装了吧!”

陈文手心出汗了。

李云飞点燃了一支香烟,继续说:“建国处长给你电话,让你来看看我,这个事儿有吧? 几年了?”

陈文满脸通红:“李……书记……”

李云飞说:“小陈哥同志,你比我年长,按道理,我确实应该先去看你,可我能去吗?我现在一举一动,全市有无数的眼睛在盯着……”

陈文说:“李……书记,我……都十年不上班了,你……说,我怎么好意思来看你……我……”

李云飞笑了:“小陈哥,怎么了?不应该吧!过去你的演讲是拿过名次的。”

陈文看着李云飞有点不知说什么好。李云飞温和起来:“今天批评你那是给曹局看的,曹局什么样,你最清楚了。我要是不把他欺负住,公安局就得关门了。”

李云飞仿佛老朋友似的,毫无遮掩地说:“现在公安局全指着曹大哥帮我了。你知道,他没有被扶正,心里一直憋着委屈,如果我哄着他,他保证得给我偷懒!班子里我最小,都比我大十多岁,我要是不逮着一个欺负住了,谁都不听我的。”

陈文说:“李书记,这和欺负没关系,曹局对你非常服气!”

李云飞说:“官大一级,压死人!谁敢不服气啊!有不服气的,我看就你这么一个,今天,当着曹凯的面,你还要给我讲法!你真有点无法无天呐,怪不得,建国处长总提你呢,你可真是人物啊!”

李云飞虽然是笑呵呵地说着这番话,陈文后背却直冒凉风。

陈文说:“李书记,我……”

李云飞说:“别我我我了,我知道,你对我有意见。党委会上,我说了,你或者上班或者辞职。那些话,我必须要说。小陈哥,你得理解我,现在整个公安局没有任何理由不上班的,目前只有你。”

陈文说:“李书记,我……让你为难了,我一定想办法……”

李云飞说："还用想什么办法？你继续在家待着就完了。你干群关系那么好，没人会想着去落实我这句话。只要我待在林河，你就可以在家想待多久就待多久！"

陈文有点发蒙，傻愣愣地看着李云飞。

李云飞说："干吗这么看着我？别想多了，我这么对待你，不是因为有建国处长这层关系。小陈哥，十年前，你不上班是组织上的决定，与你无关！"

陈文说："可后来组织让我上了，我也赖着没上……"

李云飞说："没上就没上吧。林河公安局没人计较你这个。二十年前，你就为党为人民差点流尽了最后一滴血，十年前，你为国家为企业又挽回那么多的经济损失。我过去在厅里时，看到过一个内部排名，你们一个地区级的经侦部门，追回的赃款在全国都排进了名次，了不起啊！小陈哥，你立了这么多的功，十年不上班，党和人民完全能够理解！"

陈文有点晕晕乎乎，他觉得自己与这个李云飞的差距实在是太大了。

陈文说："李书记，我能提个要求吗？"

李云飞愣了一下："提吧。"

陈文说："今后不要再叫我小陈哥了，你就直接叫我小陈，行吗？"

李云飞笑了："我可当真了。今后，咱们私下里，我就叫你小陈了。"他眨了一下眼睛，"不瞒你说，我管郑建国就叫小郑！"

李云飞和陈文说说笑笑的时候，已经偷偷地看了一次表。陈文来的时候，在走廊里已经看到秘书室还有好几个在等着汇报。

陈文不失时机地说道："李书记，您太忙了，我就不多打扰了。现在我想抓紧时间和您说说李桂珍行吗？"

李云飞说:“行啊!”

陈文说:“上午,您大概也看到了,尽管我向李桂珍很真诚地表达了歉疚之意,但我能感觉出,她很怕我,包括我送她回家,她对我都很毕恭毕敬。李书记,过去呢,我们可能对李桂珍的态度过于偏软,您看,我今后对她死看死守时,是否可以略微严厉些?”

李云飞愣愣地看着陈文。

陈文说:“李书记,你放心这个尺度,我能把握好,决不会让她有丝毫的察觉!”

李云飞叹了一口气,说:“我想什么你都知道! 小陈啊,姜还是老的辣呀!”

9

过去对李桂珍死看死守都是管区的派出所负责。怕李桂珍突然跑了,派出所一般是派辆车在李桂珍家楼下停着。现在不敢停了,李桂珍拿着砖头或锤子能把风挡玻璃砸个稀碎。警察下来制止,李桂珍接着会连警察一起砸。换成别的上访者这么闹,警察是可以拘留的。但碰到李桂珍这样七十多岁的老太太。警察一点办法都没有。

陈文开着自己过去那辆很破的广本,来到了李桂珍家的楼下。他把广本停在很显眼的位置。过去,来死看死守的警察都老老实实坐在车里。陈文不是。他下了车,直接上楼进了李桂珍的家里。

李桂珍非常意外。

陈文说:“阿姨,你过来。”

陈文把李桂珍带到了窗前,指着自己的车说:“这是我开来的啊,你想砸的话,就砸这辆,你看好了,别给砸错了。你要是把别的车给砸了,那保险公司可就得找你算账了。阿姨,我告诉你,公安局给你的钱,都给保险公司也不够你赔的。”

李桂珍有点发蒙:“孩子,我怎么会砸你的车呢?”

陈文说:“没事儿,砸吧! 过去你又不是没砸过。”

陈文说话一脸严肃,眼睛不时地四处扫视,像是在找贼似的。

李桂珍显得很不自在。她住的房子不大,五十多平方,老伴死后,现在就她一个人住。

陈文一屁股坐在沙发里,问:“你不是还有两个闺女吗? 她们呢?”

李桂珍说:“嫁出去的姑娘,泼出去的水,都嫌我唠叨,很少回来。”

陈文说:“你总砸车,人家确实不好回来。我要是有你这么个丈母娘,你姑娘我肯定不要了。”

陈文大概是说到了李桂珍的心里,李桂珍显得很不自然。

陈文说:“阿姨,中午了,你赶紧包饺子吧!”

李桂珍说:“我……今天不吃饺子。”

陈文说:“公安局给你钱就是吃饺子,你要是不吃,那你得把钱还回来。”

李桂珍看着陈文有点不知说什么好。二十年前,陈文就在机械厂这片威震四方。即便到现在,这里好人坏人也都怕他!

李桂珍说:“孩子,你和其他警察怎么不一样呢?”

陈文说:“赶紧包饺子吧。”

李桂珍说:“我还没买馅呢!”

陈文说:“我拉你去买。”

陈文开车拉着李桂珍来到了菜市场。买肉时,李桂珍有点舍不得。

陈文说："你多买点儿，你这点玩意儿，够谁吃的。公安局每天给你二百块钱呢！"

李桂珍算是碰到茬子了，声都没吱，乖乖地买了肉买了菜，回来马上剁馅包饺子。陈文先是坐在沙发里看电视，吃完饺子，又在床上呼呼睡了起来。

陈文睡觉的时候，李桂珍蹑手蹑脚地收拾碗筷，像是怕惊醒陈文。陈文躺在床上压根儿没睡。他偷偷地看着李桂珍战战兢兢的样子，心里无比酸楚。

从来到李桂珍的家里，陈文的心就沉重异常。客厅的墙上，挂着马刚的黑白照片。照片前，供着水果、点心。

吃饭的时候，李桂珍还端来一碗饺子，放在了照片前。

虽然击毙马刚一点毛病没有，但陈文心里知道，马刚死得有点冤。

张老大、张老二不是马刚杀的，马刚故意让警察误以为是他所杀，无非是为了抬高自己。向马刚开枪时，陈文也没想打死马刚，但由于枪出了问题，才使得马刚命丧陈文的枪下。

虽然马刚这么无恶不作，即便不被陈文击毙，后来严打也够呛，但此时此刻的陈文却极其内疚。无论怎样，是他让李桂珍失去了儿子！

父女情深，母子连心！有了陈茜以后，陈文对此的感受无比深刻。

看着李桂珍把饺子放在了马刚的照片前，陈文的眼眶差点湿润了。

陈文躺在床上装睡，也是想借机掩盖内心的酸楚。

快到晚上了，陈文才从床上爬起来。

李桂珍把一杯茶水放在了陈文的跟前。

陈文面无表情喝着,说:“哎,你茶不错呀!”

李桂珍说:“都是派出所给送的。”

陈文喝完了茶,打开了电视,他坐在沙发上拿着遥控器,选着台。李桂珍坐在旁边小心翼翼地看着陈文。

陈文说:“你喜欢看什么?评剧?”

李桂珍用商量的口气,说:“孩子,你回家吧,我都已经向你们局长保证了,这些日子,我肯定不去北京了……”

陈文忽然说:“哎,阿姨,你找赵克敬干什么?”

李桂珍没明白:“赵……克敬?”

陈文说:“就是那个长头发的记者!”

李桂珍说:“啊,那个赵主任?我没找他,是他来找我,他说是要写文章。我没答应。”

陈文问得很详细,李桂珍没有说谎,她确实没答应。但赵克敬找李云飞时,谎称文章已经写好了。他还给李云飞看了标题。标题很醒目,占了有半页纸。

儿子被击毙,警察毁尸灭迹

伤心三十年,骨灰下落不明

李云飞看完标题,脸就拉了下来。赵克敬说:“李书记,这个文章我看你面子,就不发了。我得支持你工作啊!”

陈文问清来龙去脉之后,对李桂珍满意地说:“你这样对待记者的态度很好,今后谁要是来采访你,你得首先要看看他有没有记者证。”

10

曹凯满脸惊讶:“老太婆给你包饺子吃?”

陈文说:“吃完我还在她家睡了一觉。”

曹凯说:“这不是反天了嘛!”

曹凯高兴得不得了:“老弟,怪不得李书记上午表扬你呢!”

陈文说:“表扬我?”

曹凯说:“当然表扬你了,说你对公安局贡献巨大却丝毫不摆老资格,能主动地积极地为局里分愁解忧! 老弟,我他妈的真服你,昨天晚上一个照面,你就把李书记给摆平了。”

陈文说:“摆平啥呀,昨晚你没在跟前,他把我又是一顿说,后来是建国处长给他打了电话,他才算放过我!”

曹凯信以为真了:“老弟,你别多想,李书记这个人刀子嘴豆腐心,你看,昨天见你主动工作,今天上午不就表扬你了嘛!”

陈文叹了一口气:“曹局,说良心话,这个工作我不太想干!”

陈文把心里的内疚一五一十地说了:“李桂珍对我这样,完全是因为怕我,但大哥,我吓唬她,我太难受了。如果是刘庆平何涛他们,无论我怎么吓唬,就算把他们吓死,我都不难受,可李桂珍……她……毕竟是一个失去了儿子的母亲啊!”

看到陈文满脸痛苦,曹凯紧张了:“老弟呀,你可千万别难受。你看到了,我们所有的招都使出来了。现在,我们是黔驴技穷! 如果你不把李桂珍稳定住,她要是再到了北京去闹,那难受的人可就多了!”

11

陈茜小时候基本是爷爷、奶奶给带着。大了以后,却不怎么愿意和爷爷、奶奶混了。老两口很伤心,每个周六、周日都像盼星星盼月亮一样。

十年前,父亲陈楚良给了陈文一个耳光。这件事儿陈文压根儿就没往心里去，但陈楚良找到陈文却一本正经地表达着歉意："孩子，我打你确实不应该，我错了，你别再折磨我了，好不好？"

陈文说："我怎么折磨你了？"

陈楚良说："你别再挑拨茜茜了，她现在都不愿意来了。"

陈文哭笑不得："爸，茜茜不愿意来，和我一点关系都没有。"

陈楚良说："怎么没关系？她最听你的话了，她不来就是你给挑的。"

母亲王美兰站在父亲的一边，也骂着陈文说："你个没良心的，茜茜小的时候，你看都不看一眼，她大了，你就把她给拉拢过去了……"

陈文说："我根本就没拉拢她。爸、妈，我告诉你们，对茜茜，不能太惯着，你们要学我，软硬兼施，适当的时候……"

陈文还没说完，父母就急了。父亲打着陈文的脑袋，母亲打着陈文的屁股，异口同声地威胁道："王八蛋玩意儿，你要是再敢打孩子，我们俩饶不了你！"

周六的下午，陈文开车拉陈茜回父母家时，陈茜不高兴了："他们俩敢打你，太不像话了，你看我今天怎么收拾他们。"

陈文说："他们是我爹我妈，你收拾他们就等于收拾我。"

陈茜说："那我不管，谁让他们欺负你呢！你看着，我非得给他们点颜色看看……"

陈文把脸拉了下来，陈茜马上改口："和你说着玩呢，你还当真了。你放心吧，我保证让这两个老黄瓜高高兴兴……"

陈文瞪了陈茜一眼："你脑袋进水了，老黄瓜指的是你姥爷，你爷爷、奶奶不能说老黄瓜！"

陈茜说："我才不说我姥爷是老黄瓜呢。上次我在家说完，我妈把我一顿捶！"

陈文憋不住笑。陈茜揪着陈文的耳朵:“你快给我找个小妈,行不行啊?”

陈文疼得忙说:“行行行……”

陈茜说:“那你什么时候去找?哎,一会儿,你把我送到爷爷奶奶家,你就去找怎么样?我现在就给张老师打电话!”

陈茜掏出手机给张雨挂通了电话:“张老师吗?您下午有时间吗?我爸爸想和你谈件事儿……地点就是上岛咖啡 A1 包间……好,你和我爸爸不见不散。”

12

张雨曾经在一部没什么名气的电视剧里演过一个什么没名气的角色。这个角色虽然根本没人记住,在小小的林河也算得上明星了。走路扬着脖子,看谁都像空气似的。

成了陈茜的舞蹈老师后不久,陈文在窗户里无意中看到张雨用戒尺打陈茜的手心。陈文很吃惊。陈文在家里尽管也这样打陈茜,但别人打,他不干。那天,陈文让陈茜在车里等着,他回到教室,抓住张雨的头撞向了门框。

怕被告,陈文没撞张雨的额头,撞的是张雨的脑袋,由于被长发盖着,出了包也看不出来。张雨被撞得两眼直冒金星。

把张雨撞成了这样,陈文第二天带着钱准备好赔偿了。可张雨像没这回事儿似的,继续给陈茜当老师。

陈文赶到咖啡厅时,张雨已经来了。她正喝着一杯泛着泡沫的咖啡。

陈文说:“对不起,张老师,让您久等了。”

张雨说:“我也才来。”

平时在教室见面，由于有陈茜在旁边，两个人说说笑笑还很随意。现在一下子单独约会，都显得有些不自然。

陈文没话找话："耽误你上课了吧？"

张雨说："没事儿，我让别人帮我带着呢。"

陈文说："你的学生好像挺多。"

张雨说："不多。我挑学生，家庭条件不好的交得起学费，我也不收。"

陈文说："你挺有性格。"

张雨白了陈文一眼："看和谁比！"

陈文只好说："张老师，我……不应该那样，实在是抱歉。"

张雨说："都两年多了，你才想着说抱歉。"

陈文说："一直没有合适的机会，请你原谅。不瞒你说，我……当时精神状态不太好！"

张雨说："你有精神病？"

陈文说："有点儿，但不是很严重。"

张雨认真地看着陈文，陈文也认真地说："我受过刺激，被人差点砍死。"

张雨说："是吗？"

陈文点着头："听小蕾说，你们净去大庙是吧，大庙里那个姓何的法师，就是他给我砍的。"

张雨似乎不信："他为什么砍你啊，人家可是大法师啊！"

陈文说："过去他不是大法师，二十年前，他是咱们这里最有名的大流氓。"

陈文简单地说了说被何涛砍的经过。张雨仍然半信半疑地看着陈文。

陈文说："真的，从那以后，只要阴天下雨，我的头就疼……"

张雨说:“你头一疼,你就撞别人的头,才能感到舒服是吗?”

陈文撞完余小蕾这样说,余小蕾就信,可这个张雨显然不太好糊弄。

陈文有点气急败坏:“张老师,我没骗你,我说的都是真的。”

大概是怕陈文再犯病,张雨就把手伸过来,拍了拍陈文,很温柔地说:“别急眼,姐夫,我知道你没骗我!”

张雨的手很白很嫩,陈文的血压直往上蹿。

陈文岔开话题:“张老师,刚才你说,你的学生不是很多是吗?那你干吗不多收几个呢?”

张雨说:“收多了累人。另外,我的课时这么贵,想收多也不太容易。”

陈文说:“那你一年能挣多少钱?”

张雨说:“姐夫干吗问我这个?”

陈文说:“我看你挺不容易,我想帮帮你!”

张雨说:“你打算怎么帮啊?”

陈文说:“陈茜还得和你学几年你估计?”

张雨想了想,“还得五年吧!”

陈文说:“我把五年的学费现在一起给你,怎么样?”

张雨不解:“什么意思?”

陈文说:“我不想让孩子再搞艺术,太辛苦了。”

张雨还是没明白:“既然不搞艺术了,那你还给我钱干什么?”

陈文说:“你也挺不容易的……”

张雨说:“姐夫别拐弯抹角了,你想让我做什么你就说吧!”

陈文说:“我媳妇总认为陈茜将来能当明星。我想让你帮我劝劝她!”

张雨说:“怎么劝呐?”

陈文说:“你就和她说,陈茜这方面一点天赋都没有……”

张雨有点为难:“我说她就能信吗?”

陈文说:“她能信!”

张雨似乎不想劝:“陈哥,你不想让孩子搞艺术,你怕孩子辛苦,这我很理解,可陈哥,那你说,现在搞什么不辛苦啊?”

陈文说:“你可能不知道,我现在吧已经有了司法资格证,就是说呢,我可以当律师。你看,律师现在是越来越吃香。张老师,我打算将来让陈茜去当律师,我这方面不仅关系多,我还明白,我完全能帮上……”

张雨忽然说:“你以为你女儿当了律师就没有潜规则了是吗?”

陈文愣住了:“潜……规则?什么意思?”

张雨说:“什么意思,你不知道吗?你和我爸一样,瞪眼装糊涂。”

陈文有点难堪:“我真不知道。”

张雨这时像是想起了什么,眼眶忽然湿润起来:“我都进组就要拍戏了,我爸给我打电话,说他病了。我回到家,他和我说,拍戏太辛苦了,希望我别干了,当个老师不挺好吗……我不想让我爸担心,就不再拍戏了,去年我妈才偷着告诉我,我爸是怕我被潜规则……”

陈文说:“张老师,你想多了,我让孩子不搞艺术……”

张雨显得很气愤:“我现在才明白,你干吗把我脑袋往门框上撞了,你太阴险了,不让你女儿跟我学,你就来这一套!我一直以为,你是天下最好的父亲,没承想,你和我父亲一样,都是自私、伪君子!”

张雨起身在桌子上丢下一百块钱,摔门而去!

13

十五的月亮
升在了天空中
为什么旁边没有云彩
……

陈楚良年轻的时候就在厂里登台演唱,现在七十多了,嗓音依然洪亮。陈茜平时虽然唱的都是流行歌曲,但唱这种老歌,也一点问题没有。

陈楚良买的这套音响花了两万多,一老一少拿着麦克风,唱得是婉转动人。陈文出了电梯站在门口,听了好一会儿,才按了门铃。

门铃一响,屋子里的歌声戛然而止。从那个王奶奶否定了自己的唱歌天赋之后,陈茜就很少唱了。

陈文进了客厅,母亲王美兰已经在厨房里做了一桌子大鱼大肉。平时,在自己家里,余小蕾怕陈茜长胖,凡是好吃的都严格限制。为了大吃一顿,陈文中午都没吃饭,可下午被张雨这一顿说,弄得食欲不是很高。他没有张罗吃饭,而是先和父母把李桂珍的事儿说了。

父母过去对自己枪毙马刚是有想法的。他们一直很同情马刚的父母,让他们这些天去陪陪马刚的母亲李桂珍,陈文以为,一定会得到父母的热烈响应,但没承想,老两口现在的想法已经有了重大变化!

陈楚良说:“我不去!那个李桂珍见到我就阴阳怪气。孩子,我看她精神好像有问题啊!”

王美兰说:“我看也是,快八十了,还天天抹口红,她老伴死了,感觉她就像是焕发了革命青春。”

老两口态度坚决:“孩子,你让我们干什么都行,去淘厕所都行,反正李桂珍那儿,我们不去。”

陈文的脸拉了下来。

老两口不再接这个茬儿,喊着陈茜去饭厅。陈茜见陈文不高兴,就过来拉他:“走啊,中午你不是没吃饭吗?”

陈文被陈茜拉到了桌子前,食欲更低了。陈文不高兴,父母看得清清楚楚,但谁都不理他。他们只是一个劲儿地往陈茜碗里夹菜。

陈茜看着陈文,小声地问:“你不想吃是吗?”

陈文说:“我想去吃大馅饺子,你去不去?”

陈茜显得很无奈,看了看满桌子的菜,就说:“好吧,我和你去。”

老两口傻眼了,立刻投降。经过短暂商议,母亲王美兰和陈文郑重表示说:“就不让你爸去了,他别再和那个老妖怪闹出绯闻。孩子,我去,你放心,我保证每天像上班一样去陪着那个李桂珍。不就半个月吗? 一定完成你交给我的这个光荣任务!”

母亲没说完,陈文的食欲就来了,他对陈茜喊道:“把那盘排骨给我端过来!”

14

夜里,陈茜睡着以后,余小蕾蹑手蹑脚来到陈文的卧室,迅速钻进了被窝。

陈文已经睡着了，不耐烦地往外推着余小蕾："哎呀行了行了，今晚就别滑溜了。"

余小蕾说："压根儿就没想滑溜，今晚是每周一歌。"

陈文想想真是的。但现在他已经半梦半醒，情绪不是很容易上来。他说："明天吧。"

余小蕾说："干吗要明天呐？今天你已经和别人滑溜过了是不是……"

陈文使劲揪了一下余小蕾的头发。

余小蕾很疼，但只是咧了一下嘴。结婚前，陈文就对余小蕾"施暴"，那时，他感觉余小蕾似乎有点很愿意似的。

陈文搂着余小蕾调整着自己的情绪，下午被张雨的那顿说，依然挥之不去。

见陈文总不进状态，余小蕾又开始了挑逗："哎，亲爱的，你猜，下午谁给我打电话了？张雨，真奇怪，她在电话里什么事儿也没说，但我感觉她好像是有事儿！"

陈文说："那你直接问问不就完了。"

余小蕾说："我才不问呢，万一她说，姐，你把陈文让给我吧，那我不没事儿找事儿吗……"

陈文掐了一下余小蕾。

余小蕾说："完了完了，这回肯定得青了。"

陈文说："活该，让你耍流氓！"

余小蕾把身体整个贴了上来："你才耍流氓呢，你看看，我一提张雨，你就……"

陈文忽然捂住了余小蕾的嘴，这时，走廊里传来了脚步声。

脚步声在卧室的门口停下了。

陈文小声地问余小蕾："你锁门了吗？"

余小蕾说:“没锁。”

陈文把被子蒙在余小蕾的头上,对门外大声地说:“谁呀?是茜茜公主吗?”

陈茜说:“是我,爸爸,我出来喝水。”

陈文说:“那你去喝吧。”

陈茜说:“余小蕾好像没在她自己的房间里。”

陈文说:“她来我房间里了!”

陈茜说:“她来你房间里干吗?”

陈文说:“她来喝水。”

15

王美兰搬走以后,很少回来。陈文开车拉着她进入机械厂住宅区时,通过风挡玻璃看到了不少熟人。

车窗上贴着薄膜,里面能看到外面,外面看不到里面。

陈文说:“用不用我停下来?”

王美兰说:“不用。我不想见机械厂这些人。”

工厂改制后,陈楚良与群众的关系变得十分紧张。不少群众看到陈楚良就骂。陈楚良没法还口,王美兰就替丈夫反骂,弄得群众连王美兰也一块骂。

到了楼下,王美兰问陈文:“大儿子,李桂珍要是骂我怎么办?”

陈文说:“她不会。”

王美兰说:“反正她要是骂我,我就骂她!”

陈文不高兴了:“你怎么回事儿?我让你来陪她不是让你来骂她!”

见儿子急了，王美兰又紧忙说："你看你那熊样，我跟你闹着玩呢！这个李桂珍还行，过去见到我和你爸就是说些风凉话，在我的印象当中，她好像还真没骂过人。"

陈文说："她现在专门骂警察，没工夫再骂人了。"

陈文怕母亲受委屈，把王美兰送进屋之后，故意呆了好一会儿。

李桂珍像昨天一样给陈文倒着茶水，问他："中午还吃饺子不？"

陈文阴着个脸，一声没吱。

陈文走了之后，李桂珍跟王美兰诉起了苦："大妹子，你这儿子也不像个警察样啊！别的警察见到我像是老鼠见到猫，都躲着，你儿子倒好，到我家里来欺负我。"

王美兰说："欺负你算什么呀？老陈和我都是他亲爹、亲妈，照样！昨天这不，嫌我炖的排骨里盐放少了，就把家里的电视给砸了。这叫什么玩意儿？我盐放少了，你别吃就完了呗，砸我电视干什么？"

李桂珍吓坏了。王美兰说这些，她深信不疑，被陈文干掉的儿子马刚比这儿子还邪乎。她庆幸地说："哎呀妈呀，亏得我给你儿子包饺子时，我多放了一勺盐，要不然，我的电视也得让他给砸了。"

王美兰开始说瞎话时，还不太自信，见到李桂珍是真信，胆子就越来越大了。好在陈文有时也确实不怎么样，过去急眼了，把桌子掀翻不说，还接着去踢落在地上的菜盆。特别是现在，动不动还修理陈茜。想起这些，王美兰恨得不行，她说陈文王八蛋时，就显得逼真而富有情感。

由于是一起数落陈文的重重恶行，两个人倒有点像同呼吸共命运似的。

晚上,陈文接母亲回家时,王美兰在车里有些得意:“放心吧,我保证能完成任务。这个李桂珍和我处得可好了,她一点都不像你说的那么恶!”

陈文说:“不恶是因为她觉得我比她还恶,她恶不过我,跟你才这么老实!妈,你都不知道,她把我们警察作惨了,我们大局长都得管她叫妈!”

王美兰说:“真的?她和我说,我还以为她和我吹呢!”

陈文说:“她一点都没吹。我们警察从上到下见到她就像老鼠见到了猫!”

王美兰笑了:“这话她也说了。但大儿子,我能看出来,她可是真怕你啊!晚上你来之前,她让我帮她把电视藏起来了,她真以为你什么都砸呢!”

对李桂珍被陈文吓得胆战心惊,王美兰有些幸灾乐祸。过去她对李桂珍抱以很大同情,现在因为李桂珍站在群众一边对自己的丈夫风言风语,那种同情便没了踪影。

王美兰对陈文说:“大儿子,你看我明天用什么方法继续吓唬这个老妖怪?”

陈文说:“你的任务是陪她不是吓唬她!”

王美兰说:“这种人就得靠吓唬才能把她陪好。”

陈文说:“妈,你这种态度不对,你看她多可怜呐!”

王美兰说:“可怜什么呀?可怜之人必有可恨之处……”

陈文不高兴了:“你怎么能这么说话呢!她儿子被我打死了,到现在骨灰都找不到,你还说她可恨!你太不像话了。”

王美兰蒙了:“你跟我发什么火呀,你个没良心的,我好心好意帮你来工作,你反倒说起我来了。”

王美兰说着说着，眼眶还湿润了。陈文急忙停下车，又来安慰王美兰："妈，我发现你现在怎么动不动就淌眼泪，不会是白内障了吧？"

王美兰又笑了："障你奶奶个腿吧！你个王八蛋玩意儿，说说你就急眼了。还说我，我看就你吓唬得欢。"

陈文被母亲说得心情很沉重。尽管他明知自己吓唬李桂珍纯粹是为了工作，但那种内疚感却越来越强烈。今天，他在李桂珍的家里，发现在马刚的照片下，多了一个骨灰盒。他趁李桂珍不注意，偷偷地打开看了看。骨灰盒里，装的是几块"嘎拉哈"。这是过去把猪骨头风干之后制成的小玩具。

看到一个母亲用猪骨头替代儿子的骨灰来祭奠，陈文整天都处在忧郁之中。

见到母亲幸灾乐祸之后，陈文很伤感地教育母亲："妈，如果我死了，骨灰要是找不到，你会怎样？"

王美兰挥手给陈文一个耳光。

陈文说："你打我干什么？"

王美兰依偎在陈文的肩膀上，一下子哭了起来。

陈文有点傻眼："妈，行了行了，我跟你开玩笑呢！"

王美兰哭着说："大儿子，这种玩笑今后可不能再开了，妈受不了啊！"

16

陈文十年前是九大队的大队长，这个九大队是临时机构。怕工作不好开展，经局长罗浩然提议，又认命陈文为经侦大队的副大队长。这只是过渡，目的是为陈文留党察看结束之后的重用有个台阶。

后来,这个台阶给陈文带来了好处。由于公安局被整体提升,下设的各个大队都升为了支队。支队的领导也都跟着相应提了半格。于是,陈文拣了个便宜,由正科被提拔为副处。

由于陈文常年不上班,他也就不再担任支队的领导,他只能算一名副处级的侦察员。当得知陈文正式上班以后,支队长还给陈文打电话,希望让他到经侦支队来报到。并承诺说,会给他最大限度的重用。陈文没去讨这个厌。

这么多年没上班,经侦支队别说他的办公室,连办公桌都没有。去就被重用,他实在是不好意思。陈文对支队长说:"我现在去不了,局里给了我个重要的维稳任务!"

维护稳定压倒一切,是重中之重,陈文不说重要,支队长也知道肯定重要。

当然,陈文对李桂珍的维稳也确实重要。这个李桂珍,几年前曾经抱着骨灰盒趴在北京的长安街上,让交通瘫痪了将近一个小时。

开奥运会时,李桂珍要是再来这么一次,搞不好都得影响运动员的成绩!

好在这次在北京举行的百年奥运,李桂珍是没机会搅和了。王美兰让李桂珍的生活无比充实。她们一起包饺子一起收拾屋子一起上街买菜买肉还买衣服。所有的花销都是王美兰掏钱。李桂珍一个劲儿地夸奖王美兰:"大妹子,你看你多知情达理,你儿子来我家吃饺子,还得让我掏钱!真是一点道理都不讲啊!"

一点道理不讲的陈文在母亲全心全意陪伴李桂珍的同时,也一直为李桂珍辛苦地奔波着。马刚的骨灰盒里装着猪骨头,深深刺痛了陈文。马刚的骨灰已经被很多人找过很多遍了,陈文再去找，本身就有点犯傻。但搞刑侦出身的一般不这么想。侦查破案没有绝对的规律，看起来十拿九稳往往是一场空，而绝境中还真有可能柳暗花明！

搞刑侦的不按常理出牌，什么跳跃思维、逆向思维之类，他们都是家常便饭。陈文正式寻找前，首先分析了以往的经验教训。他觉得之前这些人犯的错误就是太想找到马刚的骨灰了。

破案有时和生活差不多，不能太直接，往往越想得到就越得不到。

陈文虽然找的是马刚的骨灰，但他并不仅仅去找马刚一个人。他还找张老大、张老二的骨灰。二十多年前的那个特殊年代，不光是马刚死后家属不主动来料理后事儿，很多人出于种种想法都不来。

陈文觉得必须得重视。这些人的家属万一受到李桂珍的启发也都来这么闹，公安局就甭想再消停了。

17

几年前，刘长水因年龄退居二线，不再担任技术支队的负责人，所以，他是和别人共用一间办公室。但退休后，刘长水被公安局返聘回来，却有了自己单独的办公室。陈文来找他时，刘长水正在自己宽大的办公室里喝着茶水。

见陈文给他拿来好烟好酒，脸上露出了笑模样。他对陈文说："小陈啊，还得干技术啊！当官的退休，你看到有给返聘回来的吗？看见没有？我刘长水不仅回来了，我还得是自己一个办公室！"

刘长水是全省的技术专家，退休前，不少公安局都向他抛出橄榄枝。

陈文说:“老刘啊,你退休后好像比退休前还忙。知道吗,现在大家都说你,老刘忙(流氓)啊!”

刘长水说:“你才老流氓呢!”

刘长水给陈文倒了一杯普洱,继续给陈文讲着干技术的好处:“听说,你要上班了,那我建议你啊,一定要干技术。治安、刑警、巡警、户政、交警、派出所通通都已经不是人干的活了。”

陈文说:“你不用替我操心了,我回来要当局长。”

刘长水过去一听谁要当局长立刻点头哈腰,现在他却不以为然。他说:“小陈,我知道你门子硬,但我跟你说,官你也别当了。你没看到曹凯那个熊样啊,他比我爹都显老!信不信,等他退休了,用不了几年就得脑血栓。像我,我回来上班是给林河公安局面子,要不然……”

陈文不愿意听了:“要不然怎么的?你不就会点儿技术嘛。你个老黄瓜是越老越不要脸,你这点儿技术是怎么来的?还不是林河公安局给你培养的!当年有一次省厅办培训班,本来我应该去,你可好,你竟然自己给自己报名去了。你说你当时还是科长呢……”

刘长水被陈文说得脸红脖子粗,他伸出手捂陈文的嘴:“你呀你呀,孩子都这么大了,还这么操蛋!”

陈文把刘长水的手拿开,又训了刘长水好半天,才说正经事儿。

这下,刘长水认真起来。

当年,马刚被击毙后是刘长水做的解剖。后来火化什么的,他也都清楚。开始,是想让刘长水帮着找,但刘长水忙就给拒绝了。

刘长水说:“纯粹是多余,一个骨灰还找什么呀?”

陈文说:“是马刚的妈妈想找。”

刘长水说:“我的意思是整点别人的不就完了?骨灰查不出来,说谁的就是谁的……”

陈文说:“那好,你给出个鉴定结论怎么样?”

刘长水笑了:“那可不行。”

搞技术的这些人都不敢弄虚作假!

陈文说:“你自己保持贞洁,却怂恿别人去卖淫……”

刘长水说:“行了,行了,陈文,你越来越恶心了。你快说,你找我究竟要干什么?”

陈文来的时候已经找到了张老大、张老二的骨灰!他让刘长水出手续证明一下。

刘长水十分惊讶:“你是怎么找到的?”

陈文简单地说了说。其实过程非常曲折,前前后后找了将近二十人才给找到。

刘长水说:“小陈啊小陈,你绝对是干技术的料啊,听我话……”

陈文不耐烦了:“听你奶奶个逼,你赶紧出手续。”

陈文这些年不上班,过年过节也都最低两瓶酒两条烟去看刘长水。

刘长水被陈文这么骂,一点不生气:“全公安局你是唯一敢骂我的!”

其实,曹凯骂刘长水就像骂孙子似的,刘长水也照样不敢吭声。陈文见刘长水痛痛快快给自己出手续,也不再拿刘长水开心。

刘长水出完手续不解地问:“不是让你找马刚的骨灰吗?你找张老大、张老二的干什么?”

陈文说:“我闲的!”

刘长水说:“我看你就是闲的。”

经过这些日子的查找,马刚的骨灰虽然没有找到,但找到了几份可疑的。八十年代,DNA 省厅都做不了。所以,当时所有的尸体都没有保留 DNA 检材的意识。陈文当时好像在警校看了一本什么书,就建议从尸体身上取下一绺头发,等火化之后一起放进骨灰盒里。陈文的建议被刘长水当屁给放了,但陈文自己很认真,凡是经他手的尸体,他都这样做了。

陈文拿出了一个小塑料袋,里面是六根头发。这是他在那几份有嫌疑的骨灰当中找到的。

刘长水更惊讶了:“你这运气也太好了!”

陈文说:“还不一定就是马刚的头发!”

刘长水说:“肯定是,别人的当时也没想着往里放啊!”

陈文把头发递给了刘长水:“别说没用的了,你先看看能不能用。”

头发的毛囊不能有丝毫的腐败变质,才能进行 DNA 检验。刘长水把头发一根根放进显微镜下认真地观察着。陈文的心提到了嗓子眼儿。刘长水说,前两根不行,后四根都可以。陈文才重重地松了一口气。

只要把嫌疑样本与马刚的母亲及妹妹的 DNA 进行比对,就知道这头发是不是马刚的了。

刘长水说:“你去找曹局签个字,走案件吧!”

几年前,做 DNA 还得到省厅,现在林河公安局也有设备了。但做这些检验,得好几千块钱。如果是涉嫌案件的话,就全都免费了。

陈文来查验既是案子还涉及维稳,完全不用自己掏钱。但陈文却说:“老刘啊,这次呢我得交钱。”

刘长水说:“你有钱没地方花了?”

陈文说:“不是,除了这个公事儿,我还有点私事!我想要做个亲子鉴定。”

刘长水笑了:“怎么了?你对自己没信心呐?”

陈文说:“有点儿。”

18

陈茜长得有点像外国女孩,不少人私下有些议论。加上报纸电视上类似的事儿不少,让陈茜不止一次问陈文:“我会不会真的是给抱错了?”

尽管陈文不止一次地说“绝对没错”,但陈茜心里似乎总是有阴影。陈文花钱做这个亲子鉴定,就是为了让陈茜彻底放下心。

出鉴定结果这天,陈文是领着陈茜一起来的。陈茜的脸本来就白,结果出来前更白了。她紧紧地搂着陈文的脖子,哽咽着说:“爸爸,如果我不是你女儿怎么办?”

陈文说:“放心吧,你一定是!”

陈茜说:“你不能这么回答我!你必须先说好,万一我不是你的女儿,万一我真的是给抱错了怎么办?”

陈文说:“万一抱错了,我也绝对不会去换了。茜茜,你这辈子必须要给我当女儿,这一点,你同意吗?”

陈茜说:“我同意,我同意。我完全同意!这可是你说的啊,就算万一给抱错了,你也不能去换啊!”

陈文说:“那当然了。”

刘长水拿着检验报告满脸喜悦地走了进来。

双喜临门。头发是马刚的,女儿是陈文的。

陈文高兴,陈茜更高兴。她搂着刘长水一顿亲:“谢谢大大,谢谢大大。”

陈茜把检验报告放进了自己的书包里。

陈文说:“你干吗呀?”

陈茜说:“我带到学校去,我要给蒙蒙看,给数学老师看,给语文老师看,给体育老师看,给郭秋梅看,给程浩看……这些人都可差劲了,他们都在背后议论过我。现在,我要用铁的事实,给他们每人一个耳光!”

刘长水当真了:“孩子,你可不能学你爸,千万不能打人呐!”

陈茜跟刘长水翻着白眼:“老土,我那么说,只是比喻!”

19

陈文到殡仪馆买了个四千七百元的骨灰盒。他把找到的骨灰一块一块恭恭敬敬地放了进去。

李桂珍每年从公安局平均能得到五六千元。马刚的骨灰找到了,公安局从此不会再接着给李桂珍钱了。公安局不给,陈文给。李桂珍已经快八十了,每年给六千,给个六万八万的,也就差不多了。

怕李桂珍不放心,陈文在调解协议书上,写上“每年给六千直到李桂珍同志的终年”,用的是大号的黑体字。陈文拿着高级的骨灰盒,拿着里面净是黑体字的协议书以及各种相关材料,来到了李桂珍的家里。

快到中午了,李桂珍和王美兰正在包饺子。盖帘上已经有不少包好的。李桂珍见到陈文马上说:“孩子,先给你煮,你看这些够不够你一个人吃的?”

陈文的态度缓和多了，他说："阿姨，不用了。我这次来不是吃饺子。"

李桂珍担心起来："那你来干什么？砸电视？"

陈文说："你别紧张，来，阿姨，咱们到屋里，我跟你说个事儿。"

协议书里有陈文每年要给李桂珍拿钱这个事儿，陈文不想让母亲知道。

李桂珍和陈文到了里屋，陈文首先从兜里把那个高级的骨灰盒拿出来，放在了马刚照片的下面。李桂珍疑惑地看着陈文。

陈文把找到了马刚的骨灰这件事儿很平静地说了。

李桂珍十分惊讶："你……找到了，你是在骗我吧？"

陈文说："阿姨，我没有骗你，我确实给找到了。"

陈文一边说自己寻找的艰难，一边把火葬场的证言、刘长水的证言、DNA 的检验报告等各种证明材料，一份一份放在了李桂珍的面前。

李桂珍似懂非懂地看着。

陈文说："阿姨，这些都是复印件，原件公安局的信访办要归档，你要是有异议的话，你随时都可以去查。"

这么多年没找到，陈文用了不到半个月就找到了，任何人都会产生怀疑。

像李桂珍这样的上访大户，什么路子都懂。陈文不说，李桂珍也会找律师之类的"志愿者"去到公安局进行严格复查的。陈文所采的各种证言证明材料，全都按着最严格的标准。法律上没有任何瑕疵。

怕李桂珍上当，陈文还告诫她在找所谓"律师"咨询时，要注意哪些事项。他把每份证明材料的要点、难点、关键点都一一指给李桂珍。由于问心无愧,陈文说得坦荡自然,有理有节,句句在理。陈文能看出,李桂珍应该是相信了。

李桂珍拿起陈文带来的骨灰盒,眼里充满了泪水。

陈文心里很不是滋味,怕李桂珍过于伤心,陈文又拿出那份调解书,放在了李桂珍的面前。李桂珍没看,仍然抱着骨灰盒泪流满面地注视着。

陈文只好替李桂珍翻开调解书,为她解释着相关的内容。

由于低着头,陈文也没太注意李桂珍的表情,等他发现不对头时,已经晚了。这之前,李桂珍对陈文始终是惧怕的,但突然之间,陈文便对李桂珍有了惧怕!

李桂珍先是骂人,接着就把手里的骨灰盒砸向陈文。

陈文的脑袋好玄被砸上。四千七百元的骨灰盒砸到了墙上,盒盖裂开,马刚的骨灰撒了一地。李桂珍扑过来,抓住了陈文连踢带打,陈文捂着头不住地躲闪。

王美兰冲了进来,一把揪住了李桂珍的头发,大喝道:“你干吗你!”

李桂珍毫不在意自己的头发被王美兰揪着,她继续打着陈文。

王美兰高喊:“别打了,李桂珍你疯了。”

陈文躲闪李桂珍的同时,小声对王美兰说:“妈,你快松开她,她真的疯了。”

20

像李桂珍这么执着的上访户,一般来说,都有些偏执。长期搞信访的都明白,对待这种人,要格外小心。这些年,李桂珍已经把找儿子的骨灰当作了一份事业,现在这份事业突然被陈文给搅黄了，李桂珍失常一点都不奇怪。

陈文没搞过信访，他不知道会出现这样的逆转。

怕脸上被李桂珍给挠花，陈文全力护着。他的衣服被撕坏了，胳膊出了一道一道的血印子。

多亏有王美兰护着，李桂珍才算平静下来。

陈文见过失常的人，何涛之类的流氓过去经常被陈文给弄崩溃。陈文怕李桂珍彻底崩溃急忙用最温柔的语言安慰她。但李桂珍已经听不进去了。她猛烈地表达着对陈文的不满和愤怒。

失常之后，有时比喝多了还真诚，心里最隐秘的话，都能说出来。

"陈文，你个混蛋，你干吗要去找马刚的骨灰啊！你知道我为什么要把猪骨头放进他的骨灰盒？他不是人呐！他把他爹的腿踹折了……马刚是个畜生啊，他连他的亲妹妹都不放过……孩子呀孩子，你杀了他，我们全家都没意见！可是，你千不该万不该，你不该把他的骨灰找到啊。找到了，我还怎么到公安局去要钱呐！"

陈文像哄孩子似的哄着李桂珍："阿姨，你不用到公安局去要钱了！"

陈文把调解书翻开，指着醒目的黑体字说："你看看，我都给你写上了，今后每年我给你六千……"

李桂珍拿起调解书，扔在地上："我不要，我不要。过去要公安局的钱，我已经不要脸了。现在马刚的骨灰找到了，我再要你的钱，那我真是个老不要脸了！"

李桂珍边说边哭着，一会儿，她坐在地上，一会儿，她又起身把马刚的骨灰踢得满屋子都是。

陈文只好连哄带劝和母亲一起把李桂珍弄到了车上，拉着李桂珍来到安康医院住了下来。接着找来李桂珍的女儿，但女儿看了几眼就要离开。

陈文说:“你不能走啊,她可是你的母亲！你放心,所有的钱都由我出。”

女儿说:“你以为钱能解决一切吗?”

陈文被这一句话问傻了。化解信访的矛盾,好的态度把群众当成亲爹亲妈的确很重要,但最重要的还是钱。可面对像李桂珍这样的,钱好像也没什么用了。

李桂珍犯病,陈文绝对推不了干系。好在李桂珍的病还不算很严重,医生诊断只是间歇性的。

李桂珍出院这天,陈文愁死了。李桂珍虽然好了,但随时有可能复发,她的身边要有人勤开导勤照顾。王美兰说她可以继续照顾李桂珍,但陈文哪敢让已经年迈的母亲再去啊!

开始,陈文打算亲自去照顾李桂珍！但医生却不允许。

医生明确告诉陈文:“李桂珍的病是因你找到了骨灰引起的,这等于是你断了她的财路。所以,在病人恢复期间,李桂珍只要看到你,便会导致痛苦的刺激,这极有可能让李桂珍的病再次复发。病人要想顺利康复,你必须要回避李桂珍,不能让她再看到你。”

第三章

1

有困难,找警察。

万般无奈的陈文都想打 110 找警察了。但警察找警察,接电话的会以为陈文的精神也出了问题。

好在宋男给苦闷中的陈文打来了电话。宋男说:“大哥,曹局告诉我了,你不用操心了,等那个李桂珍出院,我就直接把她接走了。”

陈文说:“你接哪儿去呀?”

宋男说:“接我管区,我去照顾她!”

陈文说:“算了算了,你一天都忙死了,你哪有时间?”

宋男说:“大哥,你是不是信不着我呀? 这样吧,中午你到我这儿。我领你去参观个地方。”

宋男说的地方离派出所不算太远。那是个大院子,里面有排平房。

宋男说:“这都是我们自己盖的。”

陈文说:“不违章吗?”

宋男说:“肯定违章,但现在还没人管! 等有人管再说。”

走进了院子,各个屋子里差不多都有人住。有老人有孩子有男人有女人。见宋男来,都争先恐后和他打招呼。

院子中间有个专门的厨房,正是开饭时间,十来个人围坐在桌子前。四菜一汤,荤素都有,米饭、馒头管够。大家香甜地吃着。宋男和陈文也坐在他们其中。来之前,陈文愁得一点食欲都没有,现在看到别人吃得这么香,他禁不住吃了满满两碗。

陈文说:“真香啊!”

宋男说:“人多吃得就香。”

吃完饭,陈文和宋男来到院子里参观。宋男挨个屋介绍。胡立泰是派出所辖区的暂住人口,他住的地方是一个煤棚子,四处漏风。他有老婆和两个孩子。平时全指着他维持全家的生活。去年六月,胡立泰因为盗窃被刑警队抓了起来。一家人这下没了着落。过年的时候,宋男到他们家住的那个小棚子里,凄惨的景象让人落泪。

宋男说:“三九天,一大人两孩子连棉鞋都没有。”

宋男把娘仨全都接到了这里。

陈文说:“你要把她们一直养到那个什么胡立泰出狱为止吗?”

宋男说:“刑警队知道他家这个情况,找司法局沟通完了,准备给胡立泰先放出来,但胡立泰死活不干,他非得要待在监狱里。”

陈文说:“我是他,我也愿意待在监狱里。”

宋男指着刚吃完饭的一个老头说:“他叫吴世海。”

吴世海有个平房,面积是二十一平米。前年,他住的地方要进行棚户区改造。一律推倒,盖楼房。所盖的楼房最小的面积为五十二平米。正常来说,吴世海得到五十二平米,还应给开发商三十一平米的补差款。但吴世海不给。开发商见吴世海难缠,就答应那三十一平米的钱不要了。

可让人万万没想到的是,吴世海却提出,要给他三套房子才行。

开发商哭了,他问吴世海:“你一个二十一平米的小平房,让我给你三套五十二平米的大楼房,你是根据什么理由啊?”

吴世海说:“我家有三口人,你就得给我三套房子!”

开发商无法满足吴世海的条件,吴世海赖着不走。现在搞开发不像过去可以强拆。开发商没招了,就把吴世海所要的条件贴了出来。

已经搬迁的群众不干了,吴世海当钉子户直接影响到大家能否顺利回迁。一个晚上,群众把吴世海强行背出来,七手八脚就把吴世海的平房给拆了。吴世海四处上访,他不告人民群众告派出所,说派出所站在旁边看热闹不管。

宋男说:“那些群众都急眼了,我们想管也不敢呐!”

吴世海天天赖在派出所,说他没地方住。派出所没办法也把他接到了这个院子里。

宋男说:“这可倒好,派出所不仅管他住,还得管他吃。”

陈文说:“那你的这些经费哪来呀?”

宋男叹了一口气:“想办法呗!”

说完吴世海,宋男又说了于镜涛、胡长斌和张明君。情况也都大同小异,陈文不太愿意往下听了。伺候人民群众吃吃喝喝,陈文相信宋男没问题,但问题是像李桂珍那样的精神有问题,宋男也能伺候吗?

宋男看出陈文的心思了,他说:“大哥,我刚才说的这些人都不重要,里面还有个重量级的。”宋男领陈文走进了一个房间里,屋子里住的是五十多岁的叶淑梅。

叶淑梅正在慢悠悠地吃饭，虽然吃的都一样，但她不在大食堂吃，她认为自己有身份，不能和那些人坐在一起。见到宋男进屋，她放下碗筷和宋男问寒问暖，感觉像宋男的母亲似的。

六年前的一个傍晚，叶淑梅在西一条路与牡丹街的交叉口，被一辆白色的小型客货车刮倒。司机肇事后逃逸。叶淑梅住院半个月，花了一万三。出院后，叶淑梅上访要求公安局侦破案件，抓到肇事者。

公安局和她讲事实讲道理，叶淑梅开始挺服气，不再上访。但后来叶淑梅受到了高人指点，开始了越级上访。她专找两会和重要的节日。交警支队被叶淑梅的上访给"一票否决"后，主动找叶淑梅协商："即便抓住肇事儿的，你不也就要一万三的医药费嘛，我们干脆赔给你，你不再上访了行不行？"

叶淑梅说："不行，我去北京的费用加在一起得两万三了！"

交警支队咬了咬牙，把两万三都给了叶淑梅。叶淑梅很高兴，当场给交警支队写了保证书。可她的保证不到一年就不管用了，继续到北京上访。反反复复，交警支队又先后给了叶淑梅三万多。最后，交警支队被逼得没办法，暂时放下日常繁重的工作，集中警力开始地毯式追查那个白色的小型客货车。地毯式结束后，又设专人专案继续追查。事故大队副大队长吴立波历尽艰难，终于抓到了那个逃逸的肇事者！

可结果叶淑梅与李桂珍差不多，很快精神不正常了。

叶淑梅因为上访与子女的关系也搞得很僵。叶淑梅犯病后，只能由那个抓到肇事者的吴立波管。可医生的建议也是不让叶淑梅看到吴立波，以免受刺激。

宋男说："这不，我就把叶淑梅叶阿姨接到我这儿了。前两天，我刚领她去看过医生，医生说，她已经完全康复了。大哥，你说巧不巧，叶淑梅一走，我正好把李桂珍接来！”

宋男喋喋不休地说着，似乎把李桂珍接来，是件微不足道的小事儿！

陈文有些不放心：“老弟，你和我说实话，你真的能伺候得了像李桂珍这样的……人吗？”

宋男说：“大哥，我前年被评为全国优秀人民警察，一个李桂珍我再伺候不了，那不太笑话了！”

陈文说：“那好，你帮我伺候李桂珍，我帮你解决点经费吧！”

听到经费，宋男像是被踢了一脚，他摆着手说：“大哥，经费我有，你就不用操心了！”

陈文说：“真有意思，我的事儿，我怎么能不操心？宋男，李桂珍的经费我解决，你这个院子里其他人的经费，我通通给你解决。”

听到陈文这么说，宋男更毛了：“你快行了，大哥，你这样的话，李桂珍我可就不给你管了啊！”

陈文说：“你干吗呀！我是有钱人！”

宋男笑了起来，他知道，陈文这个有钱人是画引号的。

陈文说：“你笑什么呀？”

宋男实实在在地说：“我们派出所虽然困难，但还不至于揭不开锅，你再因为这点钱，和嫂子闹矛盾就不值当了。”

陈文被说到了痛处，一下子火了：“你别胡说八道，我什么时候因为钱和你嫂子闹过矛盾？你真有意思！”

见陈文不乐意了，宋男急忙拉着陈文的手说：“哎呀，我跟你开玩笑。怎么说着说着就急眼了。”

陈文显得有点无奈，推开宋男说：“你现在越来越像个娘们了，怎么动不动就爱摸手呢！”

2

因为钱，陈文和余小蕾有矛盾谈不上，但芥蒂是有。

十年前，陈文娶余小蕾时，吴建平给他们两口子买了个二百八十五平米的复式楼。这么大的房子，陈文经常让九大队的宋男、小刘他们来玩。

过年过节，陈文的家成了欢乐的海洋。九大队好几十人，再大的房子也显得挤。余小蕾有洁癖，这么多人来造，她不经意流露出了不耐烦。

警察都超级敏感，那之后，渐渐都不怎么来了。陈文开始没明白咋回事儿，还说宋男：“怎么的，我不当官了，你们就把我忘了。”

宋男说得很委婉：“陈大队，没把你忘了，我们就是太忙了。”

陈文给小刘打电话，小刘直接说了：“嫂子那么爱干净，我们这帮人都跟土匪似的，你想，她能愿意吗？”

那时，陈文对余小蕾多多少少有了点想法。余小蕾爱干净是事实，但不是理由。余小蕾的同学朋友，也一帮帮地来，余小蕾从没流露出丝毫不愿意。

以前每次过年，陈文都想给九大队的这些弟兄们表示表示。他已经是大家眼里的有钱人。如果不表示好像不那么回事儿似的。当然，六七十人，每人五百也得好几万。连续给了几年之后，余小蕾就对陈文说：“你是他们的领导，他们应该给你表示，你怎么还能年年给他们表示呢？”

陈文说：“他们都挺困难！”

余小蕾说：“困难的多了。亲爱的，你不能这么大手大脚，咱家的钱不是西北风刮来的,那也是我爸辛辛苦苦挣来的!”

余小蕾可能随口说出的这句话,深深刺痛了陈文。

吴建平每次给余小蕾钱都是几十万几十万地给,陈文给自己的穷弟兄不过几万,余小蕾这么批评陈文,陈文一点都没想到。陈文更没想到的是,余小蕾对他在花钱上是有监控的。

余小蕾给陈文办了各种卡,加油卡、健身卡、信用卡、白金卡……但每个卡消费之后,余小蕾的手机上就会收到相应金额的短信提示。这令陈文十分愤怒,好多次,陈文都想把各种卡摔在余小蕾的脸上。

“你大爷我不用你的卡了!”

但这种话,陈文只能在心里说。没有卡,陈文已经寸步难行。加油、吃饭,领着陈茜出入各种高级会所……没有卡意味着陈文连陈茜的父亲都当不了。

当然,余小蕾只是监控陈文花钱,并不限制陈文花钱。即便陈文从卡上一下子提取五万以上,余小蕾也就只是问问而已。只要陈文编个“给领导送礼”之类的理由,余小蕾一定会深信无疑。

可惜,这样的理由,陈文却一次都没有编过。

现在的陈文和过去没什么两样。他可以随心所欲地去骗何涛刘庆平之流,但他却无法去骗单纯的余小蕾。

3

林河寺位于半山腰,通红的围墙老远便能映入眼帘。一条弯曲的柏油路直接通到山脚的环城高速。寺院尚未全部竣工,来烧香拜佛的却已经络绎不绝。

陈文每次来寺院,很少到里面。他总是把何涛叫出来。这次来,何涛早早地站在寺院的停车场等陈文。

穿着僧袍的何涛一上车,陈文便憋不住笑。

何涛说:“阿弥陀佛。”

陈文说:“现在就咱俩,你能不能别闹?”

何涛又说:“阿弥陀佛。”

陈文伸出手抓住了何涛的脖子:“你再说一遍。”

何涛像是很无奈:“阿弥陀佛我已经说习惯了。”

陈文说:“习惯你奶奶个逼!”

何涛双手合十刚要说“罪过”,就被陈文捂住了嘴。

何涛直翻白眼。

陈文说:“你能不能好好说?”

何涛点了点头。陈文松开何涛,何涛用力地喘着气。

何涛说:“陈哥,你找我什么事儿?”

陈文说:“我来拜见何涛何大师。”

何涛说:“我们这里没有大师,最大的就是法师!”

陈文说:“那你算法师吗?”

何涛说:“不算,别人只是那么叫我!”

陈文说:“那你在庙里算什么?”

何涛说:“我什么都不算,最多算是个护法居士。只不过方丈对我很器重,让我负责寺院的扩建……”

陈文说:“寺院的钱都归你管,是吗?”

何涛说:“是。”

陈文说:“为什么?”

何涛说:“因为很多钱都是我化来的。”

陈文说:“应该说是你骗来的。”

何涛双手合十无声地抗议陈文。

陈文说:“何涛,你可得小心点儿啊,过去,你是骗银行,现在你可是在骗佛祖。佛祖哪天急了,把你一巴掌拍到阿富汗……”

何涛说:“陈哥,需要我做什么?”

陈文说:“我家余小蕾今年一共给了你多少钱?”

何涛说:“那不是给我的,她是给寺院建观音的。”

陈文白了何涛一眼。何涛用手指着窗外,寺院门前确实在修一座高大的观音像。

陈文说:“我家余小蕾现在后悔了,她不想修观音了,她想让我把钱要回去……”

何涛说:“陈哥,你已经从我这儿要回去两次了,这次,我不能再给你了!”

陈文不吱声了,通过风挡玻璃看着外面来来往往烧香拜佛的人流。

何涛说:“如果你非要不可的话,那下次我见到小蕾施主,我只好如实向她禀告了。”

陈文还是没吱声,但突然发动了车,拉着何涛向山下驶去。

何涛现在虽然身上穿着僧袍,嘴里念阿弥陀佛,但见到陈文,仍然底气不那么充足。一路上,陈文不再说话。现在他也真不知说什么好。何涛怕他,他也怕何涛。何涛真要是把他来要钱的事儿告诉了余小蕾,陈文会无地自容的。

何涛见陈文不说话,仍不断念念有词地开导陈文:“陈哥,万恶淫为首,你不能学过去的我。远离女人,她们是无底洞,多少钱也无法满足她们,她们会掏空你的身体……”

陈文停下车,双手合掌,对着何涛一本正经地说:“阿弥陀佛!”

4

陈文待车里,何涛被宋男领进了宋男的大院。现在不是吃饭时间,院子里只有几个孩子在玩耍。宋男挨着屋和何涛介绍。上次陈文来时,宋男只是简单地说说,这次宋男说得格外详细。

宋男说了胡立泰、吴世海、于镜涛、胡长斌等,但他没说叶淑梅。

叶淑梅完全康复,已经离开了,她的屋子里住进了李桂珍。宋男领着何涛进来的时候,一个穿着警服的女人正在给李桂珍洗头。

穿警服的女人主动跟何涛说话:"何大师,不认识我了?"

何涛感觉有些面熟:"你是……"

穿警服的女人多少有些不满:"我是谁你都认不出来了?"

宋男急忙对何涛说:"我媳妇小刘!"

何涛说:"对不起,小刘,我岁数大了,眼睛有些花。"

小刘说:"你眼睛没花,是我有点对不起观众了。"

现在的小刘已经变成了老刘,才三十多岁就老得不成样子。小刘与宋男结婚之后,按规定两个人不能在同一单位,小刘现在被调到了市局户政科,平时没事儿总来这里帮着照料。

李桂珍被陈文说得很严重,怕出问题,这两天,小刘都亲自陪着李桂珍。

李桂珍比预期要好得多。前面的叶淑梅都不和其他人一起吃饭,李桂珍没有。刚来就和院子里的每个人都处得很好。李桂珍过去总上访除了要钱,也是因为太寂寞。现在有吃有住,还有穿着警服的小刘给她洗头,她的病情稳定多了。

李桂珍见到穿着僧袍的何涛,也双手合十念道:"阿弥陀佛。"

何涛不认识李桂珍，他还了礼，待了一会儿，就和宋男一起出来了。

何涛上车后，陈文准备拉着他走时，小刘跑了过来。

陈文摇下车窗，说："你也在这儿！"

小刘说："我经常在这儿。"

陈文说："小刘，你辛苦了。"

小刘说："没什么辛苦的。我在我们单位这些事儿也都干。"

陈文怕李桂珍出来，眼睛向院子里偷偷地看着。

小刘误会了："陈哥，十年前，你可愿意看我了，每次我给你打扫办公室，你都主动和我聊天。现在你见到我，都不忍心瞅我了，生怕我吓着你是不是？"

陈文说："小刘啊，你现在的嘴还那么厉害！"

5

何涛很感慨："十年前，余小蕾什么样，现在还什么样，可这个小刘！嗨，我都没认出来。怎么老得比老刘还快啊！"

陈文说："天天照顾像李桂珍这样的人，能不老吗？"

刚才在院子里，其他人宋男全都介绍了，唯独这个李桂珍宋男没说什么。

何涛问："这个李桂珍是谁呀？宋男和我说，她精神不太好。"

陈文没吱声，小刘长得比老刘老，让陈文的心里不太是滋味。十年来，他像贵族老爷一样地生活，而他这些过去的弟兄姐妹们却一心一意地为群众服务着。

何涛见陈文没吱声，也没继续再问李桂珍。今天来参观，何涛没怎么感动。这些受苦受难的，他在庙里天天能见到。他说："陈哥,我觉得你们警察管得有点太宽了,精神病怎么还管呢?”

陈文说:“我们不管谁管呐?这个李桂珍现在是恢复期,安康医院不管,她的两个女儿也不管……”

何涛说:“既然都不管,你们警察干吗要来管呐?”

陈文叹了一口气:“我们不管不行啊!这个李桂珍是马刚的母亲!”

何涛愣住了:“是谁?马刚的母亲?”

陈文说:“对呀!何涛,你现在还能记得马刚吗?”

何涛不吱声了。

陈文说:“二十六年前,马刚走投无路投奔了你,你把他藏起来之后,就到我们反扒队来出卖他。我记得,你当时开价一千元,后来你看我们郭队的面子,才要了五百……”

何涛十分难受:“陈哥,请不要说了。”

陈文还在说,直到把何涛说得浑身颤抖之后才转移话题。

“何涛,你看到了,我们警察伺候人民群众那绝对是没得比的。但我得跟你实话实说,宋男他们这个派出所在这方面一点经费都没有。财政不给,市局不给,分局也不给,全指着警察自己四处化缘。可我们警察比不了你们和尚啊,我们化缘太难了。余小蕾给你拿钱,三万、五万想都不想。可过年过节,我给我们这帮穷弟兄每人拿五百,余小蕾都跟我说三道四!”

陈文把余小蕾说过的那些话,包括做的那些举动一五一十地告诉了何涛。陈文说得很心酸,他的眼眶都有些湿润了。

何涛愣愣地听着。

陈文说:“过去管你要的钱,我没搞女人。我就是想帮帮我这帮弟兄。何涛,我真的不是难为你,别人你可以不用可怜,但马刚的母亲李桂珍,你总应该可怜可怜吧!”

不知是真是假，此时，何涛的眼眶也湿润了，他先说“阿弥陀佛”，接着向陈文保证说：“除了李桂珍的费用，这个院子里其他人的费用，都由林河寺院承担了。”

陈文有点意外：“这……合适吗？”

何涛说：“合适。都是普度众生嘛！陈哥，你放心吧，我不光帮宋男解决费用，我还要帮你去开示余小蕾施主！”

陈文有点糊涂了：“你去开示余小蕾？”

何涛点着头，认真地说：“是的，我争取让余小蕾今后对你不再有任何风言风语！”

6

“师傅，请开示。”

“开示谈不上，我只是想与你共同谈谈心得体会。小蕾施主，你应该知道，十年前，我在林河开了家最大的妓院……”

“师傅，你干吗说这些？”

“正视过去，才能面对现实。想要觉悟，除了拜佛，还需忏悔。我作了那么大的孽，我只有发大心，起大愿，走正路，行大力，我才能脱离苦海……”

“师傅，我来是请您开示我，您无须向我忏悔！”

“小蕾施主，你干吗总是回避呢？你必须要正视你曾经在我开的那个妓院呆过！”

“师傅，你干吗要说这个？”

“我不说，难道它就不存在吗？这件事儿不是只有你和我知道，陈文知道，九大队的那些警察全都知道。你不能逃避，逃避会让你的心灵产生业障，你会不快乐，你会难受！小蕾施主，什么叫极乐世界？没有烦恼，没有痛苦，高高兴兴才是极乐世界……”

“师傅，今天，你为什么要说这些？”

“那是因为我不能看你在苦海中游荡！小蕾施主，我向你指出这个事实，并非是要揭开你的伤口。十年前，你到我的妓院只是为了气你爸，你在我那里没有做任何违法的事儿……”

“可是，我却被警察抓了起来！”

“警察抓你那是为了救你。你知道，那是你的父亲让警察去的……小蕾施主，你哭了？我说得不对吗？你只是在我的妓院里住了两天，你并没有成为妓女，这是事实，你自己难道不清楚吗？我再说一遍，你去我的妓院，只是想气你的父亲……”

“可我没气成他，我的母亲却……永远离开了我！”

“小蕾施主，你母亲得的是癌症，发现时就已经晚期，她与你到妓院没有任何联系！”

“师傅，我恨我自己！”

“恨自己是对的，但你不能连别人一起都恨了。”

“我没有恨别人。”

“小蕾施主，恨有时会以别的面貌出现，你不愿意接触九大队的那些警察，就证明了这种恨的存在！”

“师傅，你怎么知道？”

“阿弥陀佛。小蕾施主，不要让恨迷失双眼。要说恨，我有深仇大恨。十年前，我开妓院，帮助了林河发展，可林河真的发展了，警察却把我抓了起来！当时，我谁都恨，我恨陈文我恨老六我甚至连刘艳丽都恨……可是，后来我万万没想到，陈文被抓了起来，成了我的替罪羊，而刘艳丽又替陈文结束了只有三十五岁的人生……”

“师傅，你哭了？”

“我没哭，我只是为我过去的卑鄙无耻深深地自责。小蕾施主，十年前，我在林河开了家最大的妓院，现如今同样在林河，我要建一个最大的寺院，我就是想赎罪啊！”

“师傅，我如何赎罪？”

“你没有罪，你干吗要赎？你的罪来源于你的妄想。你在妓院待过，你便认为自己是妓女了！小蕾施主，你不是妓女，你是茜茜公主的母亲，你是英雄警察的妻子，你应该感谢佛祖给了你一个天使，更应该感谢佛祖让你嫁给了世界上最好的丈夫……”

7

寺院里除了错落有致的台阶，两侧也有供车辆通行的水泥路。水泥路通往寺院里每个角落，显然这是为有钱有势者预备的。

何涛平时居住的地方在寺院最北面的一座小楼里。他的房间在三楼，二十多平米，除了床之外，屋子里到处是书。

陈文说：“你平时开示就在这个房间里？”

何涛说：“不是。这是我休息的地方。”

陈文说：“碰到有把握的女施主，你把她领到这儿，也不是没有可能。”

何涛说：“陈哥，这种玩笑不要再开了。你应该知道，什么样的女施主，我都见过，现在我真的一点兴趣都没了。要不然，我也不会天天想着来修庙啊！”

从何涛成了和尚以后，陈文对这个过去的老流氓，越来越把握不准了。何涛对余小蕾的开示偷偷地进行了录音，陈文听着录音时，不得不佩服何涛。

陈文和余小蕾生活了十年，都没想到余小蕾对妓院那件事儿如此在意。

何涛说:“陈哥,你总拿这件事儿挤兑余小蕾是不是?”

陈文说:“是。但我那是开玩笑,我只不过随便说说。”

何涛拍了拍陈文的肩膀:“说者无意,听者有心。你每次说完,余小蕾都感觉像是万箭穿心!”

陈文心里本来就很难受了,何涛这个熊样还来拍他的肩膀,他都有点万箭穿心了。

陈文没有表情地说:“何大师,那你现在对我也开示开示吧!”

何涛赶紧双手合十:“阿弥陀佛。”

似乎感觉到了陈文的不满,何涛急忙从床底下,拿出了个兜子,递了过去。

陈文接过沉甸甸的兜子,又有点不知说什么好了。

8

十年前市里的黄主任黄荣才,现在是东城区的副区长。虽然是副区长,平时大家也都叫他黄区长。

黄荣才给陈文打电话,陈文感到有点奇怪:“黄区长,你怎么知道我的电话?”

黄荣才有些不满:“曹局告诉我的呗。陈文呐陈文,你换手机号怎么不告诉我一声!”

陈文说:“你那么忙,告诉你你也没时间给我打电话是不是?”

黄荣才说:“你还有理了!”

陈文说:“黄区长,什么事儿,请开示?”

黄荣才笑了:“你把我当何大师了?”

陈文说:“可不是嘛!我刚从庙上回来。”

黄荣才不愿意和陈文胡扯,便说了实事。区城管大队的副队大长李鑫成在菜市场认真负责,结果与群众发生了冲突,相互殴打。一个群众被李鑫成扇了两个耳光。

宋男接到群众的报警,二话没说,就把李鑫成抓了起来。李鑫成在城管年年先进,区城管的领导知道宋男不好说话,就找到了主管的副区长黄荣才。黄荣才和宋男认识,直接给宋男打了电话,但没承想,宋男委婉地拒绝了。

黄荣才来气又给曹凯打了电话,曹凯也感到很为难。城管打人不是一回两回了。曹凯说:“宋男是在派出所,我不分管,中间隔着户政和分局,我直接说不好。这样,你找陈文吧!”

黄荣才听曹凯这么说,心凉了。市局的副局长都不管,一个长期不上班的陈文就算想管也管不了啊!

黄荣才给陈文打电话,没抱什么希望,但没承想,陈文却满口答应。

陈文说:“宋男过去是我的兵,我说话肯定好使。你就放心吧。”

黄荣才不放心:“老弟啊,虽然是你的兵,你也得好好跟人家说,实在不行的话,哈……”

陈文也没客气:“你的意思给宋男拿点儿是不是?个人就算了,但黄区长,宋男的派出所太困难了,区财政能不能给拿点儿?”

黄荣才说:“我不分管财政,再说,财政给的钱根本到不了派出所,在分局就都给扣下了。这样吧,我让城管给派出所表示表示。”

9

陈文没想到宋男会一口回绝:“我不要谁表示。大哥,这个事儿你就别管了。”

陈文说:“我都答应黄区长了。”

宋男说:“你现在给黄区长打电话,说我不在派出所,躲了。”

陈文想了想,又说:“要不,给你个人表示表示?”

宋男像是不认识陈文似的:“大哥,你怎么……能说出这种话?”

陈文松了一口气:“真不愧是我徒弟啊!”

十年前,宋男在九大队时,因多报了七百块钱的油票,被陈文当众一顿收拾。

宋男说:“你这是在试探我?”

陈文说:“当然了,你还行啊,经受住了考验。”

陈文显得很高兴,但宋男没信是考验,他认为陈文在给自己找台阶。

宋男说:“要不,你就把责任都推给曹局,反正黄区长找他没好使。”

陈文说:“看起来,你是铁了心要拘留城管那个……李什么……”

宋男说:“李鑫成。大哥,我就拘留他五天。”

陈文说:“别吹牛逼了? 拘留五天,你凭什么呀?”

宋男说:“他殴打他人!”

陈文说:“他殴打他人是有原因的,他又不是到市场买菜! 还要拘留人家五天。就是一天,人家要是告你,你裤衩卖了,都不够赔的。你个法盲!”

宋男说:“大哥,你别为了走后门就说我法盲,根据《治安管理处罚法》……”

陈文不耐烦了:“行了行了,你就知道《治安管理处罚法》! 公安部有个‘批复’,你知道吗?”

宋男愣住了:“什么‘批复’?”

“国家工作人员在依法行使职务过程中,殴打他人的,不适用于《治安管理处罚法》,为此公安部法制局专门有个‘批复’。”陈文掏出了自己的手机,调出了相关内容。

宋男看完满脸通红:“大哥,这个我……真不知道。”

陈文说:“你不知道很正常。曹局都没跟我提这个茬儿,显然他也不知道。”

两高的“司法解释”、公安部的“批复”“答复意见”等,每年都出不少。尤其“批复”,简直多如牛毛。

宋男说:“哎呀妈呀,好玄捅娄子!”

陈文说:“没那么严重。林河估计知道这个‘批复’的没几个!”

宋男满脸佩服:“很可能就你知道啊。大哥,你真了不起啊!”

陈文说:“这没什么了不起。宋男,就算你不知道这个‘批复’,你从法理都能推出来。城管和警察都在国家行政机关,你执法人家也在执法啊。用老百姓的话说,咱们都是难兄难弟!”

宋男直点头:“大哥,李鑫成就是这么和我说的。其实,我和他都是好朋友,我那个院子盖平房时,我还求他帮过忙呢!”

陈文说:“你现在赶紧给人家放了吧!”

宋男把副所长郭鸣武叫进来,没说什么法律批复之类,只说既然黄区长、陈文大哥都来说情,不看僧面还得看佛面。让郭鸣武开车把李鑫成送回城管,由城管进行批评教育。

郭鸣武离开之后,陈文就笑:“我徒弟是越来越成熟了。”

宋男开始忽悠陈文:“大哥,你赶紧上班吧,竞聘副局长,然后兼任法制办主任。”

陈文没理宋男,拿出何涛给他的那个兜子,打开后,放在了桌子上。

宋男的眼睛立刻五彩缤纷:“大哥,这么多!”

陈文说:“再多,也不能乱花啊!”

宋男说:“这你就放心吧,我们所内勤专门负责这块。”

宋男让内勤把钱一张一张清点完,给陈文正式做了登记。

宋男说:“大哥,你真是雪中送炭,谢谢了!”

陈文从自己的包里,又拿出几万递给了宋男:“中秋了,给弟兄们分分。”

宋男把钱又塞回陈文的兜里:“过年都分了,一个中秋还分什么呀!”

陈文把钱又拿出来:“这个钱,是你嫂子今天早晨主动给的。”

宋男不相信。

陈文说:“真的,你嫂子还说,过节都让你们去玩呢!”

宋男说:“真的假的?”

陈文说:“骗你干什么呀?你嫂子现在完全变了。”

宋男还不信:“那她是怎么变的?”

陈文没说可能是被何涛开示的,他只说:“当然是你大哥我把她给教育好了呗!”

10

余小蕾和陈文的生活很有规律。平时,余小蕾上午美容,下午瑜伽。陈文则是上午健身,下午看书。

陈文的书房很大,看书足够舒服了。但陈文不光在书房里看,客厅里也看。陈文看的大都是法律书籍,有时好几本一块看。这样的结果,就是书房里、客厅里甚至卧室里到处都是书。

陈文看书还愿意喝咖啡喝茶，这使得茶杯、咖啡杯也哪儿都有。

陈文从小在家油瓶倒了都不扶，和刘艳丽一起生活时更是如此。和余小蕾刚结婚时，陈文表现还不错，比媳妇儿大十多岁，一点活不干，有点说不过去。陈文学会了做饭，有一年多陈文差不多天天做。但最近这些年不做了。

陈文的理由是："我得接孩子。"

平时，余小蕾回到家，先一顿收拾，完了就切菜做饭紧忙乎。

余小蕾曾经抱怨："哪怕你帮我把饭焖上也行啊！我太累了。"

陈文给余小蕾出主意："你为什么累？你个笨蛋，你的习惯不好，你应该上午去瑜伽，下午去美容，这样的话，你就不累了。"

余小蕾听陈文的话，果真不累了。于是，她夸奖陈文脑袋好使。

陈文有一次问陈茜："你说，你妈能这么傻吗？她会不会是和我装呀？"

陈茜说："不会。我看她就是个傻子！爸，还好，这一点我没有随她。"

余小蕾不上班，只练瑜伽不看书，大脑长期不用，这都难免。陈文就以为既然余小蕾这么没脑子，他有时开玩笑，余小蕾不会往心里去呢！

哪承想，嗨！何涛对余小蕾的开示录音，让陈文很是内疚，他真没想到余小蕾会对在妓院待两天那么在意。

晚上，陈文打算向余小蕾好好道歉！

由于不用去照顾李桂珍，陈文现在虽然上班了，也和没上班差不多。下午，他没看书，到菜市场买了余小蕾最爱吃的几样菜。

回到家，他先是收拾屋子。屋子余小蕾天天擦，本来不算脏，但余小蕾的标准很高。为了达标，陈文干得满头是汗。客厅、卧室、书房包括卫生间，陈文都是高标准严要求，擦拭得干干净净，绝对算得上是一尘不染！

收拾完房子，陈文开始做饭。他事先给余小蕾发了条短信，让她不用买菜，晚上出去吃。不用做饭了，余小蕾也没着急回家。等她回来时，都有点晕头转向了。

每个房间窗明几净不说，饭厅里的长桌上已经摆好了六菜一汤。

为了有情调，陈文还点上了蜡烛。

余小蕾疑惑地问："今天是什么日子？"

陈文说："什么日子都不是，单位不忙，我就提前回来了。"

过去陈文天天待在家里，也没这么勤快！怎么上班还上出觉悟来了？

余小蕾又问："哎，陈茜没回来？"

陈文说："让她爷爷、奶奶接去了。今晚，咱俩过二人世界。"

平时过二人世界，余小蕾可高兴了。但今晚，她有点高兴不起来。陈文看书她都得跟屁股收拾，那么个邋遢鬼，一下子就沧桑巨变，的确难以接受。

更令余小蕾接受不了的是，从今天起，取消"每周一歌"了。

陈文笑嘻嘻地说："亲爱的，只要你喜欢，我们'一天一字'都可以。"

这个倡议，过去余小蕾向陈文提过多次，但每次被陈文连挖苦带讽刺给否决了。余小蕾吃饭的时候，大脑有些昏昏沉沉。陈文如果只弄出一项，余小蕾一定会惊喜，但这么多，余小蕾彻底蒙了。

余小蕾一本正经地问陈文："亲爱的，你今天这是怎么了？"

陈文说:“我要向你忏悔!”

余小蕾吓坏了:“忏悔什么?”

陈文说:“过去,我总和你开玩笑,总拿你在林河宾馆那件事儿挖苦你,亲爱的,我不对啊!”

陈文这是真心忏悔! 但余小蕾却不接受:“你这是哪儿跟哪儿啊,你今天怎么想起这个事儿了?”

陈文说:“你看今天早晨,你不是给我拿了几万块钱吗?”

余小蕾说:“我拿钱是给你的那些弟兄们啊,这和你挖苦我,这和你向我道歉,有什么联系吗?”

陈文一想,也是啊。今天他光想着向余小蕾道歉了,就没太在意道歉的方式方法!

看着余小蕾满脸的疑惑,陈文感觉要出麻烦。他不能和余小蕾说,他是听了何涛的开示录音。那样的话,余小蕾肯定会去找何涛算账。何涛立场不坚定,万一说了余小蕾捐的钱都让陈文给要去了,那就彻底乱套了。

余小蕾见到陈文不说话,疑心更重了,她坐在陈文的跟前,忽然说道:“你把张雨弄怀孕了是不是?”

陈文蒙了,他没想到余小蕾能如此误会。

陈文说:“你扯哪儿去了?”

余小蕾说:“肯定的。要不然,你干吗要向我忏悔呀?”

陈文没法了,只好说:“亲爱的,我以我父母起誓……”

余小蕾急忙捂住了陈文的嘴:“好了好了,我相信你,那你告诉我,到底出什么事儿了?”

陈文说:“什么事儿都没出。”

余小蕾说:“不可能。”

余小蕾忽然浑身哆嗦起来,她依偎在陈文的怀里:“是不是单位出事儿了？他们要抓你对不对？”

陈文彻底蒙了。他没想到误会越来越大。也难怪，十年前的陈文总出事儿，他被抓不是一回两回了。

余小蕾哭了：“你说你干吗要去上班呀！你在家好好的不行吗？”

陈文把余小蕾搂在怀里，大脑迅速地转动着。为了消除误会，现在必须得说出一件严肃的事情了。

陈文想了想，说：“亲爱的，你别乱想，我今天吧，只是想和你商量个事儿。”

余小蕾说：“什么事儿？你快说。”

陈文说：“我不想让陈茜搞艺术了。”

不让女儿搞艺术，陈文由来已久。他本打算慢慢地让余小蕾很自然地接受。情急之下，提前向余小蕾摊牌了。

余小蕾先是盯着陈文看，接着，拿出了面前的饭碗，大声地喊道：“原来你是为了这个。陈文，我告诉你，陈茜必须搞艺术！”

说着，余小蕾举起了饭碗，就要摔。

陈文急忙抱住余小蕾：“你疯了！”

余小蕾说：“对，我疯了。”

11

余小蕾晚上没来陈文的房间。陈文主动去了余小蕾的房间。余小蕾用被盖着脸。陈文脱光，钻进了被里。

余小蕾往外推陈文：“怪不得你今天做饭收拾屋子！陈文，你太阴险了。”

陈文不想再说这个话题，他抚摸着余小蕾。平时要是被这么摸，余小蕾早兴奋了。但现在她一个劲儿推着陈文："你回你屋吧。我困了。"

陈文说："你今天还没滑溜呢！"

余小蕾说："不跟你这种人滑溜，你太差劲了！"

陈文不再说话，滑溜着余小蕾。

余小蕾渐渐地来了感觉，总算跟陈文说话了："陈茜搞艺术怎么了？大家都说陈茜是搞艺术的料，你干吗就不让呢？"

陈文说："陈茜是不是搞艺术的料，现在还不清楚，你别听张雨瞎忽悠。"

余小蕾说："那好，我不听张雨忽悠，现在我听你忽悠，你说吧，你为什么不让陈茜搞艺术？"

陈文说："搞艺术是青春饭，万一陈茜没搞明白，将来她老了怎么办？"

余小蕾说："她老了，我养她呀！"

陈文说："你能养她一辈子？"

余小蕾说："我的钱能养她两辈子！"

陈文被噎住了，翻着白眼说不出话。

陈文起身穿衣服，要往外走。余小蕾又来搂陈文。

陈茜最听陈文的话，余小蕾最怕的是陈文去忽悠孩子。

余小蕾把陈文拉进了被子里，主动开始了滑溜，一边说："亲爱的，你不就是担心艺术圈里那些什么潜规则嘛，我问张雨了，张雨说，那都是胡扯。"

陈文真想大声地喊：不是胡扯，我见到了比潜规则更恶心的。

刘庆平找来的那两个假冰冰给了陈文巨大的刺激。他很想把这件事儿一五一十地告诉余小蕾。但犹豫再三，还是没说。

陈文也没法说，李久全、刘庆平都和假冰冰那样了，你陈文没那样只是跟着去吃吃饭，鬼才信呢！余小蕾本来就怀疑陈文，说了这些，陈文更是跳进黄河也洗不清了。

陈文闭着眼睛不说话，余小蕾反倒来精神了。她还以为陈文被自己说得回心转意了呢。余小蕾抚摸着陈文。为了让陈文兴奋，余小蕾什么过分的话都开始往外说："亲爱的，陈茜搞艺术这个事儿，你就别管了啊。你要是闲得没事儿，你去搞搞张雨吧。真的，我保证不管！万一你把她搞怀孕了，就让她给你生个儿子，将来你就去管你儿子吧……啊！"

12

这个夜里，由于是二人世界，余小蕾很兴奋，她把陈文弄得迷迷糊糊。

第二天都快中午了，陈文还在被窝里后悔：我真是多此一举！什么叫没卵子找茄子拎着，我就是啊！

陈文正上火时，张雨忽然没头没脑打来电话："一起吃个饭？"

没等陈文吱声，张雨就说："那就中午在老地方吧！"

陈文放下电话好半天，还在想：这个傻逼张雨是不是把电话给打错了。

陈文来到了上岛咖啡进了 A1 包间，见到张雨正坐在里面点菜，她抬头问陈文："你想吃什么？"

陈文说："咱俩是谁请客？"

张雨说："我请。"

陈文说："那我就点最贵的。"

张雨说："你看你那个样，这里都是套餐，最贵的也没几个钱。”

陈文不再说话，最贵的鳗鱼饭上来，他便开始认真地吃。

张雨打扮得很性感，散发的香水不是那种淡淡的柠檬味了，有点强烈，有点刺激。

张雨说：“姐夫，上次吧，我可能是有点过分了。培养孩子，是你们做家长的权利。既然不想学了，我那么说你，真是没必要。”

陈文说：“你确实没必要。我无非是让你劝劝我老婆，你可倒好，说我跟你爸一样，都是什么自私、伪君子……”

张雨说：“你看我不是和你道歉了吗？”

陈文说：“张老师，其实我非常感谢你对陈茜那么认真那么负责，现在的老师都是见钱眼开……”

张雨说：“我也是。”

陈文说：“那我没看出来，我感觉你挺高雅。”

张雨用一种很奇怪的眼神看着陈文：“姐夫，你在外面勾引女人时，可别这么说，这太过时了。”

陈文被噎得说不出来话。

张雨一边吃一边开始给陈文上课：“影视圈不像你想的那样。靠潜规则就能当上明星，那当明星也太容易了，妓女都去当了。”

陈文很想反驳张雨，十年前，何涛就把林河的妓女包装成了明星。

陈文说：“张老师，你那天说我，你真的是冤枉我了。什么潜规则之类，我真没往那去想。我不让孩子搞艺术，是因为搞艺术太累太辛苦，我一点忙都帮不上。我想让陈茜将来当律师，是因为我有这方面的关系……”

张雨把手伸过来，摸了摸陈文的手：“姐夫，别说了，我知道，你是想让孩子好。”

陈文被张雨摸得像过电一样:"张老师,我……我求你了,你就和我老婆说说怕什么,五年的学费,我一分都不少!"

张雨摸完陈文的手,又来摸陈文的脸:"姐夫,你看你的皮肤保养得真好。"

陈文把身体往后靠了靠,有点不解地看着张雨。

陈文说:"你今天请我,是想要和我说什么吧?"

张雨点了点头,犹豫着。

陈文伸出手,拍了拍张雨的手:"说吧!"

张雨说:"姐夫,你不就是担心陈茜将来会碰到流氓之类的坏男人吗?等她大了,我会教她的。保证她不会受到任何伤害!"

陈文说:"你想怎么教她呀?"

张雨笑了:"姐夫,你除了姐姐外,肯定有过别的女人吧?你应该知道,女人在这方面是有优势的。就算是到了床上,只要女人说,对不起,我今天不方便,男人就不会再那样了。"

陈文有点发蒙,本来他想拉拢张雨去说服余小蕾,现在可倒好,这个张雨却以这种方式来说服他。

陈文冷冷地看着张雨。

张雨今天穿着一件类似练功服的衣服,衣服里面没有文胸,两个乳头很明显地翘立着。

陈文说:"你穿成这样,是想和我证明,你张雨很会对付男人呗!"

张雨说:"姐夫,那我倒不敢说。对付你这样文质彬彬的,我没把握,但我对付流氓肯定是富富有余……"

话还没说完,陈文的手就像火箭一样,从张雨的领口钻了进去。

张雨顿时满脸通红,花枝乱颤:"你……松开,我喊了……"

陈文威胁说:“你要是敢喊,我就给你捏碎!”

张雨吓坏了,惊恐地看着陈文。

陈文把手拿出来后,一脸瞧不起:“张雨,你给我记住,在流氓面前,今后,你不要再假装是妓女!”

13

街上到处是来来往往的行人和车辆,刘俊虎骑着辆破自行车慢悠悠地穿行在机动车道上。陈文开着奥迪在车流中也慢悠悠地跟着。

这很需要些技巧。为了显得自然,陈文不时停下车买份报纸或给陈茜买些糕点之类。

陈茜坐在车里不知道陈文这是跟踪前面那辆破自行车。见到陈文皱着眉头,也不怎么说话,还以为陈文不高兴呢。她吃着美味的点心,和陈文没话找话:“爸爸,张老师这两天挺奇怪,你猜她总问我什么?她问我,你爸在家是不是总爱修理人呐?我和她说,只是偶尔,比如余小蕾犯傻时,我爸出于无奈才不得不对她进行修理……”

陈茜吃得满嘴都是。

陈文问她:“你们张老师问没问,我也修理你呀?”

陈茜说:“问了。你猜我怎么回答,我和她说,我爸从来不修理我,无论我做错了什么,我爸都会原谅我。我是我爸的茜茜公主,我可以骑在我爸的脖子上拉屎撒尿……”

陈文说:“你太恶心人了。你这么说,张老师信吗?”

陈茜说:“她信。她可信了。”

说到这儿,陈茜还叹了一口气:“她哪知道,我爸也总修理我呀。有时,我没犯错误,我也挨修理……”

陈文说:“那你可瞎说了,哪次你没犯错误,我修理过你?”

陈茜说:“给你留点儿面子,我不想揭发你。”

陈文说:“你揭呀!”

陈茜似乎不太想说这些令她难受的事儿,她忽然嘿嘿地笑起来:“爸爸,将来张老师成了我的小妈妈,你会修理她吗?”

陈茜能转移话题,陈文心里微微一动,他略感到歉意地说:“茜茜,我修理你,你生我气了?”

陈茜说:“没有啊!”

陈文说:“啊,我想起来了,你没犯错误,我修理你好像只有一次,是那次你说我虚荣来的!”

陈茜说:“不光那一次好不好?”

陈茜像倒豆一样,三个月前有一次,去年有一次,前年还有一次。

陈文说:“前年的事儿,现在你还记得,还口口声声说你没生我气呢。陈茜,我发现你挺爱记仇是不是?”

陈茜说:“没有啊!”

这时,陈文看到刘俊虎走进了大华商场。他估计要等一段时间,便把车停在附近一个超市门前。

陈茜问:“你把车停这儿干吗?”

陈文说:“我想问你个问题。”

陈茜说:“你问吧!”

陈文说:“你是愿意天天吃喝玩乐呢,还是愿意天天吃苦遭罪?”

陈茜说:“我当然愿意吃喝玩乐了!”

陈文说:“那你可得想好啊,将来你要是搞艺术去当演员,那就得天天吃苦遭罪了……"

陈文刚刚说了个开头，陈茜就把话接了过去："不吃苦中苦，哪有甜上甜。台上一分钟，台下十年功。走过艰辛走过泥沼，才能得到鲜花才能踏上红地毯……"

陈文不乐意了："快行了吧，你家泥沼中还有红地毯啊？什么词呀！"

陈茜说："那是比喻。"

陈文很生气，他说不过陈茜，便下了车走进超市买了几节五号电池。出来时，见到刘俊虎已经骑着自行车驶入了人流中。陈文急忙回到了车里，倒车时，一辆宝马挡住了他。

陈文按了两声喇叭，开宝马的正在打电话，没理陈文。

陈文火一下子蹿了起来，他下了车，对宝马司机大声喊道："妈了个逼，你耳朵塞鸡毛了！"

陈文的样子很凶恶，宝马司机以为陈文是给哪个大领导开车的，一声没吭，开车嗖地离开了。

回到车里，见到陈茜惊讶的目光，陈文觉得脸上直发烧。

陈文小声地说："你看看爸爸又发火了。茜茜，你说，我现在是不是越来越差劲了？"

陈茜却满脸兴奋地说："一点都不差劲！啊呀，爸爸，你刚才的样子太男人了！"

14

林河这里鲜族人多，狗肉做得很正宗。连真正的朝鲜人来吃过也都赞不绝口。城里到处都有各式各样的狗肉馆。陈文来的这家，面积不大，生意不错。狗肉馆没雅间，只有六张小桌。正是饭口,屋子里坐满了吃狗肉的客人。

刘俊虎坐在靠窗户的一张桌子上,和两个朋友喝得正欢。他对不远处的饭店老板喊道:“你给我上盘警服!”

老板没听清:“什么?”

刘俊虎说:“警服! 就是狗皮!”

饭店里传来一阵笑声。警察是狗,警服理所应当地成了狗皮。刘俊虎说完警服是狗皮之后,邻桌的陈文到刘俊虎的跟前问他:“朋友,你刚才说什么?”

刘俊虎不认识陈文,但看架势能看出陈文应该是个警察。他盯着陈文的眼睛,毫不在乎地又说了一遍:“警服,就是狗皮呀!”

陈文端起桌子上的一碗狗肉汤泼在了刘俊虎的脸上。

把警服说成狗皮,很明显,刘俊虎是公然侮辱警察。在过去,作为警察的陈文把狗肉汤泼在刘俊虎的脸上,已经算照顾他了。可在新世纪的今天,陈文这么做等于是捅娄子了。

曹凯骂陈文时,腿都一个劲儿地哆嗦:“大庭广众之下,你泼了人民群众一脑袋狗肉汤。混蛋玩意儿,你是不是活腻了?”

陈文说:“他骂我们警察是狗!”

曹凯说:“那你也不能往他脸上泼狗肉汤啊!”

陈文说:“那狗肉汤一点都不热,也就是相当于一碗温开水!”

曹凯讽刺陈文:“你那意思说你用狗肉汤给人民群众洗脸了呗!”

用狗肉汤洗脸,尽管很严重,但既然汤是温乎的,肯定连轻伤都够不上。一般的人民群众,只要给个一两千块钱,这个事儿应该能过去。

曹凯说:“你赶紧找他赔礼道歉,尽快稳住他,千万千万别让他来告你! 你呀你呀,李书记刚表扬完你,你就翘尾巴了。”

陈文说:“我泼的这个人是刘俊虎!”

曹凯愣住了:“刘俊虎?”

陈文说:“对!”

曹凯紧张了:“哪个刘俊虎啊? 不会是……”

陈文说:“就是他!”

曹凯像是崩溃了:“陈文呐陈文,你怎么能泼他一脑袋狗肉汤啊?”

陈文说:“是我特意的。这两天,我一直在跟着他。”

曹凯看着陈文好半天没说话。陈文倒显得很平静。他说这些日子,看到宋男、小刘他们为人民群众服务一个个累成了那个熊样,他心里很不好受。“过去,我是他们的榜样,可现在呢,我成了贵族老爷! 曹局,我觉得我一点都不像个警察了!”

曹凯点燃了一支香烟,深深地吸了一口说:“所以,你就想为局里分担些忧愁?”

陈文说:“那倒谈不上,我寻思做点贡献吧!”

15

八年前,刘俊虎十岁的女儿刘婷婷溺水身亡。经现场勘察,排除了刘婷婷他杀的可能。

夏天的林河很迷人,不少人都愿意到河里玩耍嬉闹。像刘婷婷这种溺水淹死的,每年夏天都有。这属于意外事件,技术科来勘察,法医进行了解剖,得出结论后,公安局也就不再往下调查了。

但刘俊虎不干,他要求公安局继续调查。理由是,他的女儿刘婷婷不是溺水死的,是被人谋杀的。

刘婷婷溺水时有人看到,当时有两个游泳的群众还试图去救过。

刘俊虎说:“这我都承认,但我女儿为什么去河边,你们得查查呀!”

刘俊虎的意思是,他女儿很听话,从不到河边,为什么那天她就去了呢?一定是被坏人引诱的。

刘俊虎说:“我女儿学习好,同班同学有好几个都嫉妒她,她一定是被那几个同学欺骗了,才到河边去玩的。”他要求公安局把那几个同学马上抓起来,进行拷打审问。

警察看出刘俊虎有些不太正常。女儿漂亮,学习又好,突然没了,做家长的精神受到刺激,说了些不着边际的话,警察可以理解,但不能接受。

刘俊虎后来也觉得自己是胡思乱想,就不再到公安局反映问题。大概半年后,刘俊虎的妻子因为失去女儿的痛苦难以承受,在一个夜晚,也上吊死了。

连续的刺激让刘俊虎的精神完全崩溃了。他在安康医院住了四个月后,情绪虽然稳定了,但怨气却有了不少。他再次来到公安局,要求对女儿的溺水案,重新调查。

半年时间失去了两位亲人,最开始很多人都同情他,管区的派出所、街道、分局都很关心他。刘俊虎要求重新调查后,副局长曹凯还特地接待过他。曹凯把现场勘察报告、法医尸体解剖报告,很详细地讲给刘俊虎听。可刘俊虎听不进去。他只有一句话:“我要你们破案,我要你们找到凶手。”

公安局无法满足他的要求,刘俊虎开始了上访。

刘俊虎说话、眼神能看出不正常。他的诉求虽然是要求警察破案,但很明显,他是想找回他失去的女儿和妻子。这种诉求只有神仙才能满足。

得不到满足的刘俊虎,在一个金色的十月,去了北京。

刘俊虎从小练过武术,身体素质不错。他在一个中午,竟然爬上中南海的围墙,跳了进去!如此壮举,当然把林河市的信访界震得天昏地暗。

刘俊虎被带回林河后,考虑其翻越中南海围墙有精神悲伤的因素,只给其拘留十天的处罚。但刘俊虎还是相当不满,他说:“中南海的武警都没关我,你们小小的林河公安局却敢关我,太不像话了。”

刘俊虎这么了不起,他在拘留所时是单独的号,单独的伙食。这么照顾他,他还是不知足,整天摔盆摔碗。当管教的王世有都快退休了,也没见到过这么无法无天的,就给了刘俊虎两个耳光。

这两个耳光,王世有算是粘包了。

刘俊虎说:“中南海的武警都没打我耳光,你王世有打我,太不像话了!”

刘俊虎上访主要是为了摆脱内心的痛苦。过去他告的是林河公安局,目标很不具体。从拘留所出来以后,他开始一心一意地告王世有了。

王世有被刘俊虎折腾坏了。为了保住自己的工作,他开始给刘俊虎拿钱。

刘俊虎却不收钱。后来,五十多岁的王世有给刘俊虎跪下了,仍然不行。

当时,正赶上“五条禁令”颁布,公安局为了严肃纪律,只得把王世有开除了。王世有窝囊坏了。国家公务员工龄满三十年,可以申请退休。王世有只差九天。

被开除的王世有在一年零四个月后,得癌症死了。

16

政法委书记兼公安局局长李云飞在百忙之中，特地把陈文叫到了自己的办公室。见面就说："你把李桂珍稳定住了，就已经立功了，你干吗去惹那个大老虎啊？"

陈文笑呵呵地说："我相信他可能只是个纸老虎！"

李云飞非常担心："小陈哥，你给自己这么加担子，我有点过意不去啊！"

陈文说："李书记言重了。在家歇了十年了，我多少得为局里做些贡献啊！"

现在的刘俊虎专门闹警察。不光林河公安局怕他，铁路、林业的公安局都怕他。去北京出林河走山路，林业公安局上火；坐火车，铁路公安局上火；哪儿都不走，安安静静呆家，辖区派出所最上火：憋什么坏呢？所以，每年的两会，维稳刘俊虎都是重中之重。

陈文说："李书记，到两会呢还有小半年，我之所以现在去惹刘俊虎，就是希望明年两会时，我能把刘俊虎这个老大难解决好！"

李云飞说："能解决当然好了，问题是，你要是解决不好怎么办？"

这个问题，陈文还真没往深处想。陈文说："解决不好，也没什么大不了吧！"

李云飞说："小陈哥，你泼了人民群众一脑袋狗肉汤，这个事儿如果被传到网上，搞不好，这也算是个事件呐！"

陈文这才明白李云飞干吗找自己了：万一被发酵了，麻烦的可是整个林河公安局啊！

陈文难为情了:“李书记,我……光考虑怎么让刘俊虎冲我来了,我就没多想……”

李云飞急忙说:“小陈哥,你也不用想太多。你敢惹火烧身已经难能可贵了。我说这个事儿的意思呢,也只是提醒你一下。”

陈文说:“李书记,你的提醒太及时了。我一定会认真对待。”

第四章

1

在公安局信访接待办，刘俊虎坐在沙发上，把脚放在面前的茶几上。穿着便服的曹凯拿着个小本坐在其对面，不知道的还以为曹凯在向刘俊虎汇报工作。

刘俊虎抽着烟，喝着茶，依然是过去的腔调："中南海的武警都没敢往我脑袋上泼狗肉汤，你们这个姓陈的敢，他太不像话了！"

曹凯说："刘师傅，我们这个姓陈的，你不了解。他真的不像话。"

曹凯慢悠悠地讲述着陈文当警察以来都怎么不像话。陈文用手枪如何把马刚的五脏六腑打个稀巴烂，如何把宫小东用冲锋枪在舞厅就地突突……

曹凯讲得声情并茂，正常来说，别人一边听会一边问，马刚是谁？宫小东是谁？但这个刘俊虎什么都不问，他只问："曹局长，你打算如何处理这个姓陈的？"

曹凯喝了一口水，说："我们正在研究。"

刘俊虎说："不用研究了，他是你们警察里的害群之马。你刚才说,二十多年前他就杀过人,这样的败类,你们直接把他开除吧。”

曹凯说:“行,没问题。”

刘俊虎似乎没想到会这么痛快,他不解地看着曹凯。

曹凯说:“刘师傅,只要我们把这个陈文开除了,这个事儿就算拉倒行不行?”

刘俊虎说:“这个陈文是不是根本就不在乎开除?我打听了,他已经十年不上班了,是不是?”

曹凯说:“是。其实,你不来上访,我们也打算开除他了。”

曹凯这么说,刘俊虎倒觉得不过瘾了:“开除陈文太便宜他了。”

刘俊虎想来想去,最终提出了惩罚陈文的最好办法:“我也要泼陈文一脑袋狗肉汤!”

2

陈文说:“那不行。”

曹凯说:“怎么不行?”

陈文说:“往我脑袋上泼狗肉汤,这个刘俊虎也太缺德了!”

曹凯说:“你往他脑袋上泼狗肉汤,你就不缺德了?”

陈文说:“曹局,他这个要求我不能答应。这样,你让他到法院去起诉我!”

曹凯说:“你还嫌事儿不够大是不是?还要到法院?现在只要有人上网说人民警察往人民群众脑袋上泼狗肉汤……”

陈文说:“没那么严重!”

曹凯说:“等严重了,就来不及了。”

陈文不吱声了。李云飞找他谈话已经明确表明了态度。维稳刘俊虎很重要，维稳网上更重要！

曹凯说："你就满足刘俊虎这个要求。"

这么多年来，当面敢骂陈文的都很少。现在要被人往脑袋上泼狗肉汤，他真的难以接受。

陈文说："曹局，这样，我和刘俊虎先谈谈。"

3

和刘俊虎谈的时候，陈文没想到赵克敬也跟着来了。

赵克敬见是陈文还挺惊讶："是你呀！"

陈文说："当然是我了。"

赵克敬说："我还以为是别人呢！"

刘俊虎已经知道自己的名字，赵克敬来之前不可能不问。

陈文说："你来干鸡巴毛？"

赵克敬说："我来跟着看看。"

陈文说："操你妈，这有什么好看的！"

赵克敬被骂得满脸通红："陈文，你……怎么能骂人呢？"

陈文说："骂人？急眼了我揍你信不信？"

赵克敬没法待了，找个借口离开了。

陈文骂赵克敬是给刘俊虎听的。但刘俊虎却一点反应没有。陈文冷冷地看着刘俊虎，刘俊虎也冷冷地看着陈文。

陈文说："你的意思是想往我脑袋上泼狗肉汤？"

刘俊虎说："对呀！"

陈文说："我往你脑袋上泼，你就往我脑袋泼？你跟我学什么呀？要不这样，咱们摔跤吧！"

刘俊虎年轻的时候总摔。但他却说："我才不跟你摔呢！陈文，我就要往你脑袋上泼狗肉汤！"

陈文说："刘俊虎，你讲不讲理？是你先骂的警察，我才泼的你。"

刘俊虎说："我骂警察多了，可别的警察没有一个泼我狗肉汤的！陈文，我必须要泼你！"

4

赵克敬能跟着刘俊虎一起来，陈文就想通过赵克敬去做做刘俊虎的工作。为此，他把赵克敬请到了林河最高档的饭店，点了一桌子山珍海味。

陈文说："老大哥，你别生气，我骂你是给刘俊虎听的，谁让你跟着去呢！"

赵克敬说："我去是想帮你！陈文，今天就是你，换成别的警察，我拍两张照片就上网了。"

陈文说："拍照片？拍什么照片？"

赵克敬说："拍你往刘俊虎脑袋上泼狗肉汤的照片呀！"

陈文说："你当时也没在现场，你怎么拍呀？"

赵克敬说："这不太简单了，我让刘俊虎摆好姿势，然后随便找个人，我只拍这个人的后背，我让他往刘俊虎脑袋上泼狗肉汤……"

陈文说："你这是赤裸裸地造假呀！"

赵克敬说："假什么呀？你往刘俊虎脑袋上泼狗肉汤这个事儿到底有没有？只要这个事儿是真的，谁还管我照片是不是真的？"

陈文感到头皮发凉，怪不得，连李云飞都把赵克敬送到电梯口。

陈文说："你这么干有什么目的吗？"

赵克敬开始没说，等陈文把他灌多了，才小声地说："老弟，我拿着这些照片找到你，你说，你能不怕吗？"

陈文假装毫不在乎："你要是找到我，我真不怕。"

赵克敬说："你不怕，我拿照片去找你们曹局，找你们李书记，他们怕不怕？肯定怕，只要怕了，就得给我表示吧！"

赵克敬嘿嘿地笑着。

陈文说："赵克敬啊赵克敬，你胆子也太大了。你这可是敲诈啊！"

赵克敬说："老弟，别吓唬我了。什么敲诈？就算我敲诈，你们敢抓我吗？不要忘了，是你们警察先往人民的脑袋上泼了狗肉汤！"

5

陈文权衡再三只能同意让刘俊虎往自己脑袋上泼狗肉汤了。

地点还是那个不大的狗肉馆。怕没地方，陈文提前要定个桌，但狗肉馆很火，一共才六个小桌，不接受预订。管区派出所出面，狗肉馆的老板才勉强答应。

陈文泼刘俊虎时是中午，刘俊虎也要求中午。陈文推辞说，中午没定上桌，只能晚上。刘俊虎想想晚上人更多，就答应了。

陈文怕丢人，特地买了件新衬衣。衬衣的颜色与狗肉汤十分接近。

晚上，陈文提前来了一会儿，他让老板先盛出一盆狗肉汤，用冷水冰上。等刘俊虎来的时候，狗肉汤的温度已经差不多了。

刘俊虎不是自己来的，还有上次那两个朋友。

刘俊虎来了之后，陈文坐在桌前，正大义凛然地注视着他们。

其他桌的客人，知道有热闹看，吃完了也不走。二十年前，陈文在饭店里打马刚，吃饭的人怕粘上血一个个比兔子跑得还快。

陈文心想，现在的世道真是变了。

刘俊虎来到了桌子前，目光有些飘移，他看了看陈文。陈文也看了看他。

陈文说："现在开始？"

刘俊虎点了点头。

这时，坐在旁边的陈茜问陈文："爸爸，什么意思？"

陈文简单地说了说经过。刘俊虎呆呆地看着。从一进屋，他就看到了陈文身边的陈茜。陈茜今天扎了个马尾一样的辫子，这让他想起了自己的女儿刘婷婷。陈茜穿的裙子也是刘婷婷总爱穿的那个款式。

刘俊虎有些发蒙，陈文说开始了好一会儿，他才端起狗肉汤。

此时，陈茜正惊恐地看着刘俊虎。刘俊虎的手开始颤抖了。怕盆里的汤洒出来，陈文急忙向陈茜使眼色。陈茜轻轻地拉着刘俊虎的衣角，怯生生地说："叔叔，对不起，我爸爸那天泼你都是因为我，叔叔，你泼我行吗？"

刘俊虎把狗肉汤放在了桌子上，目光迷离地问陈茜："为什么说是因为你呀？"

陈茜说："我考试没考好，我爸爸生气了，但他舍不得打我，所以，就……"

刘俊虎对陈文喊了一句："你这个人真差劲儿，孩子没考好就没考好吧，你生什么气呀？"

陈文说:“她回回考第一,这回她却考了个第三,你说我能不生气吗?!”

陈文对陈茜又嚷嚷起来:“五辆小火车那道题,我事先都告诉你了,可你就是不听,你个笨蛋。”

说着,陈文要伸出手打陈茜,陈茜急忙躲在了刘俊虎的身后。

刘俊虎挡住陈文:“别打孩子。”

陈文说:“我孩子我愿意,你赶紧泼吧!”

陈文把狗肉汤往刘俊虎的跟前推了推。刘俊虎显得十分为难。

陈茜说:“叔叔,你别泼我爸,你就泼我吧!”

刘俊虎说:“孩子,你别听你爸瞎说,我和你爸是好朋友,我和他闹着玩呢!”

刘俊虎说着就坐下和朋友张罗着点菜。他还对陈文使眼色:“今天你请客啊!”

陈文马上答道:“好好好,我请客。”

今天狗肉馆里有点闹,周围全是看热闹的。陈茜的发挥没有排练时好,陈文能感觉出刘俊虎的朋友都看出这是在演戏了。但好在没人戳穿。

刘俊虎这个德行朋友都了解,见他自己开始张罗吃饭了,也跟着迎合起来。吃上饭喝上酒,气氛完全不一样了。陈茜不时为大家演唱刘婷婷过去爱唱的歌曲,刘俊虎像傻子似的眼泪汪汪。

陈文不失时机给刘俊虎倒酒,小声地道歉:“老弟啊,那天冒犯了,别往心里去。”

刘俊虎都不愿意答理陈文:“行了行了,都过去了。你别老说话,好好听孩子唱歌!”

陈茜经常在舞台上唱歌,这种地方,她还是头一次。她唱的歌又都是新学的，她唱的不是那么好，但刘俊虎却听得津津有味。

6

宋男给陈文打电话："大哥，忙吗？"

陈文说："有事儿？"

宋男说："到我这儿来一趟？"

陈文说："行。"

陈文开车往派出所走的时候，心里十分忐忑。

从把马刚的母亲李桂珍交给宋男以后，陈文始终惦记。

李桂珍犯病了？

李桂珍死了？

李桂珍……

陈文想了很多，来到派出所见到叶纯燕低着头坐在沙发里，才明白与李桂珍没关系。

陈文指着叶纯燕问宋男："就是她的事儿呗？"

叶纯燕看到陈文进来，目光一直在躲闪。陈文来到了叶纯燕的面前，十分不满："又没钱了是吧？又要来告我是吧？你还想说是我把你的户口农转非了是吧？"

陈文的声音越来越大，最后拍了桌子："叶纯燕，你个婊子，你去告我吧！"

叶纯燕胆怯地说："陈……哥，你别生气，我……没想告你，我……就是……"

陈文说："你就是又没钱了，你还想让我去帮你找李久全要钱对不对？叶纯燕，我问你，你和李久全之间，与我有一毛钱关系吗？"

叶纯燕摇了摇头。

陈文说:“既然这样,现在,我请你立刻给我滚蛋!”

叶纯燕吓得起身离开了。

陈文一屁股坐在了沙发里,用力喘着气。

宋男给陈文倒了一杯茶水:“大哥,干吗发这么大火呀?”

陈文说:“我发这么大火你不清楚呀?你在电话里直接告诉我是叶纯燕的事儿不就完了!你整得那么神秘:‘大哥,忙吗?到我这儿来一趟?’你个王八蛋玩意儿,我还以为出了什么大事儿了呢!”

宋男满脸歉意:“对不起,我……怕……”

陈文说:“你怕个屁呀,你怕!哎,李桂珍现在怎么样了?”

宋男说:“非常好,上个礼拜二,我领她去见医生了。医生说,李桂珍完全康复了。”

陈文马上高兴起来。

李桂珍每年会得到陈文的六千块钱。病好后,开始不要。后来,她又都收下了。大概是觉得不好意思,她每天来院子里帮忙做些工作。

宋男说:“别看她七十多岁了,包饺子、做饭、炒菜都可像样了。大哥,说良心话,我就算雇她这么个人这些钱都不够。”

陈文说:“李桂珍真挺不错。”

宋男说:“的确。这两天,她还要找你道歉呢!”

陈文说:“快得了吧!她见到我再犯病,我又粘包儿了!”

说完了李桂珍,陈文就把话说到了叶纯燕身上:“怎么回事儿呀?叶纯燕这么快就把钱花光了?”

宋男说:“上次那些钱她都给她弟弟了。她弟弟要结婚。”

陈文说:“你核实了吗?”

宋男说:“核实了,叶纯燕确实没撒谎。这次她要钱是想彻底去戒毒。她已经发誓,这是最后一次……”

陈文说:“上次她不也发誓吗?”

陈文叹了一口气,还是给刘庆平打了电话:“最近忙什么呢?什么时候请我滑溜呀? 哈哈……哎,叶纯燕那个婊子又来找我了。刘总,我吧不好意思再给李久全打电话了,你看这样,你帮我打电话问问他?”

刘庆平十分爽快:“不用问了,陈哥,既然你打电话了,那这个事儿就按你的意思定! 那个婊子不就是还想要钱吗? 行,没问题,我代表李久全……”

陈文说:“你别代表李久全呐,万一,他不给呢?”

刘庆平说:“他不给,我给!”

陈文说:“你给算怎么回事儿,你马上给李久全……”

刘庆平说:“你就放心吧,李久全保证能给,毕竟叶纯燕给他生了个儿子! 陈哥,你就安排吧! 完了,你让宋男给我打电话,这个事儿就这么定了!”

陈文放下电话,对宋男说:“这个老六现在真是越来越会办事儿了!”

宋男说:“他也就是跟你会办! 这之前,我已经给他打过电话了,他在电话里一听叶纯燕,马上说他在电梯里信号不好,说一会儿把电话给我回过来。他奶奶的,一上午了,他也没回。我还以为他掉电梯里了呢。”

7

陈文重重地松了一口气。只要李桂珍没事儿,叶纯燕之流有事儿也都好办。开始上班后，陈文心里老是不静心。过去睡觉的时候，他能将手机直接关了。现在不敢了。手机二十四小时开机不说，每次铃声响起，心都会不由自主地哆嗦一下。

搁过去宋男打电话再“神秘”，陈文也不至于想那么多，但现在任何风吹草动，都能让陈文草木皆兵。

所以，当张雨来电话时，陈文的心又咯噔一下。

张雨在电话里直截了当地问：“你捏完我，你就没事儿了是吧？”

陈文的手心出汗了。他没敢应声。张雨说：“我要找你们单位领导。”

陈文说：“咱们见一面？”

张雨不应声了。陈文试探地说：“要不中午十二点？还是那个老地方？”

张雨挂断了电话。陈文不到十一点就来到了上岛咖啡 A1 雅间。他喝着咖啡琢磨着对策。无论什么原因，上次捏张雨，确实太过分了。这个事儿让陈文的心一直揪着。十多天过去了，张雨没反应，陈文还以为没事了呢！

张雨来的时候快十二点了。陈文主动把菜谱递给了张雨，张雨没接，让服务员上了一杯咖啡。

张雨喝着上面泛着泡沫的咖啡时，陈文万分歉意地解释说：“张老师，我被一个叫刘俊虎的给赖上了，他非得要往我脑袋上泼狗肉汤，那天，我心情特别特别不好……”

张雨说：“你总有理由，上次你把我脑袋往门框上撞，你说你犯精神病了，这次你你你……”

张雨在电话里说捏说得很自然，面对陈文却说不出口。

陈文接过话说：“张老师，实在对不起，你不知道，这个刘俊虎啊精神也不正常!”

张雨忽然火了:“明知他不正常,你干吗还带着陈茜去?”

陈文愣住了。张雨显得十分生气,“你……也太差劲了吧。”

张雨用力搅动着咖啡,搅了好一会儿,才平静下来:“知道我为什么见你吗?是你的宝贝女儿让我来求你。”

8

陈文要了两份最好的巧克力。陈茜低着头小口小口地吃着。陈文很不是滋味,狗肉馆之后,他带着陈茜又去见了两次刘俊虎。

陈文说:“你不想再见那个刘叔叔了,是吗?”

陈茜点了点头,好像是做错了什么:“爸爸,那个刘叔叔的眼睛老是直勾勾地看着我,我……真的害怕死了。”

陈文把陈茜抱在了怀里,陈茜紧紧地搂着陈文。上学以后,陈文已经很少这样抱陈茜了。

陈文说:“那你干吗告诉张老师啊?你不想见那个叔叔,你直接和我说不就完了?”

陈茜说:“我怕你生气。你一生气,就该不让我搞艺术了。”

9

何涛有张照片无与伦比。他穿着僧袍站在山峰之巅,四周出现了一圈圈耀眼的佛光。

何涛第一次来林河寺,把这张照片拿给方丈看。方丈是从南方来的,不了解何涛,见到这张了不起的照片便问何涛的法号。

何涛当时还没有法号,顺口说自己是慧能法师。

禅宗继承者慧能是了不起的高僧大德。难道眼前的何涛是六祖慧能转世?

方丈吓坏了,何涛也吓坏了。慧能的名字是他记忆里好像哪本武侠小说里的。见惹了麻烦,他急忙否认自己是慧能。他说,他的法号是国德。

国德是何涛老叔的名。这次方丈不再惊讶了。

何涛不说自己是慧能了,方丈却好像有点信了。这个方丈也不是什么真正的修行者,应该属于在庙里混吃喝的那种。林河寺开始时很小,小到稍微像样的和尚都不来。

方丈不是高僧,修庙化缘全指着何涛。何涛弄钱本来就容易,成了和尚去弄钱更容易。没几年,林河寺的规模在全地区排在了前面。庙大了,何涛的威望自然也大了。外地来的一些大和尚也都把何涛这位国德很当回事儿。渐渐地,连何涛自己都没想到,他在林河越来越有名了。

林河四面环山,相对闭塞。随着有钱人越来越多,空虚、寂寞、灵魂得不到安宁的似乎也越来越多。何涛整天忙于化缘,对佛教一知半解。无知者无畏,他的讲法常常与众不同。林河这里不少人都知道何涛过去是大流氓,何涛对此从不避讳,每次讲法,都把自己当作例子,进行深刻剖析。他那忘我的神态,让听者以为何涛是在讲别人。

何涛每次讲完,方丈都总结说,那个干了很多坏事儿的,不是何涛本人,只是何涛的肉身。真正的何涛是国德。

方丈这么夸何涛,何涛总是否认。奇怪的是,他越否认,大家就越信。找何涛讲法开示的也就越来越多。

陈文过去对何涛这位国德始终不屑一顾,但自从开示了余小蕾,又给宋男的派出所拿了不少钱之后,陈文对何涛似乎也挺信了。

在一个阳光明媚的上午，陈文找到何涛。他从兜里很虔诚地掏出了一张照片让何涛帮着看看。

照片上陈文也学着何涛的神态，站在了公安局的大门前，四周同样出现一圈圈耀眼的光芒。

陈文搞过刑事摄影，勺子里的指纹都能拍下来，让照片上出现点想要的光不是什么难事儿。

陈文问何涛："我这算佛光吗？"

何涛说："公安局的门前怎么会有佛光呢？你这张一看就是假的。"

陈文说："你那张凭什么就是真的？"

何涛没把照片给陈文看过，陈文只是从余小蕾那儿听说的。

何涛不再和陈文在佛光上掰扯，他很虔诚地说："陈哥，你本人的前世就是高僧大德，你用不着通过一张照片来证明。"

这样的话，何涛过去说过。

陈文也不客气："我前世是高僧大德这事儿，何涛，你不说我自己也知道。但问题是，光咱俩知道不行啊，我得让更多的人知道。"

何涛说："没必要。"

陈文说："有必要，大家要是都知道了，我不也可以给人开示讲法了嘛！"

何涛说："给别人开示讲法很累。佛教为的是解除人的精神之苦，求的是心里之宁静，可来庙里烧香拜佛的，全都求的是物质！求官求钱求学求婚外恋的都有……"

陈文说："何大师，你说的也有点片面。来你这里的也有不求这些的！"

陈文拿出了刘俊虎的照片递给了何涛："他就想求心里安静。"

何涛狐疑地看着照片上的刘俊虎。这几年，刘俊虎总来庙里烧香拜佛。

陈文简单地说了说刘俊虎的情况："女儿、妻子都没了，他心里很苦，何大师，你应该给他讲讲法对他好好开示一番！"

何涛把照片还给了陈文："你可以直接对他开示，你本身就是大师啊！"

陈文说："我是大师不假，可问题是刘俊虎不知道啊。刘俊虎只知道我是警察，现在警察说什么他都不信，只有你何大师说他才信！"

何涛说："我不是大师。"

陈文说："你是。你现在的法号虽然是国德，但你确实是慧能……"

怕陈文说起没完，何涛急忙打断陈文："你让我对这个刘施主讲讲法开开示倒行，我就怕我开导不了他！"

陈文说："你是大师，你肯定能。"

陈文从兜里掏出了几张纸，递给了何涛："这是他的基本情况。"

何涛看完就明白陈文的意思了，他摇着头说："陈哥，这我不能干！我这等于是骗他！这有悖于佛法……"

陈文说："佛法不就是大慈大悲吗？现在刘俊虎这么痛苦，你帮着解决解决，怎么就违背佛法了呢！我记得你对余小蕾说过什么是极乐世界。没有烦恼，没有痛苦，高高兴兴就是极乐世界！"

陈文天天研究刑法，对佛法更是一知半解。何涛最怕陈文和他讲佛法。

陈文说:“刘俊虎天天来庙里烧香,你不能因为刘俊虎穷,就对他另眼相看呐！何大师,你放心吧,如果你把刘俊虎开示好,我让余小蕾再给你捐钱不就完了。”

何涛说:“行了,余小蕾捐的钱,都不够我给派出所的!”

陈文有点不好意思了:“那这样,我让我岳父捐,你知道,我岳父有钱!”

何涛差点哭了:“你岳父有钱有什么用啊？他不信我。陈哥,上次来,我让他捐五万块钱意思意思,结果,他给我捐了五块钱,还没有门口要饭的捐得多呢!”

10

为了让何涛给刘俊虎讲法,陈文没少费口舌。但陈文并不指着何涛。

刘俊虎闹这么多年了,靠何涛讲讲佛法就能解决这么老大难的问题,想想都觉得胡扯。

陈文之所以敢去惹刘俊虎,之前没少研究。都知道刘俊虎不好惹,所以,平时对刘俊虎的维稳都是在每年诸如两会等一些重要日子。其他时间对刘俊虎只能远远地躲开。这反倒让刘俊虎受到了冷落。

在关键的日子里,警察会轮班陪刘俊虎吃吃喝喝。刘俊虎十分生气:“怕我闹事儿,你们才来陪我是不是？”

刘俊虎闹事儿纯粹是为了闹事儿,要不然,孤独下来,他会疯狂地思念自己的女儿！见警察躲着自己,刘俊虎便越发变本加厉。

陈文带着陈茜几次接触刘俊虎,尽管把陈茜吓得够呛,但也确实有了效果。刘俊虎对陈文不再有敌意,他把陈文当作了朋友。

陈文最开始都亲自陪刘俊虎吃吃喝喝，后来就找刘俊虎身边的朋友、亲属去陪。当然，这需要花钱。

好在陈文有钱。

下一步，陈文准备给刘俊虎找工作，再下一步，陈文打算给刘俊虎找媳妇！

11

陈文虽然没指望何涛，但何涛却丝毫不敢怠慢。不把刘俊虎开示好，陈文就到庙里开示他。怕陈文闹自己，何涛对刘俊虎也真的下了一番功夫。

刘俊虎再到庙里烧香时，何涛找了个看似极其巧合的机会碰到刘俊虎。刘俊虎马上虔诚地给何涛下跪磕头。接二连三，就算有了“佛缘”。于是，何涛把刘俊虎带到了自己经常开示的地方。

这个地方很神圣。佛音空灵回荡，说话如天籁一般。

何涛对刘俊虎说：“施主，佛度有缘人，你我每次相见，似乎都与你似曾相识，想必施主您有些来历！你身上有物件透着灵气，能否拿出让贫僧看看？”

刘俊虎发蒙。何涛指着刘俊虎靠近心口的内衣说：“施主，就在你的兜里。”

刘俊虎急忙从兜里拿出女儿的照片。何涛看着刘婷婷的照片，表情凝重，然后双手合十，念了声“阿弥陀佛”。

刘俊虎完全傻眼了。

何涛说：“这位小施主九年前，在一个有流水的地方，离开了您，对吗？”

刘俊虎点着头：“大师，她是我的女儿，她在哪儿？”

何涛说:“施主,放心吧,她已经脱离了苦海!”

刘俊虎跪下不停地磕头。何涛让刘俊虎坐在自己的对面,进行开示:“你和你的妻子都罪孽深重,你的妻子已经轮回成了一只狗,施主,你要比你的妻子还要悲惨!”

刘俊虎好玄没吓过去。何涛起身做出让刘俊虎离开的手势,刘俊虎跪着不走。

何涛说:“施主,请回吧。三日后,三时三刻,我会在此等您。”

12

尽管在神圣的地方,陈文听完录音,还是免不了斥责何涛:“你太着急了,刘俊虎信了吗?”

何涛说:“不信的人谁会来庙里啊?我对刘俊虎的开示丝毫没有违背佛法!”

何涛说话时没瞅陈文,他的表情比周围的佛龛还肃穆。

陈文有些打怵:“何大师,我的意思是,你别把刘俊虎吓过去。”

何涛说:“我在这里已经不是一天两天了,我心里有数。”

13

何涛心里有数,陈文心里没数。

为了维稳刘俊虎,陈文不光把刘婷婷溺水事件的卷宗认真地研究,还找到了当年刘婷婷的班主任老师、同学以及邻居进行了调查。陈文初步得出的结论:刘婷婷可能是自杀。

但这样的结论,陈文压根儿就没敢和刘俊虎说,怕刘俊虎再像李桂珍那样崩溃。

陈文不敢说，何涛敢说。

第二次，何涛问刘俊虎："你考大学考了几次？"

刘俊虎说："复读四年，前后一共考了五次。"

何涛又问："你妻子呢？"

刘俊虎说："我妻子比我少一回。"

何涛说："原因在此，你和你妻子极度虚荣，你们俩没考上大学，就希望孩子来替你们实现梦想。孩子考第二，你们俩都不答应，对不对？"

刘俊虎说："主要是我妻子不答应。"

何涛说："但你也没有制止。你那么喜欢你的女儿，却丝毫不为女儿着想。你们逼迫女儿每天都要无休止地学习。你们明明知道，现在的时代已经变了，你女儿就算考倒数第一，她同样能够考上大学……"

刘俊虎说："但她考不上好大学！"

何涛指着刘俊虎，生气了："在这神圣的地方，你女儿正在上面看着你，你却还在为自己狡辩！"

刘俊虎扑通跪下了。

何涛说："你女儿明明是自己走进了水里，但你却和警察说，你女儿的死是被人谋杀的。很显然，连你自己都知道，是你和妻子把女儿逼死的。真正的凶手就是你和你的妻子！"

刘俊虎被说中要害，拼命地磕头。

何涛毫不留情："你的妻子比你强，她知道犯了罪，就以死赎罪。但死只是暂时的解脱，她死后仍要接受因果报应。上次，我告诉你了，你的妻子已经轮回成了一只狗……"

刘俊虎满脸惊恐："那我轮回成什么？"

何涛说:"你不会再轮回了,你将被打入十八层地狱!"

刘俊虎有点不敢信:"为什么?"

何涛说:"你这种疑惑的眼神就已经是答案了。你来这里,拜的是佛,可你压根儿不信佛。"

刘俊虎说:"我天天烧香磕头,我信,我信……"

何涛说:"你是假信!你不信还不如不烧香不磕头,你这是在欺骗佛!佛法首先要求我们遵守国家的法律!明明是你逼死了女儿,你却硬说是被别人谋杀。你作警察闹警察,有个警察被你作闹死了,你都丝毫没悔过。这说明了什么?这说明,你就是想以此来证明你女儿不是被你所杀!"

刘俊虎愣愣地看着何涛。

而何涛则闭着眼睛滔滔不绝地说着:"罪过!罪过!警察如此厚待你,你却无一点悔恨。你闹警察的唯一目的就是想掩盖你的罪过!你骗完了警察,现在你还想来骗佛!你不下地狱,谁下地狱?"

刘俊虎低下头,跪在了何涛的脚下,开始不停地磕头。

何涛还是继续闭着眼睛说:"你的女儿生在你这样的家庭里,就是人间地狱。菩萨大慈大悲提前将她接走。上次我就告诉你了,你的女儿已经脱离了苦海,到了极乐世界。刘俊虎、刘俊虎、刘俊虎,我喊你三声,我告诉你,你不悬崖勒马,你将永生永世永在地狱里。你就再也见不到你的女儿了!"

刘俊虎把额头磕出血之后问何涛:"大师,我是否还有希望?"

何涛围着刘俊虎走了三圈,满脸庄严道:"佛说一切法,为度一切心,我无一切心,何用一切法!刘俊虎,皈依佛门吧!发大心,起大愿,走正路,行大力!好好苦修,争取将来也到极乐世界吧,只有这样,你才能见到你的女儿!"

14

曹凯满脸惊讶:“刘俊虎皈依了?”

陈文点着头,小声地解释说:“开始,我也不信。刘俊虎皈依时,庙里搞了个很大的法事,南方都来和尚了。”

曹凯说:“真的?”

陈文说:“千真万确。那个法事要连续跪五六个小时。现在刘俊虎都有法号了,叫国俊!”

曹凯说:“俊虎变成了国俊?”

陈文说:“是的。”

曹凯仍然没有从惊讶中完全恢复:“这……太难以置信了。”

陈文说:“可不是嘛,何涛和我说完,我压根儿不信,可现在不信也得信了。”

曹凯说:“刘俊虎皈依多长时间了?”

陈文说:“快半个月了!”

曹凯说:“那你怎么才告诉我呢?”

陈文说:“我不是不信嘛,我得好好观察观察……”

曹凯忽然拿起了茶杯,摔在了地上。茶杯粉身碎骨。

陈文愣住了,叫道:“你疯了?”

曹凯没吱声,猛然抓住了陈文的衣服领子,狠狠地瞪着。

陈文说:“你干吗呀! 我这衣服是名牌。”

曹凯松开了陈文坐在椅子里呼呼直喘。

陈文说:“你别吓唬我,你怎么了? 大哥,我没有骗你,刘俊虎真的皈依了。”

曹凯平静下来:“我知道,你没有骗我。陈文,我来气!”

陈文说:“你来气?”

曹凯说:“我……我嫉妒死了!你他奶奶的,十年没上班,现在上班才两个月,就把李桂珍摆平了,现在又把刘俊虎皈依了。陈文呐陈文,怎么好事都让你赶上了。”

陈文不高兴了,他没想到曹凯会是这个德行。他真想骂曹凯,我赶上个逼吧!你知道,我付出了多少辛苦吗?

陈文笑呵呵地为曹凯点燃了香烟,把地上的茶杯收拾了,又为曹凯重新倒了一杯茶。曹凯喝着茶,情绪似乎才平静下来,他对陈文说:“老弟,一会儿我就去找李书记汇报。”

陈文说:“你去好,还是我去好?”

曹凯白了陈文一眼,“你怕我去抹杀你的功绩啊?”

陈文说:“我不是那个意思。”

曹凯说:“那你什么意思?”

见曹凯有点急眼,陈文慢悠悠地解释起来。他首先把如何维稳刘俊虎的打算全盘说了一遍:“曹局,你看我都准备给刘俊虎找工作找媳妇了,就算何涛没给我解决,我照样能稳定住刘俊虎!”

曹凯表示认同,他一边赞许一边在小本上做着记录。

陈文说:“大哥,你不用记,我的意思是吧,还是我去找李书记汇报。”

曹凯说:“我知道你和李书记关系好,但我是主管局长,我汇报……”

陈文说:“你没明白我的意思,我是想和李书记说,我的这些做法都是你最先提出的,我只不过是照你的指示在执行罢了。”

曹凯忽然很无奈地笑了。这种笑又让陈文有点不解了。

曹凯说:“老弟,还记得你刚上班的时候吗?那时,我对你有些看法,你小子就开始变着法拉拢我。你抓了个杀人犯,没马上送局里，而是先找到了我。你想把这个功劳让给我，这个事儿有吧？”

陈文有点不好意思。

曹凯伸出手，摸了摸陈文的脸蛋：“你他妈的那么小，就整这个；现在都快五十了，还整这个。”

陈文推开曹凯的手：“别乱摸，我整哪个了？我好心好意……”

曹凯说：“你快行了，什么好心好意？”

陈文不高兴了：“大哥，你今天这是怎么了？”

曹凯没接茬，渐渐地，他的眼眶却湿润了。

陈文说：“你是不是到更年期了？”

曹凯点燃了一支烟，慢慢地说：“你个小兔崽子，这些年，你光在家搂着小媳妇享受了，你和我越来越远了。我他妈的开玩笑，你都听不出来了。我刚才说我嫉妒你，你是不是给当真了？”

陈文立刻否认：“没有，绝对没有。”

曹凯说：“没有个屁！”

陈文给曹凯擦着眼泪：“行了行了，你看你，整了一脸。”

曹凯拍着陈文的胳膊很动情地说：“老弟呀老弟，你我这么多年了，我嫉妒谁还能嫉妒你吗？知道我刚才为什么摔茶杯吗？我高兴死了。陈文，我告诉你，咱们把刘俊虎稳定了，林河公安局的信访等于是翻开了崭新的一页！”

15

陈茜没睡之前，余小蕾就到了陈文的房间里。怕陈茜捣乱，余小蕾事先告诉陈茜：“我要去陈文的屋里。”

陈茜问:“为什么?”

余小蕾说:“我要做通他的思想。”

陈茜说:“那很好,但你和他在一起可不能怀孕!”

余小蕾假装镇静:“万一怀孕了怎么办?”

陈茜想了好一会儿,说:“那你们得保证给我生弟弟,不能生妹妹!”

余小蕾说:“那好吧。”

余小蕾钻进陈文的被里笑个不停:“咋整啊,这孩子什么都明白,她可别到学校去乱说啊!”

没上学前,陈茜就问余小蕾:“我是怎么来的?”余小蕾还一本正经地回答说:“爸爸和妈妈结婚后,国家给妈妈吃了一片药,这片药在妈妈的肚子里……”当时,余小蕾没说完,陈茜就反驳说:“才不是国家给的药片呢,是陈文把他身体里的一枚精子,放进了你肚子的子宫里。那枚精子与你的一枚卵子结合之后,才成了我!”

余小蕾笑嘻嘻地和陈文说着陈茜有关生小孩的趣事儿,目的是让陈文的情绪缓和缓和。这些天,因为孩子要搞艺术,两个人都不太稳定。

陈文总拿刘俊虎做例子:“千万不能逼孩子啊,你看这姓刘的两口子,生生把孩子给逼死了。”

余小蕾强力反驳:“那能一样吗?姓刘的那孩子是不愿意学,他们俩非逼着学,现在陈茜愿意学,你非不让学!”

陈文有点不讲理:“陈茜愿意学什么呀。她不愿意,我都问她了。余小蕾,不是我说你,你有点太差劲。你干吗那么愿意让孩子学艺术啊,还不是想圆你自己的梦吗?你从小想学没学成,现在就逼着孩子学,你太自私太虚荣了……”

过去陈文总这么说余小蕾，余小蕾已经被说皮了。她嘴上说不过陈文，就用身体来说，她依偎在陈文的怀里，又摸又亲。

陈文说："干吗呀？你不是要来做通我的思想吗？"

余小蕾说："我做不通了，让你小媳妇做吧！哎，这两天，你和张雨做了吗？"

陈文说："别以为你说张雨我就能兴奋。行了行了，你快回你屋吧，我困死了。"

16

陈文问何涛："刘俊虎过些日子会不会再从庙里出来？"

这个问题陈文老问，何涛都有点不耐烦了："绝对不会。刘俊虎在庙里天天欢喜，用鞭子抽他，他都不会离开的。"

陈文说："万一呢？"

何涛说："刘俊虎都敢去翻中南海的围墙，这种人最执着了，一旦皈依了佛门，他决不再反悔的！"

陈文说："真那样的话，那你就是为社会的稳定做出了一份卓越的贡献。何大师，衷心地感谢你呀！"

何涛说："要感谢的是你，刘俊虎之所以觉悟完全是你做的功德，我只不过是顺水推舟而已。"

陈文说："您功德这样高，还如此谦逊。我越来越相信，您真的就是六祖慧能转世了。既然这样，何大师，请您再帮我开示开示我家余小蕾呗，让她别再逼着孩子去学艺术了。"

何涛说："人的命运由天注定。孩子将来是不是搞艺术，不是逼出来的。陈哥，听我话，你就顺其自然吧！"

陈文有点不高兴。余小蕾到庙里来捐那么多钱，其中主要求的就是让孩子搞艺术。何涛拒绝开示显然是怕断了财路。

陈文说:“何大师,下个礼拜,我岳父要到林河来!”

何涛来了兴趣:“他来干什么?”

陈文说:“市里搞了台《走进林河》晚会,我岳父赞助了,他是特邀 VIP。我寻思吧,借机做做他的思想工作,我打算让他给你们庙捐两个亿,你看少不少?”

陈文说得太悬,何涛都笑出了声:“你岳父真要是捐两个亿,那他得喝多少酒啊!”

17

《走进林河》这台晚会,开始是为了迎奥运,奥运开完了,也没整上。后来改为迎国庆,可国庆过去半个月了,晚会还没着落。

陈文给刘庆平打电话问:“你们这个晚会到底迎什么呀?”

刘庆平说:“迎金秋!”

陈文说:“现在都深秋了。”

刘庆平笑嘻嘻地说:“管他什么秋,陈哥,放心吧,到时候,保证让你姑娘登台唱歌不就行了?”

陈文最初不想让陈茜登台唱歌。明星在晚会上唱歌能给很多钱,可陈茜在晚会上唱歌要拿很多钱。陈文想以这个理由拒绝。但刘庆平说,这个钱他拿。陈文不同意。余小蕾给父亲打了电话。吴建平二话没说,当即给晚会拿了赞助。

陈茜登台唱歌毫无悬念了。这让陈文很纠结。

见晚会迟迟整不上,陈文还挺高兴,他真希望晚会能黄了。可经过筹委会不懈的努力,晚会最终还是在工人体育场隆重举行了。

一下子来了这么多的明星,林河沸腾了。晚会在晚上八点才开始，下午四点就开始放人。上万人拥进体育场，公安局忙坏了。过去陈文不上班的话，他可以坐在里面的贵宾席上，但现在他得站在外面像其他警察一样维持秩序。

怕出现“踩踏”，警察几乎是一步一岗。深秋很冷了，每个警察却被挤得汗流浃背。好在陈文年过四十，算老警察，他可以站在离人群稍远的地方。观众没大批来时还行，六点以后，像山洪一样的人群呼过来，陈文也被挤得满脑袋流汗。

余小蕾、张雨领着陈茜下午不到一点就来了。陈茜之前走台时很紧张，说话都口吃了。这让余小蕾、张雨都跟着上火。都知道陈茜要是给演砸了，陈文更有理由不让陈茜搞艺术了。

下午，余小蕾帮着拿衣服，张雨就让陈茜上舞台反复试。舞台上弄灯光弄音响到处都是人，陈茜总也进不了状态。直到天黑了下来，陈茜还不行。

余小蕾急了：“都这个时候了，你怎么还紧张啊？”

陈茜说：“我没紧张，我冷。”

余小蕾说：“冷什么冷，你头上都是汗，一会儿还得让张老师给你化妆。”

张雨还算平静，她紧着安慰陈茜：“现在紧张正常，等到上台的时候就没事儿了，啊！”

陈茜趴在张雨的耳边，小声地说：“老师，我……害怕。”

张雨说：“怕什么呀！”

陈茜说：“你看那边全是明星。”

张雨说：“明星有什么了不起，将来你也是明星。”

过去陈茜在文化宫登台时也紧张过。张雨只要这么说说，陈茜就好了。但这个夜晚大概是舞台太大和明星都太大牌了，弄得陈茜无论说什么就是不停地哆嗦。

晚会开始后，歌星出场引来一片片欢呼，陈茜的紧张还是丝毫没有减弱的迹象。余小蕾都快崩溃了。马上该陈茜出场了，陈茜竟然小声对张雨说："老师，你去说说，取消我这个节目吧！"

张雨气得真想抓住陈茜的头去撞旁边的柱子，她抓住陈茜的胳膊，小声严厉地说："今天，你必须要上台把这首歌唱了。"

陈茜说："我要是唱不好，我多丢人呐！"

张雨说："有什么丢人的？你忘了你说你是给爸爸唱的？"

陈茜说："我……回家去给他唱吧！"

张雨也豁出去了，最后，她猛地把陈茜推向了舞台。

陈茜被推得踉踉跄跄差点趴下。好在当时舞台没灯光，谁都没看到。看着陈茜慢慢地走到了舞台的中央，余小蕾和张雨全都捂上了眼睛，不敢再看。

陈茜来到了麦克风前，当灯光和全场的目光一下子扑面而来后，她忽然一点都不紧张了，居然先一字一句地说了一段开场白：

"各位叔叔、阿姨，大家晚上好。

"我叫陈茜。茜是茜茜公主的茜，陈是陈文的陈。你们大家会问，陈文是谁？陈文是我的爸爸！我的爸爸是一名警察。今天，我们大家能幸福地看节目，都是因为我爸爸还有和他一起的警察叔叔阿姨们为我们维持着秩序。本来，我不应该站在这里为大家演唱，因为王奶奶说我没有天赋，五音不全，唱歌跑调。但是，无论王奶奶怎么说我，今天，我也要唱这首歌。这首歌的名字叫《我只在乎你》。我要把这首歌，献给我的爸爸和全体警察叔叔和阿姨们！"

任时光匆匆流去
我只在乎你
……

陈茜先是用中文唱，接着又用日文唱。张雨、余小蕾之所以不顾一切要让陈茜搞艺术，陈茜还是相当有潜力的。

一曲唱罢，掌声雷动。

在主持人的要求下，陈茜又连续唱了两首英文歌曲。动人的歌声搅动起全场一个又一个高潮。

晚会的主持人也很大牌，他是央视总爱煽情的那位。陈茜唱完歌，他不解地问："你说王奶奶认为你五音不全，唱歌跑调。宝贝啊，现在请你告诉我，你说的这位王奶奶是干什么的？"

陈茜说："她是教音乐的。"

主持人说："不对！这位王奶奶绝对不是教音乐的，她应该是教体育的！"

18

《我只在乎你》这首歌，陈文开始是让陈茜献给慈善家吴建平姥爷的。由于吴建平没来，余小蕾就让陈茜献给了警察爸爸。

陈茜之所以能登上这么大的舞台，与吴建平对晚会的赞助有直接关系。

陈文很怕吴建平有想法。陈文和余小蕾谈恋爱时，吴建平就有想法。陈文十年前没调到省城去工作，也有离吴建平远点儿的考虑。

这些年，吴建平对陈文很慷慨。结婚时，不仅给他买了房子，连父母的房子也一块给买了。两年前，刚有新款 A6L 时，吴建平就给陈文买了辆顶配车型。娶了岳父这么好的女儿，花了岳父这么多钱，陈文很想借着女儿在台上唱歌的机会，对岳父表达一下感谢，没承想，陈茜却把这首歌献给了自己！

陈文很想给吴建平打电话解释解释，却又不知该如何解释。晚会的第三天中午，吴建平给余小蕾来电话，说，正往林河赶，晚上就能到。

陈文问余小蕾："你爸态度怎么样？"

余小蕾说："好像不太好。"

陈文埋怨余小蕾："陈茜唱歌要献给姥爷，我事先都告诉你爸了，他可能不乐意了！"

余小蕾说："不可能。我爸没那么小心眼。"

现在的林河与省城已经通了高速公路，过去坐火车要坐一夜，现在开好车四个小时都用不了。

陈文开车拉着陈茜、余小蕾早早地来到高速收费站等着。

吴建平的奔驰 600 刚一出现，陈文领着老婆孩子就迎了过去。

吴建平、吴小易从车里刚下来，陈茜就冲进吴建平怀里，搂着吴建平的脖子，一口一个姥爷叫着。

"姥爷，你真是越来越年轻了。昨天我看见我爷了，我爷可比你老多了。他为了装嫩，戴了条白色的围巾。姥爷，你知道，这叫什么吗？这叫老黄瓜刷绿漆！"

陈文憋不住笑，陈茜见到爷爷反过来就说姥爷是老黄瓜。

陈茜拥抱完姥爷，又去拥抱舅舅吴小易。前两年，陈茜问吴小易："舅舅，我的姥姥好年轻啊，为什么你管姥姥叫妈，而你的姐姐我的妈妈却管姥姥叫阿姨呢？"

这个问题太深刻，吴小易不好回答，他就糊弄陈茜。没想到陈茜当场揭露道："舅舅，你别骗我好不好？那是因为这个姥姥是我姥爷的小老婆，对不对？"

吴小易经常被陈茜弄得哭笑不得，上次他是带着女朋友一块来的，陈茜见面就对那个女孩说："你长得没上回来的那个阿姨漂亮!”

这次,陈茜又问吴小易:“舅舅,你有这么多女朋友,你可不可以分给我爸爸两个?”

平时,陈茜这么闹,吴建平和吴小易会不时地哈哈大笑。但今天他们两个人没怎么笑。陈文和余小蕾心里泛起嘀咕。回到了家,面对着满桌子好吃的,吴建平父子还是不怎么高兴。

父亲不高兴好办,余小蕾不在乎,但这个弟弟也这样,余小蕾有点发蒙。她和吴小易不是一个妈,父亲的公司将来会给这个弟弟,她得维护好这层关系。

吃饭的时候,余小蕾就想解释晚会上陈茜为什么没有把歌献给姥爷这个事儿,但她刚说开头,陈文就给她使了一个怪异的眼色。

余小蕾没明白,但也不再说这个话题。到厨房端菜的时候,陈文偷着和余小蕾说:“你爸和你弟弟这次来估计是出什么事儿了!”

余小蕾吓坏了:“是吗?”

陈文说:“一会儿吃完饭,你领孩子去学习,不要让陈茜再过来闹。”

吃完了饭,客厅里就剩下三个男人时,吴建平才说了来龙去脉。

为了培养儿子,吴建平把一个分公司交给吴小易管理。去年六月,吴小易在南方进了一批价值二千七百万的钢材。现在,这批钢材出了问题!最近这几天,南方的警察可能要来抓吴小易。

人要是被抓了,货物也都得被没收。

吴建平和吴小易很紧张。陈文很平静,反复地看着合同。

吴建平说:“我在省城找了不少关系,一个律师朋友让花点儿钱。”

陈文说:“花多少?”

吴建平说:“五百万!”

陈文说:“抢钱呐!”

吴建平说:“孩子,钱不重要。那个供货商已经被抓了。”

陈文看完合同,全神贯注地盯着吴小易问:“那个供货商被抓和你有没有关系?”

吴小易回答得很干脆:“一点关系都没有。我不知道这些货是他骗来的。”

陈文比吴小易大二十来岁,吴小易如果说谎,陈文通过表情能看出来。

陈文拍了拍吴小易的肩膀,说:“既然这样,那你就不用怕。”

吴小易很担忧:“姐夫,我得和你说实话,我买这批货时有点图便宜了。”

陈文说:“谁买货不图便宜啊!你这些货是便宜了不少,但都在正常范围内。你这个合同我看不出有什么问题。”

吴建平说:“这个案子挺大。有两个买货的都已经被抓了起来。”

陈文只好说:“现在要是让警察抓住了把柄,同样也能把小易抓起来!”

吴建平和吴小易听陈文这么说,又害怕起来。起初,父子俩想花钱找省城的律师。后来,想到陈文在北京读过研究生,他的同学大都在全国的政法系统。吴建平就认为,让陈文办这个事儿会更有把握。

吴小易对陈文说:“姐夫,只要这个事儿能摆平,五百万、一千万都行。”

陈文说:“干吗呀,你买这批钢材你挣几个钱呐?”

吴建平也和陈文说:“孩子,你不用考虑钱,你到南方去找人……”

陈文说:“爸,这个事儿,你听我的,千万别去找人。咱们本来没事儿,你这一找,南方警察反而重视了。这样,明天一上班,你让公司会计马上去把这批货的各种税全都交齐!”

吴建平说:“完了呢?”

陈文说:“完了就完了呗。我认为,南方来的警察只要看到你这批货没偷税漏税,他们就不会再难为小易!”

吴建平和吴小易都不太相信:“就……这么简单?”

陈文说:“应该就这么简单。法律有规定,只要公安机关立案前把税交了,就不按偷税来侦办。”

吴建平说:“孩子,交税用不了几个钱呐,再说,这本来就应该交啊。”

陈文说:“对呀,只要把应该交的都交了,就是守法公民。没毛病,谁都不会来找麻烦的。”

吴建平、吴小易全都愣愣地看着陈文,还是不相信这么大的事儿能就这么简单摆平!

陈文说:“你们俩不用这么看着我,爸,实话告诉你,你们找的那个律师都不见得有我明白。”

19

每个月,陈文带着老婆孩子回省城岳父家至少两次。每次回省城跑高速,陈茜都鼓动陈文超车。陈文很愿意超,但他很少超。这次一个宝马在前面晃来晃去特别讨厌。

陈茜都看出来了:“那个宝马730故意超咱们,爸爸,超他!”

陈文看了看四周,见前面只有那辆宝马,便推上“S”挡,一脚油门到底。虽然是A6,但4.2超3.0还是相当轻松。

超过了宝马,陈茜兴奋了,说前面还有奔驰,又鼓动陈文去超!余小蕾在旁边骂陈茜:“超什么超?好好唱你的歌!”

陈文也不敢再超了。且不说超速本身危险,“五条禁令”更是悬在每个警察头上的利剑。哪次不注意被砍上,哭都来不及。好几百公里,陈文只超了一辆宝马,他平平静静地开着车,心情美好地听着陈茜一首接一首地唱歌。

在晚会上大出风头之后,陈茜再唱歌,陈文也不好再挖苦了。王奶奶那个事儿,让陈文很没面子。

快到省城的时候,吴小易给余小蕾打电话,问到哪儿了,余小蕾说,快到收费站了。

余小蕾放下电话,陈文说:“搞不好,你弟弟来接咱们了。”

余小蕾说:“不能吧!”

省城很大,吴小易住的地方又离高速收费站很远,陈文每次开车来,吴小易从没接过。但这次吴小易确实来了,而且,吴建平也来了。

陈文刚出收费站就急忙把车停在吴建平的奔驰旁。

陈茜下车还是挨个拥抱,余小蕾对吴建平疑惑地问:“爸,你怎么还来接了?”

吴建平说:“我和你弟弟去机场送人,回来正好顺道。”

陈文没吱声,岁数大了撒谎都不会,到机场更不顺道。显然,吴建平、吴小易这次比前些日子去林河情绪好多了。

吃饭的时候,吴小易挨着陈文小声地说:“南方的警察真到公司来找了,但他一看税票,水都没喝,转身就走了。哎呀,姐夫,你太了不起了。”

陈文说:“了不起什么呀?真正了不起的是你没大问题,假如你跟着参与了,小易啊,别说我,咱爸这次都救不了你!今后,你可得要守法呀!”

吴小易说:“那是那是。”

吃完饭,吴小易把陈文单独叫到了书房里。吴小易给陈文拿了一张支票。陈文看都没看,直接给撕了。

吴小易说:“姐夫,你别误会。”

吴小易想要给陈文在省城开一家律师事务所。陈文说:“不行。”

吴小易说:“怎么不行,你不是已经有那个当律师的证了吗?”

陈文说:“我是公务员,我当律师,我得先辞职。”

吴小易说:“那就辞呗!姐夫,当警察有什么意思啊?”

陈文说:“当律师有什么意思啊?”

吴小易说:“挣钱呐,姐夫,我这回可知道什么叫抢钱了。你一年接几个像样的案子,比盖楼都挣钱。”

陈文笑了:“像样的案子得碰,我真当律师的话,就碰不到了。”

20

余小蕾急了:“你把支票撕了干吗?”

陈文说:“我能要你爸的钱吗?”

余小蕾叹着气:“我爸还是不成心,成心的话,他直接给我不就行了。”

陈文笑了:“余小蕾,你怎么这样呢?你爸还少给咱们了?”

余小蕾问:“哎,那支票上写的是多少钱呐?”

陈文说:“我没看。”

余小蕾说:“你估计呢?”

陈文说:“至少三百万吧!”

余小蕾捂了半天嘴,接着就搂着陈文兴奋起来。

陈文说:“你干吗呀?”

余小蕾说:“老公,你太厉害了。”

陈文说:“我不厉害,你赶紧回你自己被里。”

在岳父家过夜,陈文没法把余小蕾撵到别的屋。只能一张床,两个被。

余小蕾赖在陈文的被里,不停地摸着、吻着。那张支票虽然被陈文撕了,但余小蕾清楚那笔钱父亲早晚会给。

自己的老公太像样了。余小蕾说:“老公,前些年,你去学习,我还以为你是闲的呢,没想到,知识这么值钱呐!”

陈文搂着余小蕾,假装批评说:“你就知道钱钱钱。”

陈文非常舒服。岳父这些年给他买车买房,还给他父母买房,真没少花钱。现在帮了岳父这么个大忙,他心里总算是得到了宽慰。

平时来岳父家,陈文、余小蕾虽然住在相对独立的别墅顶层,但他们很少捅咕。陈茜不像在自己家那么规矩,经常楼上楼下各个屋乱窜。

这个夜晚,陈文、余小蕾被那张支票弄得都很兴奋,他们像两个特务似的,一边认真地听着外面的动静,一边认真地完成了全部动作。

21

捅咕的好处，是睡得香。陈文睡得正香时，却被余小蕾弄醒了。

陈文说："你干吗呀？"

余小蕾说："你的手机。"

临睡前，陈文调到了震动。嗡嗡声把余小蕾先给弄醒了。

陈文拿起了手机。是于德才。陈文有点不高兴："半夜三更的，打鸡巴毛电话？"

于德才说："怎么说话呢？"

陈文说："什么事儿，你快说。"

于德才说："我没事儿。"

于德才放下电话，陈文却泛起了嘀咕。过去不上班时，陈文什么都不想。但现在他什么都想。

陈文把电话打了回去，于德才好一会儿才接。

于德才很严肃地说："你在哪儿呢？"

陈文说："我在省城呢。"

于德才说："撒谎。"

陈文说："没撒谎。到底什么事儿，你快说。"

于德才十分不耐烦："那就等你回来再说吧！"

陈文心里起了波澜。每次来省城都是周日的下午往回赶，因为于德才这么个莫名其妙的电话，陈文第二天只好提前回来了。

见到了于德才，于德才笑嘻嘻地说："没事儿，我想你了。"

陈文真想给于德才一顿耳光。于德才说："谁让你总骗我。"

陈文说："你个老不死的是真烦人呐！"

左右也回来了,陈文也不好跟这个老不死的再发火。

于德才现在已经是VC制药厂的一个部门头头了,年薪二十来万。但这两年,他却总想再调回公安局。

陈文说:“你调回来干吗呀?回公安局,你这样的一年也就拿三万。”

于德才说:“三万我不要,我再给公安局拿三万都行。”

陈文说:“你再拿三十万,你也回不来。”

当警察除了参加公务员考试外,年龄不能超过二十五岁。

于德才说:“吕天光去年进公安局都四十五岁了。”

陈文说:“吕天光是处级,人家进公安局是工作需要。”

于德才说:“我进公安局也是需要啊!”

于德才又开始磨叽。陈文不愿意听,但又不得不听。十年前,省里来查陈文。陈文没查出事儿,于德才查出了事儿,结果被调离公安队伍。

于德才说:“陈文,你和李书记关系好,你做做工作让我回来呗。”

陈文说:“我和李书记好什么呀!”

于德才说:“我花钱还不行吗?”

于德才说得可怜兮兮。

普通人无法理解像于德才这样的老警察。过去当警察都是往死里收拾罪犯。弄得罪犯与警察都不共戴天。当警察时有危险,不当警察了危险更大。那个年代被罪犯打死打残的比比皆是!对老一代警察来说,不当警察了就意味着恐怖和风险!久而久之,警察对警察这个职业本身便产生了深深的依恋。现如今,这种危险早已不存在,可那种对警察职业的依恋却如同基因一样长在了每个老警察的身上。

有点像生是警察人、死亦警察鬼的味道！

于德才说："老弟，我马上就退休了。你帮我想想办法呗。我不占警察任何便宜，只要我退休后，认我是警察，花多少钱，我都干。"

陈文心里酸溜溜的。但他没法答应于德才，只能含含糊糊地说："大哥，现在我刚上班，还没给我正式安排。这样，如果我被重用的话，你这个事儿，我肯定给你好好弄一弄！"

22

曹凯给陈文打电话："在林河吗？"

陈文说："在，才回来。"

曹凯说："李书记给你打电话了？"

陈文说："没有。是于德才把我忽悠回来了。"

陈文想借机把于德才的事儿给曹凯说说，但曹凯没兴趣。他说："你回来得正好，晚上，政法委有个会，你来参加。"

陈文说："什么内容啊？"

曹凯犹豫了一下："那个苗克你还有印象吗？"

陈文说："是那个小偷吗？"

曹凯说："对，就是他！"

陈文心里泛起了巨大的涟漪。曹凯没过多解释，要求陈文开会时千万别迟到。

陈文放下电话，手心里冒汗了。他妈的，搞不好苗克来告自己了。

二十多年前，陈文对公交线上的小偷搞了一次突然行动。他一个人抓了十个老贼。苗克当时反抗，被陈文一枪击穿了手腕。

那个年代不像现在，警察对罪犯一点情面都不给。

陈文眼睁睁地看着血往外流，也不领苗克去医院。苗克为了活命，只好无条件给陈文当了线人。

陈文不仅省了医药费，还把苗克治得服服帖帖！

这么干在当时没什么，但现在要是搬出来，以此不停地上访闹人，也真够陈文喝一壶！

第五章

1

会议定在晚上十点。八点刚过,李云飞给陈文打来电话。和李云飞接触后,这位公安局长兼政法委书记还是头一次直接给陈文打电话。

李云飞说:"晚上开会知道吧?"

陈文说:"知道。"

电话里,李云飞的声音有些疲惫:"你给刘俊虎泼了一脑袋狗肉汤是在一个小狗肉馆里是不是?"

陈文说:"是。"

李云飞说:"那儿的狗肉做得怎么样?"

陈文说:"相当不错。"

李云飞说:"那好,麻烦你点事儿,你买一盘肉、一碗大米饭,九点四十五给我送到办公室。"

陈文说:"二米饭怎么样?"

李云飞说:"那就更好了。"

陈文没有到泼刘俊虎狗肉汤的那个小狗肉馆,而是来到了林河最好的"桥北狗肉王"。陈文算好时间,让饭菜送到李云飞那儿正好不冷不热。

陈文拎着个兜子，饭盒放在下面，上面用卷宗盖着。他踩着点儿来到政法委时，检察院的胡建伟正好出来。

陈文说："胡检，你好。"

胡建伟看了看陈文兜里的卷宗，很是不满："李书记十点还有会，你现在让他休息一会儿不行啊！"

陈文说："是他让我来汇报，我有什么办法。"

胡建伟四周看了看，小声地说："哪天你把李书记约出来咱们吃顿饭？"

陈文说："我一个小民警，我可约不出来。"

胡建伟说："你个熊样。"

陈文进了李云飞的办公室，回手关上了门。李云飞坐在办公室前，似乎正翘首以盼。陈文一句话没说，迅速地把装着肉、汤、饭的三个保温饭盒拿出放在李云飞的面前。

肉是最好的狗腿肉，汤里也潜伏着香喷喷的手撕肉。

李云飞说："小陈哥，你要撑死我呀！"

李云飞饿急眼了，风卷残云。十分钟内，几乎全都给吃了。

陈文收拾饭盒时，李云飞打着饱嗝，问："多少钱？"

陈文说："你给我一千吧！"

李云飞笑了："我想给你一万。快说，到底多少钱？"

陈文看了看表："李书记，时间差不多了，你抽根烟歇一会儿，我先把饭盒送回车里。"

陈文拎着兜子出门前，李云飞学着小品里的腔调说了句："谢谢了。"

2

李云飞吃饭时压根儿没提苗克，陈文心里轻松了不少。看起来，是自己想多了。果然，晚上的会虽然涉及上访，但与陈文与公安局没任何关系。上访案子中，因公安工作引发的只占很小的比例。因土地拆迁、国企转制等工作才是重要的源头。

会议在政法委的小会议室举行。与会的大都是市信访和区信访的头头。另外还有法院院长丁玉贵、副区长黄荣才、公安局副局长曹凯等。

陈文什么官都不是，他来参加这个会有点别扭。他坐在角落里，拿着小本，无论谁发言，都假装认真地记录。

会议内容主要是如何解决苗克上访及其行政诉讼所带来的一系列问题。

陈文简单地听了听，觉得问题解决的难度很大。很多年前，苗克就开始告街道。告街道就是告区里，告区里就是告市里。这些年，苗克把区里市里闹坏了。

十几年前，街道拆迁一幢小楼，给了楼主刘广雄七十四万补偿。但苗克突然喊冤，说政府拆错了，说政府未经产权所有人同意，也未给产权所有人补偿，属于非法拆迁。苗克还真证明那楼是他的，他和刘广雄有一场民事诉讼，法院判决小楼归他。街道理亏，三年前已经给苗克赔了三百七十万。苗克嫌少，到法院提起诉讼，用苗克的话说，他要把民告官进行到底。

会议开得很热闹，但像样的措施一个都没有。苗克有理有据，一旦提起诉讼，街道就得败！这次败可就不是三百七十万，三千七百万都打不住。

民告官，官输了。不仅是输钱，还得丢人现眼。

黄荣才说："那个赵克敬已经在秘密准备材料了。"

形势很严峻，市里希望与苗克达成和解，以便最大限度减少损失减少影响。

起初，与苗克接触的主要是副区长黄荣才。但黄荣才显然没有完成好市里交给他的这项艰巨任务，苗克现在不仅没有丝毫妥协，反而胃口越来越大。

这次让陈文来，主要让陈文接替黄荣才代表政府与苗克进行协商。

陈文很为难，但既然来了，也只能表态说："我试试吧！"

过去陈文不用任何协商，一顿耳光，苗克就得规规矩矩。但现在即便喝多了，陈文也不敢动苗克一个指头了。

苗克现在连区里、市里都不放在眼里，他应该不会再怕陈文了。反过来，陈文现在是很怕苗克。毕竟过去他用枪击穿了苗克的手腕，苗克如果借机上访陈文，事情反而会变得更加复杂。

会议结束后，李云飞把陈文单独留下。

陈文表达了自己的疑虑，李云飞很理解："你不要误会，让你接触苗克，不是吓唬他，而是和他交朋友。你找他先好好谈谈。"

双方利益如此排斥，谈也是白谈。

陈文说："黄区长都没谈明白，我怕我也够呛。"

李云飞说："那可不见得。"

李云飞拐着弯批评了一顿黄荣才，陈文才明白，黄荣才为什么没能和苗克谈明白。黄荣才过去在市里一直负责招商引资。招商引资需要灵活多变，不能太讲条条框框。这个工作很像十年前陈文领导的九大队。当时，为了最大限度地为企业挽回经济损失，九大队办案依据的不是"刑法"，而是"说法"。

时代变了,位置变了,但黄荣才似乎变化不怎么大。

苗克这些年总打官司,对民法相当精通。去年,黄荣才和苗克谈判时,说着说着,黄荣才有点说不过苗克了,他对苗克喊道:“你要是再这样,我们区里对你可就不客气了。”

苗克说:“你想怎么不客气法?”

黄荣才一连说了几条。

苗克说:“黄区长,你这样做不行。”

黄荣才说:“怎么不行啊,只要法律没有禁止,我们这么做当然行了。”

苗克说:“我的黄区长,‘法无禁止即自由’指的是民法,作为老百姓,我这么做行,你这么做不行。你是政府,政府是依法执政。只有法律规定的你才能做,法律没规定的,你就不能做!”

黄荣才当时就被苗克弄成了大红脸,完全处于了被动。

李云飞对陈文说:“小陈哥,现在由你去和苗克谈,我心里轻松多了不少。”

3

二十多年前,在林河公交总站附近有个叫振兴酒楼的饭店很有名。活跃在各个线上的老贼总到这里聚。陈文当年就是在这里把苗克在内的九个老贼一网打尽。

现在振兴酒楼早没了,取而代之的是高达三十层的振兴广场。名为广场实为多功能写字楼。二楼有一家西餐厅很出名。

陈文把苗克约到了这里。苗克老了,但眼睛依然闪烁着耀眼的贼光。他梳着分头,背着一个时尚的书包。陈文看到他不禁笑出了声。

苗克坐下来，很深情地看着陈文。

陈文把单子递给苗克："吃什么？"

苗克点了一份牛排，陈文也要了相同的牛排。

陈文说："我不会点西餐，每次别人点什么，我就点什么。"

苗克挺感慨："陈哥，你还像过去那么实在。"

一开口，陈文就大大咧咧地问苗克："到底怎么回事儿呀？听说，你把人民政府快给整黄了。"

苗克显得挺谦虚："没有的事儿，是人民政府把我房子给拆了。"

苗克一五一十讲述事情的经过。来之前，陈文已经把相关的卷宗全都认真地看了好几遍。但他假装不清楚，不时地打断苗克："不是这么回事儿吧？黄区长可说，那房子不是你的。"

苗克说："陈哥，我能骗你？我有法院判决书！"

陈文说："那有什么奇怪的，你走后门了呗！"

苗克说："法院是国家的，我现在告的就是国家，法院能给我开后门？"

陈文说："有什么不能开的。那个老丁，你给他整两瓶酒，弄迷糊了他，他什么门都敢开。"

大概见陈文实在不着调，苗克拐个弯问："陈哥，我听说，你很多年没上班了。"

陈文说："可不是嘛！"

陈文打开了话匣子，滔滔不绝地讲述着十年前自己如何为市里为企业排忧解难，最后却落个家破人亡的下场。陈文谈起刘艳丽被注射死亡时，眼眶里泪水涟涟。苗克都跟着眼圈红了。

苗克说："当时，我也去看了。但前面有武警把着，我靠不了前。"

陈文说:“是老丁把我带到跟前的,车里的窗帘露出了一小条缝儿,我就是通过这条小缝儿看到的。”

十年来,陈文还是头一次和别人讲这个情景。如果不是为了情真意切,陈文绝对不会如此掏心挖肺。

陈文的实实在在打动了苗克,苗克在陈文讲完,他也开始讲自己:

“陈哥,过去我其实非常恨你。你把我手腕打坏了,不领我看病不说,还要把我送进去,你太狠了。那个时候,我做梦都盼着你被人弄死。但是,当后来我看到严打时,连王品成都被枪毙了,我又特别感激你。如果你起初不给我那一枪,我肯定还得继续偷,偷到最后肯定也得挨枪子儿了!”

苗克同样讲得情真意切,他也像陈文似的眼圈不时红润着。两个人没喝酒,喝的是茶。但效果好像比喝酒喝得还到位。

陈文说:“苗克啊,那个年代,我们警察是真牛逼啊!我记得我当时还是上警校,晚上碰到两个小子在我们学校门口撒尿,我们那个体育老师看见了,向我们一摆手,我们过去一顿散打,打得那两个小子满地找牙。完了,我们老师给派出所打电话,警察来了又是一顿胖揍!”

苗克深有感触:“我因为在大街上尿尿,也被警察揍过。”

陈文叹了一口气:“现在世道可不是过去了,大街上别说有人撒尿,就是拉屎警察也不敢过去管呐。”

苗克说:“是啊。现在法制了。‘法无禁止即自由’。中国现在越来越像西方了。陈哥,搁过去,你说,我哪有胆量去告政府,他妈的,一看到戴大檐帽的,我就尿裤子。”

陈文说:“现在整个反过来了,凡是戴大檐帽的一看到你,全都尿裤子!”

4

曹凯不高兴了："灭自己威风，扬他人志气！让你去谈判，你可倒好，和人家忆苦思甜去了。"

陈文也不高兴了："黄区长都谈不了，让我去谈，不胡扯吗？"

曹凯说："胡扯？你别答应啊，在李书记面前，你当场拒绝啊！"

陈文狠狠地瞪了一眼："你他妈的把我一竿子支到了楼顶上，我还怎么拒绝？"

让陈文接手，最初就是曹凯的建议。见陈文急了，曹凯说："老弟，这和我没关系，是李书记先问的我……"

陈文说："什么先问你的，肯定是你跟李书记说，苗克如何如何怕我。"

曹凯说："苗克本来就怕你嘛！"

陈文说："怕个屁吧！这个兔崽子现在还跟我装外国法学家呢！'法无禁止即自由'！"陈文学着苗克的腔调，"这个狗卵子，背着书包，还梳着分头，刘庆平、何涛过去也没敢梳分头啊！"

曹凯说："他愿意梳分头就梳呗，你和他好好谈呐！"

陈文说："我没法谈。"

曹凯说："你不谈，我怎么去和李书记汇报？"

陈文说："你愿意怎么汇报就怎么汇报。"

曹凯说："那你自己去汇报吧！"

陈文说："我不去。曹局，这两天，我把所有的卷宗看了好几遍，苗克确实占着理。所有人都没搞清楚，就拆楼，这么糊涂蛋，他告政府，合理合法。"

曹凯说："合什么理呀，合什么法呀，他钻了法律的空子。"

陈文说："他钻哪个空子了？"

曹凯被陈文问得噎住了。过了好半天，曹凯才说："那你到底想怎么办呐？"

陈文说："我想撂挑子。"

5

苗克被"严打"吓破了胆，决定金盆洗手，重新做人。他开过饭店开过面包房，但都开黄了。

十年前，他遇到了机会，认识了建筑承包商刘广雄。当时，整个林河到处都施工开发，建材十分紧缺。苗克和水泥厂有点关系，能搞到水泥。于是，刘广雄聘任苗克担任了业务经理。

但刘广雄被开发商欠钱，给不出苗克的工资和提成，就把从开发商抵来的一个小楼，抵给了苗克。苗克把小楼装修成洗浴中心，刘广雄有点虚荣，总说洗浴中心是他的，不是苗克的。苗克顾忌他的面子，也没揭穿，只说，他是给刘广雄打工。

洗浴中心在全省扫黄中黄了。苗克挺上火，但不久又划入拆迁范围，苗克又乐坏了。苗克正惦记发财。但拆迁办误以为小楼还是刘广雄的，就和刘广雄谈。刘广雄见利忘义，还真和政府签拆迁协议，真领拆迁款。

苗克装糊涂，等到楼被政府拆了，才来找政府。说政府未经他同意，是强拆！政府说，这个楼不是你的，是刘广雄的。苗克拿出和刘广雄的关于债务的相关协议。政府有点傻眼。那个时候的林河，拆迁太多，出现差错也难免。政府拿出与刘广雄签订的协议，敷衍苗克。

苗克开始告状，先不告政府，先告刘广雄。法院糊里糊涂，不知道背后有那么大的麻烦，当成一般的民事诉讼受理了，还判决了。判决结果如苗克所愿，小楼产权归苗克所有。

有了判决书，苗克的腰变得坚硬无比。转眼十年过去了，小楼所在的位置由十分偏僻变得异常繁华。曾经开妓院开黄了的小破楼，已经盖成了林河市第三人民医院。

6

陈文说："十年前，你那个小楼只抵了五十万，政府已经赔给你了三百七十万，我要是你，我就知足了。"

苗克说："我不是知足了，我已经乐疯了。但陈哥，这是两码事儿！根据民法第……"

苗克从书包里拿出一本被翻看得破损不堪的《民法通则》寻找法条。

陈文有点迷糊，他对民法没什么研究。刑法与民法差别相当大。陈文在刑法上和北京的律师都敢较真，可要论民法，他在苗克面前打怵。

苗克给陈文弄了一通民法，又拿出一堆评估报告，才和陈文说："我现在的要求一点都不过分。仅仅按照这个楼所在的地皮价值，区政府给我一个亿，都不算多。"

陈文说："苗克，你要求太高了，区政府恐怕不会答应你！"

苗克说："不答应，那我只好上法庭了。"

陈文说："何必呢？你这么干会把区政府弄黄的！"

苗克说："陈哥，你真能开玩笑。区政府怎么还能黄呢？"

陈文说："你要那么多钱干吗呀？"

苗克说:“我想过刘庆平那样的生活。”

陈文说:“你和刘庆平比什么呀？他就是一流氓。”

苗克说:“我也是流氓啊。陈哥,我看过一本书,书上是这么说的:‘我是流氓我怕谁’?”

搁过去,有人敢在陈文面前这么说,陈文马上会说:“你是流氓你怕谁？你怕警察呗,因为警察比流氓更流氓!”但这些话,陈文已经没法说了。现在的警察比孙子还孙子!

曾经见到陈文会吓得浑身发抖的苗克,现在因为手里有了民法,感觉好极了。陈文苦口婆心地劝了苗克一下午,苗克才答应说:“陈哥,我看你面子,五千万行了吧?”

陈文说:“五千万太多了吧？十年前,你才五十万,好家伙了,现在翻了一百倍。”

7

黄荣才都快哭了:“五千万?”

陈文说:“这还是苗克看我的面子。”

黄荣才说:“五千万绝对不行,陈文,你再和他谈谈,政府的底线是二千万。”

陈文说:“二千万也不少啊！黄区长,这个事儿虽然他占理了,但你们也别太怕。这个案子有着复杂的债权关系,虽然标地额很高,但按照目前情况,就算你们官司输了,你们区里赔一千万顶天了!”

黄荣才说:“陈文,不是这个概念。这个官司,我们不敢和他打。别说我们肯定输,就是肯定赢,只要开庭,我们就输了。民告官,媒体一旦报道出去,老百姓都得站在苗克这边！标地额一个多亿,最后,法院只判给苗克一千万,人民群众肯定认为,我们这里有猫腻啊!”

陈文说:“有什么猫腻啊?让法院全程直播。”

黄荣才说:“行了,那我们区政府可就全国闻名了。陈文,你想想办法,最好,我们和苗克私下和解。”

陈文说:“苗克现在之所以这么张狂,就是看清了你们这一点,你们不能怕打官司。再说了,你们怕也没用啊,苗克只要到法院起诉你们……”

黄荣才说:“陈文,现在法院不会立案!”

陈文说:“开玩笑,凭什么不立案?”

黄荣才小声地说:“我和中级人民法院有了些沟通,让他们暂时……”

陈文很吃惊:“你和李书记沟通了吗?”

黄荣才说:“还没有。”

陈文说:“你净瞎整,中级人民法院不立案说不过去,只要苗克到北京最高法院去上访……”

黄荣才说:“所以,现在不能让他去上访!”

黄荣才表情严肃地看着陈文。

陈文说:“你什么意思?”

黄荣才说:“我的意思是……”

陈文说:“让我天天看着苗克别让他离开林河是吗?”

黄荣才点了点头。

陈文说:“胡扯。”

黄荣才说:“没胡扯。公安局两个最大的上访专业户,你都给控制了。”

陈文说:“那两个纯粹是无理非法上访。苗克上访合理合法,我没法去阻止。那样的话，我就非法的了！"

黄荣才点燃了一支香烟，慢慢地说："这个苗克过去当过小偷，又开个妓院，你看看……"

陈文说："你别让我看，我没法看。"

黄荣才说："你是警察……"

陈文说："我是警察能怎么的？没有证据，我什么都干不了。苗克既然想好了和你们打官司，这方面他早就注意了。"

黄荣才满脸愁容哀求陈文："这两个月，你能不能想办法，别让苗克去北京？"

陈文说："不能。"

8

陈文说："我要休假。"

曹凯说："你刚上班几天呐？行了，不让你去看着苗克了。"

陈文说："现在不让，过两天，你要是命令我……"

曹凯说："你是祖宗，我还敢命令你？"

陈文和曹凯闹了一会儿，才小声地说："曹局，苗克告区政府这个事儿，搞不好要大扯呀，你也出去躲躲吧！"

曹凯说："我能躲哪儿去呀？我背后是李云飞，我躲了，他怎么办？"

陈文不再吱声。曹凯说："苗克呢，你可以不用管了，但赵克敬找机会你还得和他谈谈。"

陈文说："那没问题。赵克敬今晚我就找他。但曹局，我得和你说，对苗克千万不能来硬的，他要是非去北京不可，你绝对不能限制他。"

曹凯说："这我知道。再怎么的，我也不能违法呀！"

9

赵克敬过去在报社负责政法这条线。他和公安局上上下下都熟。赵克敬有三个爱好，喝酒、玩牌、搞女人。喝酒公安局管不着。玩牌、搞女人免不了与警察打交道。由于关系好，每次抓赌抓嫖，只要赵克敬在场，警察都会照顾。

总照顾也好也不好，好的是警察与赵克敬关系更近，赵克敬为警察写稿更尽心。不好的是，这让赵克敬越来越过分，甚至肆无忌惮。有好几次，赵克敬喝多了，不仅和小姐亮明了身份，还把名片留了下来。

有个小姐被警察抓住时，拿出名片说赵克敬是她大爷。

给小姐留名片这样的事儿经常有，但都是留别人的名片。像赵克敬这样留自己的，警察是真没见过。

警察不仅没信，见小姐公然污蔑人民的好记者，还狠狠地罚了这个小姐。

小姐气坏了。赵克敬和她那样时没给钱，说他的名片就是钱。如果被警察抓住，拿出他的名片，警察就不罚款了。

无比生气的小姐到报社把赵克敬给告了。

当时，赶上报社调整，赵克敬与别人争总编的位置。小姐这个铁一样的证据，一下子被竞争者抓住，直接向市纪委进行了举报。

赵克敬被开除后，在林河混不下去了，跑到了省城。他为自己起了个新笔名叫赵正义。他用这个笔名连续在网上发出了几篇有分量的稿件，引起了几个网站的关注，纷纷聘请他为特约记者或特约评论员。

赵克敬岁数不小了，又没了公职。光脚的不怕穿鞋的。他什么都不在乎。针对社会上的热点、时弊，赵克敬一年之内，干出了三篇特稿。

三篇特稿件，解散了一家公司，干黄了一个企业，拿下了一个市长！

如此大的手笔，赵克敬再回到林河，完全不一样了。过去赵克敬牛逼多少是因为他在报社，现在，则完全是因为他变成了赵正义！为了安抚这位笔名是赵正义的赵克敬，陈文又在那家西餐厅，很隆重地进行了宴请。

赵克敬吃舒服后，对陈文说："老弟，你别跟着掺和了。这次与你一点关系都没有。"

陈文说："有。"

赵克敬说："有什么呀？这次苗克告的是政府。"

陈文说："我是警察，政府给我开资。"

赵克敬说："过去政府还给我开资呢！"

陈文劝了半天，赵克敬态度始终很坚决。他说："小陈，你得理解我，现在呢，市里对我只是很客气，但我能感觉出，市里并不怕我。我要用苗克这个事儿弄一下，我必须得把市里弄疼了……"

陈文说："你又不是弄女人，你弄疼干什么呀？不疼市里也怕你！"

赵克敬说："那不见得。女人怕疼，市里也怕疼。陈文，过去你的那个《为党为人民流尽最后一滴血》的演讲里，我记得你就说过，你不怕死，但你怕疼……"

陈文有点不高兴："你别说我！"

赵克敬说："我的意思是，你这种死过好几次的人都怕疼……"

陈文赶紧转移话题："大哥，刚才你提到我的演讲吧，我就想起我师傅金伟了。你忘了，过去你还帮我发表过一篇散文呢！"

赵克敬说："我没忘，你那篇散文写得是真不错。"

借着说金伟，陈文开始借机教育赵克敬："你看我师傅，干了一辈子警察，死在工作岗位上，骨灰连烈士陵园都进不去。大哥，不管怎么说吧，你也是党员……"

赵克敬火了："老弟，你对我也太不关心了。我是'双开'！"

陈文说："是吗？！"

赵克敬说："如果把我党员保留，我能有这么大的气呀！"

陈文请赵克敬本来是想帮他消消气，结果却适得其反。最后，赵克敬反倒向陈文下了最后通牒："我这次就是想往大了整。不用我说，你也应该知道，一旦这个事儿被整大了，凡是牵扯进来的，都得有麻烦。老弟，我劝你，赶紧离远点儿吧，因为这个，你跟着栽进去，就不值当了。"

10

陈文休假，他要宋男也休假。宋男说："打有这个制度起，我就没休过。"

陈文是普通民警，他休假没问题。但宋男是一把手，他休假得分局领导批。陈文找到了分局政委。政委十分为难，他说："你得找局长。"陈文无奈又找了局长。换别人，局长肯定不答应。但对陈文，局长得寻思寻思。

最近，李云飞有两次已经很高调地表扬了陈文。陈文有学历有能力，又有李云飞的关系，大家都能看出苗头。陈文现在虽然还只是普通民警，但不少人已经把陈文当局领导了。

当然了，陈文找分局的局长求情时，很会，一点没装。他说：“我知道你很为难，这么多科所队长，你让宋男休假了，其他人你就没法办了。这样，张局，这次呢宋男其实不是休假，他是跟我去搞案子。”

陈文给了局长这么大的台阶，局长立马下来了：“既然搞案子，那我得支持，行，没问题。”

为了让假期丰富多彩，陈文不光让宋男休假，也让小刘跟着休假。小刘不是一把手，陈文给户政科领导打了个电话就妥了。

陈文没开奥迪，借了辆别克商务。陈文、余小蕾带着女儿，宋男、小刘带着儿子一共六口，高高兴兴地坐车驶进了美丽的假期。

第一站是镜泊湖。美丽的镜泊湖在黑龙江省的牡丹江市，离林河不过几百公里。这些年，陈文和宋男都没来过。余小蕾、小刘过去和父母来过多次，对镜泊湖始终赞不绝口。

一路上，陈文和宋男换着开车，余小蕾和小刘谈着孩子谈着丈夫。陈茜则不时给大家唱首歌。宋男的儿子宋强坐在陈茜的旁边，不停地鼓掌。

原九大队的干警结婚后，大都生的是儿子。这让曾经的大队长陈文很是别扭。过去到陈文家里聚会，来的孩子全都带着把，让陈文有点抬不起头。

但随着陈茜越来越漂亮，九大队的干警明显都有那个意思。宋男过年有次喝多了公开说，陈茜给我当儿媳妇，陈大队已经同意了。

陈文当场翻脸了：“滚鸡巴蛋！孩子这么小，开什么玩笑！”

后来，孩子大了，陈文仍然不准开这样的玩笑。渐渐地，九大队的干警知道陈文的眼光高，尽管是玩笑话也都不再当面和陈文开。

随着陈茜越来越出名，九大队的干警更觉得有差距了。

宋强比陈茜大将近两岁，但一路上陈茜把宋强收拾得规规矩矩。陈文都看不过去了，他小声地对陈茜说："你不能欺负哥哥！"陈茜说："这不能赖我，谁让他长着一个挨欺负的脑袋！"

宋男对陈文诉苦："真是奇怪，当爹的挨欺负，当儿子的还挨欺负。"

陈文安慰他："没办法，这就是命，你得认。宋男，人生下来有两种，一种是欺负人，一种是被人欺负。"

到镜泊湖得先到牡丹江。宋男有个同学在牡丹江市阳明公安分局担任副局长。有"五条禁令"在头上悬着，中午，老同学相见了也不敢喝酒，只能两眼泪汪汪地看着。牡丹江和林河差不多都是地级市，都是旅游城市。除了镜泊湖，地下森林、小九寨、雪乡也很有名。由于余小蕾、小刘过去都来过，陈文、宋男也就走马观花看了看。

宋男平时连星期天都捞不着休，现在能领着老婆孩子出来游山玩水，感觉无比灿烂。

从牡丹江回来，陈文又领着一行人坐飞机到了北京。从北京，他们又到了河北的周口，到了四川的成都，到了广东的东莞。最后又回到了北京。

又回北京除了转机，也是为了请请陈文读研究生的导师。导师开始不来，在北京吃顿饭费钱费事，后来听说陈茜来了，导师还带着老伴来赴宴。老夫妻一生没有子女，特别喜欢孩子。陈茜在酒桌上又唱又跳，弄得老夫妻不时笑不时哭。

陈文过去在北京上学时，余小蕾领着孩子总来。为了方便，吴建平在西二环给他们买了套九十六平米的房子。当时房子每平米不过六千，现在已经好几万了。

房子每年基本处于闲置状态,也就余小蕾偶尔领着陈茜来住几天。

住在寸土寸金的小区里,小刘偷着问宋男:“这么大的房子,他们平时怎么不租出去?”

宋男说:“有钱人不在乎。”

小刘说:“也是。租能几个钱,房子升值的钱,相当于咱俩挣一百年的工资。”

宋男算了算:“哪是一百年,得一百五十年。”

小刘说:“宋男你也是,你当时怎么不学学陈大队,你也找个有钱的岳父。”

小刘的父母十年前在市里有权,现在退了也就那么回事儿了。

宋男说:“亲爱的,我就这个命!”

小刘不乐意了:“说说你还顺着往上爬了,当时,不是因为看好你,我就找大款了。”

宋男说:“找大款其实也没什么意思,你家大款在外面再养一个,也够你伤心的。”

小刘说:“只要让我随便花钱,伤心我也愿意!”

11

陈文、宋男领着老婆、孩子游览祖国大好河山时,曹凯差不多每天都给陈文打电话,问他什么时候回来。

陈文说:“今天我就想回来,可问题是我买不到机票。”

曹凯说:“那你坐头等舱,我给你报销。”

陈文说:“我们六个人,你都报啊?”

曹凯说:“他们再等几天,你先回来不行吗?”

陈文说："不行。"

区里想要阻止苗克到北京最高院上访一点用没有。上访合情合理，苗克大大方方去，谁都得瞅着。陈文在北京请导师吃饭的这天，最高院给林河市中院正式来了函！

地方政府干预不立案根本行不通。这个时代，各行各业，对上访都极为重视。有错有冤有问题的，上面是真的一点不惯孩子！

这下，林河市政府被苗克彻底制服了。

曹凯给陈文打电话诉苦时，陈文还气他："大哥，不行，你和李书记也休假躲躲吧！"

曹凯被气火了："操你祖宗，陈文，你赶紧回来吧！"

陈文乘坐的班机在林河落地时，已经上午十点多了。曹凯打电话让他立刻到市委政法委。

陈文说："中午了，我领他们去吃口饭，飞机上的饭太难吃了。"

曹凯不再废话只说了句"在政法委中会议室"，就挂了电话。

上次开会还是小会议室，这次换成中的，很显然，问题很严峻了。

陈文走进政法委中会议室立刻便感受到了严峻的气氛。参加会议的不仅人多，还十分正规。每个座位前都有名签。

李云飞开会谁都不准请假，迟到的得当众说明理由。会议从上午八点半开始，陈文迟到了将近半天。陈文进屋时是悄悄地开门，然后又悄悄地溜到了自己的座位上。

曹凯挨着陈文，小声地说："这里级别你最小，牛逼你最大。"

陈文没敢接茬。会议室里太严肃了。李云飞没有表情地抽着烟冷冷地看着面前发言的。而发言的一个个都被即将来临的困境弄得不知所措。

最高院都来函了，林河市中院再不立案，那事儿可就大了。

立案就得开庭，开庭就得宣判，宣判就得赔钱，赔钱就得丢人。利用这个契机，笔名叫赵正义的赵克敬再干篇特稿，林河市政府不光疼了，搞不好得抽啊！

来开会发言的各位想想这些，就愁得不行。今天这个会就是商量如何解决目前所面临的困境。

大概都没什么好办法，有的只能出些馊主意了。

有的说："千错万错，就错在法院判决书上，法院不判给苗克，他哪来的底气！法院能不能纠错，重新改判？"

有的说："下级法院不讲政治，上级法院可以发回重审嘛。"

…………

陈文听着直皱眉头。开会他是后进来的，他坐下没多久，大家的发言基本就结束了。

李云飞看了看表，问陈文："上午开会，你中午才到，什么理由啊？"

陈文说："飞机晚点了。"

大家相互看了一眼。

李云飞说："飞机晚点了也是理由？知道开会你应该提前一天回来？好。迟到的事儿待会再说，现在你谈谈吧！"

陈文说："谈什么？"

李云飞似乎被气乐了："你想谈什么就谈什么。"

李云飞一乐，大家也都跟着露出了笑容。会议开了半天，气氛始终很压抑，现在来了陈文这么个二逼，大家也想放松放松。

陈文说："我刚进来，思路还不是很清楚。这样，我就接着刚才这两位领导谈谈吧！"

陈文看了看桌子上的标签："王处长和张处长谈到法院判决

问题，我也觉得要是二审法院能够发回重审，或者干脆直接改判。小楼不归苗克所有了，万事大吉了。可是，重审或改判的前提是当事人起码有一方不服判决，提起上诉。现在苗克很满意，刘广雄也没意见，不服判决的是政府，法院怎么重审怎么改判？除非政府提起上诉。”

有人发出有克制的笑声，王处长和张处长的脸色都很难看。陈文意识到自己失言，有些尴尬。李云飞明察秋毫，笑道：“陈文，更正一下，你刚才说王处长、张处长说得不准确。应该说，是王局长和张主任。”

陈文急忙敬礼：“对不起，对不起，王局、张主任，我道歉啊。”

虽然所谓“道歉”，是张冠李戴，毕竟也是道歉了。被陈文法制教育的王局长、张主任也就有了面子。刚才他们那样说也是无奈。这个会，李云飞要求大家每个人都要说解决的办法。他们说得最晚，能说的、好说的，别人都说完了，他们只能说些不是办法的办法。说是办法，其实是牢骚，只是被陈文愣头愣脑发挥了一把，弄出些尴尬来。

陈文刚发言，就给两位级别很高的领导进行普法，大家免不了有一种要看陈文笑话的期待。既然别人说的解决方法不行，那你陈文能有什么好办法？

苗克告政府好些年了，所有能想到的办法全都想了出来。坐在对面的黄荣才，都为陈文捏了一把汗。今天参加会议的不光是信访，市委、市政府不少部门也都有。在这样的会上出了笑话，陈文今后在仕途上再想进步，估计是没戏了。

陈文还没开始往下说，看着投来的目光，基本猜出大家的心思。警察的经历让警察具备了特殊的素质。陈文没有慌乱，在大家的审视里，他还拿起茶杯喝了口水。

陈文放下茶杯，拿起面前的小本，展开一页，扫了一眼，便平静地说：

"我在公安局就是一名普普通通的民警，我不太会说话，刚才我对王局长、张主任可能有些冒犯。大家千万不要对我产生误会。其实，我之所以接着他们两位领导的话说，是因为我和他们的想法非常接近。"

大家的兴趣一下子被点燃了。

陈文说："苗克告政府，依据的是法院判决书。但和王局长、张主任一样，我觉得这个判决有些问题，首先他和刘广雄的官司就有问题。苗克这人不正常。政府现在之所以要赔偿苗克这么多钱，最根本的原因是我们林河有了跨越式发展，苗克那个破楼，在这十年间，不知涨了多少倍。苗克早干吗去了？怎么早不告刘广雄要回小楼？非要等刘广雄拿了政府拆迁款以后，还等房价呼啦啦上涨以后才告刘广雄？这太不正常了。我们普通人都很难有这样的耐心，作为苗克，我认为，他更够呛。我了解苗克。苗克过去是个小偷，小偷小偷，有点小钱他就偷。"

陈文慢悠悠地讲着，大家完全被吸引了。

陈文说："当然了，苗克也可能真的是一位了不起的人物。但他这么了不起，我是不信的。正因为不信，我就先怀疑那个小楼压根儿就不是他的！"

屋子里顿时静了下来。楼如果不是苗克的，那他根本没资格来告政府。

陈文说："苗克提出证据说，刘广雄欠他五十万，所以，便把那个楼抵给了他。各位领导，十多年前，苗克在七个月的时间里，靠给刘广雄进水泥能提成五十万，打死我我都不信。刘广雄如果真把楼抵给了苗克，他不满世界牛逼去？为了给刘广雄面子，对外说是给刘广雄打工。这话我不信。过去我把苗克的手腕都给打穿了,他看见我都哆嗦。他那么怕我,可我请他吃饭找他谈判,他开口就要五千万!他连我面子都不给,他能给刘广雄面子,实在不合情理。也正因为有了这么多的不正常,这么多的不合情理,二十一天前,我和全国优秀人民警察宋男宋所长开始了秘密调查。"

接下来,陈文详细地讲述了调查过程:在黑龙江省牡丹江市如何找到了当年的刘广雄;在河北的周口,如何找到了当年水泥厂销售科科长于镜涛;在四川的成都如何找到当年给苗克拉水泥的蔡圣孟;在广东的东莞如何找到了刘广雄当年的会计毕晓杰。

当年,刘广雄的确欠苗克水泥款。刘广雄现金紧张,就把小楼给苗克料理,让他自己去挣钱抵债。苗克就用小楼开了洗浴中心。严格说,刘广雄负责提供场所,苗克负责管理。两个人只是"开妓院"的合伙人,小楼的产权始终归刘广雄。

后来林河严厉扫黄,胆小的刘广雄躲回了牡丹江,对苗克说,开妓院是苗克的事,跟他无关。苗克吓唬刘广雄说,小楼产权是你的,扫黄首先扫你。刘广雄说,我已经把小楼抵债给你了。苗克说,没签抵押合同,不算数。苗克也就吓唬刘广雄取乐,没想到刘广雄随手就给了苗克一纸抵押书,说因为欠债,将小楼抵押给苗克。抵押书很草率,既没有欠款数额,也没有抵押期限。苗克拿着抵押书,也没太当回事,也就一乐。

没想到很快迎来拆迁。拆迁办与刘广雄签了拆迁协议,刘广雄拿到七十四万的拆迁款。苗克不干了,抵押书在手上拿久了,也拿出感情了,感觉就真是自己的了。苗克拿着抵押书问刘广雄要钱,说即使不全给,起码也要对半。

刘广雄哪里肯干,只答应还苗克当初欠款。两个人一扯皮就是一年。这一年期间,房价飞涨。苗克就动了心眼:问刘广雄要钱不如问政府要钱。苗克要刘广雄承认小楼归他,他负责问政府要几倍的拆迁款,到时候对半分。

刘广雄胆小,不敢联手骗政府。苗克说,不用你联手骗政府,你半推半就就成。苗克拿着那份抵押书去法院,法院真把小楼判给了苗克。拿到判决书,苗克就找上了拆迁办,然后就成了林河维稳老大难。

"小楼产权归属的关键点,在于那份抵押书是不是表达了产权所有人刘广雄的真实意愿。小楼当时值个百儿八十万,如果刘广雄真欠苗克五十万,法院判决就不离谱。法院也是以欠债五十万为判决依据。可是,我们调查的证据显示,刘广雄欠苗克也就七万。拿一幢价值百儿八十万的小楼抵押七万欠款,这不可能是刘广雄的真实意愿!"

会场极度安静,所有人都听入迷了。

"在法庭上,刘广雄默认欠债五十万。输了官司以后,他还退还了七十四万拆迁款。这不合情理呀,他要那么大方,会赖着苗克的七万不给?我们调取了银行资料,发现拆迁办给苗克的三百七十万到账后一个月,往牡丹江一家银行汇出了一百五十万,不用说,那账户归刘广雄。至于苗克为什么一个月以后才汇给刘广雄,我猜是为了多几千块的定期利息。"

有了轻微的笑声,会场气氛轻松起来。很多人开始琢磨,事情如此简单,怎么就把政府搞得狼狈不堪。前前后后十来年了,事件的起因,大家反倒关注少了,光想着如何安抚苗克,如何维稳苗克,谁都没想到,苗克竟然是个骗子!

这些年,苗克依据的都是《民法通则》《物权法》和《行政诉讼法》,参与维稳苗克的官员,注意力全被吸引到了民事方面,没人会往刑事方面想。

也是，他要是个罪犯，赚个三百七十万就该见好就收，哪敢理直气壮不依不饶！

“各位领导为什么被苗克搞糊涂？不是因为水平问题，只是因为态度问题。什么态度？执政为民，以民为本。领导们把苗克当人民了，所以才老想着民事纠纷。”

陈文这一席话，很给领导面子，把大家说乐了。

“我陈文呢，就是一个小警察，搞过刑侦又搞过经侦，看谁都像罪犯，苗克就更像了。所以嘛……总之，苗克涉嫌诈骗罪，刘广雄涉嫌同谋，法院方面有没有什么再说，总之，政府不仅不用赔偿苗克，还能把苗克在这之前非法获得的那三百七十万如数追回！”

陈文刚讲完，会场上立即响起了热烈的掌声。这样的场合里，掌声如此热烈，非常罕见。

在陈文讲述的过程中，曹凯、李云飞一直很平静，他们早已知道了答案。让陈文在会上这样充分展现，是李云飞的指示。

下一步，李云飞要对陈文破格起用。陈文十年没上班太明显，难免会有各方阻力，让陈文在市里领导面前露露脸，会使李云飞工作变得简单。

掌声停息之后，李云飞继续批评陈文：“为什么今天开会，昨晚不提前回来？”

陈文说了理由，是请自己的导师吃饭以便进行请教。

李云飞说：“吃饭花谁的钱呐？”

陈文说：“当然是花我自己的了。”

李云飞半开玩笑地对大家说：“这次陈文带着宋男到全国各地去办案，由于事先不知能否找到当事人，陈文只能自费。这笔开销挺高，陈文怕回家不好交代，只能骗媳妇说是领着她去休假。媳妇到现在还不知道，陈文是在假私济公。黄区长……”

黄荣才没等李云飞往下说，立刻举手说："所有费用，由区里解决。"

陈文急忙说："不用不用不用。"

王局长、张主任也抢着说："不用区里解决，一律由我们解决。"

会议室里变得轻松起来。现在到了吃饭时间，大家不时地看着表。

但李云飞却忽然严肃起来："关于苗克涉嫌犯罪，先暂时说到这儿，下面我谈两点。第一，充分吸取教训。苗克上访之所以让我们被动，主要原因，是我们自身有问题。一有上访的，我们就底气不足，总是从自身查找问题，这么做应该坚持，但不能过头更不能盲目。陈文同志之所以这么快就发现了问题，主要是能辩证看问题。今后，我们干工作不能一条道走到黑，要多动脑子。"

李云飞的讲话使得会场从兴奋变得平静。

李云飞接着又谈了第二点："苗克之所以能蒙蔽我们这么多人这么多年，也是因为我们内部有个别人有严重违法违纪！经检察院、市纪委调查取证，已经对涉嫌犯罪的一名法官依法采取了强制措施！"

12

苗克这些年告政府已经把来参加会议的这些人折腾毁了，现在一下子放松了，李云飞估计这些人会要好好庆祝一番。怕出现新的问题，在会议结束的时候，李云飞故意弄得严肃些，以便来降降温。

但李云飞的降温丝毫没起作用，刚宣布散会，包括刚才被进行过普法教育的王局长、张主任都抢着来和陈文握手。认识的不认识的把陈文团团地围了起来。

陈文有点蒙。

李云飞向陈文摆了摆手,陈文走到他的跟前。李云飞小声地说:“中午本来我要给你接风,但看这个架势,应该用不着我了。这样,你和宋男都在休假中,喝点酒不算违背“五条禁令”,另外,你告诉曹局,下午,我给他放假了。”

参加会议的都是各部门的头头,都想要安排。陈文怕得罪人,撒谎说:“一会儿,还得陪着李书记去汇报。”

大家听罢只好以握手表示遗憾,但都说:“那明天你可不能再推了。”

中午吃饭,黄荣才安排。他找了个不起眼的鲜族饭店。他让曹凯、陈文、宋男把媳妇都接来。黄荣才的媳妇是鲜族,很年轻。黄荣才在市里负责招商引资时,老伴去世了,他由此焕发了青春。

饭店里最大的雅间是一大炕,进来脱了鞋等于直接上炕。

大炕中间的大桌子上,鲜族拌菜、鲜族冷面、鲜族烤肉、鲜族打糕应有尽有。

黄荣才的小媳妇特意穿上了民族服装,酒喝还没怎么高的时候,就开始在炕上载歌载舞。曹凯的媳妇、余小蕾、小刘不管会不会鲜族舞,全都跟着凑热闹。

尽管李云飞发话可以喝点儿,但曹凯、宋男也只喝了几瓶啤酒。“五条禁令”太吓人。被省里暗访的督察抓住,李云飞说话也不见得好使。

陈文压根儿没喝,还是红茶。

红茶红酒颜色差不多,黄荣才也没挑陈文。陈文虽然没喝,陈文的媳妇没少喝。

黄荣才今天太想喝了，别人都不喝，他自己也得往死了喝。

刚开始喝没多一会儿，黄荣才就有点多了，他埋怨陈文："老弟，你太不够意思了，二十来天，你提前给我透露透露啊。"

陈文说："你也不给我打电话，我怎么给你透露啊！"

曹凯也说："黄区长，不要埋怨我老弟，是我奉李书记的命令让陈文保密的。"

黄荣才挨着曹凯，他伸出手就搂上了曹凯的脖子："和别人保密，和我你还保密啊！你太不够哥们意思了，想当年招商引资，我给你们公安局多算了那么多的指标！"

曹凯这些年不怎么喝，加上身体也不如以前，两瓶啤酒下去，舌头就不太好使了，他给了自己一个耳光："黄区长，对不起了啊！"

黄荣才也给了自己一个耳光："对不起谈不上。对我保密也好，要不然，我今天不会如此高兴，不会如此兴奋，江山也不会如此多娇。"

今天喝酒的主题本来是感谢陈文，可大家喝着喝着这个茬就给喝忘了。

黄荣才和曹凯搂着脖子相互诉苦，都是什么工作太难干了当官风险太大了！

余小蕾和宋男小刘虽然刚从外地回来，可由于路上始终没喝多，话也不像现在这么多，什么过去你陈哥给你们九大队的兄弟拿点钱我还埋怨过对不起啊……

陈文一点酒没喝根本谈不上多，但看着大家都多了，他不多也得装多。他和曹凯的媳妇和黄荣才的媳妇在大炕学怎么跳朝鲜舞。

13

陈文酒没喝，茶没少喝。晚上回到家，余小蕾一头栽到床上大睡，他却格外精神。

晚上快八点的时候，李云飞给陈文打来了电话。

李云飞说："喝了多少？"

陈文说："一口没喝。"

李云飞说："现在有时间吗？"

陈文说："有。"

李云飞说："我在局里办公室，你给我再整点狗肉？"

陈文说："好。"

陈文还是按照上次的标准，用保温饭盒买了狗肉、狗汤和二米饭送到了李云飞的办公室。李云飞还是像上次一样，狼吞虎咽地吃着。

陈文在外面二十多天，都是向曹凯做的汇报。李云飞有什么指示也都是通过曹凯向陈文转达的。中间隔着曹凯，很多话，陈文也没法详细说。

借着李云飞吃饭的时候，陈文便把苗克这个案子，再次说了说。

开会的时候那么说，陈文是按照指示有表演的成分。这次和李云飞面对面，陈文说得非常实在。

刚接手苗克的案子，陈文完全晕了。从卷宗上看，这完全属于民事。陈文对民法本来就不太懂，加上压根儿想不到，有腐败法官在配合苗克，所以，当看到法院的判决书后，他也认为苗克是合理合法！

陈文之所以想到苗克涉嫌犯罪纯粹是臆想天开。刑事警察普遍都这个德行，他们看谁都像犯罪嫌疑人。

陈文第一次请苗克"忆苦思甜"，主要就是想看苗克有没有反常之处。陈文为了让自己情真意切，主动提起了刘艳丽。陈文的眼圈红了，苗克不知陈文在试探他，也跟着眼圈红了。那么恨陈文的苗克，却对陈文抱以同情，这很反常啊！

当然了，所谓反常，也很微妙。当怀疑对方时，本来正常，警察也会当作反常。由此误入歧途也屡见不鲜。侦查破案不是纯粹的科学技术，有时真得靠瞎猫碰死耗子！

陈文在白天的会上夸夸其谈，但和李云飞，他一点没隐瞒，他强调说："李书记，这绝非是我的能力，主要是我命好，有运气啊！"

上班这么几天，李桂珍、刘俊虎、苗克这么多难上加难的上访，都被陈文这么轻易给摆平了，没有运气绝对不可能。

李云飞说："你信命吗？"

陈文说："信。"

李云飞说："我也信。最近这些日子，我的运气也呼呼往上蹿！你看我今晚八点多就开始吃饭。这半个月来，什么工作都顺呐。我估计，下个礼拜，我有可能都不用加班了。太顺了！"

陈文说："李书记，你顺是用辛苦工作换来的，我顺我怀疑是不是十年不上班给憋的呀。"

李云飞笑了："有可能啊。看起来，有时候憋一憋是好事儿！"

14

陈文从李云飞办公室出来真有点憋得慌。

他没喝酒，除了没少喝茶，还没少吃肉。黄荣才愿意吃牛鞭狗鞭，点了好几盘。陈文估计晚上要和余小蕾捅咕，便吃了不少。可现在余小蕾睡得像死猪一样，回到家，陈文也得干瞅着。

陈文开着车在寂静的街道上像幽灵一样游弋。

今天从下飞机到刚才走出李云飞的办公室，陈文始终有种梦幻般的感觉。会场上热烈的掌声，让陈文仿佛回到了过去为广大干部群众做《为党为人民流尽最后一滴血》事迹报告的时候。

时间真是快呀！

掌声再次响起，竟然过去了快三十年！

内心的感慨加上狗鞭牛鞭弄得血液奔涌，陈文停下了车，掏出了电话，拨通了张雨的号码。

15

陈文在外地的时候，张雨给陈文打过两次电话。张雨给余小蕾给陈茜差不多天天打。她给陈文打电话时，知道陈文没有和她们在一起。在遥远的地方接到张雨的电话，陈文心里泛起了涟漪。

张雨的借口冠冕堂皇："姐姐和陈茜的电话都打不通。"陈文故意逗她："那我让小蕾一会儿给你回过去。"张雨毫不在乎："行啊。"

隔着这么远的距离，两个人在电话里多少有了些暧昧。张雨提出想买一串佛珠。陈文爽快地答应了。

陈文原打算回来等几天再把佛珠给张雨。可这个夜晚有点难熬啊。

天空下起了雨。陈文来接张雨时，张雨就站在雨里。上了车，张雨的外衣已经湿透。

陈文说："你怎么没拿伞呢？"

张雨说:“我愿意这样。”

陈文说:“我上警校时,有个老师讲,精神病有十七种类型,下雨天不打伞,就是其中一种。”

张雨笑了笑,脱了外衣。里面好像还是那件练功服似的内衣。内衣里乳头依然清晰地向外顶着。陈文真想说,不戴乳罩,也是其中一种。

陈文掏出佛珠递过去。张雨接过来戴在手上。

窗外淫雨霏霏,车内暧昧暖暖。陈文走了这么长时间,回来的当天就能找自己,张雨多少有点控制不住。

张雨说:“多少钱?”

陈文说:“不要钱,送给你了。”

张雨说:“什么理由啊?”

陈文想了想,说:“我过去把你的头撞在了门框上……”

张雨温柔地打了陈文一下:“你把我都撞晕了,你买个佛珠就完了?”

陈文说:“要不,你把我撞晕一次?”

张雨看着陈文:“那你还捏我了?”

陈文把身体向外靠了靠,回避着张雨的目光。

这个时候,他们的车停在了一处很高的角落。林河是个山城,不少地方都高高在上。通过眼前的风挡玻璃,窗外的雨夜很迷人。不远处是林河新建的拉索桥,桥上的灯连绵出梦一样的色彩。

张雨把身体靠过来,轻轻地依偎在陈文的怀里。陈文把手伸进去,一点不客气地摸着。

张雨今天没喷香水,女人身上特有的气息,猛烈地刺激着陈文。

尽管两个人的嘴快挨上,但中间毕竟隔着陈茜和余小蕾,他们俩似乎都缺乏最后的勇气。

陈文说:“过去我捏了你,现在呢,我摸了你。我们俩就算扯平了。”

16

如果不是十年前,被彭惠闹成那样,陈文这次说什么也得把张雨捅咕了。

陈文没捅咕张雨,回到家非常想捅咕余小蕾。余小蕾下午喝得真多,还在呼呼大睡。陈文先把余小蕾捅咕醒了。

余小蕾说:“干吗呀你!”

陈文说:“想不想捅咕?”

余小蕾说:“明天吧!”

陈文说:“明天陈茜就回来了。”

余小蕾睡得都糊涂了:“陈茜没回来?她干什么去了?”

陈文说:“我不是让她回爷爷奶奶家了吗?傻子,今晚咱俩是二人世界!”

陈文开始脱余小蕾的衣服,往常陈文刚有暗示,余小蕾自己就脱了。但这次陈文亲自脱,她自己还是睡着了。

陈文又把她捅咕醒。

余小蕾说:“你今晚怎么了?”

陈文说:“我吃了能有半盘牛鞭。”

余小蕾笑了笑,多少来了点兴趣:“好吧,亲爱的。”

可脱光衣服没多一会儿,就又睡了过去。

面对着睡梦中的余小蕾,陈文尽管生机勃勃,最后也只能作罢。

陈文这方面很讲究,何涛过去连死人的尸体都不在乎。可陈文不行。睡着的女人,他也认为和死尸差不多。

没捅咕成,陈文也睡不着。张雨的气息在眼前飘来飘去。

陈文来到宽大的卫生间,冲了半天冷水浴,狂热的血液总算平静下来。

下午没喝酒,喝了不少红茶,陈文平静下来仍然睡不着。陈文来到书房翻看各种法律书籍,想起要去见苗克,就先找出了世纪大盗张子强的审判案例。

过去陈文睡不着,翻翻这些枯燥的书就能产生困意。但今天却越翻越兴奋。

翻书翻到了后半夜,忽然想起刚才回家时,还没有去楼下的信箱。穿上了衣服,来到楼下,打开自家的信箱,里面订阅的报纸、杂志快塞满了。

一件包裹让陈文有了警觉。包裹不大,却有些重量。

上面没有任何邮寄专用的单据。显然,这不是寄来的,而是有人专门送来的。包裹上面贴着一张纸,纸上有三个电脑打印的字:陈文收。

陈文把包裹掂了掂,里面应该是金属之类。

深夜的楼道里很静,陈文看着这个怪异的包裹,有点害怕。陈文没有马上回家,在家门口研究了好一阵。陈文搞过痕检,这么小的包裹,里面装炸弹可能性不大。

陈文用剪刀无比小心无比缓慢地剪着,包裹被剪开时,陈文的手心里全是汗水。

包裹里只有一把钳子!

这是拔牙专用的那种!

钳子上隐约地还有些血丝的类似物。

看到这些时,陈文感觉整个后背都在冒着冷森森的风。

17

林河过去是土匪的故乡。民风彪悍,打架斗殴稀松平常。八十三年严打前,流氓们为争高低,整天都你打我我打你,甚至相互残杀。

小流氓为了出名专找大流氓灭。真正能够出大名、很快出名的,得找警察灭。

陈文当年横扫黑道,名声如日中天。毫不起眼的李旭盯上了陈文。他给陈文一个突然袭击。陈文被他生生地拔了两颗牙。陈文当时疼得都给李旭跪了下来。

当年警察收拾流氓不能单纯依据法律,有时需要凭借名望。为了保住自己的名望,陈文忍受痛苦忍受耻辱,没有将李旭绳之以法。但是,后来刘铁军为了给陈文出气,多次要找李旭拼命。

陈文为了保护刘铁军,万般无奈只好把李旭抓了起来。

那天深夜,陈文押着李旭来到了煤场,提取犯罪证据:一把钳子。

李旭就是用这把钳子拔了陈文的牙。看到钳子后,陈文心中怒火燃烧,加上李旭不断刺激,陈文失手掐死了李旭!

陈文绝望了,回到公安局,经一夜挣扎,准备向组织投案自首。但令陈文没想到的是,刘铁军在这之前,伪造了与李旭同归于尽的犯罪现场,用自己的生命救了陈文。

岁月更迭,这么多年过去了,但当时的情景如同电影般在陈文的脑海里闪现。

陈文记得很清楚,当时,在煤场的一棵大树下,他搜出了钳子,钳子上还留着乌黑的血丝。那把钳子后来被公安局起回，现在，它应该存放在技术科的仓库里！

可如今有人又给陈文送来了一把类似的钳子！

这个人会是谁？

18

陈文睡不着，来到了小区的保安室。值班的保安认识陈文。陈文调取了监控录像。监控录像是自动的，只存储半个月的影像。陈文看到天亮，也没发现那个人。给自己送包裹的这个人应该是在半个月前来的。

这个人似乎知道陈文不在家，似乎知道录像只能存储半个月！

陈文感觉自己的头越来越大了。

19

陈文拎着烟酒进屋时，刘长水正在喝茶水。刘长水给陈文倒了一杯。

陈文说："把钥匙给我。"

刘长水说："什么钥匙？"

陈文说："仓库的钥匙。"

刘长水说："着什么急呀，你先喝杯茶，这是云南的滇红！"

陈文说："你快点儿。"

刘长水找出了钥匙什么都没问就递给了陈文。陈文前些日子找过马刚的骨灰，仓库没少进去。

二十多年前的物证正常来说，根本找不到。但有关陈文的基本都能找着。这些年,总有人告陈文。省里、市里没少来调查。

陈文在仓库里翻了一上午,终于找到了那把钳子。钳子被封存在一个塑料袋里。钳子上同样有着血丝的类似物。

陈文在光线下看了看,血丝不错,没有腐败的迹象。

陈文用镊子提取了一些检材。回到刘长水的办公室,和刘长水喝了好一会儿茶,才把检材样本拿出来。

陈文说:“做 DNA。”

刘长水说:“这是谁的?”

陈文说:“我的呗!”

刘长水说:“你的做什么劲儿呢?”

陈文说:“你就做吧。”

刘长水没有再问。新时代里总有人拐弯抹角地找他做些莫名其妙的 DNA。

检验过程需要好几个小时。等待结果时,刘长水和陈文开起了玩笑:“上次你领着孩子来做,你是不是产生了怀疑啊?”

陈文说:“不是。”

刘长水说:“肯定是。我都怀疑了,你女儿那么漂亮……”

陈文说:“我也漂亮啊!”

刘长水说:“你漂亮个屁吧!”

陈文说:“哎,找你来做的有没有不是的?”

刘长水说:“有。”

陈文说:“谁呀?”

刘长水说:“那能告诉你吗?”

陈文说:“你告诉我,我给你拿一瓶二十年的茅台。”

刘长水说:“二十年不行,二百年可以考虑!”

陈文说:“滚你个老不死的吧!”

结果出来后，刘长水告诉陈文："给我二十年的可以了。你这个就不是。"

陈文没相信："别开玩笑。"

刘长水说："那你自己看看吧！"

看着检验书的数据，陈文的眼睛有点花：操他大花妈呀，公安局仓库里的钳子压根儿就不是李旭拔自己牙的那把！

陈文尽可能保持着镇静！

刘长水说："你是不是把样本拿错了，这根本就不是人血！"

陈文说："会是什么血？"

刘长水说："可能是狗的！"

陈文给自己找着台阶："可不是咋的，我给整错了。"

陈文从兜里又拿出了另外一份样本。

刘长水说："你这是干什么呀？有钱没地方花了？"

陈文说："对呀！"

刘长水说："这次如果还不是，那你真得请我了。"

陈文说："没问题。二十年茅台。"

结果出来后，刘长水似乎有些失望："完了，二十年茅台我又喝不上了。这次是你的！"

陈文怕自己摔倒，是坐在椅子里看的检验报告，他故意轻松地说："二十年茅台你到手了。刘长水，我跟你讲，这次要再不是，给你喝二十年茅台？我给你喝二十年的狗尿！"

20

陈文开着车离开公安局时，眼睛都有点看不清前面的路。他把车停在路边，闭着眼睛休息了好一会儿，才算缓过来。

DNA 的检验结果让陈文仿佛看到了那个漆黑的夜晚。

陈文押着李旭到煤场时，除了刘铁军，还有另外的人也在跟着。

陈文掐死了李旭，刘铁军看到了，那个人也看到了。

那个人等陈文走了，等刘铁军也走了，就来到了李旭的尸体跟前。

他用自己的一把钳子换下了李旭的那把！

…………

陈文用力想象着那个夜晚，他时不时地希望这是一部电影，或者只是一场梦！

浑身湿透的汗水，让陈文不得不接受这个可怕的事实：我掐死李旭应该是被人看到了！

第六章

1

苗克拿着他那本破损的《民法通则》走进提审室，陈文没说话，有条不紊地整理着自己随身携带的材料。苗克则十分愤怒，还没坐下来，就质问陈文："凭什么抓我？"

陈文没理苗克，只用眼角的余光看他。当年，刘铁军让苗克帮着买枪要干李旭，苗克应该能想到刘铁军与李旭之间将有恶斗发生。出于好奇，他有可能跟踪刘铁军。由此，苗克便有机会看见陈文掐死李旭。

苗克见陈文不理自己，先心虚了。警察抓他，并没多废话，他还以为是截访的非常措施。政府如果以非法手段阻止他维权，说明政府狗急跳墙，快认输了。但面对刑警陈文，他的小偷本能冒出头来。他坐下后，把脑袋探过来，轻声说："陈哥，他们不应该抓我！"

两个人的眼睛很近，陈文盯着苗克。苗克的目光没有特殊的含义。

陈文冷笑道："怎么不应该抓你？那个小楼是你的吗？"

苗克被陈文笑怕了："陈哥，我不告政府了不就完了？我可以撤诉。”

苗克把《民法通则》放在了陈文的面前，刚要翻，陈文按住了苗克的手说：“你先歇会吧！”陈文拿出《刑法》放在了苗克的面前，“你该学习这本了。”

苗克半信半疑地看着陈文，说：“陈哥，你忘了我干什么出道的了。《刑法》我也没忘学。”

陈文又从包里掏出另外一本资料，递给苗克。

这是广东省高院对香港世纪大盗张子强的审判案例。陈文说：“你可以学学这个。张子强绑架李嘉诚的儿子，光现金就拿了十个亿！他在香港公然抢劫运钞车，香港警察好不容易把他抓住，可在审判时却无罪释放。最后，香港警方反倒向张子强赔了八百万港币。苗克，张子强比你牛逼吧？”

苗克看着陈文，不太明白陈文要说什么。

陈文说：“张子强狂坏了，跑到大陆来嘚瑟，一下子让广东给抓住了。张子强被抓住还是毫不在乎，他把英国的律师都请来了，他公然叫嚣：‘我在香港抢运钞车，你们大陆管不着。’”

陈文指着材料，给苗克看，“大陆压根儿就没提运钞车的事儿，枪毙张子强主要罪名只有一个‘非法买卖爆炸物罪’。张子强的律师炸锅了，辩护说，张子强只是在大陆买枪买炸药，并没有在大陆犯罪，大陆管不着。”

陈文清了清嗓子，以他从未有过的口气朗诵道：“广东省高级人民法院认为，本案指控的犯罪，有些犯罪行为虽然是在香港实施，但是组织、策划等实施犯罪的准备工作，均发生在内地；实施犯罪所使用的枪支、爆炸物及主要的作案工具均是从内地非法购买后走私运到香港，依照《中华人民共和国刑事诉讼法》第二十四条的规定，内地法院对本案依法享有管辖权。上诉人张子强违反国家有关爆炸物管理的法律、法规，非法买卖爆炸物，危害公共安全，已触犯《中华人民共和国刑法》第一百二十五条第一款的规定，构成非法买卖爆炸物罪，且非法买卖爆炸物数量巨大，情节严重。原判量刑适当。张子强及其辩护人认为张不应对全案负责，没有依据。对被告人张子强以非法买卖爆炸物罪，判处死刑，剥夺政治权利终身。并处没收财产人民币六点六二亿元。”

陈文把“判处死刑”及“人民币六点六二亿元”都用红笔标上。苗克看得两眼发直，忽然说：“陈哥，我跟张子强没法比。”

陈文点头说：“也是，不是一个量级，不过道理是相通的。跟你说自由量裁权你未必懂，总之法律的弹性你看到了，可以判一个人生，也可以判一个人死。过去你那么闹政府，政府为难过你吗？没有。为什么？因为你没犯罪，你那时还是人民，但现在你不是了，你自己看着办吧！”

苗克低头想了一会儿，抬头问陈文：“陈哥，我有年头不犯事儿了，那句话还好使不？”

陈文问：“哪句话？”

苗克说：“坦白从宽。”

陈文笑了：“不好使了，你没听说‘坦白从宽，牢底坐穿’？”

苗克苦笑。陈文又说，“还有下半句，‘抗拒从严，回家过年’，也不好使了。”

苗克叹了口气：“陈哥的意思，我没机会了？”

陈文说：“上次见面，我给过你机会。现在不说你，连刘广雄都没机会了。不是‘坦白从宽’不灵了，是你们没什么可坦白的。河南周口水泥厂销售科科长于镜涛、运水泥的蔡圣孟、现在东莞的刘广雄的会计毕晓杰，我都见过了。当然，我还提取了你的银行账户的往来明细。实话说，苗克，你的民事水平不赖，刑事水准不高哇。这么多年过去了,还是小偷小摸级别!"

苗克沉默了,腮帮子动了动,似乎在咬牙。苗克说:"陈哥,政府就不想要回那三百七十万拆迁款?"

陈文想笑,他不着边际地拿张子强忽悠苗克,不就惦记那三百七十万。

但陈文又笑不出来,连偷着乐都不行。因为陈文刚才一直手拿那把钳子把玩。苗克只在最初瞟了一眼,稍有些奇怪的表情,后来就再没瞧过。很显然,苗克不在乎这把钳子,因为他不认得这把钳子。

也就是说,事情更复杂了,那个看见陈文掐死李旭的人并不是苗克。

2

陈文忧心忡忡,余小蕾并没看出来。夜里,她钻进陈文的被窝里,只是有点不解:"哎,昨晚,你不是想捅咕吗?怎么现在没反应呢?"

陈文说:"昨天不是吃牛鞭了吗?今天那个劲儿过去了。"

余小蕾说:"不能吧?"

陈文说:"你看你不信!昨晚我那么死乞白赖地邀请你,你呀你呀,就是不理我。余小蕾,你错过了一个大好时机!"

余小蕾说:"我不是喝多了吗?早知道这样,最后那两瓶,我不喝好了。"

3

晚上快下班的时候,曹凯打来电话,让陈文到他办公室去。

陈文说:“明天吧?”

曹凯说:“赶紧的,有重要事儿!”

曹凯见面没说事儿,先表扬陈文:“苗克的老婆一大早就来了,存折都拿来了。哎,老弟,你是怎么忽悠的,刚开始连抓他苗克都不服!你给他吃药了?”

陈文说:“给他吃药?我自己吃都不够。”

曹凯也没再细问,追款是陈文的强项。

曹凯说:“区里、市里要奖励咱们!哎,你有什么要求?”

陈文有点不耐烦:“你不是在电话里说要紧的事儿吗?”

曹凯说:“对呀!这不就是要紧的事儿!”

陈文白了曹凯一眼,他还以为与钳子有关呢!

曹凯说:“你瞪我干什么?”

陈文控制好情绪,自己有点太敏感了,别再让人看出反常来。

陈文给曹凯点燃了一支香烟,曹凯慢悠悠地说着:“李书记让我找你谈谈,问你今后有什么打算?”

陈文说:“什么意思?”

曹凯说:“李书记想让你将来分管法制……”

陈文笑了:“大哥,这意思好像要提我当副局长啊?”

曹凯说:“当然了。你赶紧准备竞聘,副局长有个位置是专门给你留的。”

陈文学着曹凯前些日子讽刺自己的话:“见过不要脸的,但没见过这么不要脸的。”

曹凯变得很严肃:“别整没用的。我刚才说的,你有意见吗?”

陈文认真起来。没上班前,出于虚荣,他真希望能当个副局长之类。但上了班,看到李云飞、曹凯他们天天累成这个熊样,陈文对这个副局长没兴趣了。

二十来年，经历了这么多生生死死，陈文早看透了这些。陈文上班最想干的只有一个，那就是当市局的法制办主任。他有这个能力，市局法制办不像分局有那么多烂事儿，他可以像白领一样过着朝九晚五的生活。

但是，自从陈文收到了那个钳子，他的想法又变了。

陈文装出万分为难的样子，对曹凯说："大哥，是这样，前些日子，我那个内弟出了一把事儿好玄进去。我岳父有点上火，他之所以让我内弟在公司干吧，他也是想退休了。但现在，我这个内弟总不定型，我岳父就想让我去帮他！"

曹凯有点发蒙："那你的意思是……"

陈文说："我现在有点动心。"

曹凯看着陈文没说话。陈文说："大哥，虽然我上班这两个月干出些成绩，但我也觉得挺累啊！"

"老弟，我理解你！"曹凯自己点燃了香烟，闷闷地抽着，他丝毫没怀疑陈文在说假话。最后，他重重地叹了一口气，"嗨，我还以为你能来帮帮我呢，陈文呐，我现在每天累得眼皮都抬不起来。"

陈文有点不好意思："大哥，我……"

曹凯说："你去帮你岳父。这也都应该。陈文，你看这样好不好，我给你一个月假，你到你岳父公司去比划比划。万一适应不了你不愿意干呢，到那时，你就再回来？"

4

陈文不太想再回来。

送钳子的那个人如果真看到自己当年掐死了李旭，陈文的人生必然会发生重大改变！

陈文估计那个人拍下照片的可能不大，那天黑夜如漆，拍也不会有什么效果。陈文被告已经很多次了，那个人真有照片，早就交给专案组置陈文于死地了。

那个人现在蹦出来唯一能做的就是上访来闹自己！

陈文想想头就大。

5

“爸爸，你在想什么？”

“没想什么呀！”

“你有心事儿？”

“胡扯。”

陈茜小心翼翼地看着陈文。

陈文觉得已经够自然了，可在陈茜的面前，还是露了怯。

陈茜很认真地说：“你肯定有心事儿。你和张老师好上了对不对？”

陈文说：“绝对没有。”

陈茜说：“我不信。”

陈文说：“你不信就没办法了。”

陈茜嘿嘿地笑着：“你就承认了吧！这是值得高兴的事儿！”

陈茜坚信不疑，她甚至和陈文探讨起未来的生活：“你和张老师会不会再生个孩子？爸爸，咱们可得讲好，生的话，只能生弟弟，不能生妹妹！要是万一生了妹妹也可以。但是，你得向我保证，你不能只对她好，你必须像过去一样对我好才行！”

6

汤夫在省城很繁华地段开了一家律师事务所。位置很好找。但汤夫还是坚持到高速口来接陈文。他已经好多次邀请陈文到他那里坐坐,陈文每次都只是在口头上答应。这次陈文主动给他打电话,汤夫感觉自己的春天来了。

汤夫在高速口接到陈文,就让司机开车跟着,他坐陈文的车往市里走。汤夫老了没穿花衬衣,西服领带皮鞋还很“道貌”。陈文真挚地夸奖他。汤夫得意地笑着。

来到了律师事务所,汤夫指着一个很漂亮的女孩说:“去年才毕业,硕士,让她给你当助手。”

陈文没吱声。汤夫把陈文领进了一个很大的房间。沙发、电脑、老板台都是新的。汤夫说:“怎么样?你的办公室和我的一般大。”

陈文说:“什么意思?”

汤夫说:“咱们今后就在一块干!你算我的合伙人。”

陈文说:“那咱俩谁说了算?”

汤夫说:“商量呗。”

陈文说:“谁跟你商量啊,你得听我的。”

陈文从办公桌拿起一张纸放在了汤夫的面前,“你开个价,这个律师所,我买下了!”

汤夫说:“这……”

陈文说:“这个屁,你要是不卖,我就买别人的。”

汤夫说:“何必呢?”

陈文说:“我不能听别人的,我得自己说了算。”

汤夫说:“你急什么呀?你现在没名气,你说了算,也没人找你。”

汤夫亲自冲着功夫茶,慢悠悠地劝说着陈文:“我现在手里有好几个硬实的案子,只要你能拿下一个,你就能出大名。”汤夫给陈文描绘着未来的景象,“有了名,钱就会追着你来。你再自己干多有把握。你现在就自己干一点意思没有。同行是冤家,你自己干,同行都不会和你合作。没有案子,你再有本事你也得闲着。再说,你现在投入太大,你也有负担呐。你自己没钱,你得从你岳父那儿拿。我还是比较了解你,你面子浅,万一律所最后干赔了,你就得上火了……”

汤夫喋喋不休地说着,但陈文却没太听进去。他想干律师最大的原因是想保护自己。那个送钳子的家伙,知道自己当了律师,估计不会再找他麻烦了。

可当和汤夫接触之后,陈文却万分犹豫起来。难道就这么放弃了警察,今后和汤夫这些人要整天混在一起?汤夫早就劝让陈文别干警察了。法制越来越正规,现在趁着还有些漏洞,赶紧下来搂点儿吧!

经济案件中的诈骗与债务纠纷,法律上有时掰扯不清。诈骗了一点点,也得进去,但如果是债务纠纷,再多也不用呆监狱。

因诈骗被警察抓了进来,如果想办法弄成了债务纠纷,就等于把人给“捞”了出来。很多人为了出来,花多少钱都不在乎!

陈文在经侦干过。他有能力利用漏洞为国家为企业保驾护航,他更有能力利用漏洞,为罪犯排忧解难!

法律上的漏洞越来越不好找,但警察办案过程出现的漏洞,作为警察的陈文不用眼睛看用鼻子都能闻出来。

汤夫说:“老弟,只要你稍微动动脑筋,你就能发大财。”

陈文说:“大财能大到什么程度?”

汤夫打开抽屉拿出了一本卷宗,递给了陈文。陈文接过来,一页一页像是很认真地看着,心却在想别的。

陈文在想,那个送钳子的家伙,目的会不会就是为了逼他不再当警察呀?

汤夫见陈文如此认真看卷,满心欢喜。他给陈文满了茶,小声地说:“这个徐亮可不是一般有钱呐!”

陈文说:“徐亮是谁?”

汤夫很吃惊:“这不第一页就有他的名字嘛!”

陈文笑了:“我没注意。”

汤夫说:“那你刚才那么盯着看,你都在看什么呀?”

陈文打起精神,把卷宗从头到尾简单地翻了翻,就把案子看得差不多了。当事人徐亮是个边境小城的犯罪嫌疑人,手上有条人命。

陈文说:“这也不是经济案子呐!”

汤夫说:“对咱们来说就是。”

陈文说:“你在省城怎么还接这么远的案子?”

汤夫笑了笑:“我们是律师,哪里有案子,我们就要到哪里去。”

像徐亮这种涉嫌杀人案,大地方警察来搞都没大问题,律师想要找出漏洞很难。现在只有个别小地方的警察还不太过硬。律师还是有点机会。

律师能找的漏洞是警察的办案程序。现在要求这么严,小案子警察都不敢刑讯逼供,像徐亮这种大案子更不敢了。但大案子往往比较难搞,实在没辙了,情急之下犯一点老毛病也不是没可能。

只要有了取证瑕疵，被律师抓住，所获证据就可能不被法院采信。但这种瑕疵外人很难察觉。陈文虽然只是简单地翻了翻，但看得清清楚楚。

陈文只需稍加指点，犯罪嫌疑人徐亮完全有可能活下来。

汤夫拿出了一份合同让陈文看："家属拿的是空白支票，只要能死缓，数就由我们填。"

陈文说："那我能分多少？"

汤夫说："全都给你，我一分不要。"

陈文看着汤夫。汤夫说："我说的是心里话，这个案子，我整不了，你要是不帮忙，我就不接了。"

陈文说："那就别接了。这个案子已经滴水不漏，接也是白接。"

见陈文说得如此肯定，汤夫还真信了。他又拿出来另外一个，陈文又给否了之后，汤夫才说："老弟，你什么意思啊？"

陈文也没骗汤夫："大哥，我得和你说实话，这个工作，我恐怕是干不了。"

汤夫还劝陈文："这种案子现在越来越少了，你现在不干，将来你就没机会了。"

陈文说："没机会就没机会呗！"

汤夫说："你得抓紧时间挣钱呐！"

陈文说："我现在还能吃上饭。"

汤夫说："现在谁都能吃上饭。挣钱不是吃饭！这是我们的事业！"

陈文真想骂人：汤夫，滚你奶奶个逼吧，这是你的事业！

陈文最后把面前的茶水喝了之后，平静地说："大哥，我不能在背后向我自己的弟兄开枪！"

7

陈文这次到省城没带老婆孩子,吴小易感到很奇怪:“姐夫,你来有什么事儿吧?”

陈文说:“没事儿。汤夫找我研究个案子。”

陈文很详细地说了说案子,吴小易信了。吴小易信了,吴建平没信。吃完饭,他把陈文叫到了自己的书房。

吴建平的书房很特别,柜子里除了摆书还摆了不少酒,中国酒、外国酒,全是好酒。

吴建平和陈文坐在沙发里。陈文喝着红茶,吴建平喝着红酒。

吴建平说:“你要干律所是吗?”

陈文想说没有,但还是说了真话:“爸,我有这个打算……”

吴建平说:“这个打算我建议你就算了吧。干律师得靠案子,碰到大案子,才能挣到大钱。你能天天碰到大案子吗?再说,律师有时得靠出卖良心,孩子,你这方面不行。”

陈文点了点头:“爸,你说的是。”

吴建平说:“律师你就别干了。这样,我把企业交给你,你来干企业吧!”

陈文愣住了。他骗曹凯就是这个借口,没承想吴建平还真有这个意思。

吴建平说:“小易太贪玩,这么大企业交给他,我不放心。”

陈文开起了玩笑:“爸,你是真心交给我吗?”

吴建平很严肃:“当然了。”

陈文说:“你不怕我偷着把钱给你密下?”

吴建平说:“你密下干啥呀,这些钱本来就是你们的。陈文,你记不记得，十年前，你还没娶小蕾时，我就说过这个事儿？可你再没接茬，我就知道你不愿意帮我……”

陈文说：“爸，你误会了，我可没这个意思……”

吴建平说：“你没这个意思，你干吗不来省城，你不就想离我远点儿吗？”

陈文感觉脸有点发烧，他给吴建平倒酒进行掩饰。

吴建平说：“咱们都是一家人，我说话吧，你也别往心里去。既然现在你想干买卖，那我的意思，你大大方方干咱们家这个买卖就完了。你放心，头一两年，我带带你，关系理顺之后，你就一个人干。我绝对不会干涉你，你愿意怎么干就怎么干，我什么都不管。我呢天天喝酒打球，没事儿，我领着陈茜全世界转转。孩子，我也得该享受享受了！”

吴建平说得很实在，陈文能看出，岳父对自己一点私心没有。

陈文也给自己倒了一杯红酒，也很实在地说：“爸，是这么回事儿。我最近不是上班了吗？我没想到现在的公安工作简直是太难干了。我真有点儿干不下去了！就这么着，我的思想有了些小起伏。我确实想离开公安干点什么。可是，我静下来反复想了想，我觉得，我还不能这样。我十年没上班，单位一点没找我麻烦。现在我学了点儿本事，我就离开，我……怕我将来得后悔。警察这个职业不像别的，一旦脱离，我再想回去，那可就难了。所以呢，爸，我已经想好了，我决定，我还得回去干警察！”

陈文说完这番话，吴建平的眼睛里露出了一股特殊的光芒。他启开了一瓶三十年的茅台，亲自给陈文倒了一杯，朗声说：“来，干一个，老弟！”

陈文扑哧笑了：“爸，你多了。我不是你老弟。”

吴建平没笑，依然满脸认真：“来，干！”

两个人干了杯中酒，吴建平十分感慨："孩子，你刚才说，不干警察了，你可能会后悔，那我现在告诉你，不是可能，你一定会后悔！挣钱没有你想的那么有意思。干工作不容易，挣钱同样不容易。但现在咱们挣钱已经没什么实际意义了。咱们全家人只要别吸毒，别到澳门去赌，就是单纯地过日子，咱们全家一百年都有花不完的钱！"

吴建平开始说了很多，陈文没明白什么意思，后来，吴建平拿他自己做了例子："我们那批同学里现在有一个在地级市当书记，有一个在省会当市长。这两个人在我们同学当中，我们是最佩服的。挣钱挣得再多，也都是为自己挣的，真没有那种……叫什么？幸福感！孩子，信不信由你，如果有机会，我非常想去为官一任，造福一方！陈文，我为什么要管你叫老弟，你刚才说的，你让我看到了希望。你有学历有能力，退休前，你当个地市级的公安局长，我认为绝对是有这个可能的。"

吴建平说着陈文，自己先激动得不行了，他连干了两杯三十年的茅台，对陈文保证说："孩子，我绝对做你的坚强后盾，你就只管好好去干工作。你一分钱都不要贪。你有什么困难，你说句话，给你们公安局拿个千八百万，我一点问题都没有。"

8

这个年代的公安局长有些特殊，一般都兼任着副市长。陈文要是能当上局长就意味着成了市里的领导。这对岳父吴建平来说，等于是女婿帮他完成了人生的一个夙愿。

吴建平为陈文描绘了美好的远景，但陈文对什么局长、副市长一点没兴趣。他二十多岁就成了全市共产党员的一面旗，什么虚荣他都经历过。每次露多大脸，丢多大人，对陈文几乎是铁律。

陈文继续当警察只是因为警察这个职业特殊的情结在作怪，他可不想将来像于德才那样再有什么遗憾。

陈文到省里转了一圈，又回心转意，把曹凯乐坏了。

曹凯说："你到省城这几天，我的魂都给你带走了。"

陈文说："你快拉倒吧！"

曹凯有点像吴建平那么兴奋："你赶紧报名参加竞聘副局长吧！"

陈文说："算了，算了，我不竞聘了。我帮局里干点实实在在的工作就完了。"

陈文本打算去法制办，但他考虑再三还是主动提出去信访。要求到公安局信访的，不太多呀！曹凯激动地握着陈文的手："什么叫共产党员的一面旗，老弟，我现在感觉像是回到了二十年前。"

陈文推开曹凯，说："别老摸手。曹局，我有个要求，得把宋男给我调来。"

曹凯说："没问题。"

陈文又提了很多具体要求，曹凯全都答应。最后曹凯问："副局长你干吗不竞聘？李书记已经公开表示，他那票肯定给你！"

陈文说："大哥，我要是骗你，我都是狗，我对当副局长真的没兴趣。你和李书记把这层意思一定说清楚。"

陈文说的是真心话，那个给他送钳子的家伙，不知道会带来什么麻烦，当个小官，对自己也是个保护！

但曹凯却说："你不竞聘也行。这样，开党委会，我建议直接提拔你为副局长！"

陈文说："你别整没用的，信访办主任哪有兼任副局长的？"

曹凯说:“提你当副局长然后让你具体负责信访办,这有什么不可以的?”

陈文说:“大哥,我求求你,咱们关系这么好,你在党委会上提这么无耻的建议,大家该笑话了!”

曹凯说:“咱俩又不是搞破鞋,他奶奶个逼的,谁愿意笑话就笑话,我才不在乎呢!”

9

公安局大门外有个信访的办公室。来信访首先要在这儿登记。陈文取消这个办公室,把收发室西面的一排平房全都征用过来,变成了公安局的信访办。今后所有来信访的连公安局的大门都不用进了。

陈文把自己的办公室也安排在这里。公安局的副局长不在公安局大楼里办公,陈文是第一个。

信访维稳现在是重中之重。每周公安局都设有局长接待日。开始主要由李云飞、曹凯轮班。后来实在坚持不了,所有的副局长全都跟着轮。每个副局长都管好几摊,本身忙得要死,在信访办一坐一天,也确实够受的。提拔陈文为负责信访的副局长,等于拿下了所有局长的负担。

陈文深知大家苦衷,任命刚一下来,立刻招兵买马、装修平房。他就像是在十年前的九大队,热火朝天地干了起来。

新的信访办还没正式开张,于德才就来上访了。陈文正领着干警忙着,他对于德才说:“你赶紧滚,我没时间接待你。”

于德才赖着不走,陈文走哪儿,他跟着去哪儿。

陈文说:“你再跟着我,我把你捆起来。”

于德才说:“吹牛逼。我到省里去告你。”

陈文说:“好啊,你现在就去!”

于德才说:“我告你刑讯逼供,过去你让我把老鼠塞进了罪犯的裤裆里……”

于德才使劲地喊着,周围有不少路过的群众,陈文赶紧捂住于德才的嘴。

于德才被捂住了嘴,依然嚷嚷着。陈文只好把于德才弄到公安局附近的一个小饭馆里。

于德才说:“你向我保证你被重用就来解决我的问题。”

陈文说:“我没被重用。”

于德才说:“你都当副局长了……”

陈文说:“我这个副局长就是个信访办主任!”

于德才说:“对呀,我的问题就是归你管呐。”

陈文说:“我管不了。你想要回公安局上班,这是不可能的。”

于德才说:“不可能,你答应我干啥?”

陈文说:“我当时看你可怜。”

于德才说:“我确实是真的可怜呐!”

于德才说着眼眶又湿润了。陈文想了半天,有了主意:“就算你回公安局上班,再有半年你也得退休。退休了,是不是警察就都一个德行了。你看这样好不好? 现在呢,我把你借调到信访办来。你天天穿着警服来我这儿上班,大家不知道的都以为你又回公安局了,怎么样?”

于德才的眼睛亮了,他要的就是这样的效果,他说:“我不是警察,我穿警服行吗?”

陈文说:“有什么不行的? 大街上那些‘协警’不都穿警服吗? 你不仅可以穿警服,对外还可以叫于主任!”

于德才说:“真的?”

陈文说:“当然是真的了。”

派出所下面设有治安联防办,工作人员都叫主任。陈文本来就准备以这个名义,弄一批人过来。于德才等于是赶上了趟儿。于德才高兴地搂着陈文要亲,陈文急忙推开他:“你太恶心人了。”

于德才说:“那我明天就到你这儿上班。”

陈文说:“于主任,既然是借调,我得给你开工资。但你知道,我这儿开不了多少钱……”

于德才说:“老弟,咱们说好,我来一分钱不要。我不仅不要钱,信访办今后所有的茶叶,我全包了。”

10

这几年,一直都是陈文早晚接送陈茜。陈茜上学走得早,送她陈文没问题。接她陈文是没时间了。

陈文和陈茜商量:“晚上你是愿意让爷爷、奶奶还是让妈妈来接你?”

陈茜说:“我愿意你来接。”

陈文来接可以领陈茜去吃巧克力。陈文说:“那就让你爷爷、奶奶来吧!”爷爷、奶奶往死里惯孩子,吃什么都给买。陈茜说:“还是让妈妈来吧,我爷爷、奶奶长得那么难看,他们来接我,我太掉价了。”

陈文说:“还有,你和同学不能说你爸是局长。”

陈茜说:“为什么?我爸本来就是局长嘛!今后,谁要是敢欺负我,我就告诉他,我爸是陈文。”

陈文瞪着陈茜,陈茜不敢吱声了。网上的很多事儿,陈茜都知道。

陈文说:“你要是在外面这么说,那我这个局长就得被撤职了。”

陈茜搂着陈文说:“哎呀,我是故意逗你玩,你还生气了。爸爸,那今后有人欺负我,我怎么办?我能不能还手?”

陈文说:“你不能还手。”

陈茜说:“为什么?”

陈文说:“因为你爸爸是局长。”

11

陈文从省城回来没多久就被提拔为副局长,吴建平很激动,他给陈文发来一条短信:非凡者注定开创非凡的事业!

陈文急忙回了一条:平凡者女婿,非凡者岳父!

吴建平高兴,吴小易也高兴。吴小易直接给陈文打电话:“姐夫,你把我调到你们公安局行不行?”

陈文说:“你想干什么?”

吴小易说:“我给你开车呀。”

陈文说:“公安局给我配的车比我那台破广本还破,你能开吗?”

吴小易说:“只要给你开,我开拖拉机都行。”

吴小易在省城也算有个小社会。无论社会怎么变,他这样的对警察永远都有畏惧。

陈文说:“小易,既然姐夫现在当局长了,你今后在社会上可得要留神呐。我过去啥也不是,你出了事儿,我可以厚着脸皮去求人,可现在……”

吴小易很知道行情,说:“姐夫,你不用说了,我都明白。你放心,我今后肯定规规矩矩。我决不会给你丢脸。”

12

虚荣心人人有,余小蕾可能会更多。为了有牛吹,能花那么多钱培养女儿去当明星,所以陈文认为自己当了局长余小蕾会更骄傲。但让陈文感到意外的是,余小蕾一点没有。

夜里,陈文和余小蕾滑溜时说了这个事儿,余小蕾十分惊愕:“怎么你还当上局长了?当那个破玩意儿干什么呀?”

余小蕾举起了网上的例子,你看谁谁谁又谁谁谁。陈文说:“那是个别的。咱们不会那么倒霉的。”

余小蕾从被窝里坐起来:“你现在不当行不行?”

陈文说:“这是好事!”

余小蕾说:“好什么事儿?陈文,你想没想过,你当了局长就不能有情人了!”

陈文笑了。余小蕾说:“你笑什么呀?我说到你心里去了?为了你这个局长,让你找也不敢是不是?”

陈文也坐起来,把余小蕾搂在怀里:“我跟你说实话,我不当局长,我也不会找情人的。”

余小蕾推开陈文,非常认真地说:“你找吧,我不在乎。”

陈文说:“你别老整事儿……”

余小蕾说:“我没整事儿,我真不在乎。”

余小蕾说着说着眼圈还红了:“亲爱的,你上班我都开始惦记了,你要是当了局长……”

余小蕾哭着说起十年前,陈文被告被抓差点被毙的情景。

余小蕾说:“你就当个普普通通的人吧,真的,只要你能平平安安,就算你天天找情人,我都不在乎!”

13

陈文夜里睡得很不好。这些日子光忙乎信访办的装修,他没太想别的。余小蕾的眼泪让他又去想谁是给他送钳子的家伙。

何涛、刘庆平、李桂珍、李旭的父母、宫小东的舅舅、尹玉龙的哥哥……

该想的全想了,不该想的也全想了。想来想去,还是何涛与刘庆平最有可能。即便不是他们本人也应该与他们本人有关联。

天快亮的时候,陈文爬起来,到处翻硬币。不需要的时候,随处可见,需要的时候,哪儿都没有。陈文找了半天,才在沙发的缝隙中找出一枚。

有花的一面为何涛,有字的一面为刘庆平。

陈文把硬币在桌子上旋转起来,猛地把硬币盖住。掀开后,露出的是中国人民银行。

陈文有点惊讶,他心里也倾向是刘庆平。

14

第二天,刘庆平竟然到公安局来找陈文。陈文吓出一身冷汗来。好在他正忙着干活,脑门有汗也都正常。

刘庆平说:“陈哥,你高升了也不吱一声。”

陈文的办公室还没装修好,他把刘庆平带到了旁边的厨房里。刘庆平感到奇怪:“你们这里还能做饭呐?”

陈文没怎么吱声，平静地看着刘庆平。刘庆平很不自然，从兜里掏出个大信封，说："一点小意思。"

陈文摆了摆手说："心意领了。"

挨拒绝不是第一回了，刘庆平把信封又揣进了兜里。他被陈文看得有些不安，而他的不安反过来让陈文心里更不安。

刘庆平小声地说："陈哥，与我一点关系都没有。"

这句没头没尾的话，让陈文都差点抓住刘庆平的衣服领子。

陈文还是没吱声，用一种什么都知道的眼光继续看着刘庆平。刘庆平解释好一会儿，才说："叶纯燕想死，绝对不是我逼的。"

陈文把身体转过来，假装察看厨房的墙壁，借机重重松了一口气。他故意吓唬刘庆平："不是你逼的，谁逼的？"

刘庆平来到陈文面前，满脸委屈："我一猜，你就得认为是我。陈哥，我逼她去死，我能得到什么呀？"

陈文说："你能得到钱呗！"

刘庆平说："陈哥，我无非去说几句话，就算李久全给我钱，他能给我多少？一个炮钱，我至于吗？"

陈文已经完全平静下来。他把刘庆平带到了平房的外面。他们站在了阳光下，陈文才慢慢地从刘庆平的话里，套出了全部内容。

叶纯燕想死有多种原因。亲生儿子不见她，连她的电话也不接。李久全更不用说了，给钱都是通过刘庆平。

叶纯燕要的钱有不少给父母盖了房子，给弟弟娶了媳妇。但父母和弟弟却站在李久全的一边。

刘庆平说："对叶纯燕的父母，李久全过去没少照顾，两个农民，李久全通过关系都给办了社保，老两口现在每个月加一起三千多。叶纯燕的弟弟在药厂是车间副主任，弟弟媳妇也在药厂上班。”

陈文说：“上班就上班呗，他们跟着掺和什么呀？”

刘庆平说：“具体我也不清楚，但好像是弟弟媳妇给叶纯燕打过电话。”

陈文说：“一个电话叶纯燕就想死了？老六，这个事儿百分之百就是你给逼的。”

刘庆平被陈文说得直挠头：“陈哥，你看我来主动解释，你反倒更认为是我了，我……简直是跳进林河也洗不清了。”

叶纯燕想死这件事儿陈文没太往心里去。想死的人多了，想死到去死中间隔着挺远呢！

陈文和刘庆平说话时，在平房外面的墙壁上，用钳子勒着铁丝。

刘庆平也帮着忙乎，他没钳子就用手。手被勒得通红，陈文把钳子给了他，然后下意识地从兜里掏出拔牙的那把钳子。刘庆平不仅毫无反应还扑哧笑了起来：“陈哥，陈哥啊，我真服你了，这种钳子没法勒铁丝。”

确信刘庆平确实与钳子无关后，就大大方方地对他说：“你去给我买两把。”

刘庆平到五金商店不仅买来四套包括钳子在内的工具箱，还打电话把公司的保安叫来了六七个。这些保安过去都在工地干过，干信访办这点活儿太小儿科了。刘庆平让司机买水买烟，中午还到饭店买来了不少菜，有汤有水挺像样。陈文夸刘庆平：“你是人民的好勤务员。”

刘庆平被夸了，心还在悬着。陈文上班这么几天就当了副局长，他实在不想让陈文对他产生任何误会。

第二天，刘庆平竟然开车把叶纯燕拉了过来。

看到了叶纯燕，陈文也没认为她会是真的要死。但为了稳妥，他还是把叶纯燕带到了信访办的接待室。接待室里到处是灰，陈文让宋男简单收拾了一下，就把监控打开了。

叶纯燕很平静，她对陈文说："陈哥，我要走这一步真的与刘哥一点关系都没有。其实是我妈说的一句话，我才下了决心。"

陈文有点发蒙："你妈说什么了？"

叶纯燕犹豫了半天，叹了一口气："也没说什么，我妈是农村妇女，说话挺难听。"

陈文说："叶纯燕，再难听你也不能有这样的想法啊！"

叶纯燕说："我活够了。"

陈文说："你又复吸了？"

叶纯燕说："没有。我要是复吸了，我就不会想死了。"

叶纯燕开始说着她为什么想去死的理由。她说她很后悔，不该给李久全生了儿子就忘乎所以："我初中都没念完，李久全能让我把儿子生下来，我就应该感激了。可我没有。我把自己当成他老婆了。我就是一小姐，我却把自己当成了公主……现在可倒好，儿子不要我了，父母、家人都不要我了，他们连我的电话都不接……我现在什么都没有了，现在唯一剩下的就是去死的这一点点想法。我要趁着我现在清醒，赶紧去死。要不然，我得连累很多人。我的爸爸、妈妈、弟弟、弟弟媳妇还有我的儿子都指着李久全活着……"

叶纯燕说话时十分平静，好像是在说别人似的。陈文反复劝着。但效果不是很好。叶纯燕只顾自己说话，对陈文说什么毫不在意。

陈文不得不相信，叶纯燕确实是想死了。

15

李久全对于德才不错，离开药厂怕李久全有想法，于德才就说是陈文让他回去帮忙。为此，李久全还特意给陈文打过电话。陈文为了帮于德才撒谎，只好硬着头皮承认。

李久全见到陈文还在说这个事儿："于德才都快一百岁了，你让他回去帮你，你好意思吗？于德才糖尿病、高血压，你不怕把他累死啊?!"

陈文说："不把他累死就得把我累死！"

李久全还很感慨："老于我对他不薄啊，我给他开这么多钱，关键时刻，你一个电话就能把他拉走，真是邪门了。小陈啊，你是靠什么手段啊?"

陈文说："我靠的是给他拉皮条。"

李久全笑了："净他妈的胡扯，老于不好这个！"

谈完了于德才，陈文开始谈叶纯燕。李久全不愿意谈。陈文说："你可别不当回事儿，叶纯燕真要死了，公安局肯定要立案调查。"

李久全说："查吧！我可没逼她。"

陈文说："这不是逼的事儿。公安局要是查出她给你生过儿子，你不得去说说呀？记者要是借机把这个事儿给你报道出去，对你对企业可都不好啊！"

李久全被陈文吓唬得有点怕了，但他还说："那我也得认了。这个叶纯燕太能闹了。犯毒瘾时，六亲不认。"

李久全开始讲述叶纯燕如何闹他闹父母闹家人。

李久全说："小陈，你想想，你和她八竿子打不着，她又怕你，可为了钱,她连你都敢去闹!"

陈文说:"不管她怎么闹,我们总不能见死不救啊!"

李久全被陈文说了好半天,最后才表示说:"这样,我再拿点儿钱让她父母还有她弟弟一块去劝劝她吧。"

16

人要真想死,劝也没用。叶纯燕不是站在楼上光吓唬人就是不往下跳的那种。她死之前到祖国各处旅游了一番,她没跳楼,吃了半瓶药,一点罪没遭。警察来勘查现场,遗书、遗嘱什么都有。

拿到了派出所的证明,家属连遗体告别都没搞,拉到火葬场直接火化。

当过小姐有过大钱吸过毒品的叶纯燕就这么无声无息地从人间消失了。临死前,叶纯燕想见见她的亲生儿子。但儿子不见她,她也只能遗憾了。

叶纯燕死去,她的亲人不在意,芸芸众生也不在意。好像只有陈文挺在意。毕竟叶纯燕死前,到过他尚未开张的信访办。

陈文过去没少见证死亡,那么多身边的人死去,让陈文对死亡很回避。这十年,陈文离死亡算是挺远。朋友、亲属一个都没有。

美好的生活会让人产生错觉,以为人生会永远这样。叶纯燕的死让陈文猛然意识到了什么。过去一幕幕的死亡,让陈文多少有些后怕。对他而言,每次死亡的开始都好像预示着什么!

17

陈楚良、王美兰搬出机械厂住宅楼,就很少回去。上次王美兰回去还是为了帮陈文去维稳李桂珍。

老两口不愿意回去主要是不愿意看到机械厂那些老职工。十多年前,陈楚良通过陈文的关系为工厂弄来投资时,全厂的干部职工对陈楚良那个爱好像比天高。可自从工厂改制之后,那种爱很快变成了恨,好像比海深。

陈楚良无奈。他抗拒的唯一办法是远离机械厂的广大人民群众。

陈楚良有这个办法,但厂长王明辉没有。陈楚良住在二十四小时都有保安的小区里,王明辉不行。他住在机械厂的住宅楼里,动不动就被路过的退休工人臭骂一顿。

天天骂顿顿骂,两年前王明辉被骂成了脑血栓。

脑血栓倒救了王明辉,老职工见到王明辉这个下场,气消了不少。再见王明辉基本都不怎么骂了。这使得王明辉经常可以在外面溜达溜达。

王明辉总溜达,身体渐渐有了好转。走路虽然还一瘸一拐,但说话要比以前强多了。过去只能一个字一个字蹦,现在可以说两个字的词,偶尔四个字的成语也没问题。

陈楚良在电话里感受到了王明辉这种喜人的变化,就要亲自来看看。王美兰不放心,没有白天来,选在了晚饭后。

王明辉见到陈楚良眼泪哗哗地流。四个字的成语、两个字的词汇全都不会了,一个字一个字往外蹦也都费劲起来。

陈楚良怕王明辉因为激动加重病情,给王明辉留下两千块钱,和王美兰匆匆离开了。过去他们来都是陈文开车。现在陈文当了局长,他们不好再向陈文张口,来时打车。回去在路口等出租车时,他们碰到了三个过去的老邻居。

老邻居开始没骂人,只是风言风语。陈楚良没怎么吱声。没挨骂,他就认为占便宜了。但王美兰受不了,过去她没少送这三个邻居风干肠、猪头肉等副食品。现在这些东西不算东西。三十年前,副食品连厂长王明辉都不能想吃就吃。

有钱都不好使,那得要票!

王美兰当时在市里第二副食店有些便利。过去邻居不像现在老死不相往来,都处得不分你我。王美兰常常自己家吃什么,就给邻居家送什么!

这么深的友谊,这么深的恩情,别人说就说了,你们吃我那么多还说。王美兰的火上来了。王美兰说话历来不好听,她不好听了,三个邻居更不好听了。

有个邻居最后竟然说:“王美兰,过去你是净给我们拿吃的了。看那些吃的都是怎么来的?那都是你偷的。因为这个,你都进过公安局你忘了!”

王美兰哪能忘呢?进公安局的事儿,就是她告诉邻居的。

王美兰当场辩解。二十年前,她说她是冤枉的,邻居们都信。可现在无论她说什么,邻居不仅不信,还把陈楚良也一块说了。

“王美兰,你是小偷,你家老陈是大偷。你们现在为什么能住大房子,都是你家老陈和王明辉一起把工厂给便宜卖了,他们分来了赃款,王明辉不敢花,只有你们敢花去买大房子!”

这些话过去机械厂的干部职工没少这么说陈楚良。每次陈楚良都不怎么吱声。这次,见邻居骂王美兰是小偷,他就骂对方是在放屁,放臭屁!

尽管他根本不会骂人,但由于他加入了骂战,使得双方的对骂持续了好一会儿。一辆出租车来了之后,陈楚良打开车门让王美兰先进,王美兰扶着门,却怎么也进不去。

陈楚良觉得不好,他伸出手要抱住王美兰时,晚了!

18

二十年前，陈文能把这三个邻居挨个揍半死，十年前，他也能狠狠骂他们一顿，但现在，即便他不是公安局的副局长，他也不能把那三个邻居怎么样。

陈文只能用看着罪犯的眼光去看看他们而已。三个邻居还算不错，王美兰倒在地上，陈楚良吓得话都说不出来，是三个邻居帮着打120叫来救护车。

王明辉被机械厂的退休职工弄成了脑血栓，王美兰要比他重，是脑出血。王明辉后来能走路能说话，王美兰倒下后再没起来，到死连话也没说出一句。

王美兰住在医院一直在抢救。七个白天，八个夜晚，王美兰都闭着眼睛，最后时刻，她睁开了。但睁开眼睛也只是空洞洞地看着。

老泪纵横的陈楚良知道怎么回事儿，眼睛哭得通红的陈文也知道怎么回事儿。

陈楚良说："算了吧。"

但陈文还是把走廊里的陈茜叫了进来。

陈茜站在床前，陈文对王美兰轻轻地说："妈，陈茜来看你了。"

王美兰的眼角滚出一滴眼泪后，终于闭上了。

19

夜里，陈茜流着眼泪睁着眼睛不睡觉。陈文坐在床边，不停地和陈茜说着话。

陈茜被奶奶的死吓住了。她从小到大生活在幸福里，别说对死，对痛苦都没什么感受。陈茜两个眼睛哭得通红，到了后半夜，也没有一点睡的意思。

陈文说："茜茜，得睡觉了。"

陈茜说："我不敢睡。爸爸，睡觉万一总也醒不来，就跟死了一样，对不对？"

陈文说："茜茜，你不会死的。"

陈茜起来搂着陈文的脖子，吓得全身都哆嗦起来。死亡来得这么突然，陈文有点不知所措。陈茜与奶奶的感情很深，小时候都是王美兰给带着。这么亲近的人死去，对还不能真正理解死亡的孩子来说，确实挺残忍。

陈文不停地说话，试图让陈茜相信，即便奶奶死了，也不是什么可怕的事儿！

但陈茜不信："奶奶死不可怕，那你为什么要哭？"

陈文说："奶奶是我的妈妈，我妈妈死了，我能不哭吗？"

陈茜说："将来我的爷爷、你的爸爸要是死了，你会不会哭？"

陈文说："那我也得哭啊！"

陈茜忽然哇哇大哭起来："这么说，当爸爸的也得去死是不是？爸爸，将来，你也得会死，是吗？"

陈文只好说："我除外，我不会死的！茜茜，你也除外，余小蕾也除外，我们三个人都不会死的！"

陈茜说："你在骗我，我们所有的人最后都得去死！"

直到天亮，陈茜才安静下来，最后要求陈文："爸爸，无论谁死，你都不能死，这一点，你能向我保证吗？"

陈文果断地说："我能。"

20

冬天、春天稀里糊涂过去后，林河最迷人的夏天偷偷摸摸来了。

全国哪儿也比不上这里凉爽，在林河过夏天比在别的地方都快。

时间快了，容易忘记过去。夏天来了之后，王美兰去世的阴影，基本上都随风而去。

陈文是最早适应的。当警察这么多年，生生死死这么多次，陈文对死能想开。刘铁军、金伟、郭玺，特别是刘艳丽，虽然都不是亲人，但都胜似亲人。身边死了那么多人，第一次想不开，多了自然会想得开。陈文很能理解老一辈革命者，为什么家里死了那么多人还能继续乐观地革命。

坚强的意志都是被死亡培养出来的。

王美兰的死，陈文开始最怕是给陈茜造成阴影。但让陈文意外的是，陈茜没多久就习惯了爷爷家没有奶奶。过去陈茜与爷爷二重唱时，奶奶都在厨房里做饭，现在一个电话，饭店给送到家，和以前也没什么太大区别。

除了担心陈茜，陈文还担心父亲陈楚良。

父母在一起风风雨雨好几十年，突然没了一个，据说另一个也容易没。

于是，陈文惦记着给父亲找个老伴。刘庆平给陈文出主意："陈哥，别找老伴。找个老伴，你爸再去伺候她，那不亏大了？我妈死了，我就没给我爸找老伴，我找的是保姆！保姆花钱雇，不好可以换呐。"

陈文觉得刘庆平有道理，就张罗着给父亲找。刘庆平也帮着找，很快找到一个比陈楚良小二十来岁的保姆。

保姆死了丈夫，孩子也都成人在外地。见给钱多，很愿意来伺候陈楚良。

陈楚良开始也接受，可没过两个月就把保姆辞退了。陈楚良说："保姆每天来给我做两顿饭，可工钱，够我天天下饭店。"

陈文说："保姆不光给你做饭，她还可以陪你。"

陈楚良说："我用她陪？我一个人挺好！"

王美兰年轻时是大美女，除了陈楚良当副厂长那几年，差不多天天都欺负他。

突然没有王美兰欺负了，陈楚良并没有感到天塌了下来。陈文这些年总出事儿，锻炼出了坚强意志，老跟着提心吊胆的陈楚良也锻炼得不错。另外，人生自古谁都得死，到了这个年龄对死也都能理解了。

对死对人生都能理解的陈楚良，在王美兰死后两三个月，基本就正常了。开始，有保姆给他做饭，后来，辞了保姆，他给陈文、陈茜、余小蕾天天做饭。

陈楚良过去饭做得就可以，现在把全部精力都用了在做饭上，越做越好。

起初，余小蕾不让，后来，陈文说："他愿意做让他做吧。"陈文拿出一本养生书，给余小蕾解释，"知识分子晚年不能好吃懒做，那样大脑容易退化，会得老年痴呆症。"

陈文让陈楚良做饭真正的原因，是他没能力说服陈楚良不做饭。老年人最顽固。反正说也不听，不如想干什么就干什么吧。天天做饭，陈楚良不仅生活充实，还可以堂而皇之天天见到陈茜。这才叫幸福的晚年！

21

每天到信访办，于德才差不多天天都是第一个到。他属于借调，没人要求他。陈文骂他："你纯粹是闲的。"

信访办是窗口单位，形象很重要。于德才有车不开，孩子接送也不准。冬天坐公交车，夏天骑自行车。现在的警察怕这怕那，平时下班后一般都不太敢穿警服。于德才却是警服板板整整，一尘不染。

警衔虽然是十年前的，但于德才那时是正科，现在戴在肩上也不算低。明白的不明白的，都不知道于德才只是属于协警之类。于德才也不和别人解释，别人也从不问。

于德才骑着自行车迎着早晨的阳光，来到了公安局的大门口时，陈文刚好也开着破广本来了。

陈文说："老于，你把车给我擦擦！"

于德才没一句怨言，高高兴兴进屋弄盆水出来。

陈文说："擦车你就先把警服脱了吧！"

于德才说："没事儿。脏了办公室里我还有。"

过去上班的时候，于德才只有开会的时候才穿警服。

于德才认真给陈文擦车的时候，陈文故意逗他："老于啊，下个礼拜，你就不用来了。"

于德才说："怎么了？"

陈文说："上面有要求，所有借调人员全部清退。"

于德才好玄把盆扔在地上，他过来要和陈文嚷嚷。

陈文说："熊样，逗你玩呢！你放心吧，你想不干都不行。林河市公安局的信访办现在离不开你呀，老于！"

陈文说得有些夸张，但也真是这么回事儿！

于德才在信访办负责好几摊，登记员、观察员、协调员，有时还当炊事员。他的孩子有一次来看他，眼泪都掉了下来：“爸，你在家都不做饭，怎么跑到这儿还做上饭了。”

于德才解释说：“我是在做样子。”

信访办现在的接待室比一般的会议室都大。长桌子长沙发，凳子、椅子到处都是。凡是进来的，无论信访、上访、闹访、缠访，一律当成远方的客人，热茶、香烟坐下就放在面前。

喝着茶、抽着烟，穿着警服的于德才拿着正规的登记簿坐在面前，好一阵问寒问暖。中午了，凡是不想走的，一律管饭。没有大鱼大肉。包子、热汤，警察与群众一起吃。再有怨气，抽烟、喝茶、吃饭，一条龙下来，基本上都能心平气和。

当然了，公安局的副局长专门负责信访的陈文搞这一套，并非只是拉近与上访者的感情。望、闻、问、切，陈文把中医学问用在了信访。来上访的究竟什么目的，真心解决问题还是没事儿找事儿。喝上茶，抽完烟，吃罢饭，情况基本都能摸清。

是不是小偷，负责登记的于德才一眼就能认出。来上访的有什么目的，于德才登记时就给标了出来。有冤屈确实想解决问题的，有专人负责。就是想闹事儿，也有专人对付。

陈文负责信访，不光是和风细雨，还有不卑不亢，关键时，照样软硬兼施。

《信访条例》规定三级答复。到省里明确答复完，再来上访就属无理上访。无理上访扰乱了办公秩序，按照二〇〇八年公安部《关于公安机关处置信访活动中违法犯罪行为适用法律的指导意见》，是可以对其进行治安处罚的。但为了化解矛盾，二〇〇九年了，林河对待信访仍然不敢“以事实为依据，以法律为准绳”。

陈文能做的只是明确告诉上访者:"今后,你不要再来了,来了我也不接待你!"

当然了,说是不接待,进了屋也不能把人撵出去。只是要区别对待了。你不能坐沙发了,只能坐凳子。你抽烟可以,茶水不再伺候。特别是中午吃饭,别人吃,你要瞅着。

这招儿挺管用,来这里的不是为喝口茶吃口饭,都是为了达到诉求。诉求太高太不合实际,受到冷遇后,人往往会冷静思考会实事求是。

摆正了态度之后,陈文才会最后出面解决问题。

陈文的办公室虽然就在信访办,但不是谁都能随时见到他。除了局长接待日,陈文平常不接待上访。上访者总上访,如果总接待,陈文便没了威严也没了威信。

就好像在商场里买东西,营业员只有看你真想买了,才把经理叫出来。

22

公安局的信访办只需负责公安方面的信访,但到公安局上访的,不少都与公安无关。陈文刚开始很不适应,连右派、"文革"时期的问题都找公安局来解决。

李来兵很多年前计划生育时,"老二"手术被区里弄出了毛病。这归区里管。可李来兵每年上北京闹事儿时,公安局也得管。

陈文为了管好李来兵只能深入地了解深入地调查。

李来兵上访的理由是正当的。他的"老二"出了问题,区里的确应当负责。像李来兵这样的上访者占大多数,无缘无故就是来闹访缠访的也真不多见。但本来正常上访,可上着上着就变了味道。

为了获取最大的利益，合理的诉求常常用不合法的方式来表达。

解决这样的上访真是挺难。陈文先找黄荣才商量："每年到北京去接李来兵少则两万，多则三万。既然这样，给他五万块钱，让他不闹了行不行？"

黄荣才说："行啊，可问题是过去我们给过呀。他表现可好了，给我们写保证书还正式签了协议，可结果还是闹。"

陈文说："这次他不会了。只要给他五万，他保证再也不到北京去闹了。"

黄荣才说："真的？"

陈文说："你不信拉倒。"

黄荣才说："我信我信。"

陈文谈妥让区里拿五万后，就让宋男和李来兵谈。

李来兵被冷落了好长时间，他的年岁不小了，每年都到北京去折腾，他的身体也吃不消。李来兵第一次到公安局信访办时，于德才在登记时就摸清了这种心理。但人的心理会变，警察没有主动答理李来兵。

第一次就给李来兵解决了，李来兵会觉得自己的诉求低了，他很可能后悔。为了把李来兵所有的后悔药先收走，前几次，连宋男都不接待他。

信访工作不能急，来信访办，不在外面闹事儿，本身也是维稳。

把李来兵的傲气磨没了，陈文也说服了区里，宋男才把李来兵叫到了自己的办公室。

李来兵开口就要一百万。

宋男说："那你自己去要吧！"

宋男起身让李来兵出去，李来兵说什么也不出去。宋男拿出了公安部的指导意见，让李来兵看。李来兵看完脑袋也直冒汗。在北京他被拘留过。他以为林河的警察没这个胆量。

宋男说："李先生，过去为什么我们不拘留你，那是因为我们对你抱有同情。但现在我们发现，你不值得同情。我正式警告你，你要是再来闹的话，我们对你就不客气了。"

李来兵不怕不客气，他怕今后没人理他。宋男撵他，他也不走，最后都抱住了门框。陈文就在这个时候刚好路过。

陈文说："怎么回事儿？"

宋男说："陈局……"

李来兵听说是陈局，马上松开门框，转身握住了陈文的手。陈文彬彬有礼地询问。李来兵不停地说："陈局长，陈局长，我冤，我冤呐！"

宋男说："你冤什么冤？有冤你到区里去喊！"

陈文批评了宋男几句，就把李来兵叫到了自己的办公室。

这半年多来，陈文为各类上访者解决了不少问题。上访者之间互相传，传得陈文都快成了青天大老爷。李来兵到公安局就是想找陈文。

陈文心平气和地问清李来兵来龙去脉之后，客观公正地为他指出了解决之路："老李啊，为什么区里、市里包括省里都不再接待你？我认为，主要是你这个人不讲信用啊！区里过去给你拿了钱，你也签字写了保证书，可转身你就背信弃义。你说，你这样的，谁还敢给你去解决啊？！"

李来兵为自己辩解这个那个。陈文说："你看你到了这个地步，还不承认错误，还给自己找各种借口。老李，你这样的，我也没法帮你！"

李来兵赶紧信誓旦旦，并且痛哭流涕。

陈文说："你光哭不行啊！你得用实际行动来证明。"

李来兵不知如何证明，陈文拐着弯进行暗示。李来兵有些为难了。他出来闹，女儿和小儿子十分反对。但陈文的意思是必须让这两个孩子出面担保。

李来兵只好去说服孩子到公安局来。女儿和小儿子总算来了。

陈文又提出，女儿和小儿子的单位领导也得来担保。女儿和小儿子都和父亲说："我们丢不起这个人，干脆这五万块钱，我们给你凑吧。"

父亲又开始向女儿和小儿子保证。最后，该来的人全都做了担保之后，陈文才代表区里和李来兵最后签订了调解协议书。

第七章

1

李云飞的妻子在省城是位正处级干部,李云飞到林河工作,妻子不可能也跟着来。夫妻俩只能两地分居。

李云飞说:“上个礼拜五,什么事儿都没有。我寻思回家和老婆亲热亲热,没承想正赶上她来事儿!”

陈文说:“你回去之前没打电话问问?”

李云飞说:“那我能好意思吗?好像回去就为干这事儿似的,当然了,我回去真就这一个事儿!”

李云飞和陈文越来越熟悉,说话已经毫无顾忌。

陈文说:“你问问怕什么?要我,我就直接问!”

李云飞说:“我老婆你不了解,过去在学校,学生会主席,老正经了。这方面,我最佩服你,年轻,听话,家里还有钱。小陈哥,你是怎么找的?”

陈文说:“这样的不能找,看好了,过去就摁倒。”

每次陈文讲男人如何流氓,李云飞都会哈哈直笑。陈文看出李云飞这方面很差劲,他故意这么说,也是让李云飞开开心。

陈文说:“李书记,你在林河一个人工作这么辛苦,得劳逸结合啊！要不，我给你找一个？”

李云飞说：“我还用你找，直往怀里扑啊！有个小娘们，眼神说话那个正经啊，说有个重要线索要单独向我汇报。我说，那就汇报吧。她就坐在你这个位置，门一关，就把手伸过来，说，哥哥，我知道你忙，我来之前，刚洗完澡。接着，打开她的包，让我看，包里就是她的短裤！”

陈文说：“这小娘们漂亮吗？”

李云飞说：“漂亮。”

陈文说：“那你不兴奋吗？”

李云飞说：“能不兴奋吗？！”

陈文说：“那就把她拿下呗！”

李云飞叹了一口气：“真要拿下，这些年我不知得拿下多少了。这个玩意儿，有一次就得有第二次。”

李云飞在这方面对自己的要求近乎残忍，与朋友吃饭，别人都不准带女生。但缺什么、想什么，李云飞和陈文聊天时，却很愿意聊这些。

李云飞说：“我有个同学是航空公司的副总，他跟我说，云飞，我天天累得干工作都没精神。”

陈文说：“李书记，你羡慕这个同学吗？”

李云飞说：“有点儿。”

陈文说：“你别羡慕他，我跟你说，他现在一定在羡慕你。女人多了，他想不干，女人不答应啊！他为什么现在还是副总，那就是干女人干的！鲁迅为什么文章写得好，他是把别人喝咖啡的时间，用在了工作上。李云飞为什么工作干得好，那是因为李云飞把别人搞破鞋的时间都用在了工作上！”

陈文一本正经，每次都能把李云飞说得大笑不止。

李云飞晚饭吃得很晚，陈文找李云飞谈事儿，基本都是掐这个时间来。

这次找李云飞，陈文是想把赵克敬抓起来。赵克敬一直想要让林河疼一次，陈文始终为此揪着心。陈文说："赵克敬之所以想要我们疼一次，是因为他自己从来没疼过。只要拘留他五天，赵克敬就会老实。"

李云飞尽管刚才还捂着肚子笑，但谈到正事儿，威严立刻回到脸上，他说："你凭什么拘留赵克敬？"

陈文说了赵克敬嫖娼、赌博一些具体事儿。尽管证据确凿，李云飞却不同意。

"如果赵克敬像苗克那样犯罪了，我们抓赵克敬没问题，但嫖娼、赌博这些事儿……小陈，赵克敬不是普通人，你这样拘留他，社会上会说我们是在借机整人。"

陈文说："整整这种人怕什么？"

李云飞有点不高兴："你说怕什么？陈文，你的工作思路有问题。我说了，赵克敬不是罪犯，你不能把所有的人都当罪犯来对待！"

陈文说："赵克敬比罪犯还危险。他要是真在网上捅出一篇来，到时候，我们就无法控制了。"

李云飞说："你控制了赵克敬，你还能控制住王克敬张克敬吗？"

陈文说："控制赵克敬，王克敬张克敬就能规矩！"

李云飞说："王克敬张克敬规矩了，你以为老百姓就能规矩吗？赵克敬写文章真的把我们弄疼了，那一定是因为我们的身体已经有了疾病。我们自己身上的病有时自己看不到，赵克敬这样的能给看出来，这是好事！"

陈文说："可他看病是为了给他自己谋利益！"

李云飞说:“谁看病只为别人不为自己?医生也需要吃饭呐!”

陈文被李云飞噎得够呛。李云飞工作有时挺霸道,陈文很打怵。他之所以先弄笑李云飞,也是出于这个考虑。

李云飞口气缓和下来:“小陈哥,你不要怕,我们维稳不能光做表面文章,不然的话,就会摁倒葫芦起了瓢!”

陈文不想和李云飞往深了掰扯。领导说话有时口是心非。不抓赵克敬,李云飞大概是不想惹麻烦。赵克敬虽然被报社开除了,但毕竟还算文人。文人有时比小人还难对付。除了毛泽东不怕文人,当官的对文人普遍都敬而远之。

陈文虽然当了官,但骨子里还是谁都不怕。他抓赵克敬真的是为工作。从担任副局长负责信访这半年来,陈文的工作说得上是非常出色。局里、市里多次表扬。

但不知为什么,陈文心里总是弥漫着很沉重的危机感。似乎要有大事儿发生。

2

陈文想见张雨,张雨也想见陈文。但现在见面不太好找地方,咖啡厅的包间,陈文不敢去。坐在车里,空间那么小,陈文还怕离得太近出问题。

唯一能去的就是信访办。信访办谁都去,谁进陈文的办公室,大家都不会想别的。

张雨进了屋,坐在沙发里,陈文先给端来一杯咖啡。为了招待各类上访的,陈文的办公室现在应有尽有,光咖啡就有六七种。

张雨说:“非得来你办公室?其实到我家就行。”

陈文说:“到我家也行。”

张雨笑了。陈茜邀请过张雨:“我家有四个卧室,现在还空一个,你来住吧!”

张雨问陈文:“你和嫂子怎么还分开住?”

陈文说:“陈茜不让。”

张雨说:“你也不想是不是?外面的花儿太多了。回到家得好好休息对不对?”

陈文没往下接茬。他见张雨有事儿,没工夫闲扯。

陈茜期中考试只有语文是八十一分,别的科都不到七十。其他的孩子都是一百、九十九。陈茜考成这样,与陈文有直接关系。这些年,陈文为了考试,学了太多的东西。可在实际工作中,他能用到的寥寥无几。他认为,学习纯粹是浪费宝贵的时间。与其学一堆没用的,还不如天天玩呢!

陈茜那么喜欢玩与此有关。陈文从不督促陈茜学习,怕余小蕾不满,每次陈文连成绩单都帮陈茜伪造。可是,陈文当副局长之后,忙得疏忽了,这个期中考试,陈茜终于露馅了。

余小蕾差点没气昏过去。余小蕾决定带陈茜到北京去念书。

陈文对张雨说:“余小蕾疯了。你得帮我劝劝她。”

张雨说:“我劝她?劝劝你吧!姐夫,没你这么教育孩子的。这样下去,陈茜将来什么都考不上。”

陈文说:“考不上就考不上吧!”

张雨说:“陈文,你怕孩子将来搞艺术,你就这么坑孩子是吗?你自己考上博士了,却不管孩子。你……太成问题了。”

陈文没想到张雨会这样想自己,他说:“张老师,你误会了,我不是这个意思。我今后肯定会督促陈茜学习。”

张雨说:“陈茜在你跟前没得学。”

陈文的教育方法引起了全家人不满。连父亲陈楚良、岳父吴建平甚至内弟吴小易都坚定地站在了余小蕾的一边。

陈文本以为张雨会帮自己,但张雨不仅不帮,最后却说:“陈文,你知道我这次来找你是谁的意思吗?陈茜!”

陈文愣住了:“陈茜?”

张雨说:“当然是陈茜了。陈文呐陈文,你不要再按照你的方法去教育孩子了,将来如果陈茜什么都考不上,她肯定会恨你!”

3

陈文说:“茜茜,你不要担心,将来你肯定会考上的。”

陈文现在还不能说:考不上的话,咱们可以花钱。

陈茜说:“爸爸,要不,我和妈妈到北京去学也行。”陈文的心有点凉了。余小蕾要把陈茜直接送进什么音乐学院附中之类。陈茜很是向往。

陈文说:“上高中的时候,你再去北京行不行?”

陈茜低下头,没吱声。过了一会儿,她过来搂着陈文的脖子,说:“我的学习那么差,我在班级里实在是抬不起头。爸爸,你就让我到北京去吧!”

4

陈文同意了,余小蕾欢天喜地。夜里,她依偎在陈文的怀里,不停地亲吻着。想到今后只有在假期才能见到陈茜,陈文很失落。特别是陈茜的态度,也让他心里不是滋味。

陈文始终以为无论自己说什么,陈茜都会听,但现在看好像不是。陈茜这么小就有主意了，将来……

陈文有点不愿意想将来了。他搂着余小蕾心里酸酸的。

陈文说："亲爱的，你把我扔在家里，你能放心吗？"

余小蕾说："我放心，反正张雨会看着你。亲爱的，你自己也得注意点儿，别太明显了！"

陈文说："你别走行吗？"

陈文的语调里明显透露出伤感，余小蕾都有点接受不了。

余小蕾说："你怎么了？"

陈文说："我没怎么的。我……感觉陈茜好像一下子大了。"

余小蕾搂着陈文笑了："你都快五十了，陈茜大了不也正常吗？"

陈文的眼眶竟然要湿润，他控制着自己："小蕾，我有时太霸道了是不是？"

陈文这个样子，也把余小蕾弄得挺难受。看惯了坚强，陈文冷不丁整这出，余小蕾的眼圈马上红了："亲爱的，别多想。"

陈文说："你爱我吗？"

余小蕾说："当然爱了。"

陈文说："那你还离开我？"

余小蕾说："这不是为了孩子吗？就算她当不了明星，最低也得让她考上大学呀！亲爱的，你别这样，怎么还流眼泪了？放心吧，我不会离开你的，永远都不会。陈茜考上大学，我就回家来陪你。你那时也老了，小媳妇也都不要你了……"

5

母亲去世是永远离开，陈文痛苦是痛苦，好像还没达到撕心裂肺!

陈茜到北京只是去学习,放假就能回来。可陈文却失魂落魄。刚开始,陈文只发短信,都不太给陈茜打电话。发短信时,陈文的鼻子都酸酸的,和陈茜要是直接通话,陈文肯定控制不住。

深沉的黑夜里,陈文用反思来忘记感伤。他觉得自己对母亲真是挺一般。母亲过去对陈文的惦记程度,决不在陈文对陈茜之下。可自己对母亲怎样呢?

嫌母亲唠叨,都不怎么愿意答理母亲。母亲说得不对,他还总说母亲。陈文心想,我真是不孝之子啊!

通过反思,陈文对父亲陈楚良有了新的态度。过去他对陈楚良比母亲还要差劲。父亲对他有想法时,他甚至问过母亲,我这爹是亲生的吗?

陈茜到北京之后,陈文差不多天天晚上回父亲家陪陈楚良一起吃饭。

陈楚良依然像过去伺候陈茜一样伺候着陈文。开始,陈文抢着买菜抢着刷碗,陈楚良还有点不适应。他老问陈文:“孩子,你没出什么事儿吧?”

怕父亲瞎想,陈文只好像过去那样好吃懒做。

每天吃完饭,在十九点十五分,陈楚良和陈文便来到了电脑前。陈楚良很正规地坐在沙发前,还把一杯茶放在跟前。电脑的程序已经设定好,开机便自动联网,自动连接上陈茜 QQ 的视频。见到了陈茜,陈楚良始终那几句话:“累不累啊? 吃什么了? 北京冷不冷啊?”

陈茜对陈楚良的态度跟过去差不多,弄几句好听的就把爷爷打发了。陈茜和陈文聊的也基本那么几句话:“爸爸,你累不累啊? 晚上和爷爷吃什么了? 林河冷不冷啊?”

每次陈文都想和陈茜说:“小混蛋,你就不能和我说点别的?”

陈文能感觉出,陈茜很喜欢北京。陈茜对北京的兴趣似乎已经超过了陈文。

陈文的心有点凉!

北京啊,北京!

6

喝酒不能开车,刘庆平打电话要来接陈文。陈文说:“不用了。”陈文坐出租车来到了刘庆平的公司。

二十多年前,刘庆平就喜欢坐办公室。现在依然如此。办公室很大很大,有将近两百平米。陈文挖苦刘庆平:“进你办公室感觉像进了停车场。你应该戴个袖标,谁离开你就收谁两块钱!”

刘庆平嘿嘿地笑着,陈文晚上能来,他很高兴。靠墙的大书柜上摆放着不少名贵红酒。但陈文一次也没喝过,每次陈文来都自己带着红酒。

陈文带来一瓶,只喝一杯,剩下的,再带回去。

刘庆平拿起一瓶拉菲:“陈哥,你尝尝这个。”

陈文说:“不尝。那个味受不了,拉菲我感觉很像拉屎。”

刘庆平喝着自己的拉菲,假装有滋有味。他其实最愿意喝的是白酒。他喝红酒主要是因为贵!一瓶酒一两万,这人生有价值啊!

刘庆平学过 MBA,不知是看书看的,还是喝拉菲喝的,他能说出自己对人生的一些见解。

刘庆平说:“陈茜只是上学离开你,你就受不了。陈哥,你的痛苦在后面呢!”

陈文喝着自己一百六十八元一瓶的红酒，问刘庆平："何以见得？"

刘庆平说："等到陈茜找对象嫁人的时候，你就知道了。"

陈文没吱声，继续喝着。过去就喝一杯，这次一杯够呛能打住。

刘庆平说："我没女儿我没这个体会。我哥就是。他女儿找对象，无论什么样的都说不行，再好的也给搅和黄了。我侄女后来都二十五了，还没嫁人呢。我嫂子急完了，找到我。陈哥，你信不信，我把我哥给说服了。"

陈文说："你怎么说服的？"

刘庆平说："我给我哥找了几个十七八的一阵捅咕。从那之后，我哥强多了。女儿再找对象，他就不怎么跟着搅和了。"

陈文说："你也让我去捅咕几个十七八的，是吗？刘庆平，我和你哥不一样。你哥是农民，我是博士。"

刘庆平笑了，他打开手机调出了一张照片，指着一个文质彬彬的男人说："他不是我亲哥，人家是教授！你看，这是他的女儿……"

刘庆平还要调其他照片，陈文不再看，他端起酒杯，慢慢地品着。

刘庆平始终想要把陈文拉下水。见陈文处在苦闷中，他觉得这是个机会。

刘庆平说："那个假冰冰，你还有印象吗？"

陈文说："不是俩吗？你说的哪个呀？"

刘庆平说："扣你手心的那个！她还惦记你呢！"

陈文不想往下聊了，换了话题："哎，李久全现在怎么样啊？"

刘庆平说："不怎么样。我看他有点作死。过去只是不吃降压药，现在，伟哥两片两片地吃！”

陈文说：“是吗?!”

刘庆平说：“李久全吃伟哥纯粹是虚荣，为了证明自己是男人。其实吃完下面什么感觉都没有。”

陈文说：“我没吃过。”

刘庆平说：“你不用吃，嫂子走了这么长时间，你得杠杠的。陈哥，我给那个冰冰打个电话?”

陈文说：“叶纯燕的儿子现在怎么样?”

刘庆平心里叹了一口气，陈文两次转移话题，他不能再找没趣了。

刘庆平很认真地回答陈文：“还得是亲生啊！叶纯燕死的时候，儿子都没来，这也就半年多吧，现在整天哭啊。”

刘庆平说得详细，叶纯燕的儿子因为想妈妈都不怎么学习了。

刘庆平说：“李久全现在老搞女人，和这个事儿有关。他挺苦闷，过去是叶纯燕闹，现在是叶纯燕的儿子闹！”

陈文说：“都怎么闹啊?”

刘庆平说：“他儿子认为，是李久全把他妈给害死的。”

陈文说：“这回李久全得上大火了。”

刘庆平说：“可不吗？前两天，他还提你呢！他说听你的话好了。”

叶纯燕自杀之前，如果李久全能亲自去安慰安慰，叶纯燕应该不会死。

陈文叹了一口气：“刘庆平，你发现没有，人生有时挺没意思。”

刘庆平依然不忘拉陈文下水：“所以，陈哥，我们要多做些有意思的事儿。适当地去搞搞女人，会让我们拥有不一样的人生！”

7

林河这里很怪。要纯朴真纯朴，要学坏也真快。十年前，卖淫嫖娼还偷偷摸摸。后来，为了招商引资，警察睁一只眼闭一只眼后，不少人民群众立刻转变了观念。过去见面问你吃了吗，那时是你整了吗。

林河这里的整和捅咕差不多，意思丰富多彩。不同时代不同地点，含义都不太相同。

现在的整和男女关系不大了，主要是指整事闹人。

林河的发展过去很慢，这十年完全是跨越式，在省里已经排在前面。过去不算太穷的，和现在富得太快的一比，跟要饭差不多。贫富差距拉开，加上土地拆迁、国企改制等一系列问题，弄得林河愿意整事的越来越多。

个别整，警察还能对付，像李桂珍、刘俊虎之类，整得再大，警察可以一对一。最怕的就是群体整事儿。自古法不责众，何况现在还要执法为民，执政为民！

每次碰到群体上访闹事儿，警察的头都得大好几圈。

副区长黄荣才所在的区，群体上访最多。这里过去企业多、土地多，弄得问题也最多。动不动，区委、区政府的大门就被上访的给围上了。

围上了，警察得马上去解围。

根据辖区应该是西区公安分局去，但总去就不爱去。陈文担任副局长之后，采用了轮换制。过去也采用过，其他分局找理由推。但现在陈文打电话都不太敢推。

陈文就一句："你去不去？不去你给李云飞打电话！"

都知道李云飞没下这样的命令,但都不敢打电话去问李云飞。

都不愿意去解围,主要原因是怕挨打。平时虽然也打警察,但多少得有点原因,像这么不管三七二十一上去就打,警察真受不了。

开始去还不让戴钢盔,怕被群众说去镇压。可不戴确实不行。打出满脑袋包,警察都上医院了更麻烦。

现在解围戴着钢盔,连防弹衣都穿上。人民群众一般不拿东西打。手打在钢盔上也挺疼。打多了打累了特别打疼了,人民群众的气也就消得差不多了。

这个时候,类似黄荣才之类的领导出来和群众谈。谈明白,群众回去,谈不明白,群众再接着打。

有时是谈着谈着就开始打,黄荣才经常被打得鼻青脸肿。

有一次,看到陈文在车里,他找陈文诉苦:"我被打成这样,应该算什么伤?"

陈文说:"最低是轻伤。"

黄荣才说:"你不是和我讲,打了就够处理吗?我这都轻伤了。"

过去,陈文给黄荣才进行过这方面的普法。《治安管理处罚法》之前是《治安管理处罚条例》。《条例》时得有结果才行。打人最低得把人打得能看出来。《处罚法》明确了,只要打人了,哪怕极其轻微,警察都可以管。

黄荣才说:"陈局啊,我这脸儿都被打成熊猫了,你怎么还不管?"

陈文说:"我没法管,打你属于正常!"

上次解完围,陈文拿着一堆票子找黄荣才报销。

黄荣才问:"什么理由啊?"

陈文说:“你们政府惹出的事儿,让我们警察替你们挨打,你们报销医疗费理所应当。”

黄荣才说:“我们政府给你们警察开资啊,你们挨打不也正常吗?”

这次,黄荣才问陈文,陈文就用黄荣才的话来回答他。

黄荣才说:“我挨打都没地方报销。”

陈文说:“谁让你是区长呢!”

黄荣才说:“我是副区长。”

8

陈文也被打过一次。李云飞把他说了一顿。信访办有局长接待日。局长的脸被打成那样,影响的是整个公安局。

后来,陈文躲在车里,再后来,陈文连去都不去。

陈文去也解决不了问题,待在信访办,还能解决其他问题。

围住区政府,对陈文来说,还算是小问题。陈文最怕的是把交通堵了。林河地处边境,铁路、公路都通境外。交通堵了,后果不堪设想。

刘庆平告诉陈文:“胜利村那帮人有这个可能。”

陈文听完后手心都冒汗了。胜利村在林河的最东南。村子三面靠山,地势险峻。一百年前,那里没人。是闯关东的先落脚,渐渐多了,便成了一个自然村!

解放前,这个村子出过不少土匪。解放后活跃在林河城里的大流氓好几个都是从这个村子里出来的。

严打时,村子被警察收拾过,老实了很多年。这些年执法为民,弄得警察都不愿进去。工商、税务更不敢进。村里做什么买卖都不用交税。虽然无法无天,但治安环境很好。村子里很少发生大的案件,这使得警察更没理由随便进去。

过去村里有个派出所设的治安室,两年前,被村里接管了,派出所也不敢进去问。

村里家家户户都沾亲带故,生人进来,都用敌视的目光盯着看。稍微看着不顺眼,抄起铁锹、镰刀就过来。

刘庆平曾经在这个村子里生活了几年。十年前,在监狱里,他有个磕头弟兄是这个村子的。保外就医后,刘庆平来他家躲到风平浪静之后,才跑到北京去学了什么 MBA。

当时村民拿刘庆平当小偷看。刘庆平好歹在城里也算个人物,心里有些窝火。发财后的刘庆平特地回到村子里显摆:修了两条路,一座桥。

也就是在那时,他发现了一个商机:胜利村地很便宜。林河发展后,有钱人什么都买,买得最多的就是地。无论什么地,有卖的就有买的。但到胜利村买地的不多。离城远,加上恶名在外,有钱人都不看好。这使得胜利村的地始终卖不上价。刘庆平那时刚有钱,见便宜就买。为了买农村的地,他特地把自己的户口都迁到了农村。

转眼六七年过去了,胜利村基本还那个样。虽然村子划到了城区,但想去开发的几乎没有。刘庆平为了能把地高价卖出去,忽悠几个南方来的开发商:“高铁将要从胜利村通过。”

这个谎言有点大。现在不像过去,谎撒得越大,南方人越信。现在的南方人已经被北方人骗得很成熟了。结果,想要买地的南方人没信,过去曾经卖地给刘庆平的那些农民却信了。

“为什么当年刘庆平来买我们的地?原来他知道这里要修高铁啊!”

不远的小胜利村因为外环公路经过,使得村子里百万富翁比比皆是。要是高速铁路经过村子,那不都得是千万富翁了?

胜利村沸腾了,不少农民到镇里要求把土地归还给他们。

刘庆平是农民,他买农民的地合理合法,即便真的修高铁,刘庆平都不犯毛病,何况胜利村压根儿就没有通高铁的规划!

农民们不信:"修不修高铁我们不管,我们要求刘庆平把过去骗去的土地归还给我们。"

这个事儿刚开始闹的时候,陈文怕引起大的乱子,还劝过刘庆平:"左右这个地你也卖不出去了,干脆你加点利息把地再卖给他们就完了!"

刘庆平说:"陈哥,利息我都没要,我只要原价就行。可农民不干,他们是要我无偿归还,这不纯粹胡闹吗?"

陈文也很犯难。卖地的农民早把钱弄没了,想再买回去也确实没钱。

这是一个无法解决的矛盾。农民们找镇里镇里解决不了,找区里区里解决不了。现在要找市里了。

9

星期三上午九点多钟,胜利村不少村民在市里最东侧光明公交总站进行集合。到十点,已经有了五百人。

刘庆平的保安有一个是胜利村的,通过他获取的信息,得知村子要有这个大动作,至于会大到什么程度,始终没有搞清。

这之前,陈文已经把相关情况向李云飞作了汇报。李云飞推掉所有的工作,亲自调集警力,指挥这次维稳行动。

胜利村五百人的队伍最开始是沿着光明街进行游行示威,整个光明街不到半个小时，完全瘫痪。按照《集会游行示威法》，游行示威得请示公安机关批准才行。这种擅自游行示威，致使交通瘫痪，不仅违反《集会游行示威法》，《治安管理处罚法》《刑法》等都已经包括在内了。

公然的违法，警察却不能公然地执法。

十点十五分，在游行示威开始没多久，陈文就赶到了第一个十字路口。陈文经历过严打，经历过林河最乱的年代，但这种场面，还是头一次。陈文得到的信息是五百人，可他看到了足有上千人。

上千人打着标语，喊着响亮的口号：打倒腐败！还我土地！

路过的闲逛的开始都在旁边看热闹，随着口号声越来越响，不少人也都兴高采烈地加入进来。陈文估计，到了天桥两三千人都挡不住。

天桥是林河的枢纽，那儿瘫痪了，林河就得瘫痪。林河是边境城市，每天有大量的边境贸易，数量庞大的各种货运卡车通过林河直接去往俄罗斯。林河瘫痪了，影响的不光是本地上百万人的出行，国际贸易带来的损失将无法估量！

必须对天桥死看死守！

最初，由于得到的信息只有五百人，李云飞只把全市的一千多警察调来。随着陈文报告的人数越来越多，李云飞只得紧急把武警也调来。

为了争取时间，陈文只能带着数量不多的警察迎面拦截。距离天桥第六、第五、第四共三个十字路口，陈文带着警察进行了三次阻挡。

感觉像蚂蚁碰到了大象！

陈文的队伍被冲散。随着一次次被冲散，刑警、特警、巡警、交警以及武警都以最快的速度在距离天桥最后的三个路口，集结完毕！

陈文以百米冲刺速度抢先赶到了第一个关卡，戴着钢盔穿着防弹衣拿着盾牌的警察已经围成了铜墙铁壁。陈文拿着高音喇叭向奔涌而来的人流高声喊叫。他的喊声很快淹没在响亮的口号声中。无奈之下，陈文只能转身钻进了铜墙铁壁。怕引起误解，陈文来之前没戴钢盔也没穿防弹衣。在刚才的三次阻挡中，他的脸和脖子已经有了好几道血印子。

为了一会儿与游行代表谈判，陈文只得先躲起来。

林河过去围政府的多，游行示威的很少。像这么大规模的是第一次。以往游行的见到前面有全副武装的警察，来到跟前自然而然就停了下来。这次不是。队伍浩浩荡荡向铜墙铁壁走来，没有丝毫停顿。

站在第一排的是特警，他们经常挨打，已经知道如何挨打而让自己少受伤害。他们一个个缩着脖子，把身体的软组织尽可能隐藏在钢盔和防弹衣服里。估计这次挨打，仍然会是最严重的一次。

当然，人民群众手无寸铁，往死了打，也不能把人民警察打残打死。有了这种心理预期，第一排的人民警察全都毫无惧色。

可意想不到的事儿发生了。游行的队伍来到跟前，在响亮的口号声中，忽然出来了一句："一、二、三！"

"三"音刚落下，队伍里那最初的五百人，竟一起向警察扔来了装满矿泉水的瓶子！每个人连续扔了两次，加在一起上千个白花花闪亮的瓶子在空中飞舞！

这是经过了演练的！

瓶子没有直接投向警察，而是先扔向空中。装满水的瓶子从天而降，直接命中警察的脑袋！

特警没受过这样的训练，刑警、交警更不用说了。由于不知道天上黑压压落下来的是什么，不少警察立刻卧倒，没倒的也都捂着脑袋，四处躲闪！

说是抱头鼠窜一点不夸张！

陈文被砸得高音喇叭甩出去老远。本以为躲在铜墙铁壁里能好些，没想到更糟。他没戴钢盔，脑袋被砸得眼前全是闪亮的星星。

陈文经历了那么多次生死，还头一次被这么窝囊地砸倒。陈文起身拣起一个瓶子向面前的人群扔去。陈文扔完，不少警察也跟着扔！

警察们还没有扔完，新一轮又将近上千个装满水的瓶子再次从天而降。

这次警察有经验了，纷纷躲开。警察躲开了，大道给让了出来。行进的人群等于冲开了铜墙铁壁。警察这之前接到的命令是死看死守，人群过去，自己就是失职。所有的警察呼啦又回到路上。

这是最危险的时刻，今天敢来和警察对着干，都不一般。短兵相接，最怕红眼。特警都年轻，功夫又都高。特警急眼了，一旦打伤了群众，势必会引起更大的骚乱。

身在险境中的陈文意识到了这种危险，可他被人群推挤着，毫无办法！

关键时刻，一直拿着望远镜的李云飞看出了苗头，他立即命令守在最后两个路口的警察冲过来，替换这些年轻的警察。

近千名警察潮水般一起涌过来。示威的人群动摇了。那些看热闹跟着胡闹的首先跑了，游行的队伍少了一大半。但剩下的依然惹不起。在这个差不多五百人的队伍里，有男人有女人有年轻的有年老的。他们打着标语喊着口号继续大踏步前进。

这让警察最无可奈何！

如果面前的是匪徒、罪犯，别说五百人，五千人警察也有办法！驱散、隔离各种战术都很成熟，但当民与匪、群众与罪犯充分搅和在一起时，什么战术都白扯了。

警察用血肉之躯把五百人的队伍分别隔开后，一个个已经被打得鼻青脸肿。这些警察大都为老警察，他们接到的命令是：打不还手，骂不还口！

怕警察坚持不住，李云飞、曹凯等班子成员全都身临第一线。李云飞的眼镜被打飞了，曹凯的一颗牙被打掉了！

警服被撕碎了，警车被推翻了……

陈文由于在最前线，挨打也就更多。开始没有短兵相接时，陈文有机会躲开，但他看到于德才笨拙地拿着机器摄像时，就去帮忙。结果被扣在了里面。

于德才一边挨揍一边护着机器，陈文一边挨揍一边护着于德才。

刚才，陈文拿瓶子往回扔被人看到了，冲突发生后，有几个小子过来，指着陈文说："这小子最坏，揍他！"

陈文挨揍，于德才反过来护着陈文，结果两个人被一起胖揍。

陈文这些年一直健身，身体问题不大。但于德才问题大了，高血压、糖尿病。没一会儿，就把他打得上吐下泻。陈文拼命护着，宋男领着两个特警赶过来，算是把于德才救了出去。

于德才被救出去之后，大批警察把示威的人群分开。围住他们需要更多的警力，这使得警察除了挨打，相互救助变得艰难。周围尽管有大批的武警，怕局势失控，李云飞没敢命令他们冲进来。武警全是年轻的，把他们弄急眼了，后果不堪设想。

在一片混乱中，陈文被遗忘在靠近十字路口的一个拐角中，几个小子打着踹着，陈文除了抱住脑袋外，别无他法！

有一瞬间，陈文都产生了幻觉，以为自己有可能被打死。

在陈文几乎绝望的时候，刘庆平带着公司的三个保安冲了进来。他们穿着老百姓的衣服，游行的没在意，开始还以为是一伙的，后来见他们来救陈文，就连他们一块打。

刘庆平的保安都在监狱里呆过，打人都很在行。三下两下，就把陈文周围的那几个人打跑了。等刘庆平背起陈文往外跑的时候，陈文已经昏了过去。

10

陈文在医院里醒来的时候，快晚上了。他是因虚脱昏迷，身体无大碍。刘庆平坐在床前告诉他，李书记、区长、区委书记、市长、市委书记都来看过他。

陈文问："我们其他人都怎么样？"

刘庆平简单说了说，包括曹凯在内有将近三十人被打进了医院里。

陈文又问："于德才呢？"

刘庆平没有马上说，而是说了李久全。李久全下午搞女人把自己的心脏搞出了问题，刚才已经去世了。

陈文感慨了一会儿，接着又继续追问："于德才没事儿吧？"

刘庆平只好说："于德才在来医院的路上就死了。"

陈文感到天旋地转，好半天，才缓过来。

陈文从床上下来，浑身疼得要命。刘庆平搀扶着陈文往太平间走。太平间的外面全是人。陈文迷迷糊糊，感觉谁都看不见了。宋男和他打招呼，他都没反应。陈文趺趺撞撞地走进太平间。

于德才的脸上盖着白布，老伴、孩子们正在旁边痛哭。陈文傻呵呵地来到了跟前，把白布掀开，于德才的脸还肿着。陈文呆呆地看着，感觉自己也好像离开了这个世界。

宋男、刘庆平怕陈文再出事儿，急忙把他拉了出去。

出了太平间，陈文多少有点清醒了。宋男对他说："李书记刚才打电话让你回单位！"

陈文说："好，我现在就回去。"

宋男说："你行吗？"

陈文说："我行。李书记说没说，给于德才开追悼会？"

宋男没直接回答而是小声地说："于德才不是民警。"

陈文说："不是民警，但他死在民警的岗位上。"

宋男说："向遗体告别的时候，李书记答应把区里、市里的领导都找来。"

陈文没有再问。走廊里陈文碰到了不少熟人。他们一个个都泪流满面。李久全、于德才都和他们认识。于德才怎么死的，他们清楚，但李久全怎么死的，到目前还保密。

李久全干女人干死了，没法说。

由于李久全、于德才先后死得这么近，来的这些人都以为，李久全也是被人民群众干死的。他们一个个握着陈文的手，差不多全都问："李久全干吗要学于德才呀，真是的！"

11

离开医院前，陈文顺便去看了看曹凯。曹凯的左小臂骨折，不太严重。陈文走进病房时，曹凯缠着绷带正淌眼泪。

陈文说："哭什么呀？这么疼啊？"

曹凯擦了擦眼泪说:“去看于德才了吗?”

陈文的眼泪也淌了下来:“刚从那儿出来。”

曹凯说:“你怎么样?”

陈文说:“我还行。”

曹凯说:“真行,假行?”

陈文说:“真行。”

刘庆平接过话:“当时挺吓人,陈哥早晨没吃饭,血糖非常低!”

陈文指着刘庆平对曹凯说:“不是他给我背出来,曹局,我感觉也悬呐!”

曹凯笨拙地和刘庆平握了一下手:“老弟,啥也不说了,谢谢啊!”

回局里的路上,刘庆平开着车,陈文坐在旁边,也是满脸感激。他说:“刘总啊,今天多亏你了。”

刘庆平说:“陈哥,这不是应该的吗?!”

平静下来的陈文开始后怕,太平间里家属的哭声,总是在脑海里萦绕。

我要是躺在了那里,陈茜进来看到了……

陈文不敢往下想了。他拍了拍刘庆平的肩膀,深情地说:“庆平,你比我大是不是?今后,你别叫我哥了,我得叫你哥!”

刘庆平说:“陈哥,你怎么了?什么风浪你没见过啊,我不就把你背出来了嘛!”

陈文还说:“谢谢了。刘……哥……”

刘庆平都笑了:“你快别叫我哥了,我听着直起鸡皮疙瘩。”

12

上午，在警察纷纷被打倒、局势有可能失控时，李云飞给市里主要领导打电话想要抓一批。但领导的意思是再等等。

李云飞把电话摔了。

游行示威的人流在警察决不后退的肉体面前，最终停了下来。

他们打累了、打不动的时候，才知道有个老警察被打死了。虽然他们不知道穿着警服的于德才早就不是警察了，但于德才的死讯，还是让他们狂热的情绪迅速地稳定下来。

没到中午，他们便偃旗息鼓，纷纷撤回了胜利村。

下午，李云飞陪着区里、市里的领导看望完死者家属以及受伤的干警之后，突然下命令将胜利村包围起来。具体命令为：只准进，不准出。

傍晚，李云飞在会上毅然决然："今天的问题必须今天解决。对胜利村的行动时间定在午夜零点。"

既然包围了胜利村，李云飞已经没有退路。包围了再无声无息撤走，警察没有了威信，政府也没有了威严。

尽管有不少人反对，但李云飞决心已定："我们是人民警察，我们保护的是人民。人民可以至上，但罪犯不行。我们到胜利村不是去抓人民，我们抓的是违法人员，抓的是犯罪分子！"

从下午三点起，林河市公安局各部门，围绕着"零点行动"，全都高效运转起来。刑侦、技侦、特情等纷纷启用。锁定违法犯罪人员，除了当场拍摄的录像外，交通指挥中心的监控以及路边所有探头拍摄的内容，要逐一进行排查。

工作量相当巨大。好在这些年随着科技发展，公安系统的刑侦、技侦手段已经今非昔比。十年前，陈文去抓何涛还得要守株待兔瞎猫碰死耗子，现在没那么费事了。

晚上七点多钟，打警察的砸警车的，已经锁定了二十六人。

这二十六人是否有前科？是否藏有凶器？是否全都回了胜利村？已经一对一全部查清。

13

李云飞没带手机也没待在自己的办公室，在公安局小会议室的角落里，他畏缩在沙发里，不停地抽着烟。

小会议室除了他还有陈文。陈文坐在他的对面也在一支接一支地接着抽。陈文戒烟十年，现在毁于一旦。

李云飞不像开会时那么情绪激昂，尽管"零点行动"有好多事儿还没有落实，但他和陈文谈的却是于德才。于德才不是民警却死在民警的岗位上，这让李云飞不太好办。追悼会开不了，烈士也评不上！

李云飞问陈文："于德才这么死究竟能算什么？"

陈文想了想，很无奈地说："什么都不算，最多算他倒霉了。"

提起于德才，陈文压抑得要命。出事时，于德才拍录像，陈文如果不去帮忙，那些人见到于德才那么大岁数，不见得能下死手。可陈文这么一过去，结果把那些人倒给引了过去。

陈文越想越窝火，他对李云飞说："李书记，是我把于德才给害了。"

李云飞没接这个茬，他找陈文不是听这些。为了让陈文平静下来，他把准备抓捕的二十六人名单，递给了陈文。

李云飞说："你看了吗？"

陈文说:“我看了。”

李云飞说:“你什么意见?”

陈文说:“我没意见。”

李云飞说:“这些人可能不太好抓。”

陈文没吱声。不是可能不太好抓,而是一点都不好抓。这二十六人躲在各自的家里,亲属加在一起得有几百人。不用说整个村子了,光这几百人抗法,都不堪设想。

李云飞说:“最坏的结果是什么?”

陈文说:“不知道。”

知道也没法说。陈文试图说服李云飞取消行动。不久前,陈文想要抓赵克敬,李云飞怕惹麻烦没抓。陈文认为,李云飞现在可能只是一时冲动。

陈文说:“李书记,零点行动如果失控了,你要担负责任呐!”

李云飞没吱声。陈文抽了一支烟,又说:“你可能会被一撸到底,那时候,你就什么都不是了。”

李云飞说:“如果仅仅是那样的话,我倒觉得无比幸运了。小陈哥,会不会再死人呐?”

陈文又不知说什么好了。四十岁就是副厅,“零点行动”完全可能葬送李云飞未来远大的前程。可李云飞对此却毫不在乎。

李云飞说:“本来没想把你从医院里找来,但我现在心里很苦闷,很多人不理解我。今晚,我很可能会死在胜利村。死就死吧。我最担心的是,弟兄们万一再死几个……小陈哥,事态万一失控了,将来,你要负责和领导说说,我走这一步,不是为了出风头。我个人没有任何目的。你看到了,我可以不管。但我李云飞既然是在这个位置,我就必须管!胜利村现在不解决,将来只能会更加严重。我们要保护的是林河地区的广大人民群众。胜利村已经无法无天，我们警察他们都不放在眼里了，这样下去，他们会越走越远。这个时候，如果我们警察继续置之不理，那我们就是在犯罪了！”

14

胜利村过去不是这样。

二十年前虽然也很嚣张，但和市里比差多了。严打时，郊区一个派出所进到村子里，就全都老实了。

即便十年前，胜利村开始出名了，有两种人他们还是怕的。他们怕流氓也怕警察。这些年，流氓被警察收拾得不是改行了就是藏了起来。而警察自己又都变成了小绵羊，这使得胜利村越来越不像话。

无法无天已经让胜利村忘乎所以，这使得“零点行动”变得异常艰难。

过去警察最头疼的就是到农村抓人。抓一个人，全家人都出来拼命。现在到胜利村去抓一帮人，已经目空一切的胜利村，完全有可能全村集体抗法！

对警察来说，抗法并不可怕。警察真正怕的是如何执法。即便二〇一三年，在公安部新修订的《关于公安机关处置信访活动中违法犯罪行为适用法律的指导意见》中，尽管比二〇〇八年的《意见》要更具体更详尽，但在最后仍然强调，为避免激化矛盾、形成对立，坚持慎用警力，慎用强制措施，慎用武器警械！

三个“慎用”让警察压根儿就不敢用。

警察与群众的区别除了警服，主要是因为手里有枪。可如今警察手里的枪，成了摆设，成了负担。公安部的“五条禁令”，对枪有具体要求。一旦枪出了事儿，包括直接领导、分管领导，甚至上级领导将通通一律免职。

过去陈文枪不离手,天天连保险都不锁。现在陈文把枪锁在保险柜里。

“开枪前是警察,开枪后就是罪犯。”

“带着枪巡逻,就像提着炸药包走钢丝。”

只要在中华人民共和国当过警察,这两句话,估计都知道。

15

到胜利村抓人不带枪恐怕不行。但带枪和没带枪也都差不多。

要抓的这二十六个人不是毒犯,不是恐怖分子,他们抗法也不能对他们开枪。何况抗法的不光是他们,如果胜利村好几千人一起抗法,谁也没有如此之大的脑袋,敢命令向人民群众开枪。

带枪的唯一的目的就是吓唬,吓唬住了,胜利而归。吓唬不住,人民警察的血要染红胜利村的土地!

这次去胜利村很明显有掉脑袋的可能!

二十年前,在林河这里当警察,掉脑袋是常事儿,遇到类似的情况,派谁去都不好,当时的办法是“轮班”。但现在只有这么一次没法再轮了。

另外,抓二十六个人第一批至少要进去五十人。去这么多人,只能靠自愿了。

动员大会上,李云飞先通报了两起类似事件。在某某省某某县,警察有被镰刀当场砍死的;在某某省某某县,警察有被铁锹当场劈开的……

李云飞通报的目的,是想明确告诉志愿者这次行动的危险性,但他刚说完,陈文就站到了前面,他把十年前九大队的袖标非常庄严地戴在了胳膊上。

九大队是临时机构,主要为企业追赃款,工作时多少要钻法律的空子。所以,当时有袖标,陈文也没让干警们外出戴过。

戴袖标只为两次合影。第一次九大队成立,第二次是九大队解散。

这次,陈文戴上袖标不说话,大家也明白,九大队现在的意思是"敢死队"。

九大队过去有七十来人,除了十几个上午被打进了医院,剩下的全都毫不犹豫地把袖标戴上了。

陈文心里酸溜溜的。他很清楚,自己的这些弟兄们不见得是心甘情愿。他们有可能出于无奈甚至是不好意思。这些年,陈文年年都给弟兄们表示,现在老大要带头去送死,老弟们谁能不跟着?

陈文本来想说几句,但最终什么也没说。如果慷慨激昂地一阵说,那些刚参加工作的年轻警察一定会响应。但陈文不想让他们去。

这次去不是冲锋陷阵,不是光不怕死就够了。九大队的这些弟兄们都了解陈文,都知道陈文的打法,陈文带着这些人,心里会有些底儿!

人员定下来之后,陈文把腰里的枪掏了出来。他当众把枪里的子弹一发一发地退了出来。戴着袖标的原九大队的干警们,学着陈文也把各自枪里的子弹一发一发退出。

公安局的大礼堂里,退子弹的声音,清脆悦耳。

枪里没了子弹,九大队不再是"敢死队",而是"送死队"了!

李云飞把陈文从医院里找来,没有让他去的打算。但见到陈文在动员会上,对他突然采取这个举动,弄得他也不好当众再说什么。在所有准备工作结束后,李云飞来到前面,慢慢地把一个九大队的袖标,也戴在了自己的手臂上,他平静地说:“弟兄们,我们出发吧。”

16

陈文亲自开车拉着李云飞行进在通往胜利村的公路上。

已经是深夜,公路几乎看不到行人和车辆。李云飞和陈文在车里很平静地说话,两个人似乎都想缓解即将来临的危险。李云飞甚至说起了把短裤放在了包里的那个美女。

“小陈哥,你说那天我要是把她拿下了,她会不会纠缠我?”

陈文说:“应该不会。她不是那种社会人,她是看上了你这个人,而不是看上了你手里的权力。”

李云飞说:“能一点没看上吗?”

陈文说:“我认为是这样。”

李云飞拍了一下大腿:“真这样,我当时把她摁倒好了!”

两个人边说边笑的时候,李云飞很诚恳地对陈文说了自己的打算。进村子时,李云飞让陈文留下,他要亲自带队去。李云飞的理由很充分:“零点行动,是我提出的,我如果不进去,出了问题,我也得担着。只要我进去了,出什么问题,别人也不能再说什么了。”

陈文说:“既然这样,那咱俩一块进去。”

李云飞说:“不行。外面得有人指挥接应!如果曹凯来了,那咱俩可以一起进去。小陈哥,为什么我现在把这个事儿提出来,就是怕你跟我添乱。一会儿,到了村口,你可千万别跟我争。你知道我的脾气,别到时候,我让你下不来台。”

说完这个事儿,两个人继续说女人,说过去各自有可能出现的艳遇。

车来到了村口,陈文要抽烟,他把烟叼在嘴里,伸手取打火机时,李云飞主动递了过来。利用这个时机,陈文给了李云飞一个措手不及,他把李云飞的手铐在了方向盘上。

李云飞大声喊:“陈文,你混蛋!”

陈文也大声喊:“李云飞,你冷静点儿!”

李云飞急了:“陈文,你他妈的这是在毁我。我必须得去。”

陈文说:“你去能当什么呀?你是书记你是局长,在胜利村你不好使,你去无非是多一具尸体而已。”

李云飞说:“小……陈哥,你快给我打开,我必须得去。”

陈文说:“李书记,你叫我小哥已经叫了多半年,那么现在呢,我叫你一声老弟。老弟,咱们哥俩现在没时间弄这些没用的。今天进去搞不好,我们九大队的这些弟兄们要血流成河啊!你应该知道,这将是惊天动地的。搞不好全国都要震惊。这么大的责任,你让我留下,我能担当得起吗?李云飞,你留下来,你是要替我们来担责任的!”

李云飞不吱声了。

临下车前,陈文拍了拍李云飞的肩膀说:“我知道,你活下来,要比我们去死难多了!但无论怎么难,你都要坚持。老弟,我们九大队这帮弟兄万一……你一定保证我们这些人最低要当烈士!”

17

二十多年前,林河这里的警察总要面临生死考验。每次这样的行动前，都要把遗书写好。

过去陈文没少写，二十来年没写了，这次写都有点不太会了。

给父亲陈楚良和妻子余小蕾的，写得很短，内容也都差不多。给陈茜的，陈文写了不少。他还要求组织，在十年后，交给陈茜。

茜茜：

之所以要在十年后，才让你看这封信，主要怕你受不了。

爸爸如此匆忙地离开你，事先连爸爸都没想到会这么突然。

茜茜，请原谅爸爸。爸爸就是这样的职业，在英雄与烈士之间，爸爸没有别的选择！

…………

茜茜，你看多快呀！一晃十年过去了，我猜得出，你已经是个大美女了！

好好珍惜自己，好好珍惜生活，好好珍惜人生！

…………

茜茜，为了爷爷，为了妈妈，我也可以去死。但我不见得会愿意！

能让我心甘情愿、无怨无悔地去死的，这个世界上，只有一个人：

那就是你！

我的茜茜公主！

18

陈文把李云飞铐在了车里，带着五十多胳膊上有袖标的弟兄们，迅速地向村子里走去。刚走到一半，曹凯从后面跑了过来。他的胳膊上缠着绷带，一瘸一拐。

陈文火了：“你怎么跑出来了？”

曹凯说：“我一直跟在你们后面。”

陈文说：“你赶紧回去。”

曹凯说：“我就到村口。”

陈文说：“一会儿打起来，我们没闲人管你。”

陈文过来拉曹凯。曹凯小声地说：“老弟，我向你保证，我决不添乱。”

看着曹凯这个熊样，陈文不好再说什么。曹凯能拖着骨折的胳膊偷偷地跟来，现在把他撵回去，也真有点说不过去。

曹凯这次来主要是嘱托陈文。上午，陈文曾经捡起瓶子扔向了群众。曹凯说：“老弟，一定要冷静，千万千万不能冲动啊！不要忘了，冲动可是魔鬼呀！”

陈文被说烦了：“曹凯，你妈了个逼，你赶紧把嘴给我闭上！”

19

抓人枪里不带子弹，既怕警察急眼了，向人民开枪，也怕人民把枪夺去，再向警察开枪。

拿着没有子弹的枪，纯粹就是吓唬人。为了能吓得充分，不仅带来了手枪，冲锋枪、带瞄准镜的狙击枪都带来了。

真子弹一发没有，但肩上的子弹袋全都塞得满满的。抗日时期，八路军因为没有真子弹也采用类似的方法去吓唬过日本鬼子。

现在，来的人个个全副武装，有的连防毒面具都戴上了。不知道的，很难想到他们来是准备送死的。

陈文就带着这样的一支队伍，雄赳赳地走进了胜利村。他们拿着五只高音喇叭，一边走一边大声喊着，根据中华人民共和国《治安管理处罚法》《集会游行示威法》《刑法》《人民警察法》，下列人员涉嫌违法犯罪……

警察们如此抓人好像还是第一次。

按理说，应该悄悄地进村突然采取行动。可从下午，村子就被严密地包围起来，想要悄悄已经不可能了。

既然不能突然袭击，只好明目张胆了。

在陈文带着五十来人进到村子的同时，前来的所有车辆、所有的车灯全都对准了村子。无数道明晃晃的灯光一起射过去。起初以为会有很多人出来围攻警察，用吓人的灯光，是想让出来的人看清，这次来的警察不是好惹的。

但让警察感到意外的是，这么大的动静，村子里没一个人出来。整个村子仿佛沉浸在睡梦中。

陈文感到后背冒起了凉风。他估计手下也都会和他差不多。好几千人的村子，表现出如此的镇静，谁来谁都得紧张。

“零点行动”要抓二十六人，陈文准备开始先抓五个。如果二十六个人同时抓，搞不好自己这五十来人要陷入人民群众的汪洋大海。

陈文分了五个组，分别去村子最东头靠近村口的这五家。

陈文带着第一组来到了第一家，刚敲了几下门，没等喊，门就自己开了。

太吓人了。陈文端着没有子弹的冲锋枪第一个冲了进去。屋子里空空荡荡一个人影都没有。同样，那四家没人。

村子里早已被围得连条狗都出不去，这么多人绝不可能会凭空消失。他们一定是藏在了暗处！

陈文这些警察，端着没有子弹的枪，硬着头皮，继续向村子里走去。

太静了，简直比坟墓还静！刚才警察们还拿着喇叭高声喊叫，现在没法再喊了，都怕把鬼招来。

这时，陈文的手机响了。是刘庆平的电话，他激动地对陈文说："陈哥，你们赶紧去篮球场。"

20

篮球场在村子的最西头。说是篮球场，面积比足球场还大。过去这里是打谷场。

篮球场有好几个灯。很亮的灯光下，全是黑压压的人。在入口处，跪着有四十来人。他们被绳子捆着，见到全副武装的警察来，一个个露出了惊恐的目光。

警察要抓的都在这些人当中。他们早就跪在了这里。

一个五十来岁的人走到警察的跟前说："我代表他们向政府投案自首。"

21

胜利村有两个人"德高望重"。他们一个姓王，一个姓李。这些年，胜利村能够"自治"，主要是依赖于有他们俩的"管理"。

姓李的比较偏激，总想来狠的。这次闹事儿是他张罗的。他认为："这么闹完，政府就会把地无偿给我们。"

姓王的不这么认为："我们这是无理取闹。这么闹，我们得不到地不说，搞不好还得惹很大的麻烦！"

姓李的不信邪："现在不来收费不来收税不都是闹出来

的吗?!”

姓王的劝不了姓李的,结果闹出了乱子。看到整个村子被包围之后,姓李的傻眼了。政府这回一定急眼了。没办法,他只能让姓王的出面收拾残局。

姓王的念过书,算文化人。他让所有参与打警察砸警车的一律跪在篮球场,确实起到了很好的作用。开始,警察要抓二十六人,最后只带走了十九人。而且,这十九人也都按相关法律的最低标准来处罚。

“零点行动”不仅把该抓的都抓了,更重要的,结束了胜利村这些年的“自治”状态。派出所的治安室在胜利村一下子设立了三个。胜利村今后再想无法无天,恐怕是不可能了。

22

维稳胜利村,由于不敢依法,只能吓唬,所以,能吓唬人的道具全都用上了。防弹衣、防毒面具、手枪、步枪、冲锋枪、狙击枪、瞄准镜……

胜利村胜利维稳了,可吓唬人的道具却成了不折不扣的“证据”。“零点行动”结束后不久,有关林河警察戴着防毒面具、端着冲锋枪的照片便迅速地出现在互联网上。

尽管公安局的网监支队加班加点全力地猛删,但通过论坛、微博之类,还是有相当多的照片被醒目地刊登出来。

“镇压村民”“血洗胜利村”,无数恐怖的词语铺天盖地滚滚而来。

面对质疑,公安局却只能沉默。依法办案与执法为民之间的矛盾,警察自己都说不清楚,现在要一五一十地讲出来,谁能信?

胜利村游行示威喊出的口号是“打倒腐败，还我土地”。经深入调查，村里也确实存在有关土地方面的腐败。刘庆平当年买地，除了从农民手里买，也在村里买了不少。刘庆平为了少花钱多买地，把村长、村支书全都拉下了水。

维稳胜利村的第二天，为了避免矛盾激化，李云飞指示相关部门，迅速将腐败的村长、村支书绳之以法。同时，刘庆平从村子里买的那些地，也被依法没收。怕刘庆平想不开，事先陈文还想找他谈谈。但刘庆平很痛快：“没收就没收吧，要不他妈的，我也卖不出去。”

村里卖给刘庆平的地被无偿收回后，那些卖给刘庆平地的农民也想把地无偿要回去。为了维稳，黄荣才提出让刘庆平高姿态，干脆把地还给农民算了。但陈文不同意。

黄荣才说：“胜利村这么闹不就是因为刘庆平买了他们的地吗？还给他们，他们就不闹了。”

陈文说：“他们是不闹了，但别人跟着效仿怎么办？”

黄荣才说：“你不要把人民的觉悟想得那么低。现在维稳最重要！”

陈文说：“再重要你也不能光顾一头啊！”

刘庆平在林河算不上最有钱的，但由于总赞助晚会、冰灯等公众娱乐项目，使得刘庆平作为有钱人在林河最出名，号称首富。

陈文说：“我们现在要是把首富的地给分了，这叫什么？这叫杀富济贫！你这么干，那些农民稳定了，可全市的有钱人就得全毛了。”

黄荣才说不过陈文，只好打击陈文：“我知道你和刘庆平关系好，但再好，你也不能这么向着他呀！陈文，你是公安局的副局长，你要站稳立场啊！”

黄荣才这么说,陈文只好又找刘庆平谈。陈文说:“庆平,地是你的,你可以不还给农民。但我建议你给村子里捐点吧,就当做慈善了!”

刘庆平说:“过去我给村里还少做慈善了?那些桥那些路都是我修的。我做了这么多,可我得到什么了?我得到了他们的眼红、嫉妒和仇恨!陈哥,别的什么我都可以答应你,但你让我给这些农民再拿地拿钱,门都没有。今生今世,我刘庆平和他们势不两立。”

第八章

1

张雨的腿很长，穿的裙子很短。高跟鞋敲打着地面，晃动着袅娜的小腰，迎面走来，真挺不错。

陈文没有把车开过去，等着张雨走到了跟前。

打开车门，香水的味道扑面而来。陈文开着车行驶在夜里，两个人没说话，车里播放着从何涛那儿拿的《清音大悲咒》。一男一女假装进入了深远的境界！

刚才在电话里，两个人已经聊了好半天，内容相当深刻。

张雨说："哎，男的对戴套干吗那么反感呐？"

陈文说："穿着雨衣洗澡，能不反感吗？"

张雨说："你戴吗？"

陈文说："我不戴。"

张雨说："你应该戴，你那么乱，万一得了病，再把姐姐给传染了，你不内疚啊？"

两个人在电话里聊得这么下流，见面却都一本正经，最后，张雨打起了哈欠。

陈文说："你困了，你赶紧睡吧！"

张雨却说:“你搂我睡呀!”

2

陈文把车开到了角落里,对着一面墙停了下来。

陈文把身体靠在了椅背上,伸出了手,张雨很自然地依偎在陈文的怀里。在车里前排这样,不是很舒服。

陈文很想到后排。但这样的建议,他没有提。

张雨说:“你和情人在车里这样过是吗?”

陈文没有吱声。他在幻想中这样过。

张雨说:“咱们要不到后面?”

陈文还是没有吱声。

张雨有些下不来台:“你千万别认为你很有魅力,陈文,我对你只是特别好奇!”

有了话题,陈文接上了:“怎么好奇?”

张雨说:“你在外面有情人,姐姐竟然能不在乎!她甚至认为你和我都那样了,她依然对我没有敌意。陈文呐,你真了不起,你靠什么让姐姐对你服服帖帖呀?姐姐那么不一般,长相、身材,家里还有钱……我真是奇了怪了。我妈对我爸管得那个严啊。我有个朋友,老公当面和别的女人开个玩笑,都能翻脸。你说你……”

张雨喋喋不休地说着,陈文则趁机摸着张雨的脖子。过去他都伸进去摸。现在,这样摸都已经很过分了。

陈文说:“张雨,我没有情人。和我上过床的女人就俩,第一个是我的前妻,第二个是余小蕾,其他的没有!”

张雨说:“我不信。”

陈文说:“我没要求你信。”

这之前,两个人在电话里除了聊避孕套,也聊了婚姻、男朋友之类。林河追张雨的不少。主要分两类,有钱和有文化。张雨希望找个既有钱还有文化的。

陈文说:“没必要。如果我是你,我就找个光有钱的。结婚需要两个人互补。你有文化,他没文化,他才能什么事儿都听你的。”

张雨大概被陈文摸舒服了,她娇滴滴地说:“我有文化吗?”

陈文说:“你是文化人当然有文化了。张雨,既然你有文化了,我建议你就不要再找有文化的。文化人吧有时靠不住,说一套做一套……”

张雨不愿意了:“那你的意思,我也说一套做一套呗!”

陈文说张雨时想着别的,就没注意自己给自己绕进去了。他急忙转移话题。有个开矿的始终在追张雨。陈文怂恿张雨嫁给他。

张雨说:“我不想嫁给他。”

陈文说:“他那么有钱还那么老实……”

张雨说:“我不喜欢老实的。”

陈文说:“你不有病吗?”

张雨说:“我没有病,我现在能让你这么摸吗?”

陈文被说得脸一下子红了,他急忙把手从张雨的脖子上拿下来。

看着陈文的窘态,张雨却伸出手开始摸起陈文的脖子,她色眯眯地说:“他要是像你似的敢捏我,我也许早就嫁给他了。”

3

陈文喝着自己带来的红酒,刘庆平喝着自己昂贵的拉菲,在深夜空旷的办公室里,两个人说说笑笑。

刘庆平光说没怎么笑,陈文光笑没怎么说。

陈文笑完,说:“再来一个。”

刘庆平说:“没了。”

陈文说:“怎么能没有呢?过去连何涛都说你笑话多。”

刘庆平只好挖空心思从记忆里搜寻着。很多笑话都是十多年前的了。什么两个乌龟约会了。什么我从来没见过你这么小的。什么你帮我把那个骆驼给按住……

有的笑话,刘庆平说完自己都觉得没意思,可陈文却笑出了眼泪。

刘庆平最后实在是讲不出来了,就开始批评陈文:“陈哥,不是我说你,你这么喜欢听淫秽笑话,说明你性欲没得到满足啊!”

陈文说:“滚你奶奶个逼吧!”

刘庆平说:“你看看你骂人了,我说到你心坎上了。陈哥,我说得一点没错。你看我们这些人哪还有愿意听淫秽笑话的?也就是你这种天天憋得实在没法的才愿意听。”

陈文被刘庆平从“战场”上背下来之后,两个人比以前随便了不少。陈文有些方面也能和刘庆平说点心里话。

陈文说:“哎呀,刘总,你确实了不起。我现在确实是憋得难受啊,他妈的,媳妇那么远,我也不能总打飞机去找她呀!”

刘庆平说:“陈哥,既然这样,那我劝你千万别再喝酒了。越喝你会越憋着难受。这就好比子弹在枪膛里,你老不射出去,一旦炸膛就毁了。”

陈文这方面不是很明白，他说：“真的？”

刘庆平说：“陈哥，我还能忽悠你吗？这种事儿多了不行，没有也不行。李久全，他奶奶个逼的就多了，结果……”

陈文说：“你别吓唬我，难道我少了，我也得和李久全一个下场？”

刘庆平说：“陈哥，你看过《黄帝内经》吗？《黄帝内经》上曰……”

陈文笑了：“日你奶奶个逼，那个字，应该念‘约’！”

4

陈文坐着出租车路过公安局时，见到李云飞办公室的灯亮着。他给李云飞发了条短信：还在工作？

李云飞很快回了一条：上来。

李云飞没工作在学习。现在的领导都是硕士、博士，李云飞不学也真不行。陈文曾经向李云飞介绍过自己学外语的“经验”。李云飞说：“我不敢。有人要是坏我，我整个就废了。小陈哥，没事儿，我学习还行。”

李云飞学习确实行。李云飞差不多两到三周要回趟省城看老婆，为了能把路上的这段时间也利用上，李云飞把要背的要学的，全都刻进光盘。一路上，法律法条，英语会话，反复播来播去，把司机烦坏了。

陈文和李云飞熟悉不久，李云飞让他帮忙找个理发的地方。陈文找了两家全市最好的。但李云飞都说不行。李云飞要找个清静的没人能认出他的地方。

理发前后得二三十分钟，傻呵呵地光坐着有点可惜。李云飞随身带着个学习小本，有点整块的时间，他就要利用。去大的地方理发，他这么用功学习，有人看见了，或者认为装样子，或者受感动要对外宣传，这都让李云飞烦。

李云飞说："现在当官有点像当明星，无论干点儿什么，大家都能出去瞎传！"

陈文深有同感。最近，社会上传的最多最广的就是，警察血洗胜利村后，死了一百多人。说其中有三十多人给扔进了三口五十多米深的井里，现在村子里喝水都得到外面买矿泉水。

陈文说："胜利村早就是自来水了，哪还有五十多米深的井啊！"

李云飞说："你还当回事儿了。传得越邪乎，越没事儿。"

陈文说："那你也得重视啊！"

李云飞说："我要重视的事儿多了。这种谣言，我没工夫重视。"

陈文最近老是说这说那，李云飞批评陈文："你别老疑神疑鬼吓唬我。"

陈文说："我不是吓唬你，李书记，咱们林河这几个月有点太平静了。"

李云飞说："平静点儿不好吗？"

陈文说："好是好……但我总感觉好像要有大事儿发生似的。"

李云飞见陈文这么晚来还是这点儿破事儿，有点不耐烦。但他又不好过多批评陈文。自从陈文把他给铐在了方向盘上，李云飞对陈文又有了点儿特殊的情感。

李云飞看了看表，对陈文意味深长地说："小陈哥，赶紧回去好好休息吧。天要下雨，娘要嫁人。真要有事儿，怕是没用的。”

5

维稳胜利村后，网上的那些照片引起了省里、厅里，甚至部里的高度重视，纷纷打来电话严厉质询。李云飞除了详细解释外，把打警察砸警车以及警察准备到胜利村去送死的相关视频全都传了过去。

现在执法警察怕说不清楚，随身都有执法记录仪。完整的视频非常清楚地表明了林河公安局这次维稳既依法办案又执法为民的全过程。

事实面前，上面虽然不再说什么，可那么多警察被打进了医院里，老警察于德才被打致死也没任何说法。

胜利村胜利维稳了，网上、社会上却引来一片动荡，林河公安局没被追究已经很幸运了。网上的照片、社会上的谣言虽然很吓人，但却产生了某种意想不到的效果。大概是被谣言吓的，林河市的信访竟然迅速地平稳了下来。过去总去闹政府之类的群访，几乎一下子全都没了。

陈文是负责信访的副局长，群访少了，他应该最高兴。可他始终高兴不起来，内心总是乱糟糟的。要不然，他也不会找张雨去摸脖子，劝张雨赶紧嫁人。

让陈文感到心神不宁应该是多方面。余小蕾、陈茜远在北京，性欲得不到满足，宝贝女儿还只能在视频里见。如果像李云飞那样不是工作就是学习忙得要死，陈文大概也不会胡思乱想。

过去每个月陈文总要处理几起群访性的突发事件，现在两三个月一起都没有，陈文有些惶恐。

“不在沉默中爆发,就在沉默中灭亡!”

特别是那把该死的钳子,也让陈文寝食难安。半年多来,不是维稳就是死人,让陈文对到底是谁送来的钳子,都快淡忘了。可刘庆平无意中说的一句话,让陈文的心再次揪了起来。

刘庆平说:“你们信访装修的时候,你不是用拔牙的钳子掰铁丝吗,我当笑话跟何涛说。你猜怎么着,何涛说,那个钳子还是他送给你的呢!”

陈文听完头皮直发麻。过去他的确怀疑过送钳子的那个家伙是何涛。

难道真的是何涛?何涛能把这个事儿告诉刘庆平,显然,他并不怕陈文知道。

陈文感到不解。刘庆平和陈文说这个事儿是半个月前,当时,刘庆平说完,陈文就想去找何涛。可他犹豫了下来。何涛天天生活在庙里,陈文有些打怵。过去,只要看着何涛的眼睛,陈文就猜出何涛在想什么。现在,不仅猜不出,他还很怕被何涛猜出。

二十多年前,何涛被陈文折磨得几乎崩溃,没办法,故意承认李旭是被他害死的。陈文问他:“你是怎么害死的?”何涛竟然说:“我是把他掐死的。”

当时,陈文听完就吓了一跳,以为何涛是故意暗示自己掐死了李旭呢。

现在看,何涛有可能看到陈文掐死了李旭。陈文最近老担心有什么事儿要发生,正是与此有关。陈文怕被何涛威胁,正式见何涛之前,对其进行了秘密调查,但没查出什么。

陈文问刘庆平:“你相信何涛真的是要出家吗?”

刘庆平说:“打死我都不信。”

陈文说:“为什么?”

刘庆平说:“何涛应该是阳痿了。他躲在庙里,是怕丢人。”

陈文说:“能吗?”

刘庆平说:“百分之百。”

陈文说:“阳痿了,就去假装当和尚,至于吗?”

刘庆平说:“陈哥,别看你和他走得近,但你不见得真了解他。他在庙里装和尚,既能遮人耳目,还能偷着炼丹。”

陈文说:“炼什么丹?”

刘庆平说:“炼出能够治他阳痿的丹药啊。”

刘庆平把陈文说乐了。刘庆平说:“你别乐。何涛过去连死尸都干过你知道吧,这小子,一天没女人都不行。他身体如果好好的,他才不会去当和尚!陈哥,我试过何涛,我从北京找来俩何涛最喜欢的类型,何涛一点反应都没有!”

陈文说:“那也许何涛升华了!”

刘庆平笑了:“陈哥,咱俩打个赌吧,何涛如果要是升华了,我愿意到伊拉克去挖一年地雷。”

陈文也笑了:“你怎么总惦记到伊拉克去挖地雷,你就不能换个地方啊!”

6

“天要下雨,娘要嫁人。真要有事儿,怕是没用的。”

李云飞的这句话,让陈文终于下了决心来见何涛。往常陈文来庙里何涛都会亲自到停车场来接,这次他没来,他让刘俊虎接陈文。陈文多少有些不自然。

刘俊虎的变化太大。那个曾经爬上过中南海围墙的刘俊虎,现在不喝酒不吃肉光吃素,每天只吃一顿饭。

陈文问他,“你不饿呀?”

刘俊虎说:“不饿。过些日子,我准备一周吃一顿饭。”

刘俊虎的状态不错,虽然瘦了不少,但精神头很足。每天在庙里除了刻苦学习佛法,还抢着干各种脏活累活。

无论何涛出于什么目的,他帮着把那么操蛋的刘俊虎维稳成这样,陈文都应该感谢何涛。所以一见面陈文就表扬。

何涛说:“阿弥陀佛,陈哥,你不是在表扬我,你心里有纠结。”

陈文说:“我有什么纠结?”

何涛说:“你不高兴。”

陈文说:“我为什么不高兴?”

何涛说:“我没到门口去接你,你有了不满,我能看出来。”

陈文真想骂何涛,但没敢。穿着僧袍,住在庙里,兜里还揣着散发佛光的照片,再怎么的,也得给点儿面子。

陈文索性承认道:“我心里的事儿,你都能知道,何大师啊何大师,你的目光真是越来越敏锐了!”

何涛笑了,笑容里有了点人间的味道。他高兴地说:“为什么我没接你,我主要是让你看看刘俊虎。你感觉刘俊虎现在是不是变得非常好了?”

陈文说:“好是好,但他一天只吃一顿饭是不是太少了?”

何涛说:“这是佛法戒律。”

陈文说:“不让人吃饭,这叫什么戒律?”

何涛不想和陈文讲法,他解释道:“一个人一天吃一顿饭已经不少。人吃多了,会产生多余的想法,欲望、恶念都会跟着多。少吃点儿对修行好。”

何涛为了证明自己的观点,继续用刘俊虎做例子:“陈哥,你知道吗?刘俊虎已经把房子卖了。”

陈文说："卖的钱都让你给弄来了，是不是？"

何涛说："陈哥，你不要误会。刘俊虎卖房子一共是二十七万六，开始他是准备都用来修庙，但经过一段时间的感悟，他觉得，这笔钱呢，应该给王世有。"

陈文愣住了。王世有是拘留所的管教，过去被刘俊虎闹过，后来憋屈死了。

何涛拿出了一个存折，放在了陈文的面前："这两天，你如果不来，我还要去找你呢！"

陈文拿起存折，看了看，又递给了何涛："这个你还是先给刘俊虎留着！"

何涛说："这是刘俊虎在为自己赎罪为自己消业。"

陈文说："这个我得回去请示！"

何涛说："这又不是给你们公安局，你请示什么呀？本来，我想直接给王世有送去，但我觉得还是让你……"

陈文说："这样，我先回去问问，然后，我再和你定。"

何涛笑了笑，说了句："阿弥陀佛。"

陈文从包里拿出了那把钳子放在了何涛的面前。

何涛看了一眼，然后没有表情地看着陈文。陈文同样没有表情地看着何涛。

何涛说："我以为你收到钳子就能来找我。"

陈文说："我不知道是你给我送的，我怎么来？"

何涛说："你肯定知道。"

陈文说："我不知道。"

何涛耸了一下肩膀："你收到这个钳子，肯定会惊讶吧！你起码要到你们小区的监控室去看看吧……"

陈文说："我看了，没有。小区的监控录像只保留半个月，那之前,我们全家都出去度假了。”

何涛不太信:“就算这样的话,那你也应该到你们家附近那个打字复印社去问问吧?那个包裹上的字,我就是在那儿打出的!”

这一点陈文真就忽略了。他不想再掰扯,直接问何涛:“这钳子你是从哪儿弄来的?”

何涛说:“你猜?”

陈文真想说:“你看见我掐死李旭了?”

陈文一句话没说,一动不动地看着何涛。

何涛说:“陈哥,你干吗这么看着我?”

陈文只好硬着头皮,说:“我到公安局进行检验了,这把钳子就是李旭用来拔我牙的。”

何涛却说:“陈哥,我对不起你呀!”

在陈文的疑惑中,何涛慢慢地讲了来龙去脉。二十多年前,李旭想要出名,何涛忽悠李旭去拔陈文的牙。拔陈文的牙等于是虎口拔牙。李旭拔了之后,何涛没信。李旭拿出那把钳子向何涛炫耀。何涛把李旭灌多了,用另外一把换了下来。

何涛非常平静地说着,搁过去,何涛是不是在说谎,陈文不用听,斜着眼睛就能看出来。但现在陈文既看不出来,也听不出来。

何涛说:“本来,我想拿着它出去显摆。但没想到,出了那么多的事儿,我就怕了。这些年,我一直不敢给你,就是怕你想起是我忽悠李旭去拔你的牙。但陈哥,既然我皈依了佛门,我就应该彻底忏悔过去。”

7

何涛说得无比真诚,陈文却丝毫不信。刘庆平认为何涛当和尚是为了炼丹，陈文觉得何涛当和尚还是为了发财。十年前，何涛的财富被陈文弄空了，何涛一定想东山再起。

在九大队的那些日子，陈文天天与钱打交道，他太知道，人对钱的渴望简直超出了想象。

陈文似乎看清了何涛的面目。这些年，何涛通过当和尚盖庙，一定没少弄钱。他现在最怕的就是再被我抓住，财富再次被我清零啊。

他把钳子送给我，无非想以此威胁我："陈文，你当年掐死李旭，我看到了。"

想到何涛那副嘴脸，陈文很生气。他向李云飞建议时，明显带着情绪："李书记，对何涛这种人，应该进行详细调查。"

陈文说了自己的理由，何涛拿钱给派出所，帮着维稳刘俊虎了都是在拉拢公安局。他这么做的目的，就是想掩盖他的犯罪活动。

陈文没少说，但关于那把钳子没说，他掐死李旭更没说。

掐死李旭要是被老百姓看到，陈文怕。但被何涛看到，特别是何涛还想以此来威胁自己，陈文不仅不怕，他还来了斗志。

陈文有了斗志，李云飞一点没有。不仅没有，他还批评陈文："何涛犯罪你有证据吗？你的那些想法都是猜测。现在你怎么了？正经人咱们都查不过来，你还惦记去查和尚！"

陈文说："李书记，这个何涛，你不了解……"

李云飞说："这和了解没关系，你不能老用过去的眼光看人。疑罪从无你不懂吗？你不能看谁都像犯罪嫌疑人呐！"

李云飞这么说是有原因的。前些日子，陈文老想抓赵克敬，认为赵克敬会弄疼林河，结果林河是被胜利村弄疼了。

怕陈文再磨叽，李云飞生硬地转了话题，他问陈文："哪儿的鱼好吃?”

陈文想了想说:“桥北转盘道有个鱼馆……”

李云飞说:“不在市里,远点儿,最好水库之类。”

陈文说:“那就到小丰收水库吧。”

李云飞说:“把握吗?”

陈文说:“把握。宋男的父母家就在那儿附近。咱们去,谁都不会知道。”

李云飞说:“那你安排一下,明天中午,你到飞机场去帮我接个客人。”

李云飞没说客人是男还是女。弄这么神秘,陈文估计是个女的。

交代完吃鱼接飞机,李云飞拿起了文件翻看着。搁以前,陈文早知趣地离开了,但现在熟了,陈文仍赖着不走。他假装为李云飞点燃了一支烟。

李云飞只好又接起了刚才的话,继续说:“你最近怎么了,不是担心出事儿,就是惦记去查和尚。”

陈文说:“李书记,你千万别认为我不正常……”

见陈文又要磨叽,李云飞笑呵呵地说:“小陈哥,我估计你最近是憋坏了,这样,后天,你去趟北京看看嫂子吧!”

陈文高兴了,平时即便是休息日,李云飞也不准他随随便便离开林河。

陈文假惺惺地说:“我走能行吗?”

李云飞说:“你都憋成了这样,不行也得行啊!”

陈文临出门时,李云飞还调侃陈文:“去之前,给嫂子打个电话,都问清楚了,你别像我似的,白跑一趟。”

8

平时在电脑上视频，陈文主要和陈茜聊得欢。这次因为很快要见面了，就没怎么太答理宝贝女儿。陈茜有点不高兴：“你干吗对我这个态度？”为了后天给陈茜惊喜，陈文故意气她：“你赶紧去学习吧，让你妈过来。”陈茜在视频里狠狠地瞪了陈文一眼。

余小蕾过来，陈文让她把门关上。余小蕾知道陈文想她了。关上门，两个人在视频里就开始挑逗。

余小蕾说：“这两天，你捅咕了吗？”

陈文说：“你捅咕了吗？”

余小蕾说：“我没有情人，你又不在跟前，我和谁捅咕啊？”

陈文说：“你自己捅咕自己不一样吗？”

余小蕾说：“你滚一边吧！”

陈文说：“哎，亲爱的，要不，后天，我去捅咕捅咕你？”

余小蕾说：“骗我。”

这些话，过去陈文也总说。余小蕾都不信了。

陈文说：“你看你这个态度，你到底想不想让我去？”

余小蕾说：“当然想了。”

陈文说：“那我要是去的话……”

余小蕾明白陈文的意思，急忙说：“你快来吧，我前天就干净了。”

9

第二天中午，陈文到机场接李云飞的那个“客人”时，借机把自己明天飞北京的机票买了。

其实，陈文每次买都是上网或者打电话。这次故意在机场买，无非是告诉熟人，我陈文到机场是来买机票，不是来接客人。

买完机票，李云飞给陈文打来电话："你到了吗？"

陈文说："到了。"

李云飞说："你不用到出口。你坐在车里就行。"

陈文说："我明白。"

李云飞问清了陈文的车牌号，一句多余的话也没说，就放下了电话。陈文心想，早知道这样，我就不用进来装洋相了。

陈文往外走的时候，在停车场碰到了赵克敬。陈文假装没看到他，赵克敬却主动走到了陈文的面前。

陈文说："你来接客人？"

赵克敬说："不是，我要走。"

陈文故意气他说："那你就走好。"

赵克敬不高兴了："你干吗对我这个态度？"

从知道赵克敬要弄疼林河，陈文的态度就一直这样。他想以此震慑住赵克敬。

陈文说："昨天，我做了一个梦。我梦见叶纯燕拿着你的名片来找我。"

叶纯燕过去当小姐赵克敬知道，叶纯燕现在死了，赵克敬也知道。

赵克敬脸色很难看，陈文假装没看见，继续说："叶纯燕告诉我，她怀孕了。老赵，你认为，这可能吗？"

赵克敬气得脸色铁青："老弟，我一会儿要坐飞机，你真是的。"

陈文说："我是什么呀！许你坐飞机，就不许我做梦啊！"

赵克敬火了:“谁说你做梦不行了！你做梦行。但陈文,你可别白日做梦。你们警察血洗胜利村不可能就这么过去。你不要以为人民怕你们了,你们欠下的血债,总有一天人民会让你们用血来偿还!”

赵克敬说完扭头走向了机场的大门。陈文嘎巴了半天嘴,却一句话也说不出来。坐在车里,陈文十分闹心。赵克敬虽然操蛋,但他能那么说,显然,他也相信警察是真的镇压了胜利村。

赵克敬走南闯北,过去他还在报社干了那么多年,现在连他都相信了谣言,那么普普通通的人民群众不更得信以为真了!

陈文感到后背冷飕飕的,他不愿意再往下想了!

等待“客人”时,陈文的情绪明显受了影响。后来,他把陈茜的那盘CD,塞入了音响里,当优美的歌声响起后,陈文的脑海里就全是宝贝女儿的笑脸了。

为了彻底转移情绪,他一边听着陈茜的歌,还一边在车里分析着李云飞的这个“客人”。

要是个年轻的美女,我怎么称呼她呢?弟妹?对,无论她和李云飞什么关系,我就叫她弟妹!陈文坏坏地想着,当想到“弟妹”可能会出现的窘态时,他还嘿嘿地笑了起来!

陈文傻呵呵地想着,笑着,客人到了跟前,都没有反应过来。

马上六十岁的郑建国虽然老得不像样,但陈文认得。这些年,总回省城,陈文请过郑建国好几次。

郑建国上车了,陈文才说:“李书记让我来接你呀?”

郑建国说:“对呀。”

陈文哈哈地笑了:“他整得可神秘了,我还以为是个美女呢!”

10

到水库有段土路不太好走，陈文借了辆丰田越野吉普车。玻璃窗贴着黑颜色的防爆膜，里面能看见外面，外面看不见里面。陈文接完了郑建国，就来接李云飞。

李云飞上车时竟然背着个手风琴，陈文感觉挺新鲜。

路上，陈文专心致志地开着车。过收费站时，陈文主动交了费。坐在后面的郑建国感到很舒服。到下面来，警车开道警灯闪烁，离老远收费站的横杆就高高抬起。那样的场面让郑建国特别反感。

这次他到北京开会，刚散，就又通知他到北南市去开个现场会。北南市没有机场，要在林河转车。李云飞借机请他玩半天。

去水库的路上，李云飞、郑建国坐在后面聊着工作。陈文一句多余的话没说。话没说，但听到的话却不少。这些日子，李云飞表面上又学习又开玩笑，实际上，他知道，林河的现状无比堪忧！他对郑建国说："现在，我们林河的社会稳定都是表面的。老百姓对政府越来越不信任，如果再不想点办法，一旦出事儿肯定是要出大事儿！"

郑建国说："有什么好办法吗？"

李云飞说："你看反腐怎么样？只要大张旗鼓地抓起一批贪官……"

郑建国打断说："云飞，用反腐来维稳，我们纪检目前没这个思路。"

李云飞说："具体问题要具体分析！林河这里不是特殊吗？"

李云飞想让郑建国牵头到林河反腐，但马上要退休的郑建国不想来，他说："云飞，林河情况这么复杂，我恐怕是难以胜任。这样，我回去向领导汇报一下吧。"

见郑建国这个态度，李云飞也不好再往下说。这次他请郑建国是喝酒，说多了，显得不厚道。

快到中午的时候，陈文开车来到了小丰收水库。水库里的水来源于附近的一个高山堰塞湖。这里前面是望不到边际的湖水，背后是连绵起伏的群山，风景很美。郑建国下了车双手掐腰站在湖边，欣赏着美景。李云飞则站在旁边为他指点江山。

这里远离旅游区，几乎看不到人。宋男父母离水库不远包了三十亩地。平时，也到库里打鱼。

宋男的父母在库边支起了大铁锅把鱼先炖上，等车到了，就回避了。

桌子、凳子都摆好。铁锅旁边还放着个菜板，要生吃的鱼都已经收拾完。湖里的鱼用湖里的水清炖别有滋味。鱼汤是乳白色的，像牛奶一样。

郑建国说："太好吃了。"

鱼除了一盆清炖，还有一盆生拌。

陈文谦虚说："两位首长，只有两个菜，将就点儿吧。"

在湖边这两个菜最讲究，再吃其他的就破坏了口感。陈文让宋男的父母躲开，一是怕别扭，二是想显显自己。生拌鱼需要很好的刀功把鱼刺剔出来。

陈文扎着围裙，手法干净利落。连李云飞都感到了惊讶："小陈，你有两下子！"

陈文很谦虚："一共就这两下子！再多就不会了。"

郑建国最大的爱好就是喝点儿，但这些年，管得太严，他也很注意。起初他只想喝几口意思意思。大概鱼太可口了，他情绪很好，主动把酒倒满了对李云飞说：“敢不敢跟我干一个？”他没说完，李云飞一口就没了。郑建国说：“你小子干了！”李云飞说：“小郑啊，知道你能喝点儿，但你不见得是我对手！”

陈文比李云飞大几岁，郑建国比李云飞大十几岁。但李云飞一律称呼为小陈、小郑。远离社会，跟前就他们三个。李云飞三下五除二，把郑建国的酒瘾弄上来了。陈文要开车一口酒没喝，李云飞、郑建国完全放开了，大口喝酒大口吃鱼。他们喝得热火朝天之后，李云飞让陈文把手风琴从车里给他拿了过来。

对着美丽的湖水，伴随着悦耳的琴声，李云飞和郑建国开始了男声二重唱。

> 战斗的号角发出警报，共青团员们集合起来。拿起武器奔向战场。亲爱的妈妈，吻别您的儿子，别难过，莫悲伤，祝福我们一路平安吧！
>
> …………

陈文唱歌也不错，虽然没喝酒，也跟着唱了起来。《共青团员之歌》唱完了，《喀秋莎》《莫斯科郊外的晚上》，甚至还有那首很多年前流行的南斯拉夫电影《桥》的主题曲：

> 啊，朋友，再见！啊，朋友，再见！啊，朋友，再见吧再见吧再见吧……如果我在战斗中牺牲，请你把我埋在山岗上……

嘹亮的歌声传出很远很远。

吃饱了，喝足了，唱够了。陈文开着车，拉着郑建国和李云飞向北南市走。水库在两个城市之间，李云飞让陈文选择这里也是考虑到了方便。

李云飞和郑建国虽然没少喝，但陈文能看出，他们一点都没多。李云飞为了让郑建国更加快乐，就让陈文讲笑话。陈文过去的笑话李云飞都听过，为了让李云飞也能跟着同乐，陈文就开始讲着不久前刚刚从刘庆平那儿听到的那几个：

两个乌龟约会了。

我从来没见过你这么小的。

你帮我把那个骆驼给按住。

…………

陈文搞演讲绘声绘色，但讲这种笑话，和刘庆平比起来，差多了。可即便如此，陈文讲完，李云飞、郑建国也已经乐得不行了。

11

送完郑建国，回到林河已经晚上。李云飞大概喝酒喝的，下车前，还抿嘴学着陈文："我从来没见过你这么小的！"

陈文假惺惺赔着笑。

李云飞说："到我办公室坐会儿，今晚，我不学习了。"

陈文硬着头皮说："好。"他打了一个哈欠。李云飞马上想起，陈文已经连续开车八九个小时了。他急忙说："不行，今晚我还得学。小陈哥，你回去休息吧，养足精神，明天好去见嫂子！"

陈文也没客气："那好，李书记，我先回去了。"

李云飞下了车，陈文把车开出去没多远，又停了下来。

刚才，余小蕾打电话，陈文给按了。平时，这种情况，余小蕾便不再打，等着陈文给他回。但这次余小蕾紧接着又打了。陈文感觉不太好，由于李云飞马上就要下车了，陈文又给按了，可余小蕾来了短信，让陈文立刻回电话。

和余小蕾生活这么多年，这还是头一次。陈文预感到有大事儿发生了。停下车，刚把电话打过去，余小蕾就像疯了一样："陈茜没了!"

陈文差点没背过气去。他拿着电话,半天没说出话。

好在余小蕾一直在说,陈文终于听明白了,陈茜不是没了,而是找不着了。

陈文多少缓过来一些,但陈茜找不着同样可怕。

余小蕾说:"陈茜说她出去到超市去买酸奶,可到现在她不回,我来超市找了一圈也没有。"

陈文紧张的心都快跳了出来:"给……她打……电话了吗?"

余小蕾说:"打了,不接,刚才是占线。"

陈文急忙亲自给陈茜打。陈茜很快接了,但不说话。

陈文说:"宝贝啊,怎么了?"

好半天,陈茜才说:"我是你的宝贝吗?"

陈文的心总算是落了地,他说:"茜茜,我的公主,你生我气了?"

陈茜哭了:"你是个骗子! 我才不是公主呢!"

陈文安慰着陈茜:"茜茜,告诉爸爸,到底怎么了?"

陈茜说:"我没怎么的,今天,我要找你算账。"

说完,陈茜放下了电话。陈文刚想打过去,余小蕾的电话进来了:"妈呀,陈茜买了回林河的飞机票。"

平时,余小蕾买机票都用电话。忙的时候要等,通了要说身份证号、信用卡号、验证码等等。嫌麻烦,余小蕾都让陈茜来打。

陈茜这次偷着打,给航空公司留的是自己的手机号,所以,一直等到了银行划款时,余小蕾才收到了短信提示。

余小蕾说:"陈茜这是想干什么呀?"

陈文刚才与陈茜通话时,听出是在候机厅之类的地方,得到余小蕾的证实后,他完全放下心来。他安慰余小蕾:"亲爱的,别怕,刚才我已经和陈茜通上话了。她说，想爷爷了，要回来看看爷爷。”

12

十年前，余小蕾说什么也要嫁给陈文，原因之一是因为陈文聪明。这样呢，她生的宝宝也会聪明。结婚后，为了让余小蕾如愿以偿，陈文开始了不懈的努力。他戒烟戒酒进行全方位养生。一天喝多少水多少奶多少汤多少果汁……吃多少蛋白多少蔬菜多少粗粮……都精确到克。

天天游泳、跑步，不贪黑不早起按时睡觉按时吃饭，没多久，身体变得跟牛似的。为了保证受精质量，陈文用顽强的毅力硬憋着。新婚之后的余小蕾被弄得直埋怨。

只要聪明，生男孩生女孩余小蕾不在乎。但陈文在乎。他无比渴望生男孩！原九大队的干警在宋男带头之后，一个个嘁里喀嚓连着生了一堆男孩。

手下都能生男孩，大队长要是生女孩，那人可丢大了！

为了生男孩，陈文除了养生，什么方法都用了。受孕时间姿势体位酸性碱性……

怀孕之后，余小蕾腰粗了屁股大了。各种“权威”都认为余小蕾必生男孩。陈文高兴坏了。他甚至想让余小蕾做 B 超时证明一下。后来想到无论男孩女孩都得生下来，提前验证才免了。

生了陈茜之后，陈文难受了很长一段时间。

女孩不说，陈茜在一两岁时，不知怎么搞的，长得这个难看呐，连爷爷、奶奶甚至余小蕾都不愿意抱出去给别人看。

陈文最初产生学习的冲动，多少与受到打击有关！那时，陈文都打算好，等陈茜四五岁时，花钱走后门弄个指标，再生一个！

陈茜生下来虽然不好看，但聪明是绝对的。两三岁就能察言观色，她看出陈文不喜欢自己，经常主动打溜须。

陈文开始没注意，余小蕾提醒后，他才偷偷观察。陈茜快两岁时，有一天她正在看动画片，陈文要看一个什么节目，过来拿起遥控器就把台调了。换成别人，陈茜会立刻大哭大叫，但看到是陈文，陈茜不仅没哭，还把沙发让给了陈文。

陈文坐下后，陈茜又从床上拿来一个枕头，爬上沙发，费了老大的劲儿，塞进了陈文的脑后。

偷偷观察的陈文顿时热泪盈眶。

13

余小蕾在北京光陪陈茜学习，难免会无聊。北京她又没朋友，闲着没事儿的时候，总和同学朋友在电话里东聊西聊。陈芝麻烂谷子，连陈文过去不喜欢女孩喜欢男孩都和朋友聊了。

陈茜学习时和余小蕾不在一个房间，这些话陈茜按理说听不到，但余小蕾说了不止一次，最后这次，被陈茜无意中听到了。

陈茜受不了了，本来对陈文产生了不满，而陈文昨天又没怎么答理陈茜。

陈茜火了。独自坐着飞机飞到了林河，陈文拿着鲜花到机场接她，她的火气也没消多少。

陈茜说："你是个骗子！"

陈文说："我不是。"

陈茜说："你就是。"

陈茜表现出愤怒，陈文却很高兴。陈茜到北京那么快地爱上了北京，陈文心里酸溜溜的。现在知道陈茜心里最重要的还是他陈文时，陈文很得意！

陈文说："我才不是骗子，我从来就没有骗过你。"

陈茜说："你骗过我，你喜欢的是儿子，你根本就不喜欢我！"

陈文说："才不是呢。"

回到家，为了证明自己，陈文拿出了那份"遗书"。正要打开时，才突然意识到，面前的陈茜是个孩子啊！

陈文对陈茜经常发生错觉，动不动就把陈茜当成了大人。

意识到自己的问题后，陈文把"遗书"藏好，开始和十来岁的陈茜斗智斗勇。

陈文说："余小蕾是个傻子，她的话，你也信？"

陈茜说："余小蕾是傻子不假，但我小时候，你根本不喜欢我，这是不是事实？"

陈文说："是事实呀！"

陈茜的眼泪一下子夺眶而出，她边哭边哽咽："你……太不够意思了，爸爸，你知道我为什么要到北京吗？你知道我为什么要当明星吗？我……就是想让你为我感到自豪！"

陈文尽力控制着自己，假装莫名其妙的样子："茜茜，你太没意思了，你不当明星，我就不自豪了吗？我早就为你自豪，这一点，难道你不知道吗？"

陈茜毕竟小，被陈文弄糊涂了，她不再哽咽，问："那你为什么不喜欢我小时候？"

陈文说："我问你一件事儿。那个刘俊虎叔叔，你还记得吧？你告诉我，他如果给你当爸爸，你喜欢吗？"

陈茜想了想，说："我……"

陈文指着陈茜："不准撒谎，说实话。"

陈茜说:“我不太喜欢。”

陈文说:“什么叫不太喜欢,你就是不喜欢。”

陈茜说:“对,我就是不喜欢。”

陈文拿出了陈茜一两岁时的照片,毫不留情地问:“你如果有个女儿长成这样,你说实话你喜欢吗?”

陈茜不吱声了,红着脸把照片收了起来。四岁以前的照片和录像,陈茜不仅自己不看,也不让别人看。

陈文得理不饶人:“说话呀,你有这样的女儿,你喜欢不喜欢?”

陈茜过来主动搂陈文的脖子,狡猾地转移了话题:“爸爸,那你昨天为什么要对我那个态度?”

陈文拿出了手机,给陈茜看航空公司发来的订票短信。

陈茜十分惊讶:“你明天要到北京?”

陈文说:“当然了。为什么我昨天不理你?我是故意的。因为只有那样,明天见到我时,你才会感到惊喜!”

陈茜捂着嘴。这样的伎俩,陈文过去的确经常用。

陈文叹了一口气:“我明天本来想给你个惊喜,但没想到,今天你却先给了个我惊恐!”

14

大概被惊恐、惊喜闹的,睡着以后,陈文不停地做梦。

在梦里,二十多岁的陈茜回到家告诉陈文,她被一个男人骗了。陈文火了,他大声地喊叫着,你告诉我,那个男人是谁?

陈茜吓得低下头,不敢说话。

陈文不停大喊大叫,我不让你学艺术,你就是不听。你干什么不好？干吗要去当明星啊？

梦里，余小蕾过来劝陈文，喊什么呀你，别吓着孩子。

陈文说，陈茜已经不是孩子了。

余小蕾说，你眼睛瞎呀。

陈文定眼细瞅，陈茜的旁边，站着一个两三岁的小男孩。小男孩的眼睛很大，他来到了陈文的跟前，怯生生地说：姥爷，你别生气了，好不好？

陈文感觉周围像是来了很多烟雾，烟雾把陈茜和余小蕾遮住了，只剩下他和这个小男孩。他俯下身，抱起小男孩，心里的火全消了。

小男孩两个手搂着陈文的脖子，露出鬼鬼祟祟的样子。

陈文逗着他，你的眼睛可真大呀。将来长大了，你可不要去偷牛啊！

男孩说，为什么呀？

陈文说，你的眼睛这么大，你去偷牛的话，会把牛吓着。

男孩露出一排小牙，嘿嘿地笑着。

尽管是在梦里，陈文仍然要着诡计，他想通过孩子去套出那个骗了陈茜的男人。

陈文说，小宝宝，你姓什么呀？

男孩说，姥爷，我和你一样姓陈，过去，我不姓陈，但自从我和妈妈离开了那个操蛋的爸爸，我就随你姓了。

…………

陈文醒来时，笑得合不拢嘴。

这个梦让陈文似乎把有些事儿想明白了。既然陈茜想搞艺术想当明星就随她去吧。最坏的结果，无非这样呗！

15

陈文送陈茜回北京,不光自己,陈楚良和张雨也都跟着。

余小蕾给陈文打电话,陈文给摁了,她当时以为陈文和张雨在一起,接着就给张雨打。得知张雨没和陈文在一起后,又给陈楚良打。恐慌的电话把张雨和陈楚良也都吓得够呛。为了全都安抚好,陈文干脆带着他们一起去北京。

陈楚良平时去北京不坐飞机,他坐火车坐软卧。过去第一次坐飞机时,他问陈文飞机上有软卧吗,既然父亲这么问了,陈文就给父亲买了头等舱。但下飞机时,陈楚良批评陈文说:"在飞机上,你吃盒饭也不想着给我买一盒。"陈文说:"你在那个飞机的软卧里可以吃更好的!"陈楚良说:"那得多贵呀!"陈文说:"那是白吃不要钱。"陈楚良压根儿不信,说:"净胡扯,现在哪儿还有白吃不要钱的!"

这次回北京怕陈楚良还是不敢吃,上了飞机,陈文就让陈茜找空姐。

陈茜对空姐说:"头等舱的陈楚良先生,吃饭不喜欢用盘子。你做好饭,要把饭和菜都装进盒里再给他,你清楚吗?"

空姐说:"我非常清楚,小美女。"

空姐说话时情不自禁地伸手去摸陈茜的脸。

陈茜推开说:"哎呀,干吗呀,你别乱摸好不好!"

陈文和林河机场关系好,办理登机手续时,他们的座位和陈楚良几乎挨着。

飞机平稳飞行后,陈茜跑到爷爷的跟前,说东说西。陈文则和张雨说西说东。

开始，张雨不想跟着。她推托说："我要上课。"

陈文说："你找个老师替你几天，耽误的费用都由我出。"

张雨见陈文把话说到了这个地步，就明白到北京应该有重要的事儿。

飞机里嗡嗡响，陈文、张雨说话的声音又不是很大，他们说什么别人根本听不见。

陈文说："余小蕾认为咱们有那种关系，你这次好好和她谈谈。"

张雨说："我谈什么？这种事儿能谈清楚吗？"

陈文说："你我清清白白，有什么谈不清楚的！"

张雨白了陈文一眼："姐姐怀疑咱俩不是一天两天了，你这次怎么突然想起让我去和姐姐谈呢？"

陈文说："这不是为了你好吗？你一个姑娘家，被余小蕾这么误解……"

张雨说："你实在点儿吧！陈文，你要是不说实话，我就和姐姐说实话。"

张雨把嘴贴在陈文的耳边："我说，你摸过我还捏过我。"

陈文的耳朵已经能感受到张雨的气息，怕陈茜过来看到，陈文只好实话实说。陈茜这次飞回林河质问陈文，其中的原因，也与张雨有关。陈茜认为，张雨可能会给陈文生儿子。

张雨憋不住笑了："陈茜怎么会那么想呢？"她借机逗陈文，"哎，要不，我真给你生个儿子怎么样？"

张雨的话让陈文的心飘走了一会儿，他想起梦里的那个小男孩。

见陈文没吱声，张雨又说："我要是有个像陈茜这样的，男孩、女孩我都喜欢。"

陈文怕话越说越远，就把自己心里的担忧一股脑儿地说了出来："陈茜因为这么点儿事儿，就敢偷着坐飞机跑回来，张老师，我昨晚是被彻底吓坏了。"

见陈文这么说，张雨也认真起来："是啊是啊，陈茜这么小。"

陈文说："都是我给惯的。"

陈文有点伤感，把昨晚的梦也说了。张雨听着，眼眶情不自禁地湿润了，她想起了自己的父亲。

张雨说："过去我爸也偷着告诉过我妈，万一我有了孩子，千万不能去医院，一定要生下来……他会给我看……你们这些当父亲的，真挺不容易的！"

陈文非常感慨："张雨啊，不是说挺不容易，是非常不容易！你真的很难理解父亲对女儿那种……我真的希望，你认认真真地去嫁个人，有个像样的家庭，去过一种老百姓最普普通通的生活吧！"

16

北京的家远远没有林河的大，但挤挤也能住下。怕不方便，陈文让三个女生住家里，他和父亲陈楚良在小区旁边一个三星级的宾馆里开了个标准间。

吃完饭，几个人在客厅里说说笑笑，陈文假装想起了什么，找出两盒茶叶，让余小蕾跟着他去看过去的导师。

余小蕾说："上回你不是都看过了吗？"

陈文说："再看一遍怕什么？"

余小蕾说："我不去了。一会儿，我还得领陈茜上声乐呢！"

张雨看明白了，对余小蕾说："姐姐，你跟姐夫去吧，一会儿，我和大爷领陈茜去。”

出了家门，陈文骂完余小蕾笨蛋，余小蕾才明白过来。

出了小区，陈文把余小蕾直接带到了宾馆。大白天在宾馆的房间里捅咕，余小蕾还是第一次。她兴奋得一个劲儿叫唤。陈文说：“你小点儿声，别把警察招来。”

这么长时间了，陈文激情澎湃斗志昂扬。余小蕾仿佛被带回新婚之夜。最后，她服了，连声说：“行了行了，亲爱的，你快歇会儿吧！”

陈文之所以这么卖力，一是确实有力气，二是想以此证明自己的清白。

陈文气哼哼地说：“昨天，你还怀疑我和张雨在一起，真是的你！”

昨晚由于担心陈茜，余小蕾没怎么睡，刚才又被陈文一顿忙乎，头直晕。她搂着陈文说：“亲爱的，对不起，我怀疑错了。”

陈文说：“你压根儿就不应该怀疑我。你想一想啊，张雨是陈茜的老师，还管你叫姐，我怎么可能呢？你真是太差劲了。”

过去，余小蕾怀疑自己，陈文懒得去辩解，但现在他觉得有必要让余小蕾搞清楚。陈文说：“余小蕾，我不要求你相信我。这次为什么我把张雨带来了，我就是想让你亲自和她谈谈。纸里包不住火，我和她真要那样的话，我相信，你一定会看出来的。”

余小蕾本来就晕，陈文这么说完，更晕了。她依偎在陈文的怀里，不解地说：“怎么了？干吗发这么大的火呀！昨天，我给张雨打电话，我……没说别的。”

陈文火了，推开余小蕾说：“我刚才说的，你没听懂啊，我和张雨是清白的。”

余小蕾说：“亲爱的，你别急眼，你和她不清白，我也不在乎。”

陈文简直快疯了。余小蕾不会撒谎，她确实这方面真的不在乎。

陈文说："不管你在乎不在乎，但是余小蕾，今天，我要严肃地告诉你，我在这方面是非常正经的。"

余小蕾扑哧都笑出了声。

17

结婚前，怕认为自己不正经，无论余小蕾如何主动，陈文就是憋着。他想用实际行动为自己做个证明。可他的证明，毫无价值。

陈文有过刘艳丽，刘艳丽手下有过那么多美女，陈文正经，余小蕾不信。连父亲吴建平、弟弟吴小易都不正经，陈文能正经真的没有说服力。

好在即使陈文真的不正经，余小蕾也真的不在乎。

为什么不在乎，具体原因余小蕾自己也整不明白。大概多少与母亲临死前和她说的话有关。母亲余晴很爱父亲吴建平。吴建平出轨后，余晴丝毫不原谅，结果把吴建平逼出了家门，投到了别的女人怀抱。余晴则陷入了常年的痛苦之中。她得病过早去世都与此有关。

临终前，余晴告诫女儿，优秀的男人这方面都有问题，如果你真的爱他，就不要太计较。男人有了问题，你要是原谅他，他可能会对你更好！

余小蕾的心眼很实，她那么爱陈文，又受到了母亲的教诲，她在这方面变得很大度。她的底线低得要命，只要陈文不离婚就行。

爱说不明白，说明白的爱也不是真爱！

18

余小蕾的无私大度，让陈文都产生过窃喜。

他妈的，如果我不是警察，如果我能像李久全、刘庆平、吴建平、吴小易那么想得开，那我的生活该有多么惬意啊！

陈文曾经幻想让张雨真的给自己当个小老婆！

陈文住的小区在林河很高档，但高档的小区，风气不见得高档。好几个有俩老婆的，都把房子买到了对面屋。两个老婆相处得像姐妹一样。

陈文住的楼上就是这样。整个楼洞里，女人不议论，男人议论时，还都竖大拇指。

陈文有段时间想退休不干警察了，内心深处，多多少少有了这方面的向往！

但是，陈文现在是警察是副局长，陈茜又差点出了问题，陈文这方面想都不能再想了。不仅他不想，陈文还想让余小蕾也不想。他想让余小蕾相信，我陈文这辈子肯定会和你一心一意地过日子！

可惜，让别人相信自己很难。如今人与人都不理解，相信更是奢求！

陈文把张雨找来，甚至用实际行动来证明都白扯。陈文说了一大堆，余小蕾却理解出另外的含义。余小蕾认真地问："亲爱的，你是不是要出事儿呀？"

陈文十分不解："我能出什么事儿？"

余小蕾说："你们警察不是在胜利村打死了很多老百姓吗？你不会受牵连吧？"

陈文真想打一顿余小蕾，他最后无比悲伤地说："亲爱的，你要是再这样，我就到伊拉克去挖地雷了！”

19

北京的家里也有音响，虽然比不上陈楚良家里的，但也说得过去。下午，陈茜、张雨陪着陈楚良好一顿唱。唱完领着陈茜上声乐课时，声乐老师又给看着像老干部的陈楚良指导了一番。

陈楚良很兴奋，到了晚上该睡觉了也不睡。他和陈文喋喋不休地说着声乐老师如何夸奖他。那个声乐老师是刘庆平介绍的。为了让声乐老师重视，刘庆平曾经说陈茜的爷爷过去是抗联的军长，现在是离休的首长。

陈文怕陈楚良说漏了，事先暗示过他。陈楚良大大方方地说：“那我就装装首长。”北京首长也多，装一回两回也看不出来。但陈文还是告诫他，“这些天，你在北京负责做饭吧，不要再陪陈茜去上课了。”

陈楚良不高兴了：“看你那个熊样！我装首长挺像。”

陈文嘿嘿笑了笑：“爸，你不是光像，你有这个派头。”

陈楚良也嘿嘿笑了起来。王美兰不在了以后，陈楚良很少笑。搁平时，陈文也借机多聊一会儿，以便让父亲多笑一会儿。但今天，他实在是聊不动了。

这些年，陈文即便回陈楚良家也都是各睡各的房间，像今晚这样睡在宾馆的同一房间的机会很少。陈文由于白天把力气都用光了，很疲倦很疲倦。聊了也就半个来小时，陈文的眼皮直打架。

陈楚良说：“孩子，我看你困了，那你睡吧！”

陈文也没客气，闭上眼睛很快进入了梦乡。可是，睡得正香的时候，陈楚良又把陈文弄醒了。

陈楚良说:“你的电话响了。”

陈文急忙拿起了电话,是李云飞。

李云飞说:“见到嫂子了?”

陈文说:“见到了。”

李云飞说:“完事儿了吗?”

陈文说:“完事儿了。”

李云飞说:“既然完事儿了,那你明天就赶紧回来吧!”

20

陈文到飞机场接郑建国时,碰到赵克敬离开林河。那时,赵克敬已经估计到林河要出事儿,他准备出去躲一躲。

赵克敬始终想把林河给弄疼。这次林河真的是被他给弄疼了。

林河十年前的发展很慢,后来又很快。不少企业改制时,出了不少问题。

机械厂企业资产被评估为三点六八七亿,可却以一点三二亿卖掉。电冰箱厂、化工厂等其他企业均存在类似的问题。职工们多次反映,但上面始终不太重视。

职工们的情绪很大。过去的职工大都以厂为家,真正把自己当成企业的主人。现在工厂没了,企业黄了,他们的愤怒被不断地积攒着。笔名叫赵正义的赵克敬认为只要引导得当,足可以引发出一场火山爆发。

过去,赵克敬想要弄疼政府,始终把自己的利益放在了第一位,这次没有。网上血洗胜利村的照片,让赵克敬真的变成了赵正义。赵克敬与警察的关系历来不错,过去,他之所以手下留情除了个人感情，他也真的觉得警察很不错也很不容易。可是那些照片，让赵克敬一下子认清了警察的本来面目！

在如今已经这么法制的社会里，林河的警察竟公然地违法镇压人民！

赵克敬真的愤怒了，他要代表人民向警察向政府进行猛烈地还击！

在赵克敬广泛收集信息时，他的正义引来了不少知情者，纷纷为他提供了第一手材料。在机械厂的评估报告中，一个龙门刨买时一千万，可卖时作价才三百万。

很多知情者不光提供了企业被低价卖掉的信息，连企业负责人的生活作风、贪污腐化也都包括其中。比如原机械厂厂长王明辉从厂里提出六百万现金，到黑龙江去买木材，在火车上假装现金被盗，独自把钱揣进了自己的腰包。

…………

赵克敬在这篇题为《企业的黑洞》的文章里，光指名道姓的企业负责人就有十二名。连陈文的父亲陈楚良也被提到了。

文章首先在网上被捅了出来，很快外省的一家小报进行了部分转载，紧接着南方的一家大报图文并茂整版刊载。

市里、省里全都连夜开会研究解决问题。问题尚未解决，新的问题跟着又来了。赵克敬在采访时，和不少职工、知情者说了很多题外的话。比如，为了引起社会重视，可以采取些必要的行动。

工人问："还是游行示威？"

赵克敬说："那可不行，胜利村已经血流成河，再游行示威也不起作用。"

工人们继续问赵克敬，赵克敬怕被抓住把柄，拐弯抹角地说了自己的想法。林河有条边境铁路通往莫斯科。赵克敬说："俄罗斯的总统要坐火车从我们这里经过，你们不妨找找他，让他把你们的要求，带给我们的总书记！”

赵克敬的话工人们听明白了。这是让他们去卧轨！

开始没人敢去。公安局血洗胜利村被传得非常邪乎，都怕引来杀身之祸。

赵克敬说：“你们都已经七十多了，到了这个年龄，警察是不敢向你们开枪的。”

最终涌现出十七名不怕死的退休工人。

这十七名七十多岁的老工人组成了一个敢死队。他们准备趴在铁路上，拦下从莫斯科开来的火车。

21

行动尚未开始，警察就已经知道。

老人们不怕死，孩子们都怕。有好几个直接打 110 将行动“泄密”给警察。公安局维稳行动迅速展开。

上次维稳胜利村，曹凯胳膊骨折没让他去，结果他偷着去，又把一条腿给弄骨折了。陈文事后这个骂呀：“你肯定是故意的，你他妈的就想趁机赖在医院不上班，对不对？”

曹凯毫无还嘴之力，他这个样子只能赖在医院里。

伤筋动骨一百天。不到八十天，曹凯就上班了。

“十七勇士”里有个叫高守仁的，是曹凯表大爷的大表弟。曹凯应该叫他叔叔，但见了面，曹凯一口一个大爷地叫着。过去，由于这层亲属关系太远，曹凯见面都叫老高。现在老高见曹凯这么叫自己，还不太习惯。他说：“谁是你大爷？”

曹凯瞪着眼睛：“你是呀！”

高守仁吓得够呛，年轻的时候，他到公安局找曹凯办事，正看到曹凯打人。曹凯虽然不像金伟往死里打，但外人看了同样惊心动魄。高守仁吓得连找曹凯要办什么事儿都忘了。

现在见曹凯进门又叫大爷，又瞪眼睛，心里直发虚。曹凯的伤还没有全好，他是拄着拐来的。高守仁问他："你这是怎么整的？"

曹凯说："这是在胜利村弄的。"还没等曹凯详细说完，高守仁就吓得趴在地上了。

曹凯笑呵呵地说："大爷，你干吗呀？这里又不通火车，你趴在这儿，你想拦谁呀？快起来吧！"

高守仁起来之后身体还在哆嗦，他说："你别误会，我去拦火车，我只是想见见俄罗斯的总统！"

曹凯说："你以为俄罗斯总统是小商小贩？人家不坐火车，坐飞机！"

高守仁说："那我就去拦飞机！"

七十多岁的人，还敢当勇士，大脑多少都有些问题。曹凯苦口婆心地劝着，劝了一个白天也没劝明白。高守仁最后都被劝烦了，他对曹凯说："你别老大爷大爷的了，我不是你亲大爷！"

曹凯说："我知道你不是我亲大爷，但你确实比我亲大爷还亲！"

为了让这位比亲大爷还亲的大爷别去拦火车，曹凯当天夜里就睡在了高守仁的家里。十七个勇士里，曹凯算是控制住一个。

过去上访大户李桂珍，现在算是在派出所帮忙。她主动要求去维稳方世宝。方世宝开始还理解错了。方世宝现在一个人，李桂珍现在也一个人，方世宝要和李桂珍住在一起。李桂珍没这个意思。方世宝把脸拉了下来。他说："桂珍呀，看起来，我还得去趴铁路。”

李桂珍生气了:“方世宝,你在我面前,别吹牛行不行,你去趴个试试,压死你个老不要脸的。”

李桂珍趴过北京的长安街。当时,她一个人整整堵了三条车道。这个壮举,方世宝知道。见李桂珍和他叫号,他没敢往下接。但作为男人,他又不能表现出软弱,于是呢,他换了个方式,对李桂珍进行了人身攻击,他说:“你现在是派出所的奸细,你现在是警察的帮凶!你呀你呀,说你什么好呢?你忘本了!你的儿子被警察打死了,你的工作被警察的父亲搞黄了!”

李桂珍刚才只是生气,现在火了,她拿起茶杯砸向方世宝。茶杯打偏了,砸在了墙壁上,把方世宝吓得转身就跑。

方世宝在前面跑,李桂珍在后面追。李桂珍的身体不错,没多远追上了方世宝。这两年,警察把李桂珍算是彻底感化了,她觉得必须得为警察做点什么。她拿出过去逼警察的劲头,逼迫方世宝。她揪着方世宝的衣服领子死活不松手:“你个老不要脸的,你还去不去趴铁路?”

方世宝在大街上被一个老太婆这样揪着,感到很丢人,最后只好答应道:“姑奶奶,我不去行了吧!”

曹凯、李桂珍用各自的方法虽然维稳了高守仁和方世宝,但感觉好像不太地道。最地道的应该是刘俊虎。

“十七勇士”里有两个信佛的。

陈文开始让何涛去。何涛不去,他说:“让刘俊虎去足矣!”

因为何涛的缘故,刘俊虎一年来在庙里地位提高了不少,他去开示那两个信佛的勇士也确实没费什么事儿。几分钟那两个勇士就说了实话,他们只是跟着凑热闹,不会真的去趴铁路。

22

其他勇士虽然没直接说，但警察通过接触，还是能看出，勇士们趴铁路都是跟着凑热闹。

尽管如此，警察丝毫也不敢掉以轻心。

中国不像外国，铁路、公路、民航甚至政府说停摆就停摆。中国这么大，人口这么多，任何微不足道的停摆都不知会引来怎样的后果。怕勇士们万一真的去，全市差不多所有的警察日夜守候在林河这段连接莫斯科与北京的铁路上。

除了死看死守，市里、区里、公安局的主要领导还把“十七勇士”全都请到了政府的会议室里促膝谈心。

“十七勇士”里的方世宝说：“我们这么做不是在为难政府！那么好的企业，就这么被败家子儿给祸害了！我们感到痛心啊！”

“十七勇士”里的高守仁也说：“国家那么多钱不明不白落入了个人的腰包，我们这些老工人虽然都退休了，但依然是整天吃不好，睡不好！”

“十七勇士”最后一块说：“我们没有任何个人目的，我们只是想让政府查明真相，把那些侵吞国有资产的腐败分子，通通绳之以法！”

23

即便没有“十七勇士”的诉求，查明真相，惩治腐败也会刻不容缓。

《企业的黑洞》刚刚在网上登出，省里领导就已经做出了相关批示。省里迅速成立了专案调查组,进驻林河。

正在北南市的郑建国会都没开完,就急着赶往林河。为了尽快熟悉情况,郑建国让陈文在高速口接他。见到郑建国,陈文把情况简单地说了说。市里出了这么大的事儿,市里的领导都吓坏了,但郑建国却很坦然,他只说了一句:“原来是这么回事儿呀!”

郑建国的态度让陈文有点紧张。他很了解郑建国这种人,越是表面不在乎,心里却格外重视!

看起来,郑建国是要往死里查了。

郑建国多少看出陈文有点反常:“这次来又不是查你们警察,你紧张什么?”

陈文说:“可能习惯了吧,反正我看到你就紧张!”

郑建国还挺感慨:“是呀!二十多年前,我来林河查的是你,十多年前,我来查的还是你!但是这次来,我挺欣慰呀,我终于不再查你了。”

陈文差点哭了,他真想说,你是不再查我了,可你这次来查的却是我爹呀!

第九章

1

陈文给余小蕾打电话："有人给咱爸介绍个对象。"

余小蕾信以为真了，她问得很细，年龄啊，文化啊，家里有几个孩子。特别是，对方困不困难。她强调说："给爸找的阿姨要过日子，咱们可不能去扶贫啊！"

陈文说："这些话，你跟咱爸讲吧。"

余小蕾说："行。"

余小蕾和陈楚良相处得始终不错。余小蕾说什么，陈楚良还真听。搁平时，说找对象，陈楚良会笑呵呵地拒绝："七老八十了找什么对象啊？"但这次陈楚良答应得很痛快。他说："那好，孩子，我就听你们的，回去看看这个阿姨。"

陈文给陈楚良打电话也是这个理由，陈楚良压根儿没信，他猜出儿子以这个理由让他回去，是怕他和余小蕾担心。来到北京，陈楚良没事儿也和王明辉在电话里聊聊。林河出了"十七勇士"，他都知道。

陈楚良回林河坐的是火车软卧。年轻时，工厂里只有厂长王明辉出差可以坐，其他副厂长都没资格。坐火车软卧成了陈楚良最大的向往。

为了让父亲得到充分满足，陈文都开着轿车上月台把陈楚良接送到软卧车厢的门前。每次陈楚良都故意站在车门前四处看看，他最渴望的是能碰到机械厂的熟人好借机显摆。

这次陈楚良从北京回来，陈文自己没开车，他让刘庆平开。碰到了熟人，刘庆平说是他来接客人。

火车进站前，陈文给父亲打电话，让他最后一个下。但父亲不听，仍是第一个走出车门。陈文只好硬着头皮，上前接过陈楚良手里的行李。这次轿车没停在软卧门前，离得稍微远点儿。来到了轿车前，陈文先四处看了看，才说："上这个车。"

但陈楚良没上，径直随着人流往外走。陈文跟上问父亲。陈楚良瞪了陈文一眼，严厉地说道："这个时候，你还这么张扬！你怎么不长记性呢？十年前，我就批评过你不成熟，没想到现在，你还这个德行！"

2

陈楚良自己都意识到了问题的严重性，陈文很想借机和父亲进行深入探讨，以便为父亲找些对策。但陈楚良很拒绝，他一口咬定说："孩子，你别怕，我一点问题都没有。"

陈楚良有"前科"。年轻没什么权力时，还"吃过床腿"占过公家的便宜。他当了副厂长能一点问题没有？陈文不信。

为了和陈茜对唱，陈楚良买了两万多的音响，陈文对陈楚良的怀疑早就开始了。父母的钱平时都母亲把着，母亲突然去世后，陈文出面到银行详细地查过。根据明细能推算出，陈楚良应该有五万来历不明。

没出事儿前,陈文不好问,现在省里都来调查组了,陈文只能问了:"爸,你真的一点问题没有吗?"

陈楚良说:"怎么你连亲爹还不信吗?"

陈文真想说,你连亲儿子不也不信吗?过去陈楚良始终认为,儿子杀马刚是故意打击报复!

看着父亲苍老的面容,陈文没说难听的,他假装从专案组得到了信息:"爸,好像有十万是吗?"

陈楚良不高兴了:"胡说八道,我一共就五万!"

陈文吓得心怦怦直跳,五万也不少啊!

陈楚良看陈文没说话,还拍了拍陈文的肩膀安慰道:"你也是经历过大风大浪了,我的事儿,你不要怕,那五万我最多不要到头了。"

陈文假装镇静地说:"也是啊。"

陈文的心在流血!五万的事儿即便有花钱的渠道,五十万也难以摆平啊!何况这次影响这么大,又是省里来的调查组……陈文不敢往下想了!

陈文现在能做的就是用自己的法律知识和经验为陈楚良出谋划策,可陈楚良却一点不配合。陈楚良是爹,面对爹的固执,陈文无计可施。

爹是有尊严的,每个爹都不想在孩子面前丢人。这一点,陈文非常理解。陈茜曾经当面揭露陈文虚荣,还被陈文一顿收拾!

3

陈文豁出去了,为了爹,他只能不要脸了。开始他想直接找郑建国找李云飞,但那样太明显,反而让对方为难。于是,专案组找陈楚良谈话时，陈文亲自把陈楚良送到了门口，故意让专案组的人看到。

对陈文的明目张胆，曹凯把陈文叫到办公室一顿训："你不送你爹，你以为专案组就不知道你是陈楚良的儿子了？你呀你呀，脑袋进水了。他妈的，这下好了，专案组想照顾你也没法照顾了。"

陈文眼泪汪汪地说："我妈不在了，就我爹一个人，你说我能不跟紧点儿吗？"

曹凯说："你不用跟我整这副可怜相。你去找郑建国吧！"

陈文说："找他有用吗？"

曹凯抽着烟，不想多说。这次专案原则上都是省里派人，但要在短时间解决这么大的问题，很明显依靠本地干警才能熟悉情况。于是，李云飞被认命为专案组的副组长。曹凯、宋男等人就成了专案组成员。陈文由于陈楚良的问题，被要求回避。

在案子没下结论前，曹凯找陈文，陈文见曹凯都是不应该的。

两个人都是老警察，陈文知道曹凯找自己一定有特殊的目的。

果然，曹凯把陈文批评完之后，实话实说："这次主要查的都是一把手，你爹的问题按理说呢，可以不进行重点查。但由于陈楚良是你爹，而你又是公安局的副局长，现在专案组只能对你爹往死了查！"

陈文的眼睛直发晕。

"往死了查"意味着只要有问题，无论问题大小一律查到底查到死！

查到底，陈文不怕，查到死，陈文是真怕。陈楚良过去为企业兢兢业业任劳任怨，现在这么查他，陈文担心父亲承受不了。

万一父亲死要面子，很可能要想不开呀！

陈文说："大……哥，你估计……什么时候能查完呐？"

曹凯说:“快了。”

陈文说:“快了是什么时候?”

曹凯说:“下周就应该差不多了。”

4

结论出来之前,陈文成了热锅上的蚂蚁。陈楚良却异常平静,他像什么都没发生似的,该干吗干吗!这让陈文更感到了恐惧。

二十多年前,陈文有过自杀的经历。自杀前,他也表现出格外地平静。他平静地去看父母,甚至平静地换了套崭新的内衣内裤。

现在陈楚良的平静,让陈文时时刻刻都无比小心。

过去陈文回陈楚良那儿只是去吃饭,吃完饭,他就回自己的家。陈楚良这次从北京回来,陈文天天都住在陈楚良的家。

这还不算,陈文每天都假装和陈楚良促膝谈心,谈完心找借口就睡在陈楚良的房间里。陈楚良房间里有两张床,各睡各的。陈文经常装睡,眯缝着眼睛,注视着陈楚良。

在结论出来前的最后一个夜晚,陈楚良特别反常。他看着陈文小声地问了几遍:“孩子孩子……”

陈文吓完了,假装翻了个身,起来后,见到陈楚良已经泪流满面。

陈文装糊涂:“爸,你怎么了?”

陈楚良说:“我没怎么的,我做了个不好的梦。我梦见你把我抓起来了!”

陈文安慰陈楚良:“爸,做梦都反着来,这说明你什么事儿都没有。”

陈楚良说:“我本来就什么事儿都没有嘛!”

陈文真想说，什么事儿都没有你哭什么呀！陈文笑眯眯地故意装出有很大的能力，什么他和李云飞关系如何，什么他和郑建国关系如何。

但陈楚良不愿意听，最后擦了擦眼泪，躺在了床上，开始假装睡觉。

怕陈楚良承受不住，整个晚上，陈文都坐在陈楚良的身边，一动不动看着面容憔悴的老父亲。他真的怕，陈楚良会一觉睡过去再也醒不来。

5

调查结论公布会，专案组特地把“十七勇士”都请到了会议室。

会议室的桌子上有烟有茶还有水果，搞得像个茶话会。

会议由郑建国主持，开始后不久，四个全副武装的银行保安走进了会场。

大家都感到奇怪。四个保安两个一组很费力地拎着两个大袋子，袋子被打开，一捆捆的钞票被拿出摆放到桌子上。

“十七勇士”的眼睛个个都瞪得溜圆。

郑建国对他们说：“你们在举报中反映，机械厂的厂长王明辉从工厂里提取了六百万的现金，谎称半路丢了，然后被自己给密了起来，是这样吧？”

“十七勇士”异口同声地说：“是这样。”

勇士们都很兴奋，认为王明辉窃取的那六百万已经被专案组追回了。

郑建国指着钱说：“你们看到了这些钱就是六百万，四个年轻人拎着都这么费劲,你们凭良心讲,王明辉一个人扛着这些钱去黑龙江买木材,有这个可能吗?”

勇士们傻眼了。

郑建国说:“从企业里别说支出六百万,一千都得用支票。王明辉真的敢提出六百万的现金,他一个人是无法做到的,工厂的会计、出纳包括银行的相关人员都得配合才行。经过我们详细调查,你们反映的这个线索,根本不存在。”

勇士们谁都没有说话。

郑建国让保安把钱装好带回银行。为了这次形象展示,李云飞亲自给银行的行长打了电话。

郑建国不动声色地看着勇士们,类似的调查,他没少参与。谈完六百万,郑建国又开始谈一千万。

郑建国说:“你们反映机械厂有个龙门刨价值一千万,结果工厂黄的时候,三百万就给卖了。”郑建国拿出了张产品的照片,“大家看看是不是它?”

“十七勇士”里不是都认识,只有几个人点着头。其中方世宝肯定地说:“对,就是这个龙门刨。”

郑建国说:“方师傅,这个刨过去就是在你的车间里是不是?”

方世宝说:“是。买回来之后,用了三年多。”

郑建国说:“后来为什么不用了?”

方世宝说:“我们生产的东西没人要,企业停产了。”

郑建国说:“你们这个刨买回来用了三年多,咱们先不说折旧费吧,咱们只说,这个刨好不好卖吧?”

方世宝看了看其他人,转移话题:“这个不是我举报的。”

郑建国温和地说:“方师傅,是谁举报的不重要。你就说,这个刨当时卖了三百万,你认为这个价合理吗?”

方世宝只好说:“这是天价。”

这种刨很特殊,能用的工厂很少。而这很少的工厂为保质量宁可花高价买新的也不大可能去买这种便宜的二手货。

郑建国说:“商品必须卖了才能体现其价值,没人买,再好的商品也和废品差不多。机械厂为什么黄了?不就是因为你们的产品卖不出去吗?机械厂当时评估为三点六八七亿,各位不瞒你们说,这个价本身就是往高了估的,你们机械厂最后卖出了一点三二亿,这也是天价!”

机械厂过去担保、抵押,欠各个银行的钱老多了,全加在一起,已经是资不抵债。当时买机械厂的是刘庆平,某种程度上,他是被副区长黄荣才给忽悠了。

除了一点三二亿,其他债务累计加在一起,刘庆平一共掏出了将近两个亿!

刘庆平知道真相后,把黄荣才骂得是狗血喷头。

类似的状况其他企业都有。为保护企业和工人的权益,对这些先富起来的资本家,政府是一点没客气。之所以有些情况工人们不掌握,是因为政府没法说:“为了人民,你们这些有钱人就出点儿血吧!”

如果不是“十七勇士”要去趴铁路,政府还是不想把这些公开。

郑建国说:“你们可能会问,那些资本家都傻呀,干吗要当这个冤大头呀?我在这里只能谈两点儿,第一,他们要在林河继续发展,他们离不开政府的继续支持。他们帮政府帮企业帮工人,某种程度上就是在帮他们自己。第二,我不得不说,这些资本家是有眼光的,他们之所以买了资不抵债的工厂,主要是看好了工厂下面的土地。他们知道林河一旦发展起来,土地肯定会升值的。林河十年的发展,证明了这些资本家当初的判断是正确的。”

林河能有今天的发展,谁都没有想到。刘庆平之流的资本家哪有这个眼光,当初被政府忽悠了只能打掉牙往肚子里咽!

“十七勇士”里有几个是知识分子,郑建国的话,他们深深地理解了。

林河由于起初发展很慢,企业改制时,政府从其他省市已经借鉴了很多宝贵的经验。表面上看,是企业的行为,实际上,重要的环节,政府全都直接参与。

政府的参与某种程度上也起到了严格的监督。企业负责人想通过改制为个人捞取好处,难上加难。王明辉、陈楚良这些老企业的负责人,过去大权在握时,都没敢为自己谋利益,最后众目睽睽之下,还要去贪三万、五万,想想都不可能。

王明辉、陈楚良得到的钱不是贪污得的,是改制产生了“利润”分的。不光他们有,工厂每个干部职工都有。

按照当时的文件政策,王明辉、陈楚良应该多得。当时,他们怕影响不好,都少要了五万。

6

陈文说:“爸,你什么事儿都没有,别害怕了。”

陈楚良哭了:“我压根儿就没害怕。”

陈文以为陈楚良这是喜极而泣,不是。陈楚良对陈文有了一肚子的气,他说:“儿呀,我白养你了,我过去只是在电影中见过大义灭亲的,没承想,你能对我这样!”

陈文说:“我怎么了?”

陈楚良指着陈文很是伤心:“你先是把我从北京骗回来,然后就一步不离地看着我。怕我跑了,你就天天和我待在一起。怕我产生警觉,你还假装睡觉! 儿呀,这是不是你干的? 我那么和你说,我没事儿没事儿,可是你就是不信呐……亏得我坚持原则,没贪没占,我要真有事儿,现在你就得把我抓起来了,对不对?"

陈文半天说不出话。他忽悠别人总是一套一套,可这些年,他始终忽悠不了父亲。现在父亲对自己有这么大的误会,他一句话说不出来,只能眼睛红红地为父亲擦拭着泪水。

好在陈楚良哭了一会儿,就平静下来。最后,他拍着陈文的肩膀,很无奈地说:"孩子,虽然你是个不孝之子,但我能理解。自古忠孝难两全,你能这样大义灭亲是正确的。过去呢,我对你是有偏见的,我总认为你杀马刚是在报私仇,你和我说你那是为工作,我总不信。可现在我全信了。你连你的亲爹都不放过! 儿呀,你不愧是共产党员的一面旗,你完全算得上是一名合格的人民警察!"

7

调查结论,"十七勇士"全都信了。但工人们不信。"十七勇士"不是工人的代表,他们只是敢去趴铁路。他们无法说服工人们像他们一样相信党相信政府。相反,工人们认为"十七勇士"是叛徒,是一群被警察收买的无耻之徒!

省里下这么大功夫得出的调查结论,工人们却不接受,郑建国很上火。他对李云飞说:"我们已经完成了任务,其他的,你们市里来收尾吧!"

李云飞说:"你一个不处理,你让我怎么收啊?"

被调查的企业负责人在经济上都没问题,个别的只是过去生活作风有问题。这些生活作风问题都过了很多年,目前只有线索,相关证据很难查实。

纪检权力很大,干出成绩也相当不易。

有问题不查,对人民不负责;

问题查不实,对干部不负责;

查出不处理,对组织不负责。

郑建国说:“林河的国企改制经过我们细致的调查,确实是没发现问题。这不是林河个别现象。利用改制进行贪污受贿,其他省刚开始的确有,但从我们省看,确实很少。我们下这样的结论,有足够的证据支持。在这种情况下,为了平息工人们的情绪,就不顾事实,非得要处理些党员干部,这是绝对不允许的。当然了,至于个别企业负责人的生活作风有问题,由你们市里查实后进行相应的处理!”

李云飞说:“你们省里要是这样,我们市里查实了也不处理。工人们情绪这么大,光处理几个搞破鞋的,人民群众肯定会认为我们是在对付。”

林河的现状非常严峻,再不下重拳,后果不堪设想。为了让郑建国下定决心,李云飞开始忽悠:“大哥,你马上退休了,你不想在林河画一个完美的句号呀?”

郑建国说:“我不能为了一个句号,就瞎处理呀!李书记,你还年轻,这些厂长,比我岁数都大,他们经历过那么多的运动,让他们贪,他们也不敢。”

李云飞说:“郑处长,他们不敢,别人还不敢吗?”

郑建国说:“李书记,别人敢不敢,我没线索,我这次就是来查他们!”

李云飞说:“查贪污腐败还能分他们我们你们吗?谁贪就查谁!”

郑建国说:“可是根据群众这次举报的线索……”

李云飞说:“群众都是普普通通的退休工人,你们让他们提供有价值的线索,这是不现实的。”

郑建国明白李云飞是想借这次机会抓出几条腐败大鱼,但郑建国犹豫起来。他说:“云飞,抓大贪大腐不能莽撞,最好先等等,林河这里的情况很特殊!”

李云飞说:“正因为特殊,所以我们不能再等了。”

李云飞打开了电脑,调出了一段游行示威的视频。郑建国认真地看着。画面上,村民们高喊:“打倒腐败,还我土地。”随着喊声一浪高过一浪,路过的群众纷纷加入。

李云飞解释道:“胜利村开始来了五百人。可他们仅仅走了不过一公里,游行的队伍就由五百人变成了上千人!”

画面上出现了群众殴打警察的混乱场面。

郑建国看不下去了,他摆了摆手,李云飞关掉了电脑。

郑建国拿起一支烟,手有些颤抖。

李云飞为郑建国点燃后,平静地说:“林河这十年发展得太快,社会上出现了很多富豪甚至是超级富豪。贫富差距在这么短的时间被迅速拉大,广大人民群众有看法有想法很正常。我们完全是依法维稳了胜利村,但人民群众并不认可,认为我们是在镇压,甚至谣传我们血洗了胜利村! 这次出现了“十七勇士”要去趴铁路,我认为不是偶然的,某种程度上,正是人民群众内心的不满在一次小规模地爆发。郑处长,如果这个时候,我们再不给以足够的重视,林河的稳定堪忧啊!”

几个月前,胜利村游行示威要求打倒腐败被“镇压”,现在,国企改制出现的那么多腐败,又被调查组通通“否定”。广大人民群众也的确是忍无可忍了。

李云飞说:“现在的林河就是一个火药筒,哪怕有一点火星,都能引发剧烈爆炸。根据目前掌握的线索,原机械厂、化工厂和电冰箱厂的几个工会主席正在酝酿上千人的大行动。如果这次你们省里的调查组就这么回去了,出现的后果恐怕要难以预料!”

郑建国头上的冷汗流了一脸,最后,他对李云飞明确表态:“人民的意愿无非是抓贪官打腐败,我觉得,林河老百姓的这种正当诉求,我们必须支持。”

8

省里的调查组开始来时只是针对林河国企改制中出现的腐败,经省里相关领导批准,现在针对的面大了。凡是在林河出现的腐败,专案组均有权一查到底。

专案组的人员组成除了省里来的,主要都是从外地检察院、纪检委抽调的得力干将。查本地尽管原则上需要异地调人,但为了熟悉情况,本地的检察院、纪检委也得有人配合。公安局没有反腐的权力,由于政法委书记兼公安局长李云飞被任命为专案组的副组长,林河公安系统也抽调了不少警力。

宋男、曹凯都是专案组的成员。

此次反腐的主要任务是维稳。但作为公安局负责信访、维稳的副局长,陈文却并没有进入专案组。上次没有进入是因为要查他的父亲,这次是因为要查他自己。

自己被列为调查对象,陈文早有思想准备。这些日子,他那么惶恐,除了担心市里出事儿,也担心自己出事儿!

胜利村游行示威时,陈文带头向群众扔瓶子被拍了下来。照片上的陈文满脸愤怒。这张连同后来许多张陈文端着冲锋枪血洗胜利村的照片，在网上广为流传。

经人肉搜索，有关陈文的信息被一一曝光。

网上其实有很多陈文如何为人民服务如何为人民做出贡献的事迹，但都不吸引眼球。吸引眼球的是一个又一个的“天问”：

陈文十年不上班，上班几个月就被提拔为副局长，为什么？

陈文明明有豪车，平时上班却故意开着一辆破广本，为什么？

陈文开的车是奥迪 A6L 里最高档的 4.2 车型。有人分析这种车型性价比很低，只有不差钱的土豪才会买。

陈文是个公务员却住在最豪华的小区，开着最豪华的轿车。很显然，陈文的钱不是好来的！那究竟是怎么来的？

林河首富刘庆平在“战场”上背着陈文“下火线”的照片无疑说明了一切！

刘庆平不仅低价买了胜利村的土地，还低价买了国有企业机械厂。

当刘庆平低价买了地引起村民游行示威，是陈文带人前去镇压！当刘庆平侵吞巨额国有资产，引起机械厂“十七勇士”卧轨，又是陈文帮着摆平……

刘庆平是林河的首富，而陈文是林河的首恶。当首富与首恶穿上了一条腿的裤子，他们能做的就只有鱼肉林河的黎民百姓了！

9

对陈文称首恶只是最近！之前，称陈文为“陈霸天”！

称陈霸天时，陈文就很感慨。他担任负责信访的副局长以来，为不少上访的解决了不少实际问题。曾有一个阶段，不少人都称陈文为陈青天。

陈青天还没叫热，就成了陈霸天。现在陈霸天又成了陈首恶，陈文百感交集！

陈文正在办公室喝茶时，曹凯和公安局纪检委书记罗杨一起走了进来。

罗杨说："根据专案组李书记指示，停止你执行职务。现在请你配合，交出佩枪和工作证。"

如果单单停职，陈文的人身自由还在。但陈文怀疑这大概只是先稳住自己。自己的枪一旦交了出来，估计立刻就得被抓起来。

全市轰轰烈烈地开始反腐以来，人民群众的热情被迅速点燃。各种线索像雪片一样向专案组飞来。尽管很多线索毫无价值，但也不乏证据确凿的。专案组一点不客气，凡是够捕够判够党纪政纪的，通通刑拘、"双规"。这半个月，政法干警、党员干部已经被抓起来十六人。

自己可能被抓，陈文有思想准备。抓了那么多，现在社会上要求抓陈文的呼声越来越高。

陈文说："你们要是抓我，就直接宣布吧！"

罗杨说："我们不是抓你，只是让你停止工作。现在请你配合交出佩枪。"

陈文佩带的枪早就不随身佩带，平时都锁在保险柜里。陈文交出了钥匙，曹凯打开保险柜，取出枪后，罗杨让陈文把工作证也交出来。

陈文试探说："我没带，落家了。"

罗杨没多想，对曹凯说："曹局，那就麻烦你和他回家取吧！"

能让自己回家取无关紧要的工作证，显然，这次确实没有抓自己的打算。陈文松了一口气。

陈文开着车拉曹凯往家走的时候，曹凯劝陈文说："希望你能正确对待,从现在起由我负责调查你!”

陈文感到很奇怪:“为什么是你?”

陈文与曹凯关系这么密切,曹凯应该回避才对!

曹凯说:“这说明,专案组不想认真查你。”

曹凯这么说,陈文的心却变得冰凉。警察搞案子与那些人不太一样。为了麻痹对方,不按常规出牌这一套,陈文很熟悉。越说不重视,越有可能特别重视!

陈文说:“对我也是要往死了查呗!”

曹凯说:“领导没给我这样的指示!”

陈文说:“大哥,跟我你还忽悠什么呀?对我爹,你们都往死了查!”

曹凯说:“你别想多了。你看对你都没‘双规’……”

陈文说:“还他妈的‘双规’,你们停止我工作就已经违法了!”

曹凯火了:“陈文,你是警察你是副局长跟你还用讲法吗?”

见曹凯瞪起了眼睛,陈文重重地叹了一口气:“怎么样,曹凯,露馅了吧!你们就是想往死了查我!”

10

十年二十年前,这么查陈文肯定得先把陈文抓起来。但现在不行,专案组权力再大也得依法办案。

查陈文主要查经济问题。既然人民群众举报陈文与刘庆平穿一条腿裤子,对陈文正式调查后,专案组第一个找的就是刘庆平。

曹凯给刘庆平打电话让刘庆平到公安局来一趟,刘庆平放下电话就想跑。陈文打电话安慰刘庆平:“专案组没想抓你,要抓你的话,还能给你打电话吗?”

刘庆平战战兢兢地来到了公安局。

曹凯、罗杨亲自和刘庆平谈。刘庆平谈得很实在，这些年，陈文没要过他一分钱。即便陈文和他在一起喝酒，陈文都是喝自己带去的酒。

罗杨不信，他吓唬刘庆平："刘总啊，你这态度可不老实啊！"

罗杨这种人警察怕，刘庆平还真不怕，他露出瞧不起的眼神，说："罗书记，你愿信不信！"

罗杨火了，拍了一下桌子。

曹凯没想和刘庆平来硬的，但怕罗杨下不来台，也只好跟着拍桌子。

曹凯一拍桌子，刘庆平害怕了，他说："曹局长，我对天发誓，陈文要是花我一分钱，我死爹死妈！"

11

陈文被停职，每天要到公安局的纪检委来报到。上午一次，下午一次。报到完，陈文可以回家，也可以回自己办公室。

陈文在纪检委报到后，在走廊里故意慢腾腾走。刘庆平谈完出来后，便恰巧碰到了陈文。

两个人完全可以在非常隐秘的地方见，但目前任何地方都可能不再隐秘。

陈文假装问刘庆平："你来干什么？"

刘庆平假装不了，他见到陈文眼眶就湿润了，他说："陈哥，你被撤职了？"

陈文说："没有。"

刘庆平说："他们会不会抓你呀？"

陈文说:“你快别哭了。”

刘庆平还哭:“陈哥,你为人民命都差点没了,这到底是因为什么呀?”

陈文说:“你奶奶个逼的行了,别哭了,这让别人看到成什么了!本来就怀疑咱俩穿一条腿裤子!”

刘庆平控制住自己,认真地问:“需要多少钱他们才能不查你?”

陈文说:“老六啊,为什么我在这儿等你,我就想和你说这个事儿。这次查我与你刘庆平一毛钱关系都没有。你能把自己撇清就完了,我的事儿,你一丁点都不要参与。如果你跟着瞎搅和,我有可能就被你给坑了。”

12

陈文知道会被监控,故意在电话里,劝曹凯:“曹局,你们反腐就反腐呗,干吗要吓唬刘庆平啊?”

曹凯说:“陈文,这个时候了,你怎么还为刘庆平说话?”

陈文说:“刘庆平是林河首富,我当然要为他说话了。”

这段时间,党员干部被抓了这么多,除了人民群众拍手称快外,官员们与有钱人全都人心惶惶。官员们再害怕也翻不了船,可有钱人要是害怕同样会引发新的不稳定。

陈文说:“曹局,林河很多有钱人都看着刘庆平,刘庆平要是被吓跑了,林河的有钱人不说跑一半,也得跑三分之一。”

曹凯说:“跑三分之一,不还有三分之二吗?”

陈文说:“剩下的这三分之二,肯定都不是最有钱的。最有钱的都跑了,林河今后还拿鸡巴毛来发展呐。曹局,我希望你们在调查刘庆平时一定要谨慎呐！”

曹凯说：“陈文，对刘庆平，我们会谨慎的。但现在我劝你不要再操没用的心了，你还是把自己的问题都尽快交代清楚吧！”

13

陈文觉得自己没什么可交代的，他问心无愧。从当上警察，他就一直被反复查来查去。周围有那么多的枪口总对着自己，即便自己真的想贪点儿，陈文也不会愚蠢到往枪口上撞。

所以，尽管对自己的调查是全面深入细致，但陈文该吃吃，该睡睡。

夜里，何涛给陈文打电话，想要见一面。

陈文说：“有什么事儿，你就在电话里说吧！”

何涛不想说。陈文说：“你快说吧，我现在困死了。”

何涛似乎知道陈文的电话不安全，他简单地说：“前两天，曹局长找我了。”

陈文说：“调查我是不是？”

何涛说：“是。”

陈文说：“他都调查我什么了？”

何涛说：“主要调查你从我这儿拿了多少钱？”

陈文说：“我从你那儿拿的钱都是我媳妇余小蕾给你的。”

何涛犹豫了下说：“后来，我给宋男拿的有些钱是我们寺院里的。”

陈文能感觉出何涛是话里有话，他说：“你给宋男拿的钱，我都知道啊！那些钱都用来为人民服务了。派出所的那个大院子，你不是都去过吗？”

何涛说:“我当然去过了!”

陈文怀疑何涛可能是害怕了,就说:“何大师,你现在是和尚。曹局长找你主要是调查我,与你无关。”

何涛说:“阿弥陀佛。”

14

何涛的话让陈文的心多少有些不托底儿。第二天到纪检委报到完,陈文给宋男打电话,让他回办公室一趟。

宋男现在是专案组的,正常来说,应该回避,但陈文这样公然打电话找自己,显然是有急事儿。

两个人刚一见面,陈文就问宋男:“专案组查何涛你知道吗?”

宋男有点惊讶:“怎么连何涛也查呀!”虽然在专案组里,但组里各个专案之间,也都相互保密。

陈文说:“何涛给你的钱,你都没事儿吧!”

宋男想了想,说:“应该是没事呀!”

宋男说这句话,不是很理直气壮,陈文的心揪了起来。他又问了一遍:“到底有没有事儿?”

宋男说:“有个六万块钱……”

宋男没说完,陈文感觉像犯了心脏病一样。他挥手噼里啪啦打起了宋男,一边骂道:“你个王八蛋玩意儿。十年前,七百块钱我都把你收拾成那样,你忘了?”

何涛给宋男前后拿了不少钱,这些钱都是用来维稳的。去年,有个民警被车撞了,送进市里的医院要手术。当时,派出所的医疗保险只能在区里,市里的医疗费得自己先垫上。

宋男说:“我是为了救急,就挪用了何涛给的钱。”

陈文说:“钱你怎么用没关系,关键是你不能贪污呀!”

宋男哭道:“大哥,我没贪污。”

陈文又开始打宋男,问:“没贪污,那六万块钱呢?”

宋男说:“我不是被你调到信访办了吗?区里把报销的钱给我之后,我一忙就忘还给派出所了!”

陈文气得浑身哆嗦,宋男不停地解释着。看着宋男诚恳的眼神,陈文相信宋男应该是真忘了。陈文平静下来对宋男说:“老弟,查何涛目的就是查我。你干脆就说,那六万块钱你给我了。”

宋男说:“开什么玩笑!”

陈文说:“我没开玩笑,我民愤这么大。专案组不查出我点儿事是不会完的。这六万块钱,我给你背上也无所谓。”

宋男平静地摇了摇头。

陈文说:“我是你大哥,你现在必须要听我的。”

宋男毅然决然地说:“大哥,什么我都可以听你的,但这次不行。绝对不行。”

15

在全局大会上,李云飞突然宣布,将宋男、陈福利、阎勇等六名涉嫌贪污的干警依法刑事拘留。

十二名佩带着手枪的武警,两人一组严肃地走到涉案民警的身后。

全场哗然。现在抓犯罪分子都很少公开抓。到单位去抓嫌疑人时,干警穿的是便装。除了利于办案,主要照顾嫌疑人的脸面。

这是人权!

但警察可没人权。为了“顺民心”，只能造成最大影响。

武警当场将他们六人带出会场时，尽管事先有思想准备，但看到爱人以这种方式被带走，小刘还是没有控制住，她披头散发也跟着跑了出去。

在公安局的院子里，宋男被推进警车时，小刘抓着宋男的手死死不放。

后来，押着宋男的警车驶出公安局老远老远了，小刘还傻呵呵地站在大门前呆呆地凝望着。

宋男是这六名干警中问题最轻的，但影响却是最重的。

宋男是全国优秀人民警察。这些年，他始终在基层全心全意地为人民服务，他在人民群众中的口碑相当好。宋男这么好，又是专案组成员，把他绳之以法，影响不言而喻。

16

曹凯主动找陈文解释：“我只负责外围，刚有线索，别人就把案子接了过去。”

陈文说：“你们不是冲我来嘛，干吗去查宋男呐？”

曹凯说：“宋男把账做得那个细啊！那六万块钱，就像秃子头上的虱子也太明显了。”

陈文说：“这不恰恰说明，宋男没想贪吗？”

这种用来维稳的钱，都是警察靠个人关系化缘弄来的，账目即使不清也不算毛病。陈文说：“那笔钱宋男确实是忘了。你想啊，宋男跟我在经侦干过，他要是在账上做点儿手脚，你们根本就查不出来。”

曹凯说：“这我相信。老弟，这次连李书记都说，宋男有点冤呐!”

陈文不爱听:“他光在嘴上说冤有鸡巴毛用啊!”

李云飞这次拿弟兄们如此开刀,警察们都很有想法。

曹凯说:“我们得理解他。你不知道,他现在的压力很大。”

陈文不想再往下说了,他直奔主题:“你们现在外围查我也该差不多了,是不是该查点儿具体的了?”

陈文的具体问题就是他的豪宅、豪车是怎么来的。

问题的答案很简单,陈文一开始就说是岳父吴建平给买的。

这个答案,专案组完全相信,但却没有因此去调查。调查的话,结论肯定是陈文毫无问题。陈文的民愤这么大,这样的结论,人民群众肯定不接受。为了让人民群众信得过,必须得先对陈文进行全面深入细致地调查。

现在,因为查陈文把全国优秀人民警察宋男都给查进去了,人民群众估计不会再挑理了!

查陈文的具体问题时,吴建平亲自到林河的专案组来说明情况。

大房子、奥迪车是什么时候买的,各自多少钱,吴建平说得很清楚。为了证明自己的说法,所有相关票据,吴建平拿来的都是最原始的那联。

事实清楚,证据确凿。陈文的问题算是查清了。

曹凯和吴建平很熟,谈话过程当中,对吴建平非常客气。谈完,他小声地告诉吴建平说:“陈文没什么问题,你不要有什么担心。”

吴建平试探地问曹凯:“那我可以见陈文吗?”

曹凯说:“陈文是你的女婿,你见当然可以了。”

17

吴建平自从知道陈文受到调查后,心就一直悬着。多次想来看看,陈文都找理由拒绝。这次刚一见面,吴建平就拍着陈文的肩膀,高兴地说:“孩子,今天见到你,我心里才算踏实。”

陈文说:“爸,查我只是在做样子。你看到了,对我都没有限制自由。你就完全放心吧,我什么事儿都没有。”

吴建平说:“既然没事儿,是不是就不会再对你有任何处理呀?”

自己民愤这么大,一点不处理,陈文不敢说也得硬着头皮说:“那当然了。爸,你就完全放心吧。”

吴建平这么问显然是不放心。陈文的房子和车没问题,其他的有没有问题,吴建平还不清楚。

吴建平拐着弯说:“孩子,对你我肯定放心,但你自己也不能太大意!你干了那么多的工作,有说你好的,就有说你不好的。”

吴建平举了自己当年因为女人在机关干不下去的往事。他说:“平时处得都不错,到了关键时刻,也真有人落井下石啊!当然,现在和我们那时都不一样了。社会进步了,如今机关里谁有个情人,大家不以为耻反以为荣。”

陈文明白吴建平话里的意思,他说:“以为荣的吧都只是暂时的。一旦被抓住,那可就麻烦了。过去男女关系只是影响不好,现在可是党纪政纪啊!这次林河反腐,不少人出事儿都是因为这个问题栽了跟头。

吴建平故意惊讶地说:“是啊!”

陈文直截了当地说:“爸,这一点对我你就放心吧。我老婆这么漂亮这么贤惠这么有钱,又给生了这么好的女儿,让我去扯没用的,我也不会的。”

吴建平握着陈文的手说:“你有这样的定力,那我就放心了。”

陈文这方面其实很后怕,他和张雨都摸都抱了,只要稍微再往下一点点,两个人肯定得睡在一起。成了情人,没事儿就得在一起捅咕。长此以往,一点风声不露很难!

18

但让陈文万万没想到的是,这件事儿还是露了。

曹凯质问陈文:“张雨是谁?”

陈文说:“是我孩子的老师啊!”

曹凯说:“也是你的情人吧?”

陈文说:“不是。”

曹凯说:“承认吧,你老婆余小蕾已经向我举报你了!”

仿佛晴天霹雳,陈文的头晕了好一会儿才平静下来。

曹凯说:“我找张雨谈了,张雨现在不承认。如果你也不承认,专案组就要到北京去找你老婆,甚至可能还要找你的女儿……”

陈文火了:“找我女儿干什么?”

曹凯说:“进行核实啊!张雨是你女儿的老师!陈文,作为老大哥,我现在给你个建议,你赶紧承认吧!”

这次谈话,没有外人,曹凯的建议,陈文必须要认真考虑。

曹凯小声地说:“张雨是你女儿的老师,这涉及到了未成年人,处理你的话,不会公开具体原因。这样造成的影响不会太大!”

陈文感到手脚冰冷:“大哥,能怎么处理我?”

曹凯说:“应该是撤消一切职务吧。”

陈文说:“开除我有可能吗?”

曹凯说:“有。”

19

陈文本想立刻给余小蕾打电话狠狠地骂她一顿。但陈文忍住了,他的一言一行完全被监控。任何莽撞都会引来可怕的后果。

生活作风认定的男女关系得有性行为。对此,陈文和张雨是清白的。但在目前严峻情况下,证明这种清白却很难。

有了余小蕾的举报,陈文和张雨必须要说清他们之间所有交往的细节。

摸了抱了捏了愣没有发生关系,谁信呢?自己的民愤这么大,仅仅为了平民愤,这次被撤消职务,开除公安队伍都算轻的!

怎么办?陈文感到头剧烈地疼!

这样的下场,陈文难以接受。

岳父怎么看我?陈茜怎么看我?九大队的弟兄们怎么看我?

对宋男侦察终结后,陈文去看了宋男。当时宋男已经憔悴不堪。他拉着陈文的手,哭着说:“大哥,你亲眼看到我是怎么为人民服务的,可现在人民却说我过去的一切都是假的,都是在做样子。”

宋男哭得撕心裂肺。他说:“人民对我们的评价只看结果不看过程。所以,大哥,你决不能倒下。你现在不是一个人,我们九大队的弟兄们跟着你可是差点儿牺牲了啊!”

上次维稳胜利村尽管是一场虚惊,但警察在类似事件中被镰刀砍死被铁锹劈死的全国有不少！陈文带着九大队去胜利村，的确是冒着生命危险。

宋男说："我们也都三十多了，如果不是你带头，谁他妈的愿意去送死啊！你要记住，我们毫不犹豫地跟着你去，就是因为你是好大哥好队长好局长！现在，你要是倒下了，九大队的弟兄们也就都跟着倒了。所以，为了九大队的这帮弟兄，大哥，你也决不能倒下！"

20

自从被调查，陈文和张雨再也没有通话，更没有见面。但现在陈文只得冒险找到张雨。当然了，陈文是在张雨上班的途中假装偶然碰到的。陈文现在的处境，张雨很清楚，见了面，张雨直接问他："我现在该怎么办？你老婆简直疯了，她竟然让我去举报你！"

见张雨之前，陈文真不知道该怎么办。见张雨这么说，他灵机一动："张老师，既然我老婆让你举报我，那你就听她的吧！"

张雨吃惊地看着陈文："你开什么玩笑？"

陈文说："火都烧到屁股了，我还敢开玩笑？"

陈文说了自己的想法。张雨说："没必要吧，我到你单位说清楚不就完了？"

陈文说："这种事儿，古今中外没有能说清楚的。张老师，现在不能靠说了，得靠演才行。"

21

张雨过去演过戏，演她很在行。她找到曹凯正式举报陈文和她有两性关系。曹凯蒙了,老婆举报都够呛,现在情人也来举报,陈文这次算是彻底完蛋了。

曹凯不知道张雨是在演戏,还问:“你确定和陈文是那种关系吗?”

张雨说:“当然了。”

曹凯只好向李云飞做了汇报。陈文的情人来举报。李云飞也有点蒙。为了慎重起见,他让专案组的警花先来审张雨。

张雨举报陈文既然是演戏,当然就不能说真的。张雨没说车里拥抱抚摸那些,她只说和陈文在假日宾馆里开过两回房。

警花核实时,问张雨:“开房登记是谁的名?”

张雨说:“是陈文的。”

现在的各大宾馆与公安局都联网,不用亲自到宾馆也能查清事实。

知道了张雨撒谎之后,警花进一步问些高质量的问题,比如陈文的大腿根上,有块黑痔,警花问张雨是在左腿还是右腿?

张雨想了好一会儿才说是在右腿。

陈文的左腿、右腿都没有。类似的问题,警花问了好几个,张雨全都胡说八道。确切证明张雨在诬陷陈文之后,警花拍了桌子,质问张雨。

张雨表演很出色,立刻哭了起来。

警花说:“你再哭,就把你抓起来。”

张雨哭得更厉害了。警花说:“好了好了,别哭了。你现在要是说实话,我就不抓你。”

张雨说:“好好好,我说实话。是陈文的老婆让我来诬陷陈文!”

22

李云飞知道陈文是在耍诡计,他让张雨和陈文当他面进行对质。

在李云飞的办公室,陈文显得十分愤怒,对张雨大声地说:“张老师,我老婆让你来你就来啊! 你……也太差劲了!”

张雨满脸过意不去:“姐夫,你先别发火。你不知道小蕾姐求了我半宿。”

陈文说:“她再求你,这种事儿,你也不能答应啊!”

张雨说:“姐夫,我错了。”

陈文说:“你这哪是错了呀,你这分明在诬陷我!”

陈文的声音越来越大,张雨的声音最后也大了起来:“你和我喊什么呀! 我不都和你解释了吗? 是你老婆非得让我这样。要喊回家去喊,你和我喊不着。”

陈文气得在屋子里来回走。

李云飞态度和蔼地问张雨:“张老师,按理说啊,无论余小蕾如何求你,你也不应该答应这种事儿。你现在还是个姑娘家,你这么干,万一传出去,你今后还怎么嫁人呐?”

张雨叹了一口气:“李书记,不瞒你说,我这么做也是为我自己考虑。小蕾姐哪点都好,就是乱猜疑让人受不了。她始终怀疑我和姐夫,我……都窝囊死了。这次呢,既然小蕾姐非得让我这么做,我也想借机证明一下!”

李云飞说:“你要证明什么呀? 证明你清白?”

张雨说:“对呀。我相信,你们警察会搞清我和姐夫之间完完全全是清白的。”

23

李云飞指着陈文的鼻子说:“你和张雨绝对不可能完完全全是清白的。”

单独面对李云飞,陈文决定实话实说。毕竟两个人曾经生死与共,陈文相信李云飞不至于落井下石。

陈文没丝毫隐瞒把和张雨的关系一五一十地说了,包括捏和摸的细节也都告诉了李云飞。李云飞说:“行了行了,太恶心了。”

陈文强调了客观理由:“李书记,你不知道,开始,我打算早退来的。我心想,反正我也不是警察了,既然我老婆不管,这个张雨还愿意,我何乐而不为呢?所以,我确实和张雨多少有点暧昧。但没等我和她进一步发展,我不就上班了吗?特别是,你提拔我当了局长……”

李云飞说:“你当局长是组织提拔的……”

陈文说:“不管谁提拔的,我都得自我约束呀!”

李云飞最后都被逗乐了:“啊,提拔你当局长了,就等于是剥夺了你去胡搞的权利了呗!”

李云飞这个态度,应该已经相信了陈文。但为了让整个专案组也相信,陈文还得继续把戏往下演。

再往下演,陈文要和余小蕾演。

余小蕾不会演戏,她完全是“真人秀”。余小蕾会说什么,陈文事先完全不知道。他只能凭借对余小蕾的了解,进行现场发挥。这个难度太大。演不好,完全有可能演砸了。

24

这段时间，怕余小蕾多想，陈文什么都没告诉她。但余小蕾却因此想得更多。现在信息这么发达，虽然身在北京，林河发生的事儿，她也都清楚。

陈文有民愤干了多少坏事儿那些，余小蕾不信也不关心，她只关心陈文是否能平安！让张雨举报陈文主要是一时冲动。小刘因宋男被抓，情绪几乎崩溃，她和余小蕾打电话诉苦时，把陈文已经被调查的现状不经意告诉了余小蕾。余小蕾听完，她差点儿先崩溃了！

十年前，陈文差点被抓被判被枪毙，已经给余小蕾太大的刺激，怕陈文再出事儿，余小蕾异想天开，竟然让张雨去告陈文。

余小蕾对张雨在电话里哭了一夜，反复说："好妹妹，你一定得帮帮我，要知道你帮我也是在帮你自己呀！"

张雨起初压根儿没打算听余小蕾的，但为了配合陈文，她也只能实施余小蕾这个愚蠢的想法。按照陈文的部署，张雨离开专案组就打电话告诉了余小蕾，她的诬陷失败了。余小蕾还埋怨张雨。张雨说："姐呀，我和姐夫压根儿没那种事儿，我去诬陷他，公安局一查就给查明白了。姐夫已经气坏了，他搞不好要找你算账。"

陈文离开李云飞的办公室后，立刻给余小蕾打电话，虽然明知被监控，但他的愤怒却也都实实在在。

陈文质问余小蕾："你这么祸害我，你能有什么好处？"

余小蕾在电话里哽咽地说："我能有什么好处？我就是希望公安局能把你开除！亲爱的，求求你，你别当警察了……"

陈文还没等发火，余小蕾却完全按照陈文预想的开始说了。

余小蕾说："你想想，咱们结婚后这十年，你多幸福！没人找你麻烦，你想干什么就干什么，这样的日子，难道你不喜欢吗？陈文，我余小蕾做得不好吗？别说找情人，你在外面有小三小四，我都不管，我只希望你能平平安安，我对你只有这么一个要求，你说我过分吗？"

尽管是在引导余小蕾演戏，但余小蕾如此真情告白，陈文却很是心酸，他说："余小蕾，你可以怀疑我有小三小四，但问题是我有过吗？"

余小蕾说："谁让你没有啊！你可以有啊！我爸有我弟有，你干吗没有啊？你就让张雨给你当情人，我花钱养她不行吗？亲爱的，只要你能平平安安，你干什么，我都答应。"

陈文的鼻子都酸了，他说："余小蕾，你这个傻子，我现在非常安全，我什么麻烦都没有。"

余小蕾说："我不信。"

陈文说："你快信了吧！"

余小蕾说："只有你不当警察了，我才能信！"

为了演出更真实，陈文只能发火了："余小蕾，别给你脸你不要脸，我现在整天忙得要死！我警告你，你要是再给我整没用的，我……会让你后悔一辈子！"

"后悔一辈子"就是话赶话，陈文没特别的意思。余小蕾却又大哭起来："亲爱的，你不打算要我了是吗？你是要和我离婚吗？陈文，你干吗呀？你至于吗？"

余小蕾把陈文的话解读出这样的意思，让陈文很无奈。

陈文又开始安慰她："我让你后悔一辈子就是要和你离婚呐？余小蕾，你想得美！"

余小蕾说："我想得不美。陈文，你现在烦我了，亲爱的，我错了，你不要再烦我了好不好？”

余小蕾的思维有时跟不上陈文，过去越说越拧也有过。每次解决都是陈文把余小蕾摁倒在床上或胖揍或捅咕。但现在是在戏里，陈文只能用嘴解决。

陈文说：“余小蕾，行了行了，你别磨叽了。这样吧，这个周末，你领陈茜回来住两天吧！”

单纯的余小蕾马上高兴起来：“亲爱的，太好了，可陈茜这个周末有课呀！”

陈文说：“那要不，我去看你们吧？”

陈文现在根本去不了。他这么说，只是让他和余小蕾的这出戏能尽快有个收场。余小蕾太奇葩了，陈文无法预料她还会说出怎样的台词。

放下电话，陈文感到浑身完全湿透了。

明明他和张雨没有那种关系，可为了让人信服，却只能通过演戏来证明。

25

结束对陈文的调查时，社会上对陈文的民愤似乎没开始时那么大了。这段时间，反腐已向深度和广度推进，由于一些比陈文权力更大的官员纷纷落马，人民群众对陈文的兴趣减弱了不少。

曹凯一本正经地说：“陈文，虽然不查你了，你也得低调点儿！”

宣布调查结论时，只有曹凯一个人。他的情绪不太好。

陈文说：“你看你那个熊样，怎么的，没查出我有问题，你不甘心是不是？”

曹凯说:“你想哪儿去了!”

曹凯把枪和工作证都还给陈文后,情绪依然不好。

陈文心里泛起了嘀咕,他小声地说:“大哥,你怎么了?”

曹凯还说:“我没怎么的。我挺好的。”

陈文和曹凯快三十年了,曹凯这个样子,陈文看出曹凯是遇到事儿了。

曹凯也没背着陈文,最后他说:“老弟啊,我可能要有麻烦。刘庆平这个王八蛋把我给告了。”

专案组在林河大张旗鼓地反腐,人民群众是高兴稳定了,但政界却剧烈动荡起来。不少官员人人自危,生怕被专案组突然带走。政界不稳定了,商界也跟着晃悠起来。出于自保,有钱的有权的开始联手对付专案组。

陈文被调查,刘庆平要比陈文本人还焦急。他不顾一切救陈文,是怕陈文挺不住,再把他供出来。

李云飞让曹凯查陈文多少有保护的意味。但刘庆平不知道。见曹凯什么都查,刘庆平心里没底。为了保陈文,刘庆平只能对曹凯不客气了。

两年前,刘庆平给曹凯拿了十万块钱,当时,刘庆平拍下了视频。这段视频被刘庆平邮寄给了专案组。有确切的证据,专案组只能查。

初步查,刘庆平给曹凯拿的钱也是赞助。如果曹凯把十万块钱都用在工作上了,查也没事儿。可曹凯却偷着留下了两万。

林河这里干点公安工作不容易,像维稳之类很多地方需要很多钱,但这么多钱,财政不给,局里不给,只能靠自己想办法。

警察朋友多关系多弄点儿钱倒也容易,问题是弄来了这么多的钱,自己一点不动心,真不容易。

动心了，自己偷着留点儿，这等于给自己埋了地雷。

曹凯把地雷踩响了。因为是公安局的副局长，又因为局长李云飞是专案组的副组长，想对曹凯松点儿，都不大可能了。

查曹凯时，无论本地、外地，所有的警察压根儿没让参与。全都是省里的纪检干部。曹凯被“双规”后，陈文内疚得满嘴起泡。搁平时，他能把刘庆平打个半死。但如今非常时期，陈文只能自己咽下苦果了。

陈文上班的时候，曹凯就是大队长了。他和金伟、郭玺一样，都在林河最险峻的年代里出生入死好多次。曹凯比起其他人总体来说算幸运。他没怎么被告过，也没怎么被查过。

没被查过，也不是好事儿。曹凯没有陈文那么强烈的危机感。

这次曹凯被查得滴水不漏。一共涉案金额十七万三千六百五十三块七毛五。

结案之后，陈文才被获准去看望曹凯。见到曹凯，陈文首先解释：“大哥，刘庆平来举报你和我一点关系都没有。我也万万没想到，这个王八蛋能干出这种事儿！”

曹凯对陈文的解释毫不关心，他现在的模样惨不忍睹。他的大脑里似乎除了委屈已经没有别的。他对陈文说：“这些年，我主管过刑侦、经侦、交警，全都是重要实权部门，我就弄了十几万，老弟，你说我多吗？”

陈文只好说：“不多。”

曹凯说：“我也认为不多啊！可组织上一点都不照顾我，往死了查我呀！鸡毛蒜皮都不放过！老弟，我为党为人民没少干事儿呀！”

曹凯边说边流眼泪。曹凯这个样子，陈文无比辛酸。一个人如果总强调客观，总说委屈总说自己多么多么好，这表明，他的心理防线已经崩溃了。

曹凯过去最善于把罪犯搞成这样，没承想，曹凯现在自己也变成了这样。

陈文一边给曹凯擦眼泪，一边安慰曹凯："大哥，你也不要多想了。等服刑以后，我去给你想想办法。"

曹凯说："老弟，我不会进监狱的。我决不能让罪犯去审判我。"

很多年前，警察在监狱里确实如此。现在管理都跟上去了，早不这样了。但曹凯似乎分不清过去与现在。

曹凯说："我想好了，过两天，我见完老婆孩子，我就一头撞死。"

曹凯这种警察敢说敢做，陈文吓坏了，他不停地安慰曹凯："大哥，你胡说什么呀，你一头撞死了，你老婆孩子怎么办？你千万不能死，只要你活着，他们就有奔头啊！"

这时的曹凯根本听不进去，他还说起了陈文："你别站着说话不嫌腰疼，你是好样的，我没法和你比，但陈文我要是有你那样的岳父，我也不贪不占！"

陈文说："这哪儿跟哪儿呀！我也没说我是好样的呀！"

曹凯说："你就是这个意思。"

陈文没法了，趁着曹凯不注意，一拳打在了曹凯的肚子上。

人的肚子上有个穴位，打中了，会死去活来。这是陈文练就的绝招，虽然快二十年没用了，现在依然好使。

曹凯捂着肚子疼得满脑袋流汗。陈文摸着曹凯的脉搏，他真怕一拳给曹凯打过去。曹凯好半天缓过来，大脑也跟着清醒了。他看着面前的陈文，变得十分害羞："我太丢人了是不是？啊呀，干了一辈子，因为这么两个钱，全都搭进去了。"

陈文说:“你还想死吗?”

曹凯说:“想,但我不会死的。我死了,老婆孩子怎么办,老弟,你刚才说得对,只要我活着,他们就会有奔头。”

26

为了曹凯,陈文找到了李云飞。他让李云飞照顾照顾曹凯。

李云飞说:“我当然想照顾了,问题是我怎么照顾呀?”

陈文说:“没事儿让我多去看看他就行,他现在的情绪很不稳,他可别再想不开。”

李云飞说:“不能吧!”

陈文说了曹凯的情况,李云飞也很担忧,但他还是说:“陈文,你不能再去看他了。”

陈文说:“曹凯已经结案了,按照法律,我去看他是允许的。”

李云飞火了:“不要他妈的和我讲法律。现在林河已经没有法律了。”

陈文见李云飞这个德行,转身就走。走到门口时,李云飞才说:“小陈哥,你回来。”

陈文回到李云飞的跟前时,李云飞的眼里已经全是泪水。

李云飞开始发牢骚。由于只查出了不到二十万,有些人还认为李云飞在保曹凯。李云飞说:“他妈的,都把曹凯查出精神病了,还说我在保他。我要是保他,干脆不查他不就完了?!”

公安局直接管不着反腐,李云飞被任命为专案组的副组长,主要因为他是市委常委政法委书记。为了工作,李云飞把能够信任的宋男、曹凯都调进了专案组。但现在宋男、曹凯接连落马,专案组的信誉受到了极大的损伤。

陈文说："李书记，刘庆平举报曹凯与我一点关系都没有。"

李云飞说："你不用解释。刘庆平举报曹凯一定是何同发指使的。他们这是冲着我们这个专案组来的。"

何同发是林河的副市长，李云飞能毫不忌讳地说出这么秘密的话，陈文感到很吃惊。李云飞说："查宋男查曹凯，我是没办法。这是我现在的工作。小陈哥，请你相信我，李云飞没那么无情无义。有一点点可能，我也会出面协调的，但他们俩实在是不争气。"

李云飞能说出这番话，陈文也不好再说没用的。为了让李云飞下台阶，他接过李云飞的话说："李书记，我也不争气啊，我好玄因为女人……"

李云飞摆了摆手，不让陈文往下说了，他拍了拍陈文的肩膀，认真地说："你有这么大的民愤，完完全全都是因为工作。本来你可以在家好好过你幸福的日子，你出来工作很大程度上是为了帮我，小陈哥，云飞永远会记住的。"

27

反腐既然是为了维稳，就不能做样子。除了面上要抓一批党员干部，对有民愤的高级官员也不能手软。

这个工作不好干。过去严打时，只要有民愤，一些犯罪分子不够毙，也都给毙了。但现在法制了，再有民愤也得以法办案。像宋男、曹凯这样的，够法办的没有民愤。像陈文这样有民愤的，还不能法办。

既有民愤还能法办的也不是很好找！

找来找去，副市长何同发被纳入了专案组的视线。

何同发在林河政界资格很老。应该说,林河的发展与何同发密切相关。十年前从招商引资开始,何同发就没少做出卓越的贡献。林河现在很多让人骄傲的形象工程都是在何同发积极倡导下完成的。形象工程开始人民挺喜欢,后来很反感。因为反感,人民群众就说何同发搞形象工程是为了方便他自己搞腐败。何同发也不争气,除了积极为党为人民干工作,也积极为自己谋福利。“乡里有别墅,市里有情人”,已经是公开的秘密。

何同发在政界多年,人脉关系错综复杂。过去省里曾经查过何同发,最后却不了了之。这次专案组把何同发瞄上,是给自己出了很大的难题。

李云飞说:“从个人感情上讲,我真不应该查老何。过去在省里我和他就熟。来到林河,我能迅速把工作开展起来,老何没少帮我。现在查他,他对我意见老大了。”

陈文说:“是啊。前些日子,你查我,我都不太理解呢!”

李云飞说:“小陈哥,你说,我是公安局的局长,如果不是为了工作为了维稳,我能扯这个王八犊子吗?!”

陈文不免为李云飞担心起来:“老何也不好对付呀!”

李云飞说:“可不是吗?这个老何吧也是有点老糊涂了。过去没把他查明白,他就以为谁也查不了他!一个小小的副厅级干部,也太拿自己当回事儿了。林河都这个状况了,他还在做梦呢!”

陈文叹了一口气,十年前,在九大队,为经济建设保驾护航时,陈文没少与何同发接触。他说:“李书记,老何干工作我见过,真是不要命啊!”

李云飞说:“问题是他干女人贪污受贿也不要命呵!”

现在对陈文的调查已经全都结束,李云飞想让陈文到专案组来。

陈文不想来:“我民愤这么大,我进专案组,影响太坏。”

李云飞说:“你的身份可以不公开,你来只是帮着做些工作。”

专案组的工作已经取得重大进展,把何同发查完,林河的反腐也就该结束了。李云飞这个时候让陈文进专案组,也是想让陈文跟着立功。

陈文说:“李书记,对我来说,无过就是功了。”

28

恢复工作以后,陈文仍然小心翼翼。每天上午仍然到纪检委去报到。罗杨说:“干吗呀,你不用再来了。”

陈文说:“来吧,我已经习惯了。”

陈文每天深居简出,除了上班不和任何人交往。在陈文结束调查后的当天夜里,刘庆平给陈文打电话就想见面。

陈文拒绝了:“今后不要再给我打电话。”

刘庆平果然不再打,但这天快下班的时候,刘庆平却直接到办公室找陈文。

陈文不太高兴。刘庆平说:“陈哥,何市长想要见你。”

陈文很不理解:“他见我干什么?”

刘庆平说:“我和他没少提你!”

陈文知道刘庆平与何同发关系不一般,但他拒绝道:“我这么个小处级干部,我就不见他了。”

刘庆平也没勉强,他见陈文是别的事儿:“陈哥,黄区长被‘双规’,你知道吗?”

陈文很震惊:“什么时候啊?”

刘庆平说:“今天下午三点。”

陈文说:“是吗?!”

刘庆平说:“你别担心,老黄进去也不会影响到你。李云飞抓黄区长是想查何市长。”

刘庆平能说出这些话,很显然,是把陈文当成他们是一伙的!陈文心里不舒服,他说:“庆平啊,你现在有民愤,最好不要老在社会上瞎蹦跶。”

刘庆平却说:“陈哥,你能和李云飞谈谈吗?”

陈文说:“谈什么?”

刘庆平没直接说:“何市长关系老硬了。查他也不容易。”

陈文说:“你是想通过我威胁李云飞?”

刘庆平急忙说:“不是不是不是。我是想通过你能把他们说和说和。”

很显然,这是何同发的意思。黄荣才被“双规”,何同发紧张了。

陈文说:“庆平啊,现在林河什么状况你最清楚,不要忘了,你我都是小人物,咱们最好不要扯没用的!”

29

查何同发的线索不少,但能落实的不多。为了尽快找到突破口,专案组盯上了黄荣才。黄荣才十年前在市里招商引资时就是何同发的部下。两个人的关系非常密切。

查黄荣才没费太多劲儿。

黄荣才喜欢喝,喝的时候还喜欢吃狗鞭牛鞭。这么喝完吃完很容易去干点儿别的。过去负责招商引资时,为了陪客人,黄荣才什么都干。这个毛病到现在也没完全克服。

生活作风有问题很好查。通过查生活作风再去查经济状况，就容易多了。

黄荣才涉案金额有两百多万。黄荣才被“双规”之后，郑建国问黄荣才这些钱是怎么来的？黄荣才不交代。郑建国劝他：“你最好自己先交代，不然的话，我们查出来，你就没有立功的机会了。”

但黄荣才不想立功。为了黄荣才立功，李云飞又亲自和黄荣才谈。

黄荣才和李云飞熟，见到李云飞就一个劲儿说委屈：“这些年，我为党为人民称得上是呕心沥血，李书记，你就照顾照顾我不行吗？”

李云飞说：“怎么照顾啊？”

黄荣才说：“你按财产来源不明判我，其他的你就别往下查了，行不行？”

李云飞说：“老黄，你以为是我李云飞要查你吗？我是公安局局长，我查你，我吃饱撑的。你负责信访，林河的状况你不清楚吗？”

黄荣才工作时清楚，现在他什么都不清楚了。

李云飞只好苦口婆心地劝黄荣才：“老黄啊，既然你已经都这样了，你要冷静面对啊！你交代不交代，我们肯定都会继续往下查。杀人案我们都能查得一清二楚，你的钱是怎么来的，我们难道还查不清楚吗？现在让你交代，我真的是想给你个机会！”

听李云飞这么说，黄荣才开始哭。李云飞看出黄荣才的精神就快崩溃了。他认为黄荣才接下来全部坦白交代应该问题不大。

不光李云飞这么认为，郑建国也这么认为。黄荣才这样的党员干部没受过什么战斗洗礼，和流氓罪犯比，意志脆弱得很。

为了让黄荣才最后放下思想包袱，郑建国和李云飞一起和黄荣才谈。

郑建国代表省里，李云飞代表市里，该说的，不该说的，两个人全都说了。后半夜，黄荣才似乎已经决定要全部坦白了。只要黄荣才全部坦白必然会牵出何同发。把何同发“双规”查明白了，林河的反腐也就告一段落。

反腐不像干其他工作，都是战友、同志，这么多党员干部被查被抓，办案人员没什么成就感。李云飞和郑建国都想着能把林河的反腐尽快结束。

大概两个人光想着怎么能尽快结束了，就忽视了黄荣才的精神状态里，有一种绝望。当然，即便注意到了，估计也难以避免。人要是想死想自杀，再完善的防备措施，都无济于事。

黄荣才天亮时跳楼摔死了。

30

陈文带着技术支队来现场勘察时，在警戒线外碰到了刘庆平。

刘庆平小声地对陈文说：“真没想到黄区长这么男人。陈哥，现在我们全都安全了。”

刘庆平说话时表情很复杂。陈文想起，刘庆平这之前就说过黄荣才不会影响到他。也许，黄荣才“双规”前就准备去死了。

陈文感到浑身冰冷。这种冰冷的感觉差不多持续了整整一天。

刘长水亲自给黄荣才解剖尸体，陈文拿把椅子坐在不远处默默地注视着。在解剖过程中，陈文没有说话，也没有过去帮刘长水，他就坐在椅子里发呆。

面对死亡，陈文不可避免地想着死亡。

陈文想起了刘铁军，想起了郭玺，想起了金伟，想起了刘艳丽……

有一段时间，陈文还想起了妓女叶纯燕。叶纯燕也是自杀，只不过叶纯燕没被“双规”也没被刑事拘留。

夜里，陈文的脑海里是各种死人的面孔，他睡不着，坐在沙发里，不停地抽着烟。后半夜，李云飞打来电话，问他：“你都有什么酒？”

陈文说：“我什么酒都有。”

李云飞说：“你给我带瓶红酒来。”

31

陈文给李云飞带来的红酒相当不错，但李云飞打开后，一口没喝。他坐在办公桌前只是不停地抽烟。

一天的光景，李云飞似乎老了不少。

按惯例，被“双规”的党员干部一旦死了，就不再对其进行深入调查。黄荣才死了，对他不查了。对何同发也没法再往下查。

何同发这么大的干部不会善罢甘休。

陈文对李云飞说：“你得小心点儿！他很可能会报复你！”

李云飞说：“我敢来蹚这个浑水，就不怕他报复。小陈哥，你对我尽管放心，我在任何人手里没有任何短处。”

陈文说：“既然这样，那你就别上火了。”

李云飞重重地叹着气说：“能不上火吗？！”

也是，专案组把林河弄得快翻天了。社会上都已经传说何同发就要被抓起来了。现在突然不往下查了。估计老百姓又得认为是在忽悠他们。

陈文说:“你有什么打算?”

李云飞说:“不知道。”

出了这么大事故,李云飞的仕途有可能受到影响。他说:“我把郑建国都给连累了。我忽悠他退休前在林河画个圆满的句号,现在看起来,他得画个省略号了……”

陈文说:“对何同发你还查不查?”

李云飞说:“现在没法查了。”

陈文说:“如果不查了,林河的老百姓能干吗?”

李云飞没吱声,他把头仰在沙发上沮丧地抽着烟。好久才又说话:“死人没法再查,我们还可以查活人。可惜这个活人我们也很难查。”

李云飞说这话时,不经意瞟了一眼陈文。陈文就知道他说的活人是刘庆平。刘庆平对陈文,那么微妙,陈文没接话。李云飞自顾自说道:“这个林河首富,专案组犹豫很久了。你以前说过,查刘庆平要慎重。理由是担心引起林河的商界产生震荡。虽然当时有人怀疑你们沆瀣一气,但道理都认可。这次反腐是为了维稳,方方面面全得要顾忌。不能让有钱人认为,这是在杀富济贫。把人养肥了再杀,这话难听啊!再说了,以前图谋发展,方方面面都不规范,没有点事儿,很难成功啊。拿马克思的话说,就是原罪。查一个刘庆平不要紧,让商界以为共产党开始倒腾原罪,我李云飞担不起这个责任啊。投鼠忌器,投鼠忌器啊!”

陈文还是不接话,牵涉到刘庆平,陈文变深沉了。

大概陈文让李云飞失望了,他失去了耐心,直接亮出了底牌。

李云飞说:“小陈哥,我去看老曹了。”

陈文总算可以搭话了:"曹局情绪稳定些了?"

李云飞说:"好多了。老曹跟我聊林河的过去,聊你们这帮警察兄弟的过去。我也才知道你小陈哥很多丰功伟绩。也才知道你和林河首富有那么多恩恩怨怨。"

陈文心里咯噔了。李云飞的意思,陈文大致明白了。

陈文心里翻江倒海。二十年前,刘庆平把陈文的师傅金伟告死了。十年前,刘庆平还把陈文告得差点被抓。虽然两个人近年来铁如哥们,要倒腾往事,是有深仇大恨的。既要查刘庆平,又不引起商界震荡破坏林河经济,法宝就在陈文手上。如果由陈文牵头下手,商界有可能认为陈文是在报私仇,就有可能把政治上的负面影响减小到最低程度。

陈文额头冒汗了,他知道李云飞在等他接茬,但这不是上战场,也不是去胜利村,他实在没法挺身而出。

两个人都沉默了,陈文和李云飞单独在一起,还从来没这么沉默过。陈文感觉到胸口憋闷,像是被埋在地下,呼不出气儿来。

陈文听见了心跳,自己的心跳和李云飞的心跳。

还是李云飞憋不住了,他笑了半声,说:"老曹也知道你很难。毕竟刘庆平刚救过你的命,社会上也有不少人知道。"

陈文也笑了,说:"知道了才好。为了自保,为了立功,忘恩负义的事儿多了,大家也不是没见过。"

李云飞被陈文这话刺痛了,忽然说:"好了,算我没说,老曹自己也说是馊主意。忘恩负义这顶帽子,怎么也不能落在你小陈哥头上!"

陈文苦笑:"那有啥?换个词儿,叫大义灭亲。"

陈文忽然想起自己和父亲之间的误解,心头剧疼。一腔苦水忍不住倒了出来:"李书记,你知道我在我爸眼里是个什么人吗?"

李云飞笑问:“还能是什么人?好儿子,好警察?”

陈文说:“二十年前,我毙了罪犯马刚,我爸一直认为我为报私仇,心狠手辣。前一阵他被查,我白天夜晚守着他,防他想不开寻短见。他认为我怕他畏罪潜逃,时刻准备下手抓他。你看,连我爸都认为我不是个东西,我哪敢奢望别的!”

李云飞也叹气,说:“在很多人眼里,我李云飞也不是个东西!”

陈文忽然想挣脱空气中的压抑,笑道:“不过,我老爸给了我很高的评价,说他终于相信我是一个人民的好警察!”

第十章

1

天快亮时,陈文打电话把刘庆平叫到自己的办公室。

陈文阴着脸对刘庆平说:"黄荣才就是被你逼死的对不对?"

刘庆平一愣:"陈哥,没有的事儿!"

陈文拿出一张手机通话记录,放在刘庆平的面前,说:"黄荣才'双规'前只有你和他通话最多。"

刘庆平看了看,继续解释:"陈哥,我和他通话是别的事儿,我没劝他。再说,就算我劝的话,他也不见得能听我的呀!"

陈文说:"你是这方面的专家,叶纯燕不就是被你劝死的吗?"

刘庆平满脸通红:"陈哥,你……这……真的和我没关系。"

陈文说:"都和你没关系,那你干吗要举报曹凯?"

刘庆平说:"我……那不是为了保你吗?"

陈文火了:"把曹凯举报了你就保我了?别他妈的说好听的了,你这是在保何同发!"

陈文见面就说了这么多敏感的话,刘庆平有点儿发蒙。

陈文说:"你不要以为黄荣才自杀了,何同发就安全了。李云飞、郑建国查不了他,不等于共产党也查不了他!何同发已经被人民恨上了,他被抓起来是迟早的事。”

刘庆平头上出汗了。他经历过二十年前的“严打”,也经历过十年前的“扫黄”,他完全能理解陈文话里的深刻含义。

陈文说:“庆平啊,你他妈的脑袋是被门弓抽了?林河局势这么严峻,大家躲都来不及,你倒好,到处上蹦下跳。”

刘庆平说:“我不跳不行啊,我得帮何市长。陈哥,你不知道,没有他就没有我今天。他要是不行了,我也得够呛。”

刘庆平既然把话说到这个地步,陈文不能再往下劝了。

陈文抽了一会儿烟,说:“黄荣才摔死在专案组,李云飞上老火了。案子查不下去,对他影响太大。郑建国是省里的,他回去就退休了,但李云飞估计在林河是干不下去了。庆平,知道吗?你现在等于是把李云飞给得罪了。黄荣才死了,是意外事件。李云飞最多被换个位置。他是副厅,换到哪儿还是副厅。他收拾不了何同发,可收拾你就太轻松了。”

刘庆平有些哆嗦,小声地说:“陈哥,你帮帮我呗!”

陈文说:“我还少帮你了?李云飞不是因为我早抓你了。”

陈文这么说,刘庆平深信不疑。他和陈文是穿一条腿裤子,李云飞仅仅为了保陈文也不能查他刘庆平。

刘庆平说:“陈哥,李书记和你的关系是真好啊!你怎么处的?”

陈文简单地讲了讲他把李云飞铐在了汽车的方向盘上,他说:“那次我等于是救了李云飞。我和他有过生死,关系能不好吗?”

刘庆平的心里很温暖,他也救过陈文。

陈文说:“庆平,你和我就像我和李云飞一样,我是真的不希望你们俩之间再发生什么冲突。”

刘庆平说:“那你帮着做做工作呗!”

陈文说:“工作我没少做,要不然,我也不能找你。李云飞基本被我说服了,估计他今后不会再找你什么麻烦了。”

刘庆平喜出望外:“那我得表示表示。陈哥,给他拿多少钱,你就张口吧!”

陈文说:“你就知道钱钱钱。李云飞还能缺钱吗?”

刘庆平说:“那他缺什么?”

陈文小声地说:“他老婆在省里,你说他缺什么?”

刘庆平高兴坏了,他早就想通过陈文去拉拢李云飞,他马上问:“陈哥,你看,找什么样的好?”

陈文说:“我曾经和他提过那两个冰冰,我感觉,李书记好像有点兴趣。”

刘庆平说:“我这就给你联系!”

2

刘庆平给两个假冰冰订完机票,在航空公司网络上留下姓名和身份证号码,不等海南航空的班机降落,陈文对她们俩就已经门儿清。

两个假冰冰根本不是什么从小学艺术的,她们只是上过类似的培训班。她们长得像冰冰是因为都到韩国做过整容手术。她们俩把自己伪装成搞艺术的,目的是为了进行高价卖淫。

飞机停稳,舱门打开后,坐着头等舱的两个冰冰,最先走下了飞机。

她们依然那么高傲,依然那么漂亮,旁边跟随的旅客有人抢着签名,有人抢着合影。刘庆平站在车前,紧着向她们俩摆手。两个冰冰走过来,先握手后拥抱整得刘庆平有点不满。

刘庆平说："你们俩低调点儿！这次是陈哥请你们来。"

两个冰冰听到陈哥，都不约而同地问："陈哥在哪儿？"

刘庆平向不远处的轿车指了指，带着她们走了过去。

来到了轿车跟前，陈文下了车，两个冰冰娇滴滴地刚想拥抱，陈文向旁边摆了摆手。两个穿着警服的警花从另外的车里下来了，刘庆平才发现不对劲儿。

警花出示了相关的手续后把两个冰冰带进了车里。

刘庆平目瞪口呆，呆呆地看着陈文。陈文来到了刘庆平的跟前，显得有些无奈。刘庆平抓着陈文的手，都快哭了："陈哥，这到底是因为什么呀？"

陈文只好说："庆平，我希望你能理解。我这么做，是没办法。我不这么做，我就得进去了。刘大哥，信不信由你，我这么做既是在救我，我也是在救你！"

陈文如此背信弃义，陈文说什么刘庆平也不会再信了。他张着嘴不知所措地看着陈文。陈文上了车，车都离开看不见了，刘庆平还在傻呵呵地看着！

3

何同发的生活作风不检点，刘庆平给何同发找过女人应该在情理之中。陈文觉得这两个冰冰，应该被何同发睡过。

但意外的是，这两个冰冰压根儿就不认识何同发。

何同发也是老党员老干部了，这方面他很会保护自己。他与刘庆平只有经济上的往来，私生活方面，他谁都不信任。

尽管查两个冰冰没有查到何同发，却意外地查到了市国土资源局的局长高继中。高继中与黄荣才过去都是何同发的老部下。

查高继中同样能查到何同发。

比起黄荣才,高继中有点太不像话了,一个处级干部,涉案金额却超过两千万。

高继中的嘴很硬,除了自己的问题,其他人一个字不说。

林河地方很小,人与人之间都很熟悉。陈文十年前就和高继中认识。为了能让高继中交代,陈文直接找高继中谈。

陈文拿出《刑法》给高继中看。

陈文说:“老高啊,你现在够毙了。”

高继中显然不像黄荣才那样视死如归,看法条时,浑身就开始哆嗦。

陈文说:“要想保住命,你现在就得有好的表现!”

高继中说:“我表现还不好啊?有七百万你们不掌握,我都说了。”

陈文说:“你光这么表现还不行,你现在得立功!”

让高继中立功,专案组其他人和高继中说了无数遍,但高继中却始终不想立。

高继中说:“让我立功,就是让我出卖别人!老弟,这种事儿,我干不出来。”

陈文说:“不是让你出卖别人,只是让你交代别人的问题。”

高继中说:“那还不是一回事儿吗?老弟,我如果不交代,你会收拾我吗?”

陈文没吱声。十年前,在九大队,陈文就不收拾人了。那时,最多他只是吓唬。但对高继中,陈文连吓唬都不会。但高继中不信,陈文的恶名早已名满天下。

高继中说:“我要是不交代别人,你会打我吗?你会把老鼠塞进我的裤裆里吗?”

陈文见高继中这么怕自己,也只能说些吓人的话了。

陈文说:"专案组为啥让我来找你谈,我也是没办法。你知道,现在对犯罪分子,我们都不能刑讯逼供。可是,个别领导和我说了,对有问题的党员干部,可以狠点儿!老大哥,你要是再不交代别人的问题,那我就只能听领导的了。"

别人这么说,高继中不信,陈文这么说,高继中不敢不信。陈文仅仅说完了这番话,高继中就已经吓得不行了。

收拾流氓歹徒,陈文一点心理负担没有。但党员干部,陈文很不适应。他和高继中谈得其实挺温和,但没承想半天不到,高继中就崩溃了。陈文只是说:你不要怀着侥幸心理了,我们掌握的这些完全够毙你的。所有的财产肯定要被没收了。如果你再不立功交代别人的问题,你这次连命就得搭上了,想想老婆孩子吧!

"想想老婆孩子!"过去陈文以此做罪犯流氓的思想工作时,有时管用有时不管用,但以此说服党员干部,基本都管用。

高继中坦白以后,陈文问他:"你过去贪污的时候,你怎么没想老婆孩子呢?"

高继中说:"我不就是想他们太多了,我才贪这么多嘛!"

4

高继中贪这么多,与何同发关系密切。有了高继中的交代,何同发被"双规"立刻进入了倒计时。

当然了,即便没有高继中这个线索,只要陈文下手查刘庆平,何同发的末日就不会远。自从刘庆平和陈文关系密切后,刘庆平就把陈文当作了自己人。为了抬高自己,刘庆平好几次都提到了他是怎么发的财!他对陈文吹嘘:"何市长为什么对我好?陈哥,这么说吧，我的资产里有不少就是何市长的。"陈文当时还不信："他的？他的为什么要放你那儿？"刘庆平说："他不放我这儿，他放哪儿呀！放他老婆那儿？放他情人那儿？放哪儿他都不放心。"陈文说："不放心，他可以藏起来啊！"刘庆平说："藏起来会贬值。他放我这儿，我能帮他投资升值。"

刘庆平当时能对陈文这么交心，除了生死之交，他真的认为，陈文和他都是一伙儿的。都是有钱人。他想不到陈文会整自己人。

现在搞案子和过去搞革命差不多，就怕窝里反。

陈文进入专案组后，不仅高继中这条线索有了突破，其他方面也进展迅速。

当然了，陈文在反腐上做出了特殊贡献，但他的名声却一落千丈。小人、畜生、背信弃义，说什么的都有。连宋男、曹凯都说是他给举报的。现在的陈文简直成了瘟神，走到哪儿人都躲。但这个时候，何涛却主动靠了过来。

何涛给陈文打电话想要见一面。

陈文说："有什么事儿，电话里说吧！"

何涛说："还是见面吧！"

见了面，何涛才说："是刘庆平让我来找你聊聊。"

陈文说："聊吧！"

何涛说："刘庆平吓坏了。"

陈文没往下说，何涛来找他，他也吓坏了。

十年前，何涛在林河弄招商引资时，与何同发的关系比现在何同发与刘庆平的关系还密切。这么关键的时候，何涛与刘庆平连手帮何同发，陈文很打怵。二十年前，何涛有可能看到自己杀了李旭。现在何涛要是来举报自己，专案组自身还得陷入混乱。

何涛说:“陈哥,你干吗要整刘庆平啊?”

陈文说:“我要为我师傅报仇!”

当年,刘庆平告金伟就是何涛背后指使的,陈文这么说,是想警告何涛不要跟着瞎搅和。

何涛听出陈文的意思了,他说:“罪过罪过。”

陈文说:“何大师,我整刘庆平也是没办法。他要是再给你打电话,你要让他给我打一个。”

何涛说:“他不敢。他给我打也都不是用他自己的号。”

两个冰冰刚被抓起来,刘庆平就躲了起来。

陈文说:“刘庆平躲哪儿去了,你知道吗?”

何涛摇了摇头:“咱们关系这么好,他能告诉我吗?陈哥,我来找你,你不要误会。我是想让你注意点儿,现在,社会上对你有不少议论。”

何涛不紧不慢地说着。什么曹凯不招被你打得满嘴只剩下三颗牙了;什么高继中的老二被你养的老鼠给吃了,现在只好把狗的给缝上等等。

何涛说:“坏人之心不可有,防人之心不可无!既然社会上有这么多人败坏你的名声,你自己要多加小心呐!”

这些话,如果别人说,陈文会很感激,但何涛说,陈文却听出了另外的意思。

陈文说:“何涛,你是在威胁我吗?”

何涛说:“我威胁你干什么?”

陈文盯着何涛的眼睛,何涛却把眼睛闭上了,他认真地说:“没想到你会这么认为。陈哥,请你相信我,我现在都是和尚了,我不会干这些苟且之事!”

明明是来威胁,何涛却不承认,陈文的火上来了。他冷笑道:

“何涛啊,你现在真的是和尚吗?”

何涛睁开眼睛不解地看着陈文。陈文说:“刘庆平告诉我,你现在阳痿了,你当和尚是想借机炼丹药治你的病!”

何涛满脸通红:“请不要血口喷人!”

陈文说:“咱俩谁血口喷人呐?你刚才还说我把曹凯的牙打掉了,把高继中的老二弄没了……”

何涛说:“那些不是我说的,我只是把社会上对你的议论告诉你……”

陈文说:“我还用得着你告诉我呀!何涛,现在,我得告诉你了,你当和尚真的只是炼丹治你的阳痿,我还真就不管。可你要是借机诈骗敛财,那你可就得小心了。不要以为你帮过我,我就会放过你!”

何涛说:“刘庆平救过你的命,你都不放过他,何况我了。但陈文,我也告诉你,你还是把精力都用在你的工作上吧,对我你就不要费心了。我何涛早就不是过去的何涛了。阿弥陀佛!”

5

刘庆平给陈文打电话用的手机卡是那种一次性的。

陈文说:“刘总,不要再藏猫猫了,赶紧回来吧!”

刘庆平在电话里不停地哽咽:“陈哥,求求你放过我行不行?”

陈文说:“你回来把问题谈清楚,你要是什么事儿没有,自然会放过你!”

刘庆平说:“陈哥,我能没事儿吗?”

陈文说:“你能有什么事儿啊?你有过杀人放火绑架勒索吗?你不就官商勾结吗?都倒腾出来,能有几年?你没见黄光裕在里面还当国美的董事长？你要有立功，还可能缓刑，甚至免于刑事处罚。庆平，听我话，对你有好处。”

刘庆平说：“到现在了你还忽悠我。你把我整成这样了，你还说为我好！”

陈文苦口婆心劝道：“我知道你是怕我逼你出卖何同发。实话对你说吧，何同发还用得着你出卖？那些肥头大耳养尊处优的贪官，‘革命意志’没你我坚强，用不着老鼠钻裤裆就尿裤子。我劝你回来也就是给你机会！”

刘庆平沉默了，似乎有些动心。

陈文继续苦口婆心：“庆平，你一定要相信我，是真给你机会。我真要抓你，你能跑到哪儿去？在机场抓假冰冰的时候，先给你个介绍组织卖淫罪，不就可以把你扣下来？我真心希望你自己主动投案，然后主动立功！”

刘庆平终于说话了，声音有些冷：“谢谢陈哥的真心。陈哥，我今天给你打电话，不是想听你忽悠，而是提醒陈哥，你也是有钱人，咱们也算阶级兄弟。善有善报，恶有恶报，陈哥好自为之。”

6

陈文查了查，刘庆平是在省城附近打的电话。陈文心里咯噔一下。他现在得罪的不是有钱的就是当官的。他能查别人，别人同样也能查他。

陈文自己不怕查，但他怕岳父受到牵连。陈文给吴建平打了电话，说最近太忙、一直想要去看看你都没时间。吴建平马上接过话说：“孩子，有什么事儿，你就说吧！”

陈文拐弯抹角没两句，吴建平就明白了，他说：“孩子，你怕有人整我是吗?”

陈文十分佩服:“爸,你真不愧是在机关工作过!”

吴建平很自豪自己的这段机关经历,他说:“孩子,没有你这个事儿,我也早就准备好了。人在江湖,哪有不挨整的?你别怕,谁来整我,也整不倒。”

这话有点大了,陈文说:“爸,公开整你估计不会,但要是查你呢?”

吴建平说:“查我什么呀?查我账?”

陈文说:“有这个可能。”

吴建平说:“因为小易那事儿,我把所有该交的该补的全交清了。”

陈文心想,这得是一笔相当大的巨款。

吴建平说:“钱是用来买平安的。”

陈文说:“爸,你的远见卓识,令孩儿敬佩。”

吴建平笑了:“你这话有点假了。”

陈文说:“我这是真心佩服你。”

吴建平说:“你要佩服我的,多了。”

吴建平的第一桶金里,有大约三千万是靠偷点漏点少交点积累起来的。吴建平说:“这笔钱过去这么久了,往死了查,也查不出名堂。但有钱以后,我还是加倍都捐了出去。”

这些年,吴建平确实没少捐,光四川地震就有五千万。

吴建平说:“孩子,捐款表面给了别人,其实都给了自己。有钱难买心安。这些年,我没少作孽,过去不觉得怎样,岁数大了,总有些愧疚。现在把钱捐出去帮帮别人,我心里就好受多了。”

陈文挺感慨,他借机溜须道:“过去,我总以为有钱人都一样,现在我才知道,有钱人也是分档次的。”

7

岳父不怕整不怕查,陈文反倒更为刘庆平难过了。

刘庆平虽然跑了,但他过去的很多犯罪证据却留在了林河。现已查明,刘庆平与何同发相互勾结涉嫌严重犯罪。这个时候,如果不赶紧回来立功赎罪,将来,刘庆平不仅要倾家荡产,还轻判不了。

陈文反复给刘庆平拨那个号码,但始终处在关机状态。

想到刘庆平与何同发一起完蛋,陈文心里很不是滋味。

临睡前,余小蕾给陈文打电话,问他什么时候到北京。陈文上次这么说完全是应付。但余小蕾却当真了,每次打电话都要问一遍。往常,陈文会继续编着理由,但今天陈文没怎么答理余小蕾。

余小蕾现在特别敏感,见陈文这个态度,又要磨叽。陈文烦了,匆匆说了几句,就放下了电话。晚上,陈文澡都没洗,就钻进了被窝。夜里没少做梦,但好在没有电话打扰,陈文一觉睡到第二天早晨七点多。

陈文起来洗漱完吃了面包喝了牛奶之后,接到了刘庆平的电话。

陈文很高兴,以为刘庆平想通了。笑眯眯地说:"庆平,这么早啊!"

刘庆平说:"早你妈了个逼!"

陈文有点发蒙:"你昨晚喝了一夜?"

刘庆平说:"喝你妈了个逼!陈文呐陈文,过去我他妈的喝多了,我都没敢骂过你!"

刘庆平不停地破口大骂,陈文一声没回。他有了不祥的预感。

因为刘庆平用的手机号是北京的。陈文的声音有些不受控制了，他说："刘总，干吗发这么大的火呀？"

刘庆平说："陈文，你已经猜到了是吧？你个王八蛋，你做梦都没想到是不是？"

陈文说不出来话了。

刘庆平说："陈茜在另外的车里，现在，你和她通个话，你要让她规规矩矩。陈哥，我说的，你听明白了吗？"

陈文用尽全身的力气终于说出话来："我听明白了。"

8

刘庆平不是那种亡命徒。二十年前，社会那么乱，他都没这样过。所以，他敢去绑架陈茜，的确出乎陈文的预料。

陈文没想到，陈茜更没想到。早晨，余小蕾把她送到学校，余小蕾的车刚走，她就看到了刘庆平。

刘庆平小声地说："你猜谁来了？"

陈茜说："我爸？"

还没等刘庆平往下说，陈茜自己就跑进了路边的一辆越野车里。

上了车，陈茜才发觉不太对劲儿！但她仍然没有多想。

这个刘大大帮她联系过学校，联系过老师，她不可能把刘大大当成坏人。

刘庆平在另外的车里把陈文骂完之后，陈文跟陈茜通了电话："茜茜，余小蕾最近不太正常，你发现没有？"

陈茜说："发现了。我感觉她有点像精神病似的，一会儿哭，一会儿笑。"

陈文说："茜茜，你不要害怕，你妈的精神可能确实有问题了。不过并不严重，你不要担心，回林河让何大大给她治就好了！"

余小蕾过去总带陈茜去见何涛，陈文这么说，陈茜深信不疑。

陈文说："我怕路上余小蕾犯病，所以，你和刘大大得先坐车回去！"

陈茜说："我明白了，何大大要给我妈做法事。"

陈文说："做这个法事得需要保密，和你妈和你爷爷什么都别说，就说是我让你回来的，明白吗？"

陈茜说："明白。"

放下电话，陈文一屁股坐在了地上。他不停地安慰自己：既然刘庆平还通过自己去稳住陈茜，看起来，刘庆平不会和陈茜过不去。这次查刘庆平，自己没有往死里整他，刘庆平应该也不会往死里整自己！

9

出了北京城，上了高速。刘庆平给陈文打来电话。

刘庆平说："陈文，如果遇到警察拦我的车，那你就别怪我了。"

陈文说："有可能是警察正常检查呀。"

刘庆平说："是不是正常检查，我能看出来。陈文，你怎么抓人那一套，我都明白，你可千万千万不要和我整没用的。"

陈文说："放心吧，我绝对听你的。刘哥，把你的条件和我说说呗，我现在准备准备。"

刘庆平说："我的条件很简单，不要再查我了。"

陈文说："没问题。"

刘庆平说:“我怎么相信你没问题?陈茜在我手里,你没问题,把陈茜还给你,你就有问题了,陈文呐,不要再耍花招。我刘庆平既然这样做了,我就什么都不在乎了。”

陈文说:“刘哥,那你需要我怎么证明,你才能相信我?”

刘庆平竟然重重叹了一口气:“我不知道。怎么证明,你自己想办法吧!”

10

仅仅知道陈茜是被陈文派人接走的,余小蕾就差点疯了。她在电话里,不停地哭着:“我错了,我错了,我再也不管你了。你愿意上班你就上,你非要跟我离婚,你就离。但亲爱的,你可不能把孩子从我身边夺走啊!”

陈文满脸白得一点血色没有,他不敢和余小蕾视频,只能在电话里安慰她:“亲爱的,孩子是你的,永远是你的。别担心,陈茜可能也没跟你说明白。”

余小蕾说:“她就跟我说了两句,她就不说了。我再给她打,她马上关机了。”

陈文说:“你冷静点儿。”

余小蕾冷静不了,上次陈茜偷着坐飞机离开,陈文怕余小蕾收拾孩子就说是他让的。这次陈茜离开,余小蕾丝毫没怀疑陈茜已经被绑架了。她只是认为陈文在以此报复她!她在电话里反复说着:“我错了,我错了,我再也不敢了。”陈文最后只好欺骗她说:“亲爱的,什么事儿都没有。我让陈茜坐车回来是在给咱妈做法事儿,咱爸最近总做梦梦见咱妈。何涛说,咱妈是想陈茜了,让陈茜沿着高速走一趟。”

尽管余小蕾半信半疑，但陈文能这样安慰自己，她也就知足了。特别是陈文让她马上买票回来，余小蕾真就不再多想。

陈文好说歹说好不容易把余小蕾哄住了，陈楚良又来事儿了。

陈楚良和余小蕾一样并不知道陈茜已经被绑架了。他进屋就给陈文跪下了："我求求你，你们两口子打架，千万别拿孩子撒气呀！"

陈文急忙把陈楚良扶起，这么个简单的动作，陈文都费了很大的劲儿。陈楚良被陈文扶到沙发上，好了些，他劝陈文："你干吗要和小蕾闹别扭啊，你娶这样的好媳妇是咱们老陈家千年修来的。你不能忘本呐。小蕾哪儿不好啊，你可不能丧良心呐！"

陈文又开始像哄余小蕾似的哄着陈楚良，大话假话鬼话，陈文能说的全都说了之后，陈楚良才算平静下来。他最后警告陈文："今后，你要是再敢让孩子偷偷摸摸地回来，我就一头撞死在你面前！"

11

陈文是真想一头撞死，但他死不起。他必须面对现实。

刘庆平说只要不查他，他就放了陈茜！陈文答应了刘庆平，刘庆平却不相信！

不说刘庆平不信，换任何人都不会信。

刘庆平的第一桶金问题很大。林河是边境城市，过去修建了不少人防工程。那都是为了打仗准备的，投入的人力、物力不计其数。刘庆平看好了一段能有两千米的防空洞。他买通了副市长何同发以极低的价格拿下，然后请来权威部门估出了天价。以此作为抵押，从银行贷出一笔巨款。

刘庆平的目标就是贷款,他根本就没打算还。他只需要拿出部分给何同发,留给银行一段防空洞,就万事大吉。刘庆平和何同发的合作就从那时候开始。那以后,就如刘庆平对陈文所言,何同发大部分非法资产都在刘庆平的公司里保值增值。刘庆平的问题,早已不是"原罪"。他和何同发勾结,侵吞了大量的国有资产。他已经是何同发的同案嫌疑犯,怎么可能查何同发,放过刘庆平?

陈文没这个权力,专案组也没这个权力!

陈文感到了绝望,他没想到,刘庆平竟然会提出这么"幼稚"的条件!

12

二十年前,郭玺为我而死。

十年前,刘艳丽替我而死。

难道陈茜即将因我而死吗?

陈文不敢往下想,却又不得不想!

极度的恐惧里,陈文感到自己的大脑明显出了问题。他本来要去庙里看刘俊虎找何涛,可他却鬼使神差地来到派出所的那片平房里!

到了平房,陈文才意识到,啊,我这是见李桂珍!

李桂珍正在包饺子,见到陈文,虽然不太好意思,却相当热情。她把包好的饺子先给陈文煮了一盘。

猪肉酸菜的,陈文平时很喜欢吃。但这次他一个都吃不下。李桂珍不知道陈文来干什么,就主动说起钱的事儿:"孩子,我来这儿做点饭就当是个营生,所以,从下个月起,你就不要再给我钱了。"

陈文对钱没兴趣，他只说着自己感兴趣的："阿姨，你儿子死了这么多年，你真的一点都不想吗？"

陈文的眼神有点那样，李桂珍说："孩子，你这是怎么的？"

陈文说："我没怎么的。我就是想知道，你想不想你的儿子？"

陈文说话急切甚至有些蛮不讲理，李桂珍只好说："能不想吗？我想，过年的时候，我特别地想。"

李桂珍说着说着，眼眶湿润了，陈文也跟着湿润了。

母子连心，王美兰去世了，李桂珍认为，陈文这是想妈了！

李桂珍开导陈文，什么晚上到路口去烧点纸之类。陈文不爱听，他总在问同一个问题："阿姨，每年你都想是吗？你有没有不想的时候啊？"

李桂珍说："只要过年，我就会想。虽然我的儿子很操蛋，但他再操蛋，他也是我儿子啊！"

陈文记得李桂珍犯病的时候是一点都不想。看起来，人只有精神不正常的时候，才能不去想啊！可问题是，我陈文不能精神不正常啊！我必须比正常人还得正常才行！

在李桂珍这儿没得到答案，陈文来到庙里找到刘俊虎。

刘俊虎正虔诚地理佛，见陈文过来，急忙迎上前。

刘俊虎说："陈哥，你找我师傅是吗？"

陈文说："先不找他，我来主要是想看看你！"

刘俊虎两眼平静，口气平缓地说："阿弥陀佛。"

陈文说："刘师傅，你天天阿弥陀佛就不想女儿了是吗？"

刘俊虎说："当然了，我女儿已经在天堂里了！"

陈文说："你怎么知道她就在天堂里呢？"

刘俊虎说："是我师傅告诉我的。"

陈文说："你师傅万一搞错了呢？"

刘俊虎说:“不可能。”

陈文说:“你师傅有可能在骗你!”

刘俊虎看着陈文,很不理解:“出家人不打诳语,我师傅干吗要骗我呀?”

陈文说:“也是啊!”

看着刘俊虎平静的脸色,陈文都好一顿羡慕。

我要是能像刘俊虎似的也能信点什么,那该多好啊!

13

在陈文眼里,刘庆平从来就没有绑架陈茜的胆量。在刘庆平背后,应该还有人。

陈文不认为刘庆平后面的人是何同发。何同发这类高级干部,贪赃枉法在行,做亡命之徒不在行。在陈文的记忆中,真正在行的是另外一个人:何涛。

二十年前,何涛忽悠李旭拔了陈文的牙;十年前,何涛忽悠刘艳丽开了妓院;现在,何涛再忽悠刘庆平绑架了陈茜,顺理成章!

陈文就跪在何涛面前:“何大师,我求您大发慈悲。你不帮我,你帮余小蕾,帮陈茜。阿弥陀佛!”

何涛也跪在陈文的面前:“陈施主,陈哥,李旭、刘艳丽我忽悠过,但刘庆平我真没忽悠……阿弥陀佛!”

陈文说:“你忽悠也是应该,我就算罪有应得。可陈茜无辜啊。”

何涛把陈文扶起:“我也是刚接到刘庆平的电话。我要去会他。你放心,我会尽心尽力。佛祖保佑,陈茜小施主会平安无事的。”

陈文又要叩谢，被何涛扶住。陈文说："请大师转告他，我陈文不会报案，不会报复，陈茜回家后，我立刻辞职，当一个普通老百姓，带着她和余小蕾过平安日子。"

何涛没说话，显然，他都不信陈文这话，更何况刘庆平。

陈文从兜里拿出了那把钳子，恭敬地递给何涛。陈文让何涛开启手机录音，录下他要说的一席话。

陈文说的是他当年掐死李旭的整个过程。

陈文说："请大师都交给他，如果我违背诺言，继续当警察，留在专案组，与他过不去，他可以用这把钳子和录音，把我送到死路上去，下十八层地狱！"

何涛叹了口气，摇了摇头。陈文急了："何大哥，你是行家，他捏着我的杀人罪证，不比一个傻丫头陈茜强百倍？！"

何涛说："我尽心尽力吧。不过，恐怕我帮不了你。在警察这条路上，没人会相信你会回头。陈哥，即使不是行家，也都能看出来，你在玩啥！"

陈文傻眼了，过去他与何涛这么干过，被何涛识破很正常。

14

陈文到机场接余小蕾时，情绪有些失控。他竟然抱住了余小蕾。这样的举动，陈文只是在结婚前有过。余小蕾有些发蒙，她问："你怎么了？"

陈文说："我没怎么的。"

陈文开车拉着余小蕾往家走的时候，余小蕾问："陈茜得什么时候到啊？"

陈文说："应该是快了。"

余小蕾说："何涛也是，怎么做法事儿，还不让孩子开机呢！"

陈文说："谁知道？"怕余小蕾还问，他主动说，"亲爱的，你让张雨告我这个事儿吧，单位对我明显不信任了。"

余小蕾试探地说："那你就不干算了。"

陈文说："我真有这个想法。"

余小蕾不相信："真的假的？"

陈文说："当然是真的了。"

余小蕾伸出手搂着陈文的脖子："太好了。亲爱的，那这次，你和我还有陈茜咱们就一起回北京吧！"

陈文说："我看行。"

说行的时候，陈文的心一个劲儿地颤抖。万一不行，那可怎么办呐！

从北京到林河，陈文开车走过多次，两个人换班开的话，也就十九个小时。按照这么推算，陈茜现在已经到达林河了。

15

刘庆平绑架陈茜这事，陈文没敢向李云飞隐瞒。他自己已经快崩溃了，不依靠组织，他一筹莫展。

李云飞一拳砸在自己脑门上，说了声"我真他妈该死"，就亲自指挥解救行动。

在外地警方通力支持下，调集一路的监控视频，发现刘庆平的车马不停蹄，直接驶回林河，开往西山。刘庆平在西山有一套别墅，独门独户，是在农民的宅基地上建造的。

陈文感到奇怪，刘庆平这一路几乎没有逃避追踪，有点大摇大摆的意思。到了西山别墅，居然不怕警方定位，直接手机联通陈文，问陈文想好没有。

陈文不再哭求，他知道，眼泪鼻涕除了丢人，没有别的用处。

陈文说："庆平，我托何涛给你带去两件东西，你先看看。"

刘庆平说："看你奶奶个逼，你这一套骗得了别人骗不了我。扒了警服当老百姓？打死我都不信，狗改不了吃屎啊！我拿你的杀人罪证有鸡巴用？你跟我玩儿同归于尽啊？"

陈文脑袋轰的一声，像挨了当头一棒。他强迫自己冷静下来，他说："庆平，你说得对，我也不跟你整没用的了，废话我也不说了。不再查你不可能，我保证没用，李云飞保证也没用。犯了罪就得伏法！"

刘庆平哈哈大笑："陈哥，你这话说得像人话，这话我信！"

陈文说："但是，你可以争取宽大。我也保证会照顾你的妻儿。我会把你的父母当自己的父母照顾。"

说到父母和妻儿，刘庆平沉默了。陈文这话，他信。他见过陈文怎么对待叶纯燕和李桂珍。她们那么闹他，他还那么照顾她们。

但是，刘庆平说："陈哥，谢谢你的好意，可是我不打算给你机会！"

然后就挂断了电话。

16

营救行动定在晚上。参加行动的警察一律秘密潜伏在别墅附近。挑选出的几个狙击手都在全省、全国公安系统比赛中取得过名次。狙击手的心理素质十分过硬。但这次由于人质是陈文的女儿，他们将要承受难以想象的压力。

陈文的射击水平很高，平时没事总领着陈茜到特警大队来玩。

狙击手们都无比喜欢陈茜。如果在瞄准镜里见到了陈茜，扣动扳机时，手法很可能会受到影响。

曾经在别的省就发生过类似事件，子弹先穿过人质的头才命中罪犯。

劫持人质案件，在公安工作里最容易出问题。由于投鼠忌器，警察总是在两难中做出最艰难的选择。

趁着夜色，解救的警察顺利地接近了别墅围墙。陈文猫在前面，没有人能够把他拉下去。警察正要翻越围墙时，陈文轻轻推了一下大铁门里的小门，居然没闩，是半掩着的。

就听见有人高声喊道："门开着，大大方方进来吧。"

是刘庆平的声音，被麦克风放大了，很有共鸣。

接着，门里面灯亮了，把别墅的院子照得明晃晃的。

陈文无奈，推门进到里面，让明晃晃的灯光照着自己。

又有人跟进来，站在陈文身边。陈文一看，是李云飞。

这纯粹是胡扯，李云飞是总指挥，不是第一线指挥，又不是职业警察出身，他冲上前来，只有添乱。他也就是被满心的愧疚闹的。因为让陈文查刘庆平是他的"阴谋"。是他把陈茜推向了死亡的边缘。

陈文往外推李云飞，被李云飞捏住了手腕。有警察持枪跟进门来，被李云飞瞪眼骂了出去。李云飞对着灯光，摊开双手，向依然在夜色中的别墅小楼表示，自己赤手空拳。

有音乐响起，是很抒情的那种小夜曲。

又听刘庆平怪笑："陈局长、李书记，二位真够意思。我想玩儿，二位还真陪我玩儿。事情到了这一步，现在怎么玩儿呢？二位还有什么办法解救小姑娘？"

17

陈文和李云飞站在院子里，呆若木鸡。

别墅的厅门开了，走出来一个人。一袭僧衣，双手合十，念道："阿弥陀佛。"

陈文和李云飞都情不自禁合十还礼："阿弥陀佛。"

何涛一脸肃穆，低声说："二位施主，请稍安。"

何涛身在佛门，和在家的俗人说话，很有玄机。但见了陈文，总保持不住佛门派头，从没有以施主相称。总是不伦不类的一句"陈哥"。见了政府领导，就更忘不掉官衔称谓。今天见了陈文和李云飞，开口就是"二位施主"，把气氛搞得更加森严。

何涛说："今日之事，恐怕无法善了。他既然下手绑架，就没打算活下去，他寻的就是死路。"

李云飞不解："他从来没有死罪，何必自寻死路？"

何涛说："有的人，看不破红尘，活在世上，贪图的声色犬马。不能尽情纵欲，活着也无聊。刘施主巴结权贵，示好陈哥陈施主，为的是啥？为的是踏踏实实享受荣华富贵。为了踏实，他也捐了不少善款，做了不少善事，结了不少善缘。刘施主以为，即便他双手曾经沾有罪孽，这些年也该洗得干净了。刘施主的绝望，都来源于此。"

陈文一听，真的绝望了。何涛说得那么深刻，刘庆平绝望得那么深刻，深刻得跟他陈文都没什么关系了！那意思，陈文无论做什么也没用了！

陈文做了一件事：脱掉警服，又脱掉衬衣，把它们扔地上，再把枪搁上面。还要脱长裤，感觉不对，扭头一看，李云飞已经脱得只剩下一条裤衩。

就听李云飞大叫:“刘庆平,你他妈要有种,是个男人,你就把小女孩放了,要杀要剐,你冲我来……”

李云飞对陈文满腔的愧疚,都宣泄在这一席喊叫声中。一边喊,一边往里面走。却不料被陈文一脚横扫,扫倒在地。陈文越过李云飞,袒着胸就往里走。

“站住!”楼上一声暴喝。然后是一串大笑。就听刘庆平笑道:“两位领导太搞笑了,尽扯没用的。告诉你们,我不给你们机会当烈士,我要让你们当罪人,永世不得翻身。我不要你们死,我就认准了小茜茜。我要让你们一辈子活在痛苦之中,生不如死!”

陈文终于崩溃了,高声大骂:“刘庆平,我操你祖宗十八代!”

刘庆平哈哈大笑,麦克风让他疯狂的笑声在黑夜里回荡。

刘庆平高喊:“何大师,好好超度他们吧!”

18

何涛做了个手势,示意陈文安静。

李云飞也拍了拍陈文的肩膀,陈文总算冷静下来。

何涛说:“二位千万要冷静,茜茜小施主在梦中,刘施主对她爱护有加。二位如果用强,我怕她走得不安详。阿弥陀佛。”

说完,何涛转身进了别墅。陈文愣了一会儿,才听明白何涛的意思:到目前为止,刘庆平都没对茜茜说破。茜茜仍然以为是做法事。刘庆平平常也喜欢陈茜。良心到底没被狗吃完,他打算让陈茜在不知不觉中死去。如果警察动武,刘庆平就会疯狂,让陈茜死在惊恐之中!

横竖陈茜都是死!

陈文疯了,对着大门冲过去。

19

陈文撞在门上,门被何涛锁上了!

几个警察和陈文、李云飞一起,把门撞开,冲了进去。

一楼空空荡荡,只有一股血腥味道在昏暗中飘浮。

陈文连滚带爬,沿旋转楼梯冲上二楼。还是不见人影,血腥味却更浓了。

陈文扑上三楼,脚下踩着黏稠的液体,差点滑倒。扶着墙站稳,正好按在开关上。灯突然亮了,满屋子惨白的灯光晃得陈文眼晕。

"阿弥陀佛!"

一袭僧衣的何涛席地而坐,双手合十,两眼紧闭,口中念念有词。

血流满地,三具尸体倒在血泊中。何涛就盘腿坐在尸体中间。他的腿边,横着一把剁骨刀,刀身上满是血泊。

何涛的身后,是一个巨大的床,盖着宽大的花被单。床中间躺着一个小人,把被单拱出一个人形。陈文把心提到嗓子眼,轻轻揭开被单。

果然是陈茜,和衣而卧,杳无声息。

20

陈文抱着陈茜,跟着小刘跑进医院,陈茜才醒过来。见了陈文,一把搂住,迷迷糊糊问陈文:"爸,何大大给余小蕾做法事完了没有哇？”

从北京长途归来，原本就累，刘庆平又偷偷给陈茜吃了安眠药，陈茜这一觉，睡得很香，做了很多很香很甜的梦。

21

被何涛杀死的三个人，是刘庆平和他的两个保安。

在现场勘查时，何涛就不停地对办案民警说，他杀人了，他有罪，他心甘情愿认罪伏法。陈文开车送他回去，到了林河寺院门前，他竟然不肯下车。他认为陈文放他，是徇私枉法。

何涛反复叨唠说：“陈哥，我杀人了！”

陈文被他说烦了：“何大师，你没杀人，你杀的是畜生。”

何涛说：“畜生也是命，也是众生。”

陈文说：“何大师，你太磨叽了。我们技术科已经下结论了，你杀人，是正当防卫！”

何涛摇头：“你不能因为陈茜，就瞎忽悠。刘庆平没想杀我，我的生命没危险。我哪来的防卫？又何谈正当？！”

陈文见没法与何涛讲刑法，只好说：“何大师，你是救人。救人一命，胜造七级浮屠。你救了陈茜，胜造七七四十九级浮屠，你就是佛，你就是菩萨。明天，我和余小蕾还有我们全家都要来拜佛，感谢你的大恩大德。”

何涛直摇头，说：“陈哥，别谢我。要谢就谢佛祖，要谢就谢你们自己。是你和余小蕾施主广结善缘，福祉才降临在茜茜身上。至于我，佛门中人，出家修行，寺院里是修行，监狱里也是修行，你们警察没必要法外开恩。”

陈文哭笑不得：“何大师，你说得对。修行在于内心，不分时间地点。监狱里是修行，监狱外也是修行。既然如此，大师为什么非要进监狱去修行呢？”

何涛被陈文说愣住了。看何涛愣住了，陈文自己也愣住了。

愣了一会儿，陈文胸中豁然开朗：毕竟欠了三条人命，而且都是社会上人物，还牵扯到何同发那样的大案，何涛应该是怕了，怕遭遇寻仇。

于是，陈文轻声问何涛：“何大哥，您是不是觉得监狱里安全？”

何涛不再坚持了，他叹口气，缓缓下了车，佝偻着身体向寺院走去。

陈文看着何涛的背影，心中感到一丝不安。他快步走到何涛身前，转身回头看何涛，居然是双眼流泪，满目凄凉。

陈文惊问：“何大哥，你怎么啦？”

何涛说：“陈哥呀陈哥，无论怎样修行，我在你眼里都是个坏人！”

22

普通人死了叫去世也叫玩完。何涛死了叫圆寂。

何涛圆寂这天，大庙里人山人海，南方来了几个大和尚亲自做法事。

来的都是善男信女，那热情却堪比看天王天后演唱会的粉丝。陈文领着大批警察维持秩序，危险时手拉手排成了人墙。生怕挤死几个，又是名扬天下的踩踏事件！

万幸，这天除了何涛，全都安然无恙。

为了看何涛最后一眼，余小蕾带着陈茜特地从北京飞了回来。

如果不是刘俊虎帮忙,她们俩连大庙的门都挤不进去。从人山人海里出来,陈文找到她们时,她们俩满脑袋是汗。

陈文问陈茜:“磕头了吗?”

陈茜说:“磕了。”

23

何涛“双眼流泪,满目凄凉”的样子,深深地刺痛了陈文。所以,在何涛最后的日子里,陈文差不多天天都来。每次他都实心实意地说:“何大哥,寺院还没建完,你得赶紧好起来啊!”

何涛的离去让陈文纠结了很长时间。他和何涛斗了一辈子,何涛圆寂了,陈文忽然感觉到孤独。

那么坏的何涛为什么能够变得那么好?

陈文苦思冥想,找到不少答案,却没有一个能让自己信服!

何涛真的是立地成佛了?

24

林河的反腐取得了显著战果。共有二十九人被绳之以法。原副市长何同发被判死刑,原国土资源局局长高继中被判死缓。

郑建国到点退休了,陈文把他请到省城假日酒店,宽大的雅间里只有他们两个人。陈文带来了茅台,他说:“反正你也退休了,你就往死了喝吧!”

郑建国说:“那是干吗呀,喝不了,我可以把酒带回去。”

两个人喝到下午两点,郑建国才感觉出陈文请自己喝茅台应该是有事儿。郑建国说:“陈文呐,我现在退了,说话恐怕不那么好使了。”

陈文说:“大哥,你别误会。我不求你办事儿!”

但郑建国还说:“我估计你的问题不大。”

李云飞已经向市里建议提拔陈文为正处。郑建国说:“你的正处要是解决了,退休前当个地市级的公安局长,我感觉希望是很大的。”

见郑建国越说越远,陈文从兜里掏出了那把钳子,放在了桌子上。

陈文把自己掐死李旭的过程一五一十地说了一遍。郑建国听完,满脸愤怒,一把将他无比热爱的茅台摔在了地上。

陈文说:“大哥,你冷静点儿!”

郑建国说:“我非常冷静!”话音落地,竟然抓起了陈文的衣服领子,“小兔崽子,你到底想干什么?”

认识了快三十年,郑建国如此冲动,还是第一次。

陈文说:“大哥,你坐下。我坦白这件事儿是因为我心里现在只剩下这件事儿了。全说出来,我心里就舒服了!”

郑建国拿起了那把钳子:“小兔崽子,你没法舒服。这把钳子只能证明李旭拔了你的牙,它没法证明是你掐死了李旭!”

陈文被噎住了。李旭被杀的案子过去省里、市里已经多次调查、复查,结论始终如一。陈文仅仅靠这把钳子根本不可能推翻。陈文的问题,根本就不是这把钳子。来喝酒前,郑建国接到了李云飞的电话。李云飞知道陈文到省城来,估计会见到郑建国,特别叮嘱郑建国,要关注陈文的情绪。李云飞说,陈茜平安获救,很奇怪,陈文只高兴了没两天,他的精神似乎陷入了忧郁状态。两个人在电话里合计了有两个小时,发现陈文没法不忧郁。刘庆平死后,陈文在社会上的名声更差了。问题不仅是社会上传言陈文忘恩负义，更在于陈文自己也认为自己忘恩负义。李云飞特别强调说，跟刘庆平一起死于非命的两个保安，就是把陈文从胜利村风波中救出来的那两位。何况还有何涛之死。连何涛都摆脱不掉罪孽深重的感觉，何况陈文！陈文是陷入罪孽的感觉不能自拔了！

如今这把钳子，证明了两人分析对症，接下来，郑建国就对症下药了。

郑建国说："幸亏我退休了，幸亏你是跟我坦白。你要是找李云飞坦白，信不信，你能把李云飞气死！你是公安局的副局长，你考虑后果了吗？你坦白之后，肯定要进行公开调查。可是调查的结果只能是你没杀人。疑罪从无，靠口供定罪的时候早过去了。你想想，社会舆论能答应吗？你自己都承认杀人了，结果林河公安局说查无实据。陈文，你是不是存心让林河公安局关门？"

毕竟是纪检老干部，说起来一套连一套。

"林河的稳定局面刚开始几天，你就闹出这么一出戏来，让全社会都知道林河公安局暗藏着一个杀人犯，还负责信访负责维稳。你想达到什么目的？破坏安定团结？

"这二十多年来，我没少查你。虽然你大的毛病没有，但鸡毛蒜皮也完全够啊，单是警风警纪就可以撸了你。可我为什么手下留情？不是我徇私，是我想留你多干点工作！

"如果你确信自己脑袋没出问题，如果你坚信自己掐死了李旭，如果你不伏法死不瞑目，我建议你十年后再向组织自首。没准十年后科技发展了，能找到你的犯罪证据了，你就能够如愿以偿。

"你可以用这十年，多为人民服务，用何涛的话说，多积德，多赎罪。我相信，十年后的林河，方方面面都已经稳定了。到那时候，别说李旭是你掐死的，你就说本·拉登是你掐死的，人民群众也不会再大惊小怪了！"

25

劳动教养废止之前，赵克敬差点赶上。他把林河弄疼之后，一直躲在南方。大概远在他乡太寂寞，赵克敬过于放纵自己，结果因嫖娼被当地公安机关抓了起来。

赵克敬给朋友打电话，朋友都推了，万分无奈，他给陈文打了电话。

陈文说："当地警方要怎么处理你？"

赵克敬说："教养一年。"

陈文说："才一年呐，换我是办案的，你就得两年了。"

赵克敬见陈文不想帮忙，只好说："老弟，你看能不能想办法把我弄回林河？林河不也有劳教所吗？"

陈文说："那好吧。"

陈文向李云飞请示。李云飞说："可以。你派人到南方把赵克敬接回来。然后，劳教按三年。"

陈文笑了："你的心怎么变狠了？"

李云飞说："现在林河稳定了，对这种人就要依法办案。他太操蛋了。"

陈文说："现在谁不操蛋呐！李书记，我派人把接回来，就把他放了吧！"

过去陈文一直主张拘留赵克敬，李云飞没想到陈文现在变大度了。他笑说："你把他放了，你不怕他整出事儿啊？"

陈文很雄壮地说："整出事儿还能怎么的？爷是警察，爷不怕事儿！"

26

不怕整出事儿，事儿还真就整不出了。转眼四年过去，林河很平静，像样的大事儿几乎一件都没有。

当然，社会没大事儿，个人的大事不少。

张雨办了婚姻大事儿嫁给了那个开煤矿的大款。结婚前，她给陈文打电话，还在遗憾：

“陈文，他有钱是有钱，可就是没什么文化。”

陈文说：“你都这么大岁数了！他有钱再有文化，人家还能要你吗？”

张雨说：“也是啊！”

张雨结婚后生了个男孩。男孩白白胖胖，无比可爱。每次陈茜、余小蕾从北京回来都要抱来玩玩。

陈茜依然顽皮，她偷偷和陈文说：“你要是让张老师给你当小老婆，现在这个儿子不就是你的了？你呀你呀，胆儿太小了。爸，你得与时俱进呐！”

27

曹凯和宋男在服刑期间，陈文做了些工作，让他们俩关在了同一监舍。陈文的目的是想让宋男能照顾曹凯，可没想到，宋男却老让曹凯去照顾。陈文去看他们时，曹凯都向陈文诉苦了：“宋男总耍心眼，洗澡吧，我给他搓完后背，他不给我搓。”

宋男狡辩：“不是我不给你搓，是你后背一点都不脏。”

陈文笑宋男：“过去你不这样啊，怎么进了监狱，你还会欺负人了？曹凯的胳膊过去骨折过，今后别让他给你搓背。”

宋男说：“不搓我刺挠！”

陈文说：“你忍着点儿，等将来把你放了，我给你找十个搓澡的，让他们排队给你搓。”

曹凯笑了：“你别光给宋男找搓澡的！他现在都憋坏了。”

宋男说：“你快滚吧！”

三个人嘻嘻哈哈说得挺乐呵。刚判刑那会儿，曹凯、宋男思想压力很大，都有过轻生的念头。现在则一个比一个乐观。

陈文现在不再负责信访，调到了公安局的行装办，当了主任。

宋男对陈文说：“大哥，一直没好意思问你，我和老曹嘀咕，没提你当局长就算了，怎么连副局长都给你撤了？”

陈文笑呵呵地说：“什么时候撤了？我只是不再担任。”

宋男说：“大哥，你是不是犯错误了？”

陈文说：“你拿我当你呢！”

宋男说：“不讲理啊，我犯错误，进了监狱，你犯错误还当主任了。”

陈文说：“你快行了吧！”

曹凯也认为陈文可能出了问题，他用探询的目光看着陈文。

陈文只好告诉他：“大哥，我没事儿。我一点错误都没犯，实话和你说吧，市里马上要给我提正处了。”

28

二〇一三年，十八大三中全会以后，公安工作由管理型全面彻底转向了服务型，明确要求人民警察就是人民的勤务员。来公安机关办事，凡是涉及群众利益，可办可不办的一律要办。

对警察的要求是越来越高，除了“五条禁令”，又多了三项纪律。

说良心话，现在警察是越来越难干了。付出太多，收获太少。陈文干了快一辈子，工资才三千多。虽然他不指着工资，但他的兄弟姐妹可全指着工资生活。

两年前，陈文主动要求来到了公安局的行装办。他想为警察干点儿事儿。

警察与人民一样最渴望的就是能拥有属于自己的房子。陈文动起了脑筋。房子不会自己从天上掉下来，得首先把开发商搞明白。

陈文把岳父忽悠来了。吴建平过去说过，为了支持陈文工作，可以拿出千八百万。但这次估计千八百万挡不住了。

有了便宜的房子，让干警们顺利地“团购”，也挺麻烦。现在已经没有分房的说法，既要符合政策，还能让干警得到实惠，真得什么都会。

其实，每个公安局里都有几个类似陈文这样的老警察，他们神通广大，无所不能。只要想干的事儿，一般都能干成。当然，得是好事儿。

所有的手续办完之后，陈文向局长做了汇报。局长不是李云飞。李云飞前年被调回省厅高就了。新来的局长对陈文很倚仗，见陈文主动为局里干了这么大的事儿，特地让他在干警宣誓活动上领头说几句话。

往常这都是局长说。陈文一个劲儿推辞。但局长的态度非常坚决：“陈主任，你说几句吧，新的一年就要开始了，你给大家鼓鼓劲儿！”

29

升旗宣誓仪式夏天都在外面,冬天太冷只能在公安局的大礼堂。

宣誓前,局长首先代表市里宣布了提陈文为正处的决定。

这很不容易啊！在地市级的公安局里,常务副局长或政治处主任,提正处都难。陈文这个行装办主任弄上了正处,上班三十年也算没白干。

可这么大的喜事儿,掌声虽然热烈,但明显是因为有人带头热烈。

陈文一脸微笑。他知道自己这么个人,社会上会有传言,警察队伍中也会有传言,不能指望大家都像九大队的战友那样相知。郑建国说的十年,眨眼就过去小一半儿了,按郑建国的说法为人民服务也好,按何涛的说法修行也罢,都发自内心。陈文的微笑,也发自内心。

陈文说:“不出什么意外的话,明年的春天,大家就都能分到新房了。”

雷鸣般的掌声骤然响起且经久不息。陈文调侃说:“现在的掌声比刚才热烈多了!”

大家一边笑一边继续抱以更加热烈的掌声。陈文做了好一会儿手势,掌声才算平息下来。可能有好几年,没听到过这样的掌声了,陈文不免有些感慨。他说:“大家给我这么热烈的掌声,我知道是什么意思。是想让我今后继续为大家谋福利。放心吧,陈文一定不会让大家失望的。作为行装办的领导,我就是你们的公仆,我为大家服务好,是我应该做的。我相信,我服务好了大家,大家也一定会服务好广大人民群众!”

很快就能分到新房了,干警的心情很好,一个个全都目光炯炯有神地注视着台上正侃侃而谈的陈文。陈文也就在这样的目光注视下,变得越来越慷慨激昂:

“尊敬的各位兄弟姐妹们,我为大家谋完了福利,大家可不能好吃不落筷没完没了啊!永远都不要忘了我们是人民警察,我们这个职业不是用来享受的,而是用来服务的。我们当警察虽然很苦很累还有风险,但这恰恰是我们这个职业最大的魅力。人生苦短,如果一生只有一个季节,那人生还有什么意思啊!我们经历了那么多风霜雪雨,经历了那么多刀光剑影,干别的,能有这么刺激这么热血沸腾吗?!我们为党为人民立功的同时,我们自己也是在享受人生享受生活啊!这里,我们真应该好好感谢党感谢人民让我们有了这么好的职业,让我们有了如此丰富多彩的人生。亲爱的同志们,现在,我请求你们大家起立,让我们共同重温一下人民警察的誓言。”

“我宣誓:我志愿成为一名中华人民共和国人民警察。我保证忠于中国共产党,忠于祖国,忠于人民,忠于法律;服从命令,听从指挥;严守纪律,保守秘密;秉公执法,清正廉洁;恪尽职守,不怕牺牲;全心全意为人民服务。我愿献身于崇高的人民公安事业,为实现自己的誓言而努力奋斗!”

(全书完)